INTERPRETATION

CLASSIC ∞

施莱尔马赫的柏拉图

U0132944

■ 主编／刘小枫　陈少明

华夏出版社

古典教育基金·正则资助项目
CSSCI 来源集刊

目　录

（本辑主编助理　娄林）

论题　施莱尔马赫的柏拉图

施莱尔马赫与柏拉图

阿恩特（Andreas Arndt）　著

黄瑞成　译

"从来没有哪个著作家对我的影响，能比得上这位像神一样的人，尤其是他不仅将最神圣的哲学，而且将最神圣的人透露于我。"①由这封书信自白，我们可以得出结论，柏拉图对施莱尔马赫本人的哲学具有决定性的影响。然而，尽管施莱尔马赫向来对柏拉图怀有敬意，却无法证明，这种影响是否具有发展史的性质（entwicklungsgeschichtlich）。②

---

① 《致布林克曼（Carl Gustav von Brinckmann）的信》，1800年6月9日。见施莱尔马赫，《批评版全集》（Kritische Gesamtausgabe, hg. v. H. – J. Birkner, G. Ebeling, H. Fischer, H. Kimmerle, K. – V. Selge. Abt. I: Schriften und Entwürfe; Abt. V: Briefwechsel und biographische Dokumente. Berlin und New York 1980ff.），卷4，页82。以下简称KGA。

② 关于施莱尔马赫的哲学发展，参阅 E. Herms，《施莱尔马赫学术体系的渊源、发展及首要形态》（Herkunft, Entfaltung und erste Gestalt des Systems der Wissenschaften bei Schleiermacher, Gütersloh 1974）；G. Meckenstock，《决定论伦理学与批判神学：解释早期施莱尔马赫与康德和斯宾诺莎，1789–1794》（Deterministische Ethik und kritische Theologie. Die Auseinandersetzung des frühen Schleiermacher mit Kant und Spinnoza 1789–1794），Berlin und New York, 1988; A. Arndt，《感知与反思：施莱尔马赫在同时代的康德和费希特批判处境中对待先验哲学的态度》（Gefühl und Reflexion. Schleiermachers Stellung zur Transzendentalphilosophie im Kontext der zeitgenössischen Kritik an Kant und Fichte），见《先验哲学与思辨：关于某种第一哲学之形式的争论》（Transzendentalphilosophie und Spekulation. Der Streit um die Gestalt einer ersten Philosophie[1799–1807]，hg. v. W. Jaeschke, Hamburg, 1993），页105–126。

施莱尔马赫本人的哲学见解，首先是通过与下列哲学的论辩而形成：他学术上的导师艾伯哈特（Johann August Eberhard, 1739 – 1809）①的哈勒学院派哲学（Halischen Schulphilosophie）、康德的纯粹理性批判、雅可比（Friedrich Heinrich Jacobi）的斯宾诺莎论著。② 施莱尔马赫的核心是伦理学问题，并因此与古典哲学家、首先是亚里士多德联系在一起，施莱尔马赫首要关注的是亚里士多德。至于柏拉图则退居次席，直到 1794 年，施莱尔马赫才开始为研究柏拉图奠定基础，1797 年以后，他又将柏拉图纳入了与施勒格尔（Friedrich Schlegel）的哲学合作。实事求是地说，施莱尔马赫与柏拉图的契合首先是一个发展过程的结果，而这个发展过程基本上独立于柏拉图哲学。

确切无疑的是，施莱尔马赫接受了古典主义的教育，与所有同时代有教养的人一样，从青年时代开始，就通过阅读而熟谙柏拉图对话。在尼斯库的（Nieskyer）"旧式教育机构"（Pädagogium），一所隶属于海恩胡特兄弟会（Herrnhuter Brüdergemeine）的文科中学里，柏拉图已经被列入课程（参阅 KGA V/1，页 XXVIII），1783 – 1785 年施莱尔马赫在此读书。然而，在哈勒学习期间（1787 – 1789），亚里士多德却成了施莱尔马赫的兴趣中心，他曾打算翻译和评注亚里士多德的《尼各马可伦理学》（*Nikomachishe Ethik*）和《政治学》（*Politik*）。③ 1793/94 年间，作为教师候选

---

① ［译按］约翰·奥古斯特·艾伯哈特（Johann August Eberhard），德国哲学家和词典编纂家，哈勒（Halle）大学神学教授，柏林科学院院士。深受犹太思想家门德尔松（Moses Mendelssohn）影响，一生捍卫莱布尼兹，反对康德。著有《新苏格拉底申辩》（*Neue Apologie des Socrates*），《思想与情感概论》（*Allgemeine Theorie des Denkens und Empfindens*），《关于好的艺术和科学的理论》（*Theorie der schönen Künste und Wissenschaften*），《美学手册》（*Handbuch der Aesthetik*）；编有《简明德语同义词词典》（*Synonymisches Handwörterbuch der deutschen Sprache*）。

② ［译按］指 1785 年雅可比在致门德尔松（Moses Mendelssohn）的信中讨论斯宾诺莎哲学的内容，参阅《论斯宾诺莎的学说》（*Über die Lehre des Spinoza in Briefen an den Herrn Moses Mendelssohn*，Meiner，2005）。

③ 就此参阅 KGA I/1 一卷中的施莱尔马赫亚里士多德研究。

人,他在柏林大学教师教育系①(用拉丁文)撰写了题为《施莱尔马赫比较柏拉图和亚里士多德的政治哲学》(*Philosophiam politicam Platonis et Aristotelis comparavit Schleiermacher*)的论文(KGA I/1,页501 – 509)。这篇应景之作几乎没有表现出施莱尔马赫本人对于柏拉图的见解,至少没有证明,他对柏拉图哲学有何明确的优先权(Präferenz)。根据他1802年可信的公开自我评价,尽管他早年对柏拉图钦佩不已,却未能真正理解他:

> 我在大学开始读柏拉图的时候,总体上对他少有理解,
> 只不过有一丝模糊的微光向我闪现而已,但无论如何,那时
> 我已经爱上柏拉图,并且钦佩他。②

1794年施莱尔马赫中断了他的教师教育,正是在此期间,他撰写了前面提及的论文,当时,他有可能在瓦尔特河畔的兰茨贝格(Landsberg an der Warthe)获得了一个代理牧师的职位。到了1796年秋,他被委任为柏林随军医院(Berliner Charité)的新教牧师,并在此服务直到1802年春。接着,在波莫瑞的施道尔普(Pommerschen Stolp)任宫廷牧师的一段插曲之后,1804/1805年冬季学期,施莱尔马赫被聘为哈勒大学神学教授。他在此任教,直至普鲁士帝国(Preußens)解体,根据《梯尔希特和约》(*Tilster Frieden*),从普鲁士划出哈勒,归威斯特法伦帝国(Königreich Westfalen),随后,他去了柏林。在此他找到了自己最终的用武之地,(从1809年开始)任三一教堂牧师,(从1810年开始)任新建立的柏林大学神学教授和科学院院士。尚在施道尔普时期,1804年的复活节博览会上,柏林的 Realschulbuchhandlung 出版社出版了《施莱尔马赫译

---

① [译按]柏林大学"教师教育系"由德国教育家格蒂克(Friedrich Gedike,1754 – 1803)于1787年创立,故又称为"格蒂克系",其目的是"现实主义的 – 世界 – 开放式教育"(realistisch – welt – offene Bildung),同时开设希腊语和拉丁语以及古典作品阅读课。

② 《致赫兹(Henriette Herz)的信》,1802年8月10日。见《施莱尔马赫生平》,《书信集》(*In:Aus Schleiermacher's Leben. In Briefen.* Bd. 1 – 4,Berlin 1860 – 1863[Bde. 1 und 2 in 2. Aufl.]),卷1,页312。以下简称 Briefe。

〈柏拉图文集〉:第一部分第一卷》(*Platons Werke von F. Schleiermacher. Ersten Theiles Erster Band*),其中包括《斐德若》(*Phädros*)、《吕西斯》(*Lysis*)、《普罗塔戈拉》(*Protagoras*)和《拉克斯》(*Laches*)。至 1809 年又相继出版了接下来的四卷,在此之前,出版曾陷于停顿;而第三部分第一卷《王制》(*Staat*),自 1810 年以来由出版社多次预告后,①终于 1828 年出版。但是,全部译文仍未完成。

　　施莱尔马赫的柏拉图研究,可以说在柏林大学奠基的前一年达到顶峰,并最为显著地展露。1809 年以后,柏拉图翻译的停顿,与其说是出于职业责任和有了其他研究计划,倒不如说是由于兴趣减退。然而,施莱尔马赫早年的思想发展,起初绝对没有走上柏拉图哲学之路,相反应当说他只是被引到这条路上。实际上,首先是与施勒格尔的哲学合作,激发了施莱尔马赫对柏拉图哲学的深入研究,而施勒格尔的哲学思考——也受到荷兰哲学家海姆施泰胡斯(Franz Hemsterhuis)②的影响——毫无疑问,与柏拉图紧紧相连。1799 年 1 月中旬至 5 月中旬在波茨坦(Potsdam)停留期间,施莱尔马赫精心研究了柏拉图对话(参阅 KGA V/3,页 XX),在那里他获得了一个宫廷牧师职位,《论宗教》(*Reden über die Religion*)也正于此间完成。一年多以后,当他通过书信自白回顾他对柏拉图的崇敬,并谈及这位哲学家对他非同寻常的影响时,大概他首先将此与 1799 年以来对柏拉图的集中研究联系在了一起。③

---

　　①　参阅 W. von Meding,《施莱尔马赫著作目录》(*Bibliographie der Schriften Schleiermachers*),Berlin und New York,1992,页 68 及以下。

　　②　[译按]海姆施泰胡斯(1721 – 1790),荷兰哲学家,平生供职于政府而未曾在大学从事学术研究,却因其哲学著述而为歌德、赫尔德(Herde),尤其是雅可比(Jacobi)等人所赞赏。他的著述"兼具苏格拉底式的内容和柏拉图的形式",以"自我认识"为哲学之第一追求。

　　③　参阅《施莱尔马赫致布林克曼的信》,1800 年 4 月 22 日:

　　　　为了一部伟大的著作,我请求你的祝愿和赐福,为此著作我将自己与施勒格尔联系在了一起。它就是已经预告过的柏拉图翻译。[……]令人兴奋的是:因为从我对柏拉图有了不可言说的深刻认识起,内心便充满了对他的崇敬之情——但我又对此怀有神圣的敬畏,我怕自己的能力有限而几乎无法完成它。

　　(KGA V/3,页 101)

其背景是施勒格尔对一个共同翻译计划的兴趣,在施莱尔马赫完成《论宗教》之后,施勒格尔紧接着提议翻译柏拉图的作品。① 施莱尔马赫立即表示赞同,因为 1798 年施勒格尔就对他讲过此事的必要性。1808 年 6 月 18 日,施莱尔马赫在致老哲学家波克(August Boeckh,1785 - 1867)的信中回忆说:

> 想必是 1798 年,施勒格尔在我们很少涉及柏拉图的哲学交谈中,第一次非常粗略地表达了这个想法,即在目前的哲学处境中,有必要让柏拉图发挥正确的作用,因此有必要完整地译出柏拉图。与此同时,我们还谈到了合作,它应成为我们共同的事业。②

① 参阅《施莱尔马赫致赫茨(H. Herz)的信》,1799 年 4 月 29 日:

就在我上次去柏林前,施勒格尔十分突然地写信给我,说他仍打算与我合作,并认为没有什么比翻译柏拉图更有价值了。啊呀! 这可真是个绝好的注意,我坚信少有人能比我们更适合做这件事了,但在数年之内我还不敢冒险去做这件事情,此外要做就必须摆脱任何外在的依赖,而过去做每件事情总会遇到这样的依赖,为此消磨时光必然毫无价值。但这仍是一个秘密,还为时尚早。(KGA V/3,页 101)

② W. Dilthey,《施莱尔马赫生平》(Leben Schleiermachers, Bd. 1, 2, Göttingen 3. Aufl. 1970),页 70;页 70 - 75 引用书信从施莱尔马赫的角度,对此事的整体过程作了概述。进一步可参阅与此相关的描述(施莱尔马赫的柏拉图翻译),同上,页 37 - 62;G. Mekkenstock,《历史性引论》(Historische Einfürung),见 KGA I/3,页 XCVI - CVI;关于施勒格尔,参阅《评注》(Kommentar),见《批评版施勒格尔文集》(Kritische Friedrich - Schlegel - Ausgabe, hg. v. E. Behler unter Mitwirkung von J. - J. Anstett und H. Eichner. Paderborn, München und Wien 1958ff.),以下简称 KFSA,卷 19,页 535 - 539,亦参 H. Patsch,《施勒格尔遗产中的阿斯特的〈游叙弗伦〉译作》(Friedrich Asts "Euthyphron" - Übersetzung im NachlaßFriedrich Schlegels),见《自由德意志主教议事会年鉴 1988》(Jahrbuch des Freien deutschen Hochstifts 1988),页 112 - 127。其中有关于施勒格尔译作之地位的重要修正。[译按]弗里德里希·阿斯特(Friedrich Asts,1778 - 1841),德国哲学家和古典语文学家,受施莱尔马赫影响著有《柏拉图的生平与著述》(Platon's Leben und Schriften),但将包括《法义》在内的很多柏拉图著作都判为伪作,并按此编有用拉丁文评注的《柏拉图文集》两卷,另著有《柏拉图辞典》(Lexicon Platonicum)价值较高。

施莱尔马赫的柏拉图翻译,起初是早期浪漫派"共同哲思"(Symphilosophieren)的一个方案,它的起源和进展都与施勒格尔密不可分。这项翻译计划的具体操作,是此时移居耶拿(Jena)的施勒格尔于1800年1月与那里的出版商弗劳曼(Karl Friedrich Ernst Frommann)(参阅KGA V/3,页378及下页,页385)进行商议,并在三月最终达成协议(参阅《施勒格尔致施莱尔马赫的信》,1800年3月10日,同前,页412)。合同计划出两卷,其中第一卷应在1801年复活节出版。施勒格尔的分工是把握翻译的整体进程,译稿则应相互勘校。施勒格尔本人须为第一卷撰写一个详尽的(有15个帝国塔勒的酬金)"柏拉图研究导论",应阐明柏拉图研究对于1800年前后的哲学论辩局面具有的意义;与此相应,施莱尔马赫则应以"柏拉图的特色"来结束第二卷,并按照施勒格尔当时的语言习惯,理解对柏拉图精神的系统性重构。施勒格尔特别重视对话的编排,并主张

> 一种历史的次序。在最近的阅读中,我觉得必须将其理解为一个阶梯通道,像人们通常所理解的那样,多数对话相互闭锁,很可能就像一组有指向性的套房,很难弄清其全貌,而要为每篇对话确定其位置却完全没有必要。(同上)

因此,施勒格尔的主要兴趣在于,柏拉图思想发展过程中有何一般性和系统性的内在关系,如何从流传下来的对话中进行重构。他的翻译计划旨在全面理解柏拉图精神,就此而言,即便在施莱尔马赫最终单独承担此项任务之后,它仍与——尽管见解上有差异——施勒格尔密切相关。翻译作为对整体的系统性和发生学(genetische)重构①——此项计划是1800年之际的一个"解释学转折点",它将启蒙的处境解释学(Stellenheumeneutik)放进了由部分解释整体的全面计划之

---

① 参阅施勒格尔的《语文学哲学》("*Philosophie der Philologie*", H. Birus, "*Hermeneutische Wende? Anmerkungen zur Schleiermacher – Interpretation*", in: Euphorion 74[1980])中关于逐步吸收发生学观点的内容,特别是页219 – 222。

中。这个使施莱尔马赫备受赞誉的转折，是在具有重大意义的时刻由
施勒格尔所实施的，而后，施勒格尔的同道施莱尔马赫与阿斯特，在系
统化过程中，将其由萌芽变为现实。① 施莱尔马赫也在其书信中承认，
在"较高级的"语文学批评领域，施勒格尔是他的权威模范，尽管他必
须首先通过"较低级的"语文学批评为自己奠定坚实的基础：

> 我的思想或许没有他那么面面俱到，我的体系也不如他
> 的宏大，但实行起来恐怕在某些方面会更有用、更可行。可
> 是，这较高级的语文学不像较低级的语文学那样有基础，若
> 无高超技艺，这较高级的语文学等于空中楼阁，它有可能非
> 常符合事实，却无法得到证明［……］。目前我的确还解决不
> 了这个问题，因此我不会像伍尔夫或施勒格尔那样［……］冒
> 什么大风险，我只会尝试像柏拉图这样的个别问题。（《致布
> 林克曼的信》，1800 年 12 月 14 日，见施莱尔马赫，《书信集》，卷 4，
> 页 90）

由于施勒格尔在翻译计划的预告中，没有提及施莱尔马赫，这导

---

① 参同上。J. Körner 已经指出了施莱尔马赫在解释学上对施勒格尔的依赖：《弗里
德里希·施勒格尔的语文学哲学》（*Friedrich Schlegels Philosophie der Philologie*），见《逻各
斯》（Logos 17［1928］1 – 72）；后来 H. Patsch 据《批评版施勒格尔文集》（*Kritische Friedrich
- Schlegel - Ausgabe*）令人信服地证明了这个论点，见《弗里德里希·施勒格尔的"语文学
哲学"与施莱尔马赫的早期解释学构想》（*Friedrich Schlegels "Philosophie der Philologie" und
Schleiermachers frühe Entwürfe zur Hermeneutik*），见《神学与教会杂志》（*Zeitschrift für Theologie
und Kirche 63［1966］427 – 434*）。亦参 H. Birus，《时代之交的施莱尔马赫作为现代解释学
的经典作家》（*Zwischen den Zeiten. Friedrich Schleiermacher als Klassiker der neuzeitlichen Herme-
neutik*），见《解释学观点》（*Hermeneutische Positionen*, hg. v. H. Birus, Göttingen 1982），页 15 –
58；H. Patsch，《弗里德里希·奥古斯特·伍尔夫与弗里德里希·阿斯特：解释学作为语文
学的附录》（*Friedrich August Wolf und Friedrich Ast: Die Heumeneutik als Appendix der Philolo-
gie*），见《解释学经典作家》（*Klassiker der Hermeneutik*, hg. v. U. Nassen, Paderborn 1982），页
76 – 107。

致第一次的不和。① 施勒格尔其他的文学计划,尤其是撰写他尚未完成的小说《卢辛德》(*Lucinde*)的第二部分,阻碍了他自己着手翻译柏拉图,也阻碍了他向施莱尔马赫全面阐述关于柏拉图对话之内在关系的假说。只是在朋友的不断催促下,施勒格尔才于 1800 年将他的"假说之综合"(Complexus von Hypothesen)——《柏拉图作品的原则》(*Grundsätze zum Werk Platons*)——②寄给了施莱尔马赫。施莱尔马赫对此却没有任何深刻印象,此前他已对施勒格尔与他断续分享过的假说中的一些内容表示怀疑,特别就某些对话的真实性提出了不同见解。因此施莱尔马赫只好越过施勒格尔,转而与同自己关系密切的语文学家海茵道夫(Ludwig Friedrich Heindorf, 1774 - 1816)一道从事历史—语文学的详尽研究,这就将柏拉图对话整体的内在关系作为自己的研究对象。在这一研究过程中,形成了一个小册子《关于柏拉图》(*Zum Platon*),这是批评施勒格尔的对话编排次序的第一个记录。③ 施莱尔马赫的第一篇关于"柏拉图"主题的作品,匿名发表于 1802 年 4 月 12 日的《爱尔朗格文学报》(*Erlanger Literaturzeitung*),是关于阿斯特的研究论著《论柏拉图的〈斐德若〉》(*De Platonis Phaedro*)的书评(KGA I/3,页 469 - 481;参阅"前记",同上,页 304,书信第 81 号),它所以尤其值得注意,是因为其中批评了完全按照系统性的观点来解释柏拉图哲学的倾向(参阅同上,页 471,

---

① 就此参阅两人的通信,见 KGA V/3;1800 年 3 月 29 日第 43 期《大众文学报》的"知识界"专栏(Intelligenzblatt der Allgemeinen Litteraturzeitung)的广告中说:

> 为什么我如今特别以为,按照科学理论的创立,使对这位伟大著作家的研究更为广泛地传播开来,不但有益而且必要,哲学研究在他那里最为得体地开始,又最为相宜地结束,我将通过可以开启整部作品的一项特别研究来尝试阐明这个问题。

② 这是首次发表时经过编辑后的题目,见 KFSA 18,页 526 - 530;参阅 KGA V/4,页 350 - 359,1800 年 12 月 8 日的书信第 993 号,其中《柏拉图作品的原则》被编成了施勒格尔书信的一个部分,并在"附录"中详细介绍了施莱尔马赫对这些原则的接受。

③ KGA I/3,页 343 - 375;这些记录写于 1800 年底至 1803 年之间(参同上,XCVI - CVI)。在书信第 1 号(页 343)中,施莱尔马赫背离了施勒格尔,将《吕西斯》这篇对话归属于第一阶段;就此亦可参阅《书信》卷 3,页 273(1801 年 4 月 27 日致施勒格尔)。

474,477)。阿斯特在书中表现为唯心主义(Idealismus)的追随者,对唯心主义非常精通;而先验唯心主义所遵循的是费希特和谢林的路线。不可否认如下猜测:这也是对施勒格尔观点的隐晦批评,因为这种柏拉图研究的根本动机,是想用柏拉图思想的现实性为发展先验哲学服务。而阿斯特毕竟熟知施勒格尔,因此,他不仅在语文学和美学上追随谢林的思想,而且在其柏拉图研究和解释学方面追随施勒格尔的学说。

在 1803 年发表的《批评迄今为止的伦理学的基本方针》(*Grundlinien einer Kritik der bisherigen Sittenlehre*)中,施莱尔马赫首次确立了自己的哲学立场与柏拉图的关系。他尝试在其中确定,作为科学的伦理学,在诸科学的系统性关系中居于何种地位。伦理学的原则应当由一门"科学从所有科学的基础和内在关系"中去寻找。这样一门科学之阙如使施莱尔马赫看到,既在逻辑学、物理学和伦理学的古代引论中,也在理论性和实践性的哲学、更确切地说是自然哲学(物理学)和伦理学的现代引论中,实在哲学的(realphilosophischen)系统部分无法取得相互一致。针对康德和费希特时,施莱尔马赫彻底贯彻了这一批评,同时只顺便提到了谢林(施莱尔马赫责难他没有伦理学)。只有柏拉图和斯宾诺莎算得上创立了一种科学伦理学的出发点,他们"曾客观地哲思,也就是说,从作为单一的无限中引出了必然对象。"①斯宾诺莎的不足在于,"单一的自然"尽管在形式上源于无限,却无法特别确切地加以理解;与此不同,柏拉图只是用诗性的手法,将最高级别的科学作为伦理学和物理学的共同基础。由此关系还可以知道,施莱尔马赫想在何种意义上与柏拉图系统地建立联系:有限的、处于发展中的、作为对立面而存在的"世界",应当与它的统一基础之不变与无限直接联系在一起,而显现出来的现实之特殊化,被看作"相"(Idee)之个体化的表现。

在此,柏拉图成了早期唯心主义和早期浪漫派关于直接而绝对同一的存在(Sein)构想的见证人,这个存在是有限的现实之对立面的前提和基础。这种构想以德国的后康德主义哲学论辩为根据,把康德——

---

① 施莱尔马赫,《批评迄今为止的伦理学的基本方针》(Berlin,1803),页45。

费希特的先验主体(Transzendentalsubjekt)和斯宾诺莎的实体(Substanz),与一种意识上超越的统一基础融为一体。1793/94 年间,施莱尔马赫用斯宾诺莎来反对康德时就已达成的观点由此得到加强。这个观点与柏拉图的相论(Ideenlehre)的联系,并没有发生深刻变化,就此而言仍然停留于表面。其起点是一个未加详细分析的、对柏拉图主义在美学上达成的理解,它超越了对柏拉图精神仅仅表示崇敬的理解,这种理解却未能显现出柏拉图哲学本身的系统,从而不具有批判性。

《批评迄今为止的伦理学的基本方针》发表时,施勒格尔已经移居巴黎(1802),他尚未对柏拉图翻译作出自己的贡献。出版商和施莱尔马赫的催促,大都没有表示责备,也未能影响施勒格尔退出共同出版关系。① 施勒格尔终于写成了他的《帕默尼德》(*Parmenides*)和《斐多》(*Pädon*)引论(KFSA 18,页 531 - 537),并完成了一篇简短的柏拉图研究总论,随后,②弗劳曼提出的最后期限是 1803 年初,然而时间还是徒然

---

① 参阅 1801 年 4 月 27 日的书信,当中说到:

> 如果要我说心里话,我必须向你坦陈,你对待柏拉图和我参与其中的方式,可能使我对整项计划失去兴趣。[……]你大概认为,[……]我其实根本无法承担公开责任,所以也毫无必要要提到我的名字。(《书信》,卷 3,页 271 以下)。

1801 年 11 月 16 日施勒格尔回信后,施莱尔马赫此时已不再愿意为此项计划加上自己的名字;施勒格尔表示接受,但同时又请求施莱尔马赫就柏拉图研究引论写一份草稿来帮助他(参阅同上,页 296 以下)。

② 参阅 1802 年霜月 13 日(12 月 4 日)的信。见《书信》,卷 3,页 330:"我惊奇的是,你还没有看到这两篇小引论就动笔了;它们已经寄出很长时间了。现在你也有了长篇引论,尽管长却内容紧凑。"这个长篇引论尚未流行,却已收入了他《欧洲文学史》中的《柏拉图的特色》(*Charakteristik des Platon in der Geschichte der europäischen Literatur*,1803/04,KFSA,Bd. 11,S. 118 - 125);进一步参阅分为十二卷的《哲学的发展》(*Die Entwicklung der Philosophie*,Köln,1804/05;KFSA,Bd. 12,S. 207 - 226),其中施勒格尔再次表述了他关于柏拉图对话的真实性与次序的观点:

> 研究归于柏拉图名下的所有对话的真实性,需要非常聚精会神;就此只有最大的怀疑的确是不够的。弟子们把按照大师的精神写成的作品,或似乎属于大师的作品添加到他的遗著之中,这样的情况在当时并不少见。后来才出现了批评;早期人们的注意力过多集中于内容,也因此不假思索地接受了与主要理念

流逝。在 1803 年 5 月 5 日致施莱尔马赫的信中,施勒格尔最终退出了此项合作计划,因为:"翻译柏拉图的的确确非我能力所及。我对此没有足够的兴趣。"(《书信》,卷3,页 341)然而,他却提出单独发表一篇以他迄今的研究为根据的《柏拉图批评》(Kritik des Plato)。①接着,弗劳曼取消了合同,施莱尔马赫却赢得了与自己关系密切的柏林出版商拉梅尔(Georg Andreas Reimer)来解决弗劳曼的要求,并接过了此项计划。在第一卷译著发表之后,施勒格尔立即指责施莱尔马赫运用了他的观点,却对他只字不提。在 1804 年 10 月 10 日致施勒格尔的信中,施莱尔马赫对此表示抗议(《书信》,卷3,页 404 – 406),认为还有必要接着反驳施勒格尔继续散布的传言。

　　1803 年 11 月,施莱尔马赫发布了一则注明日期为当年 7 月 29 日的《关于柏拉图翻译的广告》(Anzeige dieübersetzung des Platon),他以此公

　　(接上页)([中译编者按]idee,或者 idea,通常译作理念,本辑译者根据上下文,酌情译作理念或者相,而观念则是 Begriff,望读者诸君察之)一致的某些部分。[⋯⋯]在这番简短的研究之后,我们部分根据历史的顺序,部分根据相互关系建立的顺序来审查真实的作品。——对于这样一种完全渐进发展的哲学,问题的关键在于思想系统的逐步发展和提高,所以人们必须通过综观全部作品之间的相互关系,来发现对话间前后相继的次序,因为单篇对话对于我们而言常常完全不可捉摸,所以只有概览全局才能有助于正确理解。因此对话前后相继的次序是这样的:《斐德若》(Phädrus)——《帕默尼德》(Parmenides)——《普罗塔戈拉》(Protagoras,假如这篇对话真实的话)——《高尔吉亚》(Gorgias)——《克拉底鲁》(如果这篇对话出自柏拉图之手)——《泰阿泰德》(Theätetus)——《智术师》(Sophista)——《治国者》(Politikus)——《斐多》(Phädon)——《斐勒布》(Philebus)——《王制》(Republik)——《蒂迈欧》(Timäus)辑语——《克里提阿》(Kritias)辑语。由这些对话可以满意地提出并解释柏拉图哲学的精神和历史。(页 212 以下)

　　① 　同上;施勒格尔在他编辑的《欧罗巴》(Europa)杂志上(1803 年 1 月 1 日,页 54)也预告了这篇同样未完成的作品。1803 年阿斯特也在一篇研究《游叙弗伦》(Euthyphron)的文章中,提请关注这篇承诺"富有洞察力的研究"(参阅 H. Patsch,前揭书,注释 12,页 120)。

开表明,他是施勒格尔计划的唯一承接者。① 其中提到的位于译著开头的总的引论,与施勒格尔的构想并不符合;相反,这项计划应包括关于柏拉图的特质(Charakter,而施勒格尔想让施莱尔马赫用"特色"[Charakteristik])以及关于柏拉图历史地位(这一点符合施勒格尔引论中的计划)的两篇(未完成)论文。因此,施莱尔马赫的柏拉图译著的总的引论,只是关于一个全面构想的序言,充其量也只能是他后来的哲学史讲演集(Vorlesungen über die Geschichte der Philosophie)的替代品。与此相应,在文本开头,施莱尔马赫同时指出,他不想在此专门阐述柏拉图哲学。他只是想破除阻碍理解道路的根本障碍。这些障碍特别指:(1)关于一种秘传的"未成文学说"的猜测;(2)对话缺乏一种系统的、"自然的"次序;(3)单篇对话的真实性不确定。所以,引论只包含关于翻译工作的解释学—技术性序言,而非柏拉图哲学的特征。

　　施莱尔马赫的引论,也可以理解为预告了其解释学的根本原则,

---

① 1803 年 11 月 12 日第 212 期《大众文学报》的"知识界"专栏 1732 栏以下写道:

　　三年前,施勒格尔向哲学界的朋友们预告了一部全面而丰富的柏拉图作品译著。尽管当时未公开提及,以后也不会从他精心设计的提前预告中知道,但我应当也愿意按照当初的约定,就这部译著成为他的助手。究竟是何原因一直在拖延这部译著的出版,不是这里所要探讨的问题;这里所要说只是,几乎就在同时,一方面,出版商疲于一再无端地推迟而取消了合同,另一方面,施勒格尔也确信,在接下来的数年中,他无法按照计划进展的需要,勤奋而坚忍地推进翻译工作。于是同盟就这样瓦解了,尽管如此,我却不能放弃这部作品,我将竭尽全力单独一搏。[……]主要想达成的愿望是,比以往更为深入地理解柏拉图作品的内在关系;此外,也在每一篇对话的目的和精神与解释方法之间,尽最大可能建立关系,并澄清这个关系。[……]一篇总的引论应当放在前面,使读者熟悉译者的立场和他工作的基本原则,如果能够善尽美地运用有益的技巧,那么整体将通过若干阐释柏拉图及其地位之特质和哲学传言者的论文得到解决。同样,每一篇对话都将以一个引论为先导,接下来的注释,部分是对单篇对话最为必要的阐释,部分是针对语言专家的关于每一个大胆修正的辩白。[……]而能够信赖我的其余努力的那些人,也不愿失去这样的希望,即看到在应用中施勒格尔对柏拉图作品有着如此特别而领会深入的天赋;因此,这些人将高兴地看到,施勒格尔想,或者更确切地说是即将,把自己批评柏拉图的研究成果提供给从事此项研究的朋友们。

后来在 1805 年,他于哈勒提出了这个原则。① 这里成为原则的东西,在原来的引论中,只是要走出对作者的无知,因此才有必要揭开误解,正是在这个误解中,我们会看到根本无知的表现。因此,理解过程将以一种器官学的(organologisch)一致性理念为定向,在此,部分与整体相互联系、相互发明。因此,先决条件是一种作者与解释者之间有思辨根据的和结构上的相应性(Homologie)。施莱尔马赫在个性原则中找到了这种相应性,这个原则应当允许将精神的发展——尽管有其他影响导致的变化——理解为对"萌芽方案"(Keimentwurfs)的摆脱、"展开"和深化。一旦确定了这个萌芽方案,人们仿佛就会无拘无束地遵循全部对话的内在关系和次序。②

在这个背景之下,确定对话的时间问题,对于理解柏拉图就有了特殊的重要性。施勒格尔要施莱尔马赫将《斐德若》视为柏拉图最早的作品,因为在这篇对话中,柏拉图全部哲学的萌芽都已囊括其中,这篇对话也因此成为"全部对话的一个构想"。这种看法自 1832 年起不再有效,因为历史—语文学研究将《斐德若》排出了早期对话的范围,并将其归于柏拉图成熟时期的作品。③ 这不仅仅意味着修正了施莱尔马赫的柏拉图形象,就是说,对他的解释学理论根本观点的一项指控(Infragestellung);而且,这项新的研究还批评了施莱尔马赫的柏拉图解释,它首先意味着这一事实:施莱尔马赫的柏拉图研究遗传了早期浪漫派的同一哲学的基本观点,从而导致对历史根据的放大(Überformung),以有利于目的论式的结构性全貌。

---

① W. Virmond 对此问题的全面评价:《虚构的作者:施莱尔马赫对柏拉图对话的技术性解释(1804)作为他的哈勒解释学(1805)的前奏》(*Der fictive Autor. Schleiermachers technische Interpretation der platonischen Dialoge*[1804]*als Vorstufe seiner Hallenser Hermeneutik*[1805]),见《哲学档案》(*Archivio di Filisofia* 52[1984]225 – 232)。

② 参阅《施莱尔马赫致盖斯(Gaß)的信》,1805 年 11 月 16 日,见《施莱尔马赫与盖斯的通信集》(*Fridrich Schleiermacher:Briefwechsel mit J. Chr. Gaß*,Berlin,1852),页 35:"最初的理念方案是[……]一部作品的核心,它与作者本人最直接地联系在一起。"

③ 这指在 G. Stallbaum 于 1832 年发表的《斐德若》译本中;K. F. Hermann 由此得出结论:施莱尔马赫的柏拉图解释是站不住脚的。特别参阅《柏拉图哲学的历史与系统》(*Geschichte und System der Platonischen Philosophie*,Bd. 1,Heidelberg,1839)。

　　这样的批评性解释还需要澄清一个问题，施莱尔马赫的哲学与柏拉图的哲学之间，有何种关系。然而，此项施莱尔马赫研究却根本没有关注到这一问题。① 施莱尔马赫本人对此也没有更为确切的说明。他来自古典哲学范畴的独特哲学立场，与其说是柏拉图影响的结果，还不如说是亚里士多德，对此情形可以这样设想：对他的体系之建构，柏拉图的影响微不足道，柏拉图的影响在于后康德主义（nachkantischen）路线转向了一种绝对哲学，历史的共同点（Anknüpfungspunkte）可以支持这一点。进而言之，自 1803 年起，施莱尔马赫在柏拉图——还有斯宾诺莎——那里为他自己的体系找到了证据，从而产生了一个系统而令人感兴趣的解释，在很多方面，与其说这个系统适合柏拉图，还不如说适合施莱尔马赫，这个解释用一种模糊的柏拉图主义作为表述其观点的背景，它的起点是 1800 年左右的早期唯心主义—早期浪漫派哲学的论辩氛围。然而，这并不妨碍在表述中接受柏拉图主义传统的种种因素，并以其为理论中介，也正是在这个背景之下，施莱尔马赫与柏拉图的——整体来看的确少得可怜——系统性关系方可得到恰当估价，这个关系首先应服从于施莱尔马赫的辩证法。

---

　　① 　参阅 H. – G. Gadamer，《施莱尔马赫作为柏拉图学者》（*Schleiermacher als Platoniker*），见氏著，《短论集》（*Kleine Schriften*, Bd. 3, Tübingen 1972），页 141 – 149；G. A. Krapf，《柏拉图的辩证法与施莱尔马赫思想：对施莱尔马赫的再解释》（*Platonic Dialectics and Schleiermacher's Thought: an Essay towards the Reinterpretation of Schleiermacher*, Yale University Ph. D. 1953）；K. Pohl，《施莱尔马赫的辩证法研究》（*Studien zur Dialektik F. Schleiermachers*, Diss. Mainz 1954）；G. Scholtz，《施莱尔马赫与柏拉图的理念学说》（*Schleiermacher und die Platonische Ideenlehre*），见《国际施莱尔马赫会议论文集 1984》（*Internationaler Scheiermacher – Kongreß1984*, hg. v. K. – V. Selge, Berlin und New York 1985），页 849 – 871；G. Moretto，《柏拉图主义与浪漫主义：施莱尔马赫〈论宗教〉中的柏拉图》（*Platonismo e romanticismo. Platone nei "Discorsi sulla religione" di Schleiermacher*），见《哲学档案》（*Archivio di Filisofia* 52[1984]233 – 269）；进一步可参阅的有关论文，见 A. Laks und A. Neschke 编，《解释学范式的复兴：施莱尔马赫、洪堡、波克、德罗伊森》（*La naissance du paradigme herméneutique. Schleiermacher, Humboldt, Boeckh, Droysen*, Lille 1990）。

施莱尔马赫作为柏拉图学者[*]

兰姆(Julia A. Lamm)　著

黄瑞成　译

"或许五十年后有人会做得更好。"①施莱尔马赫曾就他自己的柏拉图翻译作出预言,老实说,它完全错了。② 差不多两百年后的今天,他的柏拉图翻译不仅占据德语柏拉图译本销售的榜首,而且依然是学

*　本文的研究得到洪堡基金(1996 - 1997)和乔治城大学暑期教师研究基金的资助(1996);除两个机构之外,我还要感谢柏林洪堡大学和柏林—伯兰登堡科学院。我尤其要感谢 Kurt - Victor Selge、Wolfgang Virmond 和 Cilliers Breytenbach 慷慨的学术接待。我还要感谢 Dawn DeVries、William C. McFadden、S. J. , Elizabath Mckeown、Alexander Sens、Brent Sochness、David Wolfsdorf,以及《宗教杂志》(*Journal of Religion*)的读者;他们对初稿的详细评论真是弥足珍贵。

①　《施莱尔马赫致拉梅尔(G. A. Reimer)》,1803 年 6 月,见《施莱尔马赫生平·书信》(*Aus Schleiermacher's Leben.* In Briefen. 4 vols,Berlin 1861),卷 3,页 349,以下简称 ASL。

②　《柏拉图文集》(*Platons Werke*) von F. Schleiermacher,3 vols,Berlin,1804 - 1828。

者们认可的权威译本。① 与施莱尔马赫的翻译同等重要的,是他在随附的"柏拉图对话引论"中对柏拉图的解释。② "通过他的解释",狄尔泰断言,"对古希腊哲学的认识第一次成为可能。"③因而尤为值得一提的是,关于施莱尔马赫的这一最伟大成就,英语世界仍处于相对无知的状态。④ 正如施莱尔马赫的信仰学说是基督教思想史的分水岭,

① 见 Hermann Gauss,《柏拉图对话实用哲学评注》(*Philosophischer Handkommentar zu den Dialogen Platos*),6 vols,Bern:Herbert Lang,1952 – 1961,卷 1:20 – 21;Jürg Jantzen,《施莱尔马赫的柏拉图翻译与注释》(*Schleiermacher's Platon – Übersetzung und seine Anmerkungen dazu*),见 F. D. E. Schleiermacher,《论柏拉图哲学》(*Über die Philosophie Platons*, ed. Peter M. Steiner,Hamburg:Felix Meiner,1996),页 xlv – lviii。维拉莫威茨(Ulrich von Wilamowitz – Moellendorff)的少数派观点认为,施莱尔马赫的翻译"令人不可忍受",这个观点一定程度上出于他确信柏拉图"不可译"而必须阅读希腊原文(*Platon:Sein Leben und seine Werke*,3d ed. ,Berlin and Frankurt am Main:Weidmann,1948,p. xii)。

② 施莱尔马赫的柏拉图的对话引论可以在 Peter M. Steiner 新近编辑的《论柏拉图哲学》中见到。施莱尔马赫的引论英译以"柏拉图对话引论"(*Introductions to the Dialogues of Plato*,trans. William Dobson,1836;reprint,New York:Arno Press,1973)为题。除非另行注明,所有引述都是我的译文,页码指 Meiner 版。正文中的"总论",注释中为"Einleitung"。

③ W. Dilthey,《施莱尔马赫生平》(*Leben Schleiermachers*,1870),见《著作集》(*Gesammelte Schriften*),vol. 13,pts. 1 and 2,以下简称 GS, 13/1 或 GS, 13/2, ed. M. Redeker, Göttingen:Vandenhoeck & Ruprecht,1970,13/2,页 37。

④ G. A. Krapf 的博士学位论文《柏拉图的辩证法与施莱尔马赫思想:对施莱尔马赫的再解释》(*Platonic Dialectics and Schleiermacher's Thought:an Essay towards the Reinterpretation of Schleiermacher*,Yale University Ph. D. 1953)仍是英语学术界关于施莱尔马赫的柏拉图解释中最为深入的研究,尽管它是五十年前的旧作。Richard B. Brandt 的《施莱尔马赫的哲学:他的科学与宗教认识理论的发展》(*The Philosophy of Schleiermacher:The Development of His Theory of Scientific and Religious Knowledge*,New York:Greenwood,1968)只是偶然提及柏拉图。Robert R. Williams 的《神学家施莱尔马赫:上帝观之建构》(*Schleiermacher the Theologian:The Construction of the Doctrine of God*,Philadolphia:Fortress,1978)提醒我们,施莱尔马赫是柏拉图翻译家(页 14),并对施莱尔马赫的神学与《帕默尼德》作了比较(页 60 – 64),却不知道施莱尔马赫到底就这篇对话说了些什么;他最关注的问题是比较施莱尔马赫与库萨(Cusanus),后者代表一种类型的柏拉图主义。相反,Albert L. Blackwell 的《施莱尔马赫早期的生命哲学:决定论,自由与幻想》(*Schleiermacher's Early Philosophy of Life:Determinism,Freedom,and Phantasy*,Chico,Calif:Scholars Press,1982)专辟一章"施莱尔马赫受惠于斯宾诺莎与柏拉图"(*Schleiermacher's Debt to Spinoza and Plato*,页 123 – 136),回顾了此项翻译计划,并描述了施莱尔马赫受柏拉图影响之概况。Hans Joachim Krämer 的施莱尔

他的解释学（Hermeneutik）标志着批评理论的转折点，他的《柏拉图文集》（*Platons Werke*）引论也标志着语文学领域的一个"地质断层"。[①]施莱尔马赫"提出了一个柏拉图问题"，并由此改变了我们关于柏拉图的主观臆断。[②]

真正设想着手如此巨大的一项工程来翻译柏拉图的全部作品，其背景是十八世纪晚期德国语文学的复兴。与十五和十六世纪的古典主义一样，这个新古典主义也专注于精心翻译古典文本。然而与之前的文艺复兴不同，这个新的复兴并不具有多民族的特征，而仅限于德语学界。荷马、柏拉图和莎士比亚被翻译成了自觉而又具有浪漫主义风格的德语。这场语文学运动贯穿着这样一种意识，即只有德国人，也只有德语才有能力揭示古典作品的灵魂。而且，这场新的德语复兴运动受到新出现的历史意识的激发。哈曼（J. G. Hamann）与赫尔德（J. G. Herder）于1770年代发表了关于语言本质的革命性著作之后，不仅是文本、而且连语言本身都开始被视为具有根本的历史性本质。

（接上页）马赫对话引论研究《柏拉图与形而上学之基础：论柏拉图的原则与未成文学说之理论，附基本研究文献》（*Plato and the Foundation of Metaphysics：A Work on the Theory of the Principles and Unwritten Doctrines of Plato with a Collection of the Fundamental Documents*, ed. and trans. John R. Catan, Albany, N. Y. : SUNY Press, 1990）由意大利语译为英语，但他更关注有关直接或间接的柏拉图传统的论争而非理解施莱尔马赫（参见本文 III 部分分以下）。在《活的上帝：施莱尔马赫对斯宾诺莎的神学评价》（*The Living God: Schleiermacher's Theological Appropriation of Spinoza*, University Park: Pennsylvania State University Press, 1996, 页84－91）中，我关注施莱尔马赫的"柏拉图化的斯宾诺莎主义"（Platonized Spinozism），却未进一步深入，这一主题引导我就此问题作进一步研究。

① Hernrich von Stein,《柏拉图主义史六卷：柏拉图体系及其与后世神学和哲学的关系》（*Sieben Bücher zur Geschichte des Platonismus: Untersuchungen über das System des Plato und sein Verhältniss zur späteren Theologie und Philosophie*, 3 vols. , Göttingen, 1862, 1865, 1875; reprint. Frankfurt am Main, 1965），卷3，页409。

② 同上，页375。据 Holger Thesleff 在《柏拉图编年研究》（*Studies in Platonic Chronology*, Commentationes Humanarum Litterarum no. 70, Helsinki: Societas Scientiarum Fennica, 1982, 页375）中称，"在德语影响范围之外不存在'柏拉图问题'。柏拉图和柏拉图主义研究遵循继承下来的原则，很少关注成书时间与真实性问题"。

施勒格尔受到这场新运动激发,并注定要将这场运动引向深入,他认为发展德语的时机已经成熟,可以完成对柏拉图的新的"具艺术性的"翻译。为了完成此项计划,施勒格尔请求给予帮助的那个人正是他当时的室友,柏林随军医院(Charité Hospital in Berlin)的年轻牧师施莱尔马赫。最终,柏拉图的翻译计划要比两人的友谊更为持久,并成为施莱尔马赫一个人的事业。这也从根本上改变了柏拉图研究的方向。回过头来看,施莱尔马赫的柏拉图翻译计划,标志着德国语文学历史上独一无二的十年。1799 年,施勒格尔和施莱尔马赫设想这个如此大胆而又具有里程碑意义的事业时,这一领域对他们是开放的;1809 年,施莱尔马赫出版了《柏拉图文集》倒数第二卷后,语文学日益专业化为一个独立的学科,老一辈翻译家——伍尔夫(F. A. Wolf),施勒格尔(A. W. Schlegel)和梯耶克(L. Tieck)——遭到新一代的攻击。杜勒(R. Steven Turner)认为,这导致"专业化和局限于少数人的语文学疏离了更为广泛的文化古典主义渠道"①。

如果施莱尔马赫贡献重大,如果事实上施莱尔马赫为此付出了他一生中最具成长性的十年,而且作为柏林皇家科学院成员,他终身都在研究柏拉图,那么令人惊诧的是,"施莱尔马赫与柏拉图"这个主题的论著为什么会如此之少。② 看来,这的确是一个有必要深究的问题。施莱尔马赫不止一次地作出过这样的声明:"从来没有哪个著作家对

① R. Steven Turner,《历史主义、批评与 1790 - 1840 年的普鲁士学界》(Historicism, Kritik, and the Prussian Professoriate, 1790 to 1840),见《十九世纪的哲学与解释学 II》(Philosophie und Hermeneutik im 19 Jahrhundert II, ed. Mayotte Bollack and Heinz Wismann, Göttingen: Vandenhoeck & Ruprecht, 1983),页 468。

② 除页 17 注释 4 中的著作,可参 Werner Schultz,《施莱尔马赫论著中的希腊气质》(Das griechische Ethos in Schleiermachers Reden und Monologen),见《新系统哲学与宗教哲学杂志》(Neue Zeitschrift für systematische Theologie und Religionsphilosophie 10, 1968;页 268 - 288);H. G. Gadamer,《柏拉图式的施莱尔马赫》(Schleiermacher Platonicien),见《哲学档案》32 辑(Archives de Philosophie 32, 1969,页 28 - 39);Franz Christ,《施莱尔马赫与柏拉图的神话和逻各斯之关系》(Schleiermacher zum Verhältnis von Mythos und Logos bei Platon,页 837 - 848),以及 Gunter Scholtz,《施莱尔马赫与柏拉图的理念论》(Schleiermacher und die Platonische Ideenlehre,页 849 - 874),见《新系统哲学与宗教哲学杂志》(Neue Zeitschrift für systematische Theologie und Religionsphilosophie 10, 1968;页 268 - 288),两篇文章均见《国际施莱尔马赫年

我的影响,能比得上这位像神一样的人,尤其是他不仅将最神圣的哲学,而且将最神圣的人透露给了我。"[1]狄尔泰认为,柏拉图与斯宾诺莎和沙夫茨伯里(Shaftesbury)一道,成为施莱尔马赫思想中具有决定性意义的哲学力量(参见 GS,13/1,页 166 - 179;13/2,页 43)。然而问题仍在于,"施莱尔马赫与柏拉图"这一主题牵涉的问题非常混乱,甚至会因此而更加难以描述。

必须区分研究"施莱尔马赫与柏拉图"这一主题的两条进路。第一条进路集中于作为神学家或哲学家的施莱尔马赫身上,它提出的问题是:柏拉图或柏拉图主义以何种方式影响了施莱尔马赫? 然而问题在于,并不存在我们可以按任何一种系统化的方式加以引证的文本,所以,回答这个问题的人,大多只能专注于某个特定的主题:不管是辩证法、伦理学,抑或教育。[2]第二条进路集中于作为语文学家的施莱尔马赫,提出的问题是:施莱尔马赫如何理解柏拉图? 后者主要是语文学家或哲学家采取的进路。[3]然而,除非并且直到回答了第二个问题,

---

(接上页)会 1984》(*Internationaler Schleiermacher - Kongress 1984*, ed. Kurt - Victor Selge, Berlin: Walter de Gruyter, 1985);Eilert Herms,《施莱尔马赫伦理学中的柏拉图主义与亚里士多德主义》(*Platonismnus und Aristotelismus in Schleiermachers Ethik*),见《施莱尔马赫哲学与哲学传统》(*Schleiermacher's Philosophy and the Philosophical Tradition*, ed. Sergio Sorrentino, Lewisten, Maine: Edwin Mellen, 1992),页 3 - 26。

[1] 《施莱尔马赫致布林克曼(Carl Gustav von Brinckmann)的信》,1800 年 6 月 9 日。见施莱尔马赫,《批评版全集》(*Kritische Gesamtausgabe*, pt. 5, Briefwechsel, ed. Andreas Arndt and Wolfgang Virmond, Berlin und New York Walter de Gruyter, 1985 -),卷 4,页 82。以下简称 KGA。

[2] 分别参见页 17 注释 4;Paul Kroker,《特别由柏拉图的道德学说看施莱尔马赫的道德学说》(*Die Tugendlehre Schleiermachers mit spezieller Berücksichtigung der Tugendlehre Platos*, Ph. D. diss., Universität zu Erlangen, 1889);Norbert Vorsmann,《柏拉图主义对于施莱尔马赫与赫尔巴特的教育理论的意义》(*Die Bedeutung des Platonismus für den Aufbau der Erziehungstheorie bei Schleiermacher und Herbart*, Düsseldorf: A. Henn, 1968)。

[3] 参见《论柏拉图哲学》(参页 17 注释 4)的三篇导言:Andreas Arndt,《施莱尔马赫与柏拉图》(页 vii - xxii),Peter M. Steiner,《关于施莱尔马赫的柏拉图的论争》(*Zur Kontroverse um Schleiermachers Platon*,页 xxiii - xliv),Jantzen(页 17 注释 1);亦参 Th. A. Szlezák,《施莱尔马赫 1804 年的柏拉图翻译"引论":铁德曼与滕内曼之比较》(*Schleiermachers 'Einleitung' zur Platon - Übersetzung von 1804: Ein Vergleich mit Tiedemann und Tennemann*),见《古典与西方》(*Antike und Abendland 43*, 1997),页 46 - 62。这四位学者中唯有 Arndt 是施莱尔马赫专家。

否则,第一个问题不可能获得可靠答案。换句话说,逻辑上优先的问题是,哪一个柏拉图影响了施莱尔马赫? 因为对柏拉图有多种解释,也就有多种为施莱尔马赫所拒斥的柏拉图主义。

"施莱尔马赫的柏拉图"是一项更宏大的研究,本文是其第一部分,我将采取第二条进路,并专注于作为柏拉图学者的施莱尔马赫,冀望由此来填补施莱尔马赫研究、特别是英语学界施莱尔马赫研究的空白。施莱尔马赫改变了柏拉图解释的方向,这是不容置疑的事实,也很难提出新的争论——然而,这是一个尤其为我们这些非语文学家的人忽略和遗忘的事实。因此,我的目的是——通过分析施莱尔马赫的柏拉图对话"总论"和考察"现代的"柏拉图研究——就此论题提出新的见解。为此,我在这里要描述翻译计划本身——其构想,其喧嚣不断的进程,还有其出版(一);还要解释施莱尔马赫"总的引论(General Introduction)"的三个核心主题,这些主题对于当时的柏拉图研究是全新的,而且对此后的柏拉图解释产生了深远影响(二);也要探讨关于施莱尔马赫的柏拉图解释的三项争议,其中一项仍然存在争议(三)。理解了施莱尔马赫如何理解柏拉图,对施莱尔马赫的理解就能稍好一点。

一、翻译计划之构想

就在施莱尔马赫为他的《论宗教:对有教养的宗教鄙视者的谈话》(*On Religion:Speeches to Its Cultured Despisers*)[1]"写下最后一笔"[2]的那个月,他致信友人赫尔茨(Henriette Herz)说,他与朋友施勒格尔合作承担了一项更为艰巨的任务:

> 就在我上次去柏林前,施勒格尔十分突然地写信给我,
> 说他仍打算与我合作,并认为没有什么比翻译柏拉图更有价

---

[1] 《施莱尔马赫致赫尔茨(Herz)》,1799 年 4 月 5 日,KGA,第五部分,卷 3,页 90。

[2] 施莱尔马赫,《论宗教:对有教养的宗教鄙视者的谈话》(*Über die Religion:Reden an die Gebildeten unter ihren Verächtern* ,Berlin,1799)。

值了。啊呀！这可真是个绝好的主意，我坚信少有人能比我们更适合做这件事了，但在数年之内我还不敢冒险去做这件事情，此外要做就必须摆脱任何外在的依赖，而过去做每件事情总会遇到这样的依赖，为此消磨时光必然毫无价值。但这仍是一个秘密，还为时尚早。①

根据最初的设想，柏拉图翻译计划有四项任务：施勒格尔和施莱尔马赫将分别选取最适合自己的对话来翻译，并将带有注解的全部译稿送给对方作批评性校注；施勒格尔将写一篇导论，即运用新的科学方法写一篇"柏拉图研究"；施莱尔马赫要写一篇关于"描述柏拉图之特色(Characterization of Plato)"的总结性文字；最后，对话将第一次按历史次序加以编排，施勒格尔确信，这个次序只不过有待发现而已。② 每一项任务随后都成了这个两位合作者—友人间的争端。

很明显，施勒格尔是这项计划的领导者。③ 他的名字增加了这项计划的分量。是他邀请施莱尔马赫协助完成此项计划，他显然支配着最初的计划，并且负责与出版商弗劳曼交涉。根据施勒格尔与弗劳曼于 1800 年晚冬达成的协议，柏拉图译文将分为两卷，第一卷于 1801 年复活节面世。施勒格尔致信施莱尔马赫，告知此项协议的详情，并询问施莱尔马赫是否愿意在出版声明和扉页上署名。④ 很奇怪，施勒格尔非要提出这样一个问题；未及施莱尔马赫回复，施勒格尔便单方

---

① 《施莱尔马赫致赫尔茨》，1799 年 4 月 29 日，KGA，第五部分，卷 3，页 101。

② 参见《施勒格尔致施莱尔马赫》，1800 年 3 月 10 日和 28 日，KGA，第五部分，卷 3，页 412，442 - 443；柏拉图翻译广告刊登在 1800 年 3 月 29 日第 43 期《大众文学报》的"知识界"专栏(Intelligenzblatt der Allgemeinen Litteraturzeitung，KGA，第五部分，卷 3，页 431 - 432)和《诗学杂志》(Poetisches Journal 1, no. 2, 1800)，页 493 - 494；《施莱尔马赫致波克》，1808 年 6 月 18 日，GS，13/2，页 70 - 75。

③ 有证据表明两人在同室共居的头一年共同策划此项计划。但《批评版施勒格尔文集》(Kritische Friedrich - Schlegel - Ausgage，München und Wien 1958ff.)的编者贝勒(Ernst Behler)辩称，施勒格尔早在 1796 年就着手翻译柏拉图，远在遇到施莱尔马赫之前(见卷 19，页 536)。

④ 参见《施勒格尔致施莱尔马赫》，1800 年 3 月 10 日，KGA，第五部分，卷 3，页 412。

面决定,在出版声明中只署自己的名字,这着实令人吃惊。施勒格尔后来是"在目前的出版声明中我更想单独署名;两个人署名——对于读者而言太多了,会使他们失去信心"①。施莱尔马赫的反对到达颇晚,而且于事无补,针对他的反对,施勒格尔的回应很"惊人"。他认为不必道歉,并坚持认为他没有做错什么,但这项计划的开端被施莱尔马赫的不快搞糟了,这令施勒格尔快快不乐,不过,他保证施莱尔马赫的名字会出现在扉页和一篇"特别前言"中。"两个人共同翻译柏拉图如何可能?"②这是一个富于修辞、却又预见了翻译计划最终命运的问题,施勒格尔试图以此为他的决定开脱。

在写给朋友布林克曼(Carl Gustav von Brinckmann)的信中,施莱尔马赫轻描淡写地提到了这段关于出版声明的插曲。③ 但这段插曲依然是施勒格尔与施莱尔马赫之间的敏感问题,回过头来看,1799 年夏天,它已然潜入友谊之中,是他们紧张关系的明显标志,也是一种前兆,决定了他们合作翻译柏拉图计划结局的深刻分歧。施勒格尔对金钱贪得无厌,让自己承担了过多无法完成的计划,这常常使施莱尔马赫不得不抓紧松弛的环节。④ 而且,施勒格尔的私生活和缺乏连续性的研究习惯,加上两人异地而居,这些使他们不可能满足任何一项时间限制。⑤ 意义最为深远的则是,在柏拉图解释,以及他们的柏拉图研究应

---

① 参见《施勒格尔致施莱尔马赫》,1800 年 3 月 21 日,KGA,第五部分,卷 3,页 431 - 432。

② 参见《施勒格尔致施莱尔马赫》,约 1800 年 4 月 4 日,KGA,第五部分,卷 3,页 455。

③ 他接着写道,柏拉图的作品"使我充满了激情,从我知道他那天起,就对他充满了无以言表的深刻崇敬——但同时我在他面前又会陷入敬畏,我害怕超出自己的能力之限度。上帝会帮助我们的"。见《施莱尔马赫致布林克曼》,1800 年 4 月 22 日,KGA,第五部分,卷 3,页 486。

④ 参见《施勒格尔致施莱尔马赫》,1800 年 3 月 28 日,KGA,第五部分,卷 3,页 443。

⑤ Hans Stock 辩称,这两位朋友之间的不和应当在一个更为宽广的语境中来解释,而非仅仅局限于柏拉图翻译计划,两人之间的紧张关系不能只归结为施勒格尔的人格缺陷;斯托克声称两人关系的偏离,是由各自将关于个体性的浪漫派观点内在化时所采取的不同方式所导致的结果,这种说法还是过于将问题理想化了(*Friedrich Schlegel und Schleiermacher*, Ph. D. diss., Universität zu Marburg,1930)。狄尔泰的评价更为鲁莽,他将两人的分歧归结为"施勒格尔不成熟和未卜先知式的思想,与施莱尔马赫坚实而有根有据的柏拉图论著之间的矛盾"(GS,13/2,页 48)。

具有怎样的特征问题上,他们具有分歧。第二年——从 1800 年 3 月发布出版声明,到计划中的出版日期 1801 年复活节——分歧越来越大,并发生了不可接受的角色逆转。虽然施勒格尔一开始是计划公认的专家,施莱尔马赫只是一个战战兢兢的新手,但后者的热忱和勤奋使其获得了超越前者的专业知识。① 最后,施勒格尔自己承认,"翻译柏拉图的的确确非我能力所及。"②

时间已经到了 1800 年夏天,施莱尔马赫却感觉他的朋友施勒格尔"似乎没有严肃地对待"③柏拉图翻译,他发现了一个更投缘的合作者海茵道夫,此人正致力于《斐德若》的一个校勘本。④ 施勒格尔这方却报告说,他仍在阅读,以便确定自己要翻译的文本,但坚称自己已经有了"总的想法"。⑤ 然而,施勒格尔开始走捷径,因为他建议自己的导言可以留待最后完成。施莱尔马赫回复了一封长信,这标志两人合作事务的重大转折。"我的确不这样看,"他写道,并进一步说,"因为你正在勤奋地阅读,头脑中也已有总的想法,所以我希望你能把它写下。"⑥很明显,他已开始挑战施勒格尔的领导地位了:施勒格尔真想对他人的柏拉图研究保持沉默吗? 如果施勒格尔不能完成导言,施莱尔马赫应当取而代之吗? 施勒格尔接受了挑战,他解释说自己正在非常激烈地"柏拉图化"(Platonizing),正在反复阅读对话以便发现其真实性和次序。他还重申了自己的领导地位,怀疑施莱尔马赫对《斐德若》有更多的专业知识,而且,尽管存在着反对意见,他还是坚信某些对话

---

① 《施莱尔马赫致布林克曼》,1800 年 6 月 9 日,"我必须怎样研究才配作施勒格尔翻译柏拉图的合作者啊! ……不管整个冒险如何激动人心,不管我有多少神圣的敬畏,如果搞出来的只是平庸之作,我决不会原谅自己"(KGA,第五部分,卷四,页 82)。

② 参见《施勒格尔致施莱尔马赫》,1803 年 5 月 5 日,ASL,卷 3,页 341。

③ 《施莱尔马赫致赫尔茨》,1800 年 6 月 5 日,KGA,第五部分,卷 4,页 119。

④ 参见 L. Heindorf,《柏拉图对话四篇:〈吕西斯〉、〈卡尔米德〉、〈希庇阿斯前篇〉、〈斐德若〉》(*Platonis Dialogi Quattuor: Lysis, Charmides, Hippias Major, Phaedrus*, Berlin, 1802)。

⑤ 参见《施勒格尔致施莱尔马赫》,1800 年 6 月初,KGA,第五部分,卷 4,页 122。

⑥ 参见《施莱尔马赫致施勒格尔》,1800 年 6 月 10 - 11 日,KGA,第五部分,卷 4,页 145 - 151。

的真实性。施莱尔马赫却表示不服。他批评施勒格尔提出的不是理由而是只言片语，并坚持要施勒格尔为进入对话提出更系统的方法。他明显对施勒格尔"出了名的消极怠工"不耐烦了。① 反过来，施勒格尔开始怀疑，施莱尔马赫是否恰恰想把最重要的内容据为己有。

第二个转折点出现在 1800 年 10 月，施勒格尔最终完成了他的"假说综合"（Complexus of Hypotheses），其中提出了一封简略的柏拉图对话年表（根据柏拉图的生平而分为三个时期），甚至还更简略地解释了他的基本原则。施勒格尔将反讽（irony）概念作为其指导原则，得出了一个非同寻常的结论：《忒阿格斯》（Theages）是真作，而《申辩》（Apology）是伪作。他宣称，"我对自己从未如此满意"② 。施莱尔马赫对此既不满意亦不为所动，他警告说：将反讽作为基本的批评原则，"只会导致矛盾"③ 。冷漠比激烈的批评更使人难以忍受。尽管乍看上去，施勒格尔并没有为施莱尔马赫对其"假说"的反应所困，但后来他有些愤怒地重提此事，声称"你冷对我的对话次序理论……倒宽容了我的欠缺"④ 。施莱尔马赫只是认为，施勒格尔自己过分执着于较为理论化的问题，即对话应当如何排定次序，而他本人则确信，语文学的任务具有基础性。接下来就是准确而精心的翻译，与施勒格尔一样，施莱尔马赫认为翻译是一门艺术。"哲学与高级语法学在翻译中应相互发明。"⑤

合作关系的最后转折点在 1801 年 4 月，施莱尔马赫苦于出版日期一拖再拖，最后提请施勒格尔注意：

我必须直截了当地告诉你，鉴于你对待柏拉图翻译计划的态度和我在其中的角色，你的所有做法都破坏了我对整件

① 参见《施莱尔马赫致施勒格尔》，1800 年 9 月 13 日，KGA，第五部分，卷 4，页 258。
② 参见《施勒格尔致施莱尔马赫》，1800 年 11 月 8 日，KGA，第五部分，卷 4，页 352。
③ 参见《施莱尔马赫致施勒格尔》，1801 年 1 月 10 日，ASL，卷 3，页 251。
④ 参见《施勒格尔致施莱尔马赫》，1801 年 10 月 26 日，ASL，卷 3，页 295。
⑤ 参见《施莱尔马赫致施勒格尔》，1801 年 2 月 7 日，ASL，卷 3，页 261。几年后，施莱尔马赫全面解释了他自己确定对话真实性及次序的方法（参见《施莱尔马赫致施勒格尔》，1804 年 10 月 10 日，ASL，卷 3，页 404–406）。

事情的全部期待……看来你对我的举动置若罔闻：既不回应
我对你的批评，也不对我的任何做法作一丁点评价……所以
我甚至不知道你是否读了我的文字。这实在无法原谅。①

稍后，施莱尔马赫断定，施勒格尔不仅把握不了材料，而且作主要
责任人也不够格。

1801 年的其余时间，他们的分歧进一步扩大，但也有一些让步和
新的妥协。新年之际，两人在柏林再度聚首数周，并重建友谊。但施
莱尔马赫认为，此次会面并未就柏拉图翻译计划取得任何进展。1802
年又多次错过时限，施勒格尔和法伊特（Dorothea Mendelssohn Veit）移居
巴黎，施莱尔马赫在斯托尔普（Stolpe）获得一个职位，弗劳曼不止一次
作出最后通牒。到了 1803 年 3 月，施莱尔马赫提出了不可避免的问
题，并温和地敦促施勒格尔将计划移交给他，最后，施勒格尔在 1803
年 5 月 5 日的信中说："朋友，我把［柏拉图翻译计划］交给你……现在
我委托你根据接下来的情况来决定一切。"②随后，施勒格尔承担了对
弗劳曼的经济责任，但保留他写作导言的权利，而且施莱尔马赫应当
采纳他所确定的对话次序，他试图说服施莱尔马赫抵制寻找各篇对话
"完整性"的诱惑。当年夏天，弗劳曼也放弃了这个计划。因此，施莱
尔马赫得以自由地与他的朋友和出版商拉梅尔（Georg Andreas Reimer）
安排一个新的出版合约。"至少，"施莱尔马赫写信给拉梅尔，"译稿
整体上将因为弗里德里希（［中译按］指施勒格尔）的退出而更为统
一。"③他确定了新的出版期限，1804 年复活节，即最初出版日期（［中
译按］指由施勒格尔与弗劳曼与 1800 年晚冬达成的协议）的三年之后。

1803 年 11 月，在关于即将出版的柏拉图译本的"广告"中，施莱
尔马赫强调了他的翻译与三年半以前的翻译计划的连续性；他所以如
此，很大程度上是由于他必须赢得文学和语文学界的认可，而他们正

---

① 参见《施莱尔马赫致施勒格尔》，1801 年 4 月 27 日，ASL，卷 3，页 271 – 272）。

② 《施勒格尔致拉梅尔》，1803 年 12 月 12 日，ASL，卷 3，页 370。

③ 《施莱尔马赫致拉梅尔》，1803 年 12 月 12 日，ASL，卷 3，页 370。

急切期待着施勒格尔的翻译和"柏拉图研究"。① 施莱尔马赫解释说，尽管施勒格尔没有提到他，但他从一开始就与此计划有关，并赢得了两位富有建树的语文学家海茵道夫和施帕丁（G. L. Spalding）的认可。尽管施勒格尔认为有必要终止合同，施莱尔马赫却感到自己"无法放弃此项工作；相反，我发现自己被迫千方百计来单独尝试此项工作"。他相信，这种"必须完成任务的情感"能使他战胜所遇到的任何困难，包括自己的局限。然而，这种谦让态度掩盖的事实是，在过去三年里，施莱尔马赫对自己作为柏拉图翻译者和解释者有了巨大自信。他在"广告"中总结说，哲学界的朋友将会亲眼见证施勒格尔与他的共识及分歧。

　　确切地说，两人分歧究竟何在？ 按照施莱尔马赫的理解，分歧的关键在于语文学本身的方法和任务，而关于对话的次序与真实性的不同理解却在其次。施莱尔马赫责备施勒格尔和施勒格尔的学生阿斯特，认为他们忽视了精心而详尽的语文学历史—注疏工作。② 1802年，施莱尔马赫发表了第一篇柏拉图研究作品———篇回应阿斯特论《斐德若》的匿名评论，其言辞激烈，他在文中清晰描述了语文学家的任务、方法和特征，并与理想的哲学家作了比较。自然还有多数书评惯用的批评言辞：阿斯特将他人的发现据为己有，他没有将自己的主张完全落到实处，既不谦虚也不成熟，等等。然而，在施莱尔马赫对阿斯特的严厉批评中，我们发现了小心编织起来的、他与施勒格尔的通

---

① 施莱尔马赫，《关于柏拉图翻译的广告》（*Anzeige die Übersetzung des Platon betreffend*），见 1800 年 3 月 29 日第 43 期《大众文学报》的"知识界"专栏（见 G. Meckenstock，《历史引言》，KGA，第一部分，著作与手稿，卷 3，页 civ - cv；亦参冈恩特，注释 14，页 xviii - xix）。

② 阿斯特是施勒格尔和谢林（F. W. J. Schelling）的学生。在狄尔泰看来，施勒格尔只是通过对阿斯特的个人影响而在柏拉图学术界留下了自己的痕迹（见 GS，13/2，页 44 - 45）。阿斯特进而自称为柏拉图研究者，但施莱尔马赫自始至终对其作品持批评态度。在其《柏拉图文集》译著第二版（1817）中，施莱尔马赫加入了许多对阿斯特的批评。在其 1829 年的科学院演讲《论解释学概念，以伍尔夫的导言和阿斯特的文本为例》（*On the Concept of Hermeneutics*, with Reference to F. A. Wolf's Introductions and Ast's Textbook）中，施莱尔马赫对阿斯特仍有争论。参见 Schleiermacher，《解释学与批评》（*Hermeneutik und Kritik*, ed. Manfred Frank, Frankfurt am Main：Suhrkamp，1977，页 309 - 346，trans. James Duke and Jack Forstman），见《解释学：手稿》（*Hermeneutics：The Handwritten Manuscipts*, ed. Heinz Kimmerle, Missoula, Mont.：Scholars Press，1977），页 175 - 214。

信中已经表达过的种种抱怨之辞。其中回响着他早先对施勒格尔的警告：“哲学与高级语法学在翻译中应相互发明”，在对阿斯特的批评中，施莱尔马赫描述了哲学与语文学的根本区别：哲学提出其自身的意义，而语文学则尝试发现原初的意义。施莱尔马赫指责“［阿斯特］的主要努力，是依据唯心主义哲学来评价柏拉图的思想”，这只会使他“错误理解并完全错误地解释柏拉图”。①

如果语文学家的任务（在此）是理解和解释柏拉图，那么，语文学家使用的方法就必须是批评的和历史的。也就是说，首先，语文学家不能把含义和在先的理论约束强加给文本。阿斯特的目的却是“在柏拉图中寻找自己的理念”（KGA，第一部分，卷3，页477），他以“唯心主义的哲学原则作为自己的出发点，并心安理得地将此强加给柏拉图”（同上，页471）。其次，对于施莱尔马赫而言，语文学的方法牵涉到对文本精细的语法和比较处理。每一个方面都必须“确切而又完整地”加以区分和彻底研究，因为“语文学的研究领域如此巨大，它的整体努力要以每一部分的努力为基础”，甚至，如果关注细节的谨慎工作尚未完成，则无法理解整体（同上，页470）。阿斯特“对解释的难题和呈现出来的历史任务本身，却置若罔闻”（同上，页469）。第三，如后一项批评所暗示的那样，语文学的方法不可避免是历史的，因为它要求对文本的语言学、文学和观念背景作出深入而彻底的研究，并熟悉“已知的关于这一主题的全部内容”（同上，页470）。然而阿斯特的作品，“完全缺乏历史研究”（同上，页473）。总之，阿斯特的《论柏拉图的〈斐德若〉》表达了最时髦的哲学（the newest philosophy），但对于“柏拉图说了什么”却少有探究（同上，页478）。阿斯特所作所为是“臆测性批评”（Conjecturalkritik）（同上，页469），但真正的语文学家却致力于真正的批评。这是施莱尔马赫在他的柏拉图译著中要承担的任务。

长久期待中的柏拉图译作第一卷于1804年面世，包括《斐德若》、

---

① 施莱尔马赫，《评阿斯特的〈论柏拉图的《斐德若》〉》（*Renzension von Friedrich Ast*：*De Platois Phädro*，*Jena*，1801），见《文学报》（*Litteratur – Zeitung*，vol. 7，no. 30），1802 年 4 月 12 日；亦参 KGA，第一部分，卷3，页474。

《吕西斯》、《普罗塔戈拉》和《拉克斯》四篇对话,还有施莱尔马赫的
"总论",以及单篇对话的引论。第一部分第二卷于次年面世,包括
《卡尔米德》、《游叙弗伦》、《帕默尼德》和一个附录,附录中收入了次
要于核心作品的对话(《苏格拉底的申辩》、《克力同》、《伊翁》和《小希庇阿
斯》),还有通常认为的伪作(《大希庇阿斯》、《美诺》和《小阿尔喀比亚
德》)。这两卷被视为柏拉图的主要作品。在头两部译作的书评中,负
有盛名的语文学家波克(August Boeckh)声言,"到了我们的时代",柏拉
图成了哲学艺术家(philosophical artist),并视施莱尔马赫为"少有的天
才",他完成了需要完成的任务:

> 职业语文学家并不具备引向最专业化知识的考古学知
> 识。这个如此[教育]广博的人,如何形成了如此不同凡响的
> 特别鉴赏力?然而他的的确确了解古代;我们在此可以看到
> 对希腊语和希腊传统的非凡洞见,看到最敏锐的语文学批评
> 之全新结论;没有谁如此全面地理解了柏拉图,并告诉其他
> 人将柏拉图作为柏拉图来理解。①

波克的书评不乏批评之词,但他赞扬了这部具有历史性成就的译
作,认为它的背后是一个天才人物——这个成就不仅属于一个人,也
属于一个民族。"让我们为我们自己自豪吧,"他强调说,"即使外国
人置之不理:因为哪一个民族能像我们一样理解希腊方式呢?我们的
近邻肯定做不到"(参见波克的"评论",页120)。施莱尔马赫翻译的《柏
拉图文集》在诸多方面都是德语语文学复兴的最高标志,旋即成为判
断其他柏拉图研究的标准。②

---

① August Boeckh,《施莱尔马赫译〈柏拉图文集〉第一部分第一卷评论》(*Renzension von Platons Werke von Schleiermacher. Ersten Theiles erster Band.* Berlin,1804),见《海德堡文学年鉴》(*Heidelbergische Jahrbucher der Literatur* 1),第五部,第1-3期(1808),页81-121,页83引文。Turner(前揭)辩称,通过波克,施莱尔马赫的解释学原则为十九世纪的德国语文学"知晓",并成为"普遍趋势"(页471)。

② 参见如波克对 P. G. van Heusde,《判断柏拉图的决定性标准》(*Specimen criticum in Platonem*,Leiden,1803),见《耶拿大众文学报》(Jenaische Allgemeine Literatur – Zeitung 6, no. 1),1809年1-3月,页161-168。

数年后,施莱尔马赫的对话排序就遭到反对,即便如此,像波克一样,对施莱尔马赫翻译的《柏拉图文集》的语文学成就作出的赞扬,在二十世纪仍在发出极大的反响。十九世纪晚期,狄尔泰将其归入"现代科学意识所达到的最伟大影响之列"(Dilthey, GS, 13/2,页37),冯·施泰因(Heinrich von Stein)坚称,施莱尔马赫的最伟大成就,就是他具有艺术性的翻译,他所奠定的根基整体上看仍然有效,而语文学研究仍然可以在施莱尔马赫的发现中找到线索(参见 Stein,前揭,卷3,页365;409)。如今在二十世纪晚期,尽管有些学者不过将施莱尔马赫的引论视为具有历史价值的一个条目,①而其他人虽有批评却正在重读施莱尔马赫的柏拉图。② 那么,施莱尔马赫的引论,究竟以何种方式标志着全新的内容呢?

二、"总论"中的核心主题

施莱尔马赫认为,他的解释目的与其说是分析柏拉图哲学,不如说是,

> 让每一位读者运用关于柏拉图作品的直接和更为精确的知识,令分析柏拉图哲学成为可能,从而使他们就柏拉图的精神(Geist)和教诲得出自己的见解,而不管这种见解是否全然新颖或仅仅更为全面。(施莱尔马赫,"引论",页28)

---

① 例如最新的《柏拉图文集》(Platon: Werke, 8 vols. in Greek and German, Darmstadt: Wissenschaftliche Buchgesellschaft, 1990)使用了施莱尔马赫的翻译,但既没有收入他的引论,也未接受他的对话排序。

② 参见如 David Wolfdorf,《柏拉图的〈卡尔米德〉、〈拉克斯〉、〈吕西斯〉中的疑难》(Aporia in Plato's Charmides, Laches, and Lysis, Ph. D. diss., University of Chicago, 1997),页1–39。在很大程度上,是施莱尔马赫的批评将 Wolfdorf 重又引入对话;T. A. Szlezák 承认施莱尔马赫的总论仍是"学术界必须关注的、高水准的现代对话理论之解读"(Platon und die Schriftlichkeit der Philosophie, Berlin and New York: Walter de Gruyter, 1985, p. 339);亦参 Krämer 对"现代施莱尔马赫主义"的批评,见《柏拉图与基础》(Plato and the Foundations),前揭,页3–74。

要使这一目的成为可能，就必须找到"这些对话的自然次序"，找到"这些对话相互间的必然关系"（同上，页42）。因此，施莱尔马赫将重建对话的原初次序和内在关系作为自己的任务——他认为这个任务是他对此研究领域的独特贡献。结果，他的方法而非他排定的对话次序，被认为是他对柏拉图研究的永恒贡献。这个方法表现为四个相互关联的主题：内在方法（internal method）的发展和特殊应用；对作为艺术家的柏拉图的解释；主张形式与内容的必然关系；最后，根据前三个主题确定对话之真实性与次序。通过阐明每一个主题，施莱尔马赫决然背离了他的前辈——特别是完全有意识地背离了他直接的前辈滕内曼（Wilhelm Gottlieb Tennemann），后者的柏拉图研究不过鼓吹自己而已。①

1. 内在方法

施莱尔马赫柏拉图译著"总论"的第一个方法论意义，牵涉到一项语文学任务，就其要求研究的历史方法而言，该项语文学任务不能再作为一项严格的语法运用来看待。现代语文学家必须具有娴熟的语言知识，以分辨某一位作者运用语言或对其作出调整的特殊方式。这就要求语文学家具备关于语言和产生这种语言的文化历史知识。施莱尔马赫解释说，具备这种历史知识的目的，是

> 为了引证柏拉图步入其生涯之时希腊人的科学现状，引证与哲学理念相关的语言之发展，引证当时已有的同一类文本及其流传的可能范围（施莱尔马赫，"引论"[Einleitung]，页27）。

施莱尔马赫倡导，将与圣经批评并无不同的新批评理论严格运用

---

① 这个评价与Szlezák的评价不同，后者列举了施莱尔马赫的洞见有赖于滕内曼的十二条理由，以之挑战施莱尔马赫"总论"的"经典"地位（见《施莱尔马赫的"引论"》，前揭，页51–53）。

于柏拉图研究。① 他想破解传统,以便发现真正的柏拉图。这种批评反过来要求对解释的哲学基础作出检验,这是柏拉图学者迄今仍未明了的问题。为了达到自己的倡议,施莱尔马赫提出了一种进入柏拉图文本的"内在"(internal)方法。

施莱尔马赫阐明的内在方法,完全可以放在十八世纪的柏拉图研究和提戈斯泰德(E. N. Tigerstedt)所谓德国的"新情况"背景下来理解:

> 十八世纪下半叶,拒斥新柏拉图主义(Neoplatonic)的柏拉图解释,越来越为学者和公众所接受……如今被认为当然的是,任何柏拉图解释都必须首先以他本人的作品为依据——甚至要排除已经附加上去的内容。②

根据提戈斯泰德的看法,这个"新情况"可以追溯到莱布尼茨,而真正变得流行则始于布鲁克尔(Jacob Brucker),以更为哲学化的方式实行布鲁克尔方案的人是铁德曼(Diedemann Tiedemann)和他后继者、马堡的滕内曼。滕内曼的主要著作是《柏拉图哲学的体系》(*System der plato-nischen Philosophie*,1792),对施莱尔马赫本人进入柏拉图对话影响最大的就是这部著作。

滕内曼虽然承认布鲁克尔和铁德曼的重要贡献,但声称他自己的柏拉图研究是全新的,因为他抛开教条的影响,最先依赖柏拉图为指南探究"柏拉图哲学的体系和历史"(W. G. Tennemann,《柏拉图哲学的体系》,卷1,页 x)。

---

① 参见 Harald Schnur,《施莱尔马赫的解释学及其十八世纪前史》(*Schleiermachers Hermeneutik und ihre Vorgeschichte im 18. Jahrhundert: Studien zur Bibelauslegung, zu Hamann, Herder und F. Schlegel*, Stuttgart and Weimer: J. B. Metzler, 1994);William Baird,《新约研究史卷一》(*History of New Testament Research*, vol. 1, From Deism to Tübingen, Minneapolis: Fortress Press, 1992)。

② E. N. Tigerstedt,《新柏拉图主义的柏拉图解释之衰落》(*The Decline and Fall of the Neoplatonic Interpretation of Plato: An Outline and Some Observations*),见《人文评论》(*Commentationes Humanarum Litterarum* no. 52, Helsinki – Helsingfors: Societas Scientiarum Fennica, 1974),页 63。

　　滕内曼主张自己的某些独创性,这是有道理的,但他和他的前辈的著作的真正区别,不在于将新柏拉图主义抛在一边(前辈们也是这样做的),而在于他确信,康德的批判哲学不可逆转地改变了我们对历史的理解,也因此改变了我们对哲学的理解。他在"前言"中表达了自己对新哲学的信服,

　　　　因此可以说,真理越是成为一个体系,它就越接近批判哲学,反过来,它越是接近批判哲学,也就越具有真理性。在柏拉图哲学那里,我们也可以找到这种关系(同上,页 v)。

　　施莱尔马赫赞赏过去一个世纪的新研究("晚近的批评"[施莱尔马赫,"引论",页50]),认为新研究排除了对柏拉图最严重的误解,增进了对柏拉图对话的历史理解,并将明显的伪作排除于柏拉图作品之外。然而,新研究做得还不够,尚缺乏"完整的理解"(同上,页29)。问题在于新研究只是勉强触动了陈规,在于它未能解释将某些对话视为真作的理由,而现代的批评对此仍不具备批判力。只有滕内曼的作品与众不同,因为他摆脱了传统范畴,并筛选了有关柏拉图的传记材料。而且,他的作品"第一次以某种方式尝试从柏拉图对话内在的历史线索出发,发掘其编年次序"(同上,页47),这为找到对话的自然次序提供了真实的可能性。

　　的确,施莱尔马赫非常看重滕内曼的历史方法,甚至他在柏拉图译著"总论"的开篇提请读者参考滕内曼的"柏拉图生平",这是他的《柏拉图哲学的体系》的第一部分。由于认识到无法超越滕内曼的柏拉图生平,施莱尔马赫决定不对自己的研究作出保证,并将自己的研究描述为滕内曼研究的一个"对应物"(Gegenstück)(同上,页48;比较页25-26)。不过,这样的描述并无歧义。他在"总论"中引用滕内曼,这无疑在暗示,他的 Gegenstück 是指一项"旨趣相同的研究"——一篇与滕内曼的作品相辅相成的作品。这种解释的另一个证据是施莱尔马赫的一个间接引用:他称自己的研究是一个"补充"(Ergänzungsstück),这清楚地表明,它是对滕内曼作品的一个补充(同上,页38。亦参编者按语)。两者的主要不同,正如施莱尔马赫所看到的那样,在于滕内曼的目的

> 与其说是通过［批评和历史研究者的］这种方法，发现柏
> 拉图对话间的相互关系，还不如说，是大致搞清对话的写作
> 时间，以避免将早期不完整的作品误认为柏拉图成熟而完整
> 的哲学之表达。（同上，页47－48）

然而，事实上两者间的分歧要比这段话所表述的内容远为深
刻——这种深刻性在于，施莱尔马赫的作品不止是对滕内曼作品的补
充，而是超越了它。就施莱尔马赫的这一目的而言，他论述柏拉图的
作品作为一个"对应物"有另一重含义——他的作品与滕内曼的作品
相对立，或至少存在紧张关系。

滕内曼以外在证据或历史线索为根据，而施莱尔马赫的计划首先
建基于内在证据，他将外在证据用作"当然的佐证"（同上，页48）。外
在证据尽管必要，本身却不充分，因为它们无法说明对话之间的本来
关系，而更易受到偶然条件的影响，严格说来，它们不会"超出苏格拉
底生平"（同上）。尤有甚者，施莱尔马赫怀疑，我们能否从历史线索中
得出结论。我们对柏拉图的生平所知甚少，

> 因此，对于确定他的作品的写作时间与次序少有助益，
> 我们至多能够猜想，写作的时间序列在何处打断了作品的次
> 序（同上，页26－27）。

内在方法不仅较少受到偶然条件的影响，而且还容许对全部作品
加以整体关照。当然，施莱尔马赫知道内在方法本身并不充分。他引述
戈德斯（James Geddes）为例，尽管此人偶然提出了有前途的想法，即"某
些柏拉图对话彼此作出了解释"，却没有尝试提出对话编年表，这使得
他的结论未能发挥作用。[1] 内在的探究需要外在的证据作为平衡。

---

[1] 同上，页46。参见 James Geddes,《论古人、特别是柏拉图的写作的谋篇行文》(*An Essay on the Composition and Manner of Writing of the Antients, Particularly Plato*, Glasgow, 1748),页104；114－143。

理想的情况是,在整体观察和精确比较的时候,外在与内在的系列应当相互关联(参见施莱尔马赫,"引论",页48)。然而,事实上由于外在的历史标志太少,内在的指示——柏拉图的真正言辞和文本——就成了理解柏拉图的首要根据。对于施莱尔马赫而言,在语文学研究中外在与内在方法紧密相连。尽管明显受惠于启蒙运动的新历史方法,施莱尔马赫还是批评启蒙运动过分自信,以为自己能了解过去。他提出一种方法,它尽管是历史的和批评的,却重视稀有的经验证据,因而没有堕落为怀疑主义。在运用其内在方法时,施莱尔马赫承诺要提出新问题,质疑任何假设,以真实的柏拉图文本为指南。的确,他拒绝了许多公认的图式和权威;尽管他严重依赖亚里士多德,却还是要给出哲学和历史理由。最为重要的是,他补充提出了此前的努力所缺乏的解释学理论。这是对后世学术研究具有深远影响的理论,它的关键在于,将柏拉图视为艺术家。

2. 柏拉图作为艺术家

施莱尔马赫确信,由于他的新方法以柏拉图作为"哲学艺术家"的观点为基本定向,因此,它不仅可以引导普通读者更深入地了解柏拉图对话,而且将改变专家的理解(同上,页28)。他保证,专家的看法即使不完全改变,也将"得到更好的协调,并获得更广的范围和统一性"(同上)。视柏拉图为艺术家,是解开对话之谜的解释关键,因为凭着它,而且只有凭着它,才可能将柏拉图的作品视为一个整体,视为一个艺术化的整体,而非其他什么整体。易言之,全部对话具有一种"根本统一性"(同上,页31),过去的解释家对此视而不见,因为他们进入柏拉图思想的方法,要么过于琐碎,要么过于系统。

在一个极端上,有些人用琐碎的方式描述柏拉图对话,从而仅仅将柏拉图刻画为一个辩证法家,他"急于反驳他人,而没有能力或不愿夯实自己的大厦"(同上,页32)。施莱尔马赫迅速抛弃了这种进路,因为它暴露出对柏拉图的"一窍不通"(total lack of understanding)(同上)。在另一个极端,有些人乞求什么隐匿的、未成文(隐秘的)的柏拉图传统,以便解决成文(公开的)传统中的断裂和矛盾。施莱尔马赫清理了古代各种各样的隐微写作(esotericism),认为"所谓的新—柏拉图主义者"(同上,页35)最值得赞扬,但他更关注隐微写作的现代形式,它的现代倡导者正是滕内曼。[①] 施莱尔马赫对隐秘传统的怀疑,从逻辑上讲,来自他的方法论前提。质而言之,不管是其传统形式还是现代形式,乞求隐秘的柏拉图传统(无论在事实方面抑或在影响方面)都止步于批评之前(precritical),经不起文本与历史的考验。[②]

　　柏拉图的现代解释家面临严重的两难。拒斥新柏拉图主义的同时,难道非要放弃柏拉图思想具有内在统一性的观点吗? 当时的大多数学者都不这样认为。有些人尝试建立这种统一性,但他们建立的原则在施莱尔马赫看来,过于次要;[③]其他人则确信一定有某个统一各篇对话的体系,但却找不到,简直是强己之所难。施莱尔马赫认为,这两种企图与承认柏拉图哲学无整体性一样,都站不住脚。确切地说,柏拉图思想的根本统一性,不在于某个特定的教条,而在于柏拉图本身——在于他的艺术天才。因此,他的作品不应当解释为一个体系,而应当解释为一个艺术化的整体。在一个体系中,各个部分常常是随意安排的结果(施莱尔马赫,"引论",页29–30),但一个艺术作品中,则是按照"自然的秩序"和"必然关系"来安排各个部分(同上,页42)。进而言之,一个艺术作品并不像一个体系,它对观察者作出美学上的回应,以便获得理解。施莱尔马赫警告说,读者必须发挥自己的内在能动性来研究问题,否则对话仍将是陌生的对象,相互间毫无关系,对于读者而言也毫无逻辑。

　　为了进一步阐明其观点,施莱尔马赫使用了他最喜欢的一个隐

---

　　① 滕内曼坚持柏拉图"有双重哲学,外在的和内在或秘密的"(《柏拉图哲学的体系》,卷1,页137)。Tigerstedt 将滕内曼作为施莱尔马赫在这一问题上的主要批评对象(见《新柏拉图主义的柏拉图解释之衰落》,页6)。

　　② 同时,或许同样真实的是,施莱尔马赫反对口传的行动不单单出于历史—批评的兴趣,而事实上是一桩新教行动(Protestant move)。就像路德在他之前所做过的那样,施莱尔马赫坚持认为,必需的东西已然在文本中给出了,口传带不来任何新东西。

　　③ 他引述自己在哈勒大学的前任教授 Johann August Eberhard 为例,后者也呼吁对话的说教功能——即将青年人塑造成为有德性的公民(见施莱尔马赫,"引论",页46)。

喻,即关于一个有机身体(organic body)的隐喻。当我们把某物视为一个活的身体时,我们认识到,通过"解剖"而获得的静态知识并不充分,所以,我们被迫去发现自然关系和本质关系,并由此认识到,看上去最不重要的部分也具有生死攸关的作用。① 如果我们把这种方法运用于柏拉图对话,最终会将"各个肢体"(或特定的对话)重构或复原为"它们之间的自然关系"。那么,我们最终可以认为,柏拉图的对话

> 完整地表达了逐步发展的柏拉图思想,所以,不仅每一篇对话本身被看成一个整体,而且每一篇对话与其余对话的关系也被看成一个整体,最终可以将柏拉图理解为一个哲学家和一个完美的艺术家。(施莱尔马赫,"引论",页38－39)

这个身体隐喻也为施莱尔马赫说明偶然意外的对话章节提供了可能,这些片断并没有真正表达作者的"自由活力"(同上,页57),也没有回答柏拉图解释中其他众所周知的困难,诸如《斐德若》两个部分之间的关系。施莱尔马赫辩称,柏拉图"没有给机遇或盲目的运气留下任何东西,对于他而言,每件事情都与他的思想适成比例也积极相应"(施莱尔马赫,"《斐德若》引论",见《论柏拉图哲学》,页77)。即使在最琐碎的段落中,也可以洞察到柏拉图的艺术。

柏拉图是一个艺术家的观点,包含了一个尤为深刻且极为重要的维度,从而将柏拉图的解释与十八和十九世纪的解释区别开来。施莱尔马赫辩称,对话从根本上相互联系,意指它们自然而又必然相通。对话中有一个观念(ideas)的教学法进程,"从原初和指导性观念的第一次激发出发,进而达到特定科学(science)全面而又完美的表达"(施莱尔马赫,"引论",页42)。这种情况不可避免,施莱尔马赫解释说:

----

① 施莱尔马赫在此从苏格拉底那里得到暗示:"每一篇对话都必须像一个活的造物那样编排在一起,使其拥有自己的身体;它一定不能无头或无腿;它必须有相互协调和与整体协调的腰身和四肢"(Plato, *Phaedrus* 264c, trans. Alexander Nehamas and Paul Woodruff, Indianapolis and Cambridge:Hackett,1995,页62)。

因为除非[柏拉图]预料到前一篇对话所产生的效果,否则就不可能在另一篇对话中更进一步,所以在一篇对话结束时完成的同一个主题,必须被设想为另一篇对话的起点和基础。那么如果柏拉图以对某些哲学学科的单独解释结束了某一篇对话,便可以设想他已在逐步发展中推进了每一学科本身,这将迫使我们探寻对话的两个不同等级,即伦理对话系列和自然(physical)对话系列。但就像他将对话描述为一个有联系的整体……对话的准备工作也以同样的方式联系在一起,并根据对话的共同原则和法则来建构,因此,并不存在某些无关或次属发展的柏拉图对话系列,而只有一个唯一的,囊括了一切的柏拉图对话。(同上,页42–43;Dobson,前揭,页19)

在施莱尔马赫看来,观念的教学法进程决定着对话的自然次序。视柏拉图为艺术家,就是将他看成一位伟大导师,他在进入写作之前,对打算告知学生的全部内容、对最适合于说服学生的方法已了然于胸。

关于对话次序的这种说教(didactic)理论,与发展的(developmental)解释形成对照,发展的解释相信,柏拉图在其一生的著述过程中,其学说经历了变化和成熟。持有这种发展观点的人,诸如滕内曼和后来的赫尔曼(Karl Friedrich Hermann),单方面探求对话的原初次序,以便分离出"真正的"柏拉图成熟时期的作品。[1] 结果,早期对话的重要性遭到

---

① 在一篇关于自己的作品与施莱尔马赫作品之关系的冗长讨论中,赫尔曼解释说,尽管他坚信施莱尔马赫"生动的、有机体式的发展图式",也坚信需要由此假设出发的科学进路,但他(与施莱尔马赫不同)认为这意味着必须将发展的观点应用于柏拉图本人。赫尔曼辩称,柏拉图在写作之前不可能对其哲学学说有全盘的把握。真正历史的观点(与施莱尔马赫的"伪历史的"观点相对)迫使我们承认柏拉图必然受到他的时代的影响,就是说,他自己的理解必然经历了发展过程(Karl Friedrich Hermann, *Geschichte und System der Platonischen Philosophie*, Heidelberg, 1839,页351)。施莱尔马赫在这一点上并非没有含糊之处。他肯定知道,历史—批评方法必然导致不得不将其对象视为其他任意一篇作品,而且他声言反对任何"剥夺每个人赏析[柏拉图]的权利,剥夺甚至在作出公开评价后又修正或转变其看法的权利"的立场("引论",页57)。但同时,他关于柏拉图作为艺术家的看法似乎不容许有任何实质性的改变。

贬损。施莱尔马赫不容许这种贬损。对他而言,首篇对话《斐德若》包含着所谓未曾展开的学说的"种子"(施莱尔马赫,"《斐德若》引论",见《论柏拉图哲学》,页87)。如果某一观念在早期对话中没有完全形成,那是因为学生尚未做好接纳它的准备,而非柏拉图哲学缺少了什么。

还有由此而来的另外一个探究对话原初次序的原则:神话与辩证法之间的渐次递进关系。由于神话与历史之间存在紧张关系,对致力于历史—批评的研究者而言,神话是一个难题。施莱尔马赫关于观念的教学法进程的观点,有助于他相当有条不紊地解决柏拉图对话中的神话问题。柏拉图完全明了神话激发观念、唤起学生想象力的力量,他发展出了神话的科学,或者说"辩证"的形式。这样,"作为神话来期待的内容,后来却时常以神话的科学形式出现"①。因此,解释柏拉图需要特别关注形式。

3. 形式与内容

在施莱尔马赫之前,有一个普遍的假设,即对于理解柏拉图的根本哲学学说而言,对话形式是一个障碍。甚至连滕内曼也未能突破这个陈旧的解释模式。滕内曼最大的兴趣是发掘柏拉图思想中的体系,因此,他将对话形式作为达到其目的的主要难题(参见滕内曼,《体系》,页 xv – xvi,xxiv)。值得赞赏的是,他承认对话形式有其长处:它虑及"真理之表达、概念和前提的发展、对异议的驳斥,故而言之,说服之达成"(同上,页 126);而且对话形式容许柏拉图说出危险的真理。但对滕内曼而言,对话形式还是"离题太远(widerunning)、繁琐……然而为什么柏拉图偏偏选择了这种形式?"(同上)他能想到的唯一答案很简单,柏拉图"不可能什么都做",所以把他更多的任务留给了亚里士多德(同上,页147)! 滕内曼区分了哲学和美学观点,明确选择了哲学观点,以内容、规律(order)和理论而非形式为其主要标准,判断什么属于

---

① 施莱尔马赫,"引论",页 65。他进而辩称,个别神话是由柏拉图式的基本神话(Platonic Grundmythos)发展和构造出来的(页 66)。

柏拉图的体系(参同上,页 125;144)。他认为对话形式只是纯理论的
"外衣"(Einkleidung)(同上,页 86;89;117;125;127)。

　　尽管未提及滕内曼,但这种"蔑视"对话形式的观点,被施莱尔马
赫斥之为理解柏拉图作品的一次彻底失败(施莱尔马赫,"引论",页 32)。
若果真像现代研究声称的那样,我们必须完全依赖于柏拉图的真实作
品,那么就不会如此轻视对话了。施莱尔马赫建议,应通过正确评价
对话形式,以准确探寻对话间的联系和对话内容之含义,而不是冒昧
地认定,对话形式是某种可以轻易抛弃的装饰。这个大胆的进路,的
确是柏拉图作为艺术家的观点自然而然的结果:离开艺术作品的形
式,判断其内容完全没有意义。这里,身体的隐喻仍然有效。正如一
个活的身体的各个部分,只有在其必不可少的相互联系中方能得到理
解,所以,柏拉图哲学的"形式与内容不可分离,每一个句子只有在它
本身所处的位置上,在柏拉图所建立的联系和限制中,才能得到正确
理解"(同上,页 38)。因此,施莱尔马赫与滕内曼完全对立,他坚持认
为,对于判断作品的真实性或次序而言,语言和内容并不充分。此外,
还需要另外一个标准,即形式("整体形式和布局")。[①]

　　在施莱尔马赫看来,这样评价形式自有历史的理由。解释者必须
对某一时代的语言有全面的了解,以便能够辨别作者对语言的创新运用:

　　　　谁如果不了解哲学语言的贫乏状况,因此,他觉得
　　(feel),柏拉图会在某处以某种方式为哲学语言所限,他本人
　　却可以在某处努力扩展哲学语言,那么,他必然会误解柏拉
　　图。(施莱尔马赫,"引论",页 35)

　　施莱尔马赫在此提到的感受(feeling),倒不应被误认为某种武断
或纯粹主观的看法。施莱尔马赫的感受意指的是,只有最专业和最有天赋
的语文学家,才能够享有的"语文学感受"(philological feeling)(同上,页 53)。

---

　　① 同上,页 58。赫尔曼在这一点上信赖施莱尔马赫,但把形式作为工具来加强自己
关于柏拉图思想之发展的立场。

　　施莱尔马赫关于对话形式的全新理解,在其对隐秘(未成文)传统的批评中也发挥了作用。他用形式指写作方式。然而,偏爱书写优于口传似乎与《斐德若》中的一段话(274b – 278e)矛盾,那里,苏格拉底表示偏爱口头方式。由于矛盾,施莱尔马赫转向苏格拉底论证之微妙(subtleties),并从中找到理由,支持他本人主张对话形式的必要性。施莱尔马赫解释说,苏格拉底的口头教诲方法是教学法(pedagogical),其重要性在于“老师——通过面对面与学生互动——能时刻知道学生领会了什么,这样一来,在其犹豫不前时,便可以帮助他进一步思考”;但是,口头教诲的优势“实际上建立在……*对话形式*(form of dialogue)的基础上,真正鲜活的教导本身应当具有这种形式”(同上,页38 – 39,强调为笔者所加)。换句话说,并非口头教诲本身,而是作为对话形式之应用的口头教诲,规定着苏格拉底的方法。进而言之,尽管柏拉图的方法是苏格拉底式的,但在“教育辩证法(educational dialectics)”方面,柏拉图超过了他的老师(同上,页40)。

　　所以,柏拉图在其书写的对话中,成功地抓住了口头教诲的本质。因此,柏拉图的书写对话(还由于它是“原初相互交流的一种模仿”,同上)与口头教诲一样有效。两者的目的一样:从学生的心灵中引出它“本身渴望得到的思想成果”,即便失败,也使学生的心灵意识到它“一无所获也一无所知”(同上,页41)。

　　施莱尔马赫没有这样明确说过,但他的含意是书面的柏拉图传统可信,因为其作者对道德、艺术和理智等内容可谓面面俱到(complete integrity)。施莱尔马赫的柏拉图译著引论从头至尾在有矛盾之处相信柏拉图没有出错,拒绝将“通常非柏拉图特征”的任何东西归于柏拉图(施莱尔马赫,“《欧蒂德谟》引论”[1805],见《论柏拉图哲学》,页225;“《普罗塔戈拉》引论”[1804],见同前,页101)。他甚至走得太远,甚至将柏拉图当成了“宗教作家(sacred writers)的先驱”(施莱尔马赫,“《帕默尼德》引论”[1805],见《论柏拉图哲学》,页132)。同样的完整性也适用于柏拉图的口头传统,但严格说来,这种“直接教诲”(施莱尔马赫认为这是隐秘传统的真实含义)属于过去。我们需要知道的所有内容,都已包含在书写形式之中。

4. 对话的真实性与次序

施莱尔马赫的内在方法,他的柏拉图作为艺术家的观点,以及他关于形式与内容关系的主张——他谨慎地提出这每一个主题,目的都是为了确定对话的真实性与次序。如果施莱尔马赫视尽可能地重构柏拉图对话的写作次序为其主要贡献,那么,他会将确定对话的真实性作为其首要任务。除非并且直到"最为确定的真实作品"(施莱尔马赫,"引论",页59)得到保证,否则,谈论对话的次序就没有意义。施莱尔马赫认为,真实的对话

> 是所有进一步的研究必须建基于其上的决定性基础。……因为真实的对话形成了树干,而其余作品看来只是枝叶,所以与真作之关系为确定其余对话之由来提供了最突出的特征。(同上,页54)

一旦我们有了树干或身体,那么,业已存在的自然而又必然且有机的关系,就只是有待发现而已。

在确定核心真作的时候,施莱尔马赫区分了"第一等级"的对话(这些对话的由来和重要性无可置疑)和"第二等级"的对话。一旦确定了第一等级,我们就有了一个确切的参照点,"决定其余对话的真实性,并勾勒出每一篇对话的地位"(同上)。由于最大的困难是必须确定第二等级的对话,所以,施莱尔马赫更加依赖于他的三个标准:语言、内容和形式。没有哪一个标准本身是充分的,所以,要认识到三个标准的比例关系具有某种艺术性的意义,但形式尤为重要。"如果形式的清晰性降低了,"他指出,"那么对真实性的确信在任何方面都会降低"(同上,页61)。

在如此确定了真实对话并对其作出等级划分之后,施莱尔马赫转向为对话排定次序这一要务,它要求"按照大体上对整体作出暂时概括(provisional overview)的方式,展示对话之间的相互关系,并以此关系作为根据排列次序"(同上,页63;强调为笔者所加)。施莱尔马赫从一个

暂时的或初步的整体出发,也在较小的整体所构成的小群之整体中作出辨别,的确,在这些观点中,我们能够评价各种方法论环节如何起作用。施莱尔马赫解释说,我们面对大量的材料,确定了真实对话和第一等级的对话,这些对话构成了某种整体。我们几乎马上承认其中的三部对话(《王制》、《蒂迈欧》和《克里提阿》)以其"客观、科学的表达"而与众不同(同上)。尽管传统上长期认为这三篇对话是晚期作品,但施莱尔马赫为此提供了哲学理由:它们内在的相似性暗示了它们属于一个整体,而它们预设了某些已经做出的研究,这表明它们不属于早期作品,而且,它们科学—保守的形式证实它们属于最晚期的作品。他进而尝试为这个特殊整体排定次序,并得出结论:首先必定是《王制》,因为其中包含并确定的对话结构,来自于所有不属于这三篇对话所构成的对话群;同时,《王制》还包含了《克里提阿》和《蒂迈欧》进一步作出发展的因素。① 如果我们想把《王制》放在其他位置上,连我们自己的"感觉"(Empfindungen)(施莱尔马赫,"引论",页65)都会拒斥这种倒置。在艺术化的整体中,它只能占有一个位置。

在施莱尔马赫看来,一旦我们对这三篇"建构性(constructive)"对话作出辨别和概括,便会自然而然地将目光转向第一等级的对话整体,通过对比,我们会立即认识到另外三篇对话(《斐德若》、《普罗塔戈拉》和《帕默尼德》)构成的分组。对比的标志是对话的特征(这三篇对话有"特殊的青年特征",同上,页66)、条件(建构性对话以后三篇对话为先决条件,并论及这三篇对话),还有内容("这三篇对话已经透露了随后所有对话的基本线索",同上,页67)。所有这一切必然引出的结论是,这一组对话或这三篇对话的"整体"(与其他第二等级的对话一道)如其所是地构成了"柏拉图作品最基本的部分"(同上)。通过设定这两组较小的对话整体,施莱尔马赫确信,我们对更大的整体有了更为清晰的图景。因为给予所有其他对话以意

---

① 在其《王制》(1828)引论中,施莱尔马赫将《王制》作为此前完成的所有对话的"拱顶石",但他强调指出,它并非柏拉图的最高成就(页383)。他在结束《王制》引论时说:"毋庸置疑,当柏拉图撰写[《王制》]各章时,他已决定将《蒂迈欧》和《克里提阿》与其连接在一起了"("《王制》引论",页387)。由于他未进而为最后两篇对话,为第七封书信,或为《法义》撰写引论,所以上面这句话成了他的对话引论的最后一句话。

义和连贯性的外围支持系统得以建立,我们便可以通过其中的"发展关系",分辨出介于其间的对话次序(同上)。施莱尔马赫坦率地承认,第二组对话的内在次序比第一和第三组对话较难确定,他为此提出另外一个指导原则。除了辨别"观念发展的自然进程"的首要原则,还有一个次级的证明原则——即致力于"各种特殊的暗示与指涉"的原则(同上,页68)。

因此,通过回顾"总论"的核心主题,我们可以发现,很明显,施莱尔马赫的研究,远不是与滕内曼"旨趣相同的研究"。尽管在某种程度上,施莱尔马赫的内在方法的确是滕内曼外在方法的补充,但施莱尔马赫的其他解释性原则——他的柏拉图作为艺术家的观点,完全依托书写作品,以及强调对话形式——都与滕内曼对立。滕内曼的《柏拉图哲学的体系》被公认为"第一部论柏拉图的现代专著",这尽管是一个事实(Tiegerstedt,《衰落》,页65),但至少有三个理由可以说明,这部作品没有达到施莱尔马赫的批评水准。第一,尽管滕内曼承认,柏拉图的作品是唯一合法的资源,最后却声称"在[柏拉图的]作品中,我们从头至尾也找不到他的哲学之整体"(滕内曼,《体系》,卷1,页264)。由于怀疑柏拉图是否有体系,所以,滕内曼的结论是柏拉图必定有一个"双重哲学"(double philosophy);他无法拒绝隐秘传统的观念,却不愿为其赋予新柏拉图主义的内容,而代之以康德。第二,尽管他承诺就对话的真实性作出空前的考察,最后却接受已被传统作为柏拉图真实作品的大部分对话。第三,尽管他开始打算就柏拉图的对话,排定一个严格的历史次序,但他的年代学讨论既简略也没有激发性(参同上,页115-125)。最终,滕内曼的主要贡献是他的柏拉图传记。

起初,施莱尔马赫只想实现滕内曼列出的许多相同目标,却更为成功地实现了这些目标。他不仅兑现了追究传统假设和提出全新问题的承诺,而且提出了一个解释学理论,在此基础上,对柏拉图对话进行革命性的解释。① 结果,他能够毫不犹豫地拒绝隐秘传统,从全集中

---

① 参见 W. Virmond,《虚构的作者:施莱尔马赫对柏拉图对话的技术性解释(1804)作为他的哈勒解释学的预备(1805)》(*Der fictive Autor: Schleiermachers technische Interpretation der platonischen Dialoge* (1804) *als Vorstufe seiner Hallenser Hermeneutik* (1805)),见《哲学档案》(*Archivo di Filosofia* 52,1984),页225-232;亦参 Julia A. Lamm,《从柏拉图开始:施莱尔马赫解释学的哲学根据》(1997年11月22日在美国宗教学会年会上宣读)。

排除了几篇对话,并将其余几篇对话置于可疑地位。此外,在"总论"和对每一篇对话的详尽解释中,施莱尔马赫通过描述其方法论,谨慎论证对话的新次序,而且事实上,也批评了滕内曼为其确定《斐德若》的写作时间而提出的理由(参见施莱尔马赫,"《斐多》引论",页85–87)。尽管这一新次序为下一代柏拉图学者所质疑,但他对每一篇对话及其相互关系的深刻反思,对于后世学者来说,仍然颇为中肯而富有启发意义。最后,滕内曼与其他十八世纪的柏拉图学者一道,皆成背景,施莱尔马赫则开启起了柏拉图研究的新历程。

　　施莱尔马赫的柏拉图解释多大程度上受了施勒格尔的影响,或施莱尔马赫与施勒格尔的距离究竟有多远,这很难确定。施勒格尔明确认为,施莱尔马赫窃取了他的主要思想。然而不幸的是,施勒格尔的柏拉图研究半途而废,未能留下以资对比的论著。尤为复杂的是,施勒格尔与施莱尔马赫对柏拉图对话的解释问题,与其解释学理论的发展错综复杂地联系在一起。① 然而,在两者之间,有一个表现为持久论争的特殊主题,可以为我们提供某些方法,判断施莱尔马赫的柏拉图对话解释的新颖程度——即《斐德若》的地位和重要性。两者关于《斐德若》的分歧尤为引人注目,因为施莱尔马赫对《斐德若》的解释成了十九世纪中叶的相关论争中最具争议性的问题。

---

　　① 关于两人各自的解释学的文献非常广泛。参见 Josef Körner,《施勒格尔的语文学哲学》(*Friedrich Schlegels Philosophie der Philologie*),见《逻各斯》(*Logos*, 17, 1928),页1–72;Hermann Patsch,《施勒格尔的"语文学哲学"与施莱尔马赫解释学的早期建构》(*Friedrich Schlegels 'Philosophie der Philologie' und Schleiermachers frühe Entwürfe zur Hermeneutik*),见《神学与教会杂志》(*Zeitschrift für Theologie und Kirche*, 63, 1966),页434–472;H. Jackson Forstmann,《施勒格尔与施莱尔马赫的语言理解》(*The Understanding of Language by Friedrich Schlegel and Schleiermacher*),见《探究》(*Sounding* 51, Summer 1968),页,146–165;Hendrik Birus,《解释学的转折点? 评施莱尔马赫–解释》(*Hermeneutische Wende? Anmerkungen zur Schleiermacher – Interpretation*),《欧弗理翁》(*Euphorion* 74, no. 2, 1980),页213–222;Reinhold Rieger,《解释与认识》(*Interpretation und Wissen: Zur philosophischen Begründung der Hermeneutik bei Friedrich Schleiermacher und ihrem geschichtlichen Hintergrund*, Berlin and N. Y.: Walter de Gruyter, 1988);Schnur,前揭,页139–159。

三、引论之争端

1.《斐德若》的地位

施莱尔马赫质疑施勒格尔的柏拉图研究,后者对此感到愤慨,他反驳说,"关于《斐德若》,你真想[声称]比我更有发言权吗?"①此后,《斐德若》成为两人分歧的焦点。在暂时确定的对话次序、同时在其"假设之综合"中,施勒格尔认定《斐德若》是最早的作品。② 施莱尔马赫当时正专注于完成一个精审的《斐德若》译本,而不是费神于确定《斐德若》的地位,他引证了两个理由对将其确定为早期作品表示怀疑:柏拉图不会在自己尚且年轻的时候责备吕西斯(Lysis)年轻;一个新手不可能写出讨论写作艺术的作品。他也不相信滕内曼把《斐德若》的写作时间进一步推后的做法,不过究其理由,他认为"尚无法表达(dumb)"。③ 因此到了 1801 年冬,施莱尔马赫对《斐德若》是第一篇对话的可能性仍保持开放,但他也谨慎地指出,将写作时间进一步推后不会影响他支持施勒格尔的体系,因为他完全赞同施勒格尔的原则。④ 一年后,在他评论阿斯特的《论柏拉图的〈斐德若〉》时,施莱尔马赫继续反对将《斐德若》确定为第一篇对话,至少它的"戏剧形式"是一个根据。⑤ 然而,在随后两年间,施莱尔马赫也作出结论,说《斐德若》必定是柏拉图的第一篇对话,但他小心地区分了自己的理由与

---

① 《施勒格尔致施莱尔马赫》,1800 年 8 月初,KGA,第五部分,卷 4,页 181。

② 参见《施勒格尔致施莱尔马赫》,1800 年 9 月初和 12 月 8 日,KGA,第五部分,卷 4,页 244;353。

③ 《施莱尔马赫致施勒格尔》,1801 年 1 月 10 日,ASL,卷 3,页 252 - 253。

④ 参见《施莱尔马赫致施勒格尔》,1801 年 1 月 7 日,ASL,卷 3,页 259 - 260。

⑤ 参见施莱尔马赫,《阿斯特评论》,KGA,第五部分,卷 3,页 472 - 473。

第欧根尼(Diogenes)和奥林匹厄多鲁斯(Olympiodorus)的理由。① 他偶然提及阿斯特,对施勒格尔却只字不提。

　　施莱尔马赫的《柏拉图文集》译著首卷出版后不久,施勒格尔致信拉梅尔,抱怨施莱尔马赫窃取了自己的观点。施莱尔马赫否认他对施勒格尔有任何依赖,理由是他不可能从施勒格尔那里得出自己的观点,因为他"未从[施勒格尔]那里听说过任何关于《斐德若》写作时间居前的真正理由"②。然而施勒格尔责难不断,四年后,施莱尔马赫在一封致波克的信中不得不再次为自己辩护。他写道,施勒格尔和他同意《斐德若》和《普罗塔戈拉》都是早期对话,他也承认施勒格尔先说出这个看法,因为当时他自己正忙于翻译任务。但施莱尔马赫仍声言,除了风格和传统外,施勒格尔从未提出过《斐德若》是第一篇对话的任何理由。而且,施莱尔马赫提出了"关于《斐德若》的完全非康德的想法",施勒格尔则对这种想法毫无兴趣。③ 简而言之,最后,他排定的次序乍看上去与施勒格尔非常相似,但施莱尔马赫坚持认为,若详加考察便可以清楚地看到,它不应归功于施勒格尔。

　　结果,两人都声称属于自己的理论,很快就将被证明为错误。1820 年就有了佐赫尔(Joseph Socher)的《论柏拉图作品》(Über Platons Schriften),1830 年又有了施塔尔鲍姆(Gottfried Stallbaum)及赫尔曼更为明确的著作,《斐德若》开始被视为晚期作品。④ 赫尔曼引述了施塔尔

---

　　① 参见施莱尔马赫,"引论",页 87。在其《斐德若》引论中,施莱尔马赫详述了总论中提出的理由:自然无可否认的是,几乎他的全部哲学的种子都埋在《斐德若》中了,但正如其未充分发展的状况非常明显,所以在对话的非直接方法中,不完整性特别泄露了自身"("《斐德若》引论",页 87)。

　　② 《施莱尔马赫致施勒格尔》,1804 年 10 月 10 日,ASL,卷 3,页 405。

　　③ 《施莱尔马赫致波克》,1808 年 6 月 18 日,Dilthey,GS,13/2,页 72 - 73。

　　④ Werner Jaeger 将《斐德若》晚期地位的发现,因此也将对施莱尔马赫之排序的首次批评,归于赫尔曼和他 1839 年出版的《历史与体系》(Geschichte und System,参 'Der Wandel des Platobildes im 19. Jahrhundert',载 Humanistische Reden und Vorträge,1936,2d. ed. Berlin:Walter de Gruyter,1960,页 133)。Virmond,前揭,将这一发现推迟到 Stallbaum 和他 1832 年的著作《柏拉图对话选》(Plato:Dialogi selecti,also published as Platonis Opera Omnia,vol. 4,sec. 1;reprint,N. Y. and London:Garland,1980);但他辩称,Hermann 在其

鲍姆和佐赫尔,同意施莱尔马赫关于《斐德若》中包含柏拉图学说种子的洞见,但他辩称,《斐德若》不是全部对话中的第一篇,它的作用好比柏拉图学园的初期方案,因此不可能是第一篇对话,甚至也不属于最早时期的对话(参 Hermann,前揭,页 513－514)。在 1880 年代的德国,赫尔曼的语言史(genetic)方法为作品风格学(stylometry,对词、语法和文体的统计学研究)所取代,后者对《斐德若》也得出了同样的基本结论。[①] 如今与施莱尔马赫的立场不同,人们公认《斐德若》是一篇中期或晚期对话。

　　问题仍然在于,施莱尔马赫误认为《斐德若》是第一篇对话,这是否会完全破坏他对柏拉图的其余解释。可以想见,施莱尔马赫的研究者认为并非如此。克拉普夫(Gustav－Adolf Krapf)和波尔(Karl Pohl)都认为,在施莱尔马赫的《斐德若》研究中,我们不仅可以发现他对柏拉图对话的深刻理解,而且可以找到理解施莱尔马赫本人的对话解释理论的钥匙。[②] 二十世纪的柏拉图评注谈到施莱尔马赫时,会顺便提及他关于《斐德若》的过时观点,看来柏拉图学术圈普遍认为,施莱尔马赫的柏拉图解释是一种陈旧的解释。有些柏拉图学者在作出判断时,认为施莱尔马赫的柏拉图解释不能"成立",或因其为《斐德若》排定的次序而"失败了"(von Stein,前揭,卷 1,页 67;对比页 33)。比如,施莱尔马赫关于这篇对话两个部分之间关系的看法,就被《斐德若》的英译者

(接上页)1833 年关于 Stallbaum 著作的评论中承认新的排序非常重要,并欢迎施莱尔马赫指导地位的终结,1839 年他对此立场作了更为全面的发展(页 232)。Thesleff(本文第二页注释 2)确定施莱尔马赫指导地位的终结甚至更早,在 Socher1820 年的柏拉图研究著作中;他认为 Socher 第一次使用了新的、后来为 Hermann 所发展的语言史方法(页 2;页 8)。

　　① 关于语言史方法的更多讨论,参见 E. N. Tigerstedt,《解释柏拉图》(*Interpreting Plato*,Uppsala:Almquist & Wiksell,1977),页 25－51。关于作品风格学方法的更多讨论,参见 Leonard Branwood,《柏拉图对话年表》(*The Chronology of Plato's Dialogues*,Camgridge and New York:Cambridge University Press,1990)。

　　② 参见 Krapf,前揭,页 56;61－62,以及 Karl Pohl,《施莱尔马赫的"辩证法"中语言对于认识行为的意义》(*Die Bedeutung der Sprache für den Erkenntnisakt in der 'Dialektik' Friedrich Schleiermachrs*),见《康德研究》(*Kant－Studien* 46,no. 4,1954－1955),页 308－315。

接受。① 但莱斯基(Albin Lesky)认为,"对于确定柏拉图对话的关系年表而言,施莱尔马赫的努力依然具有根本的重要性"②。这将我们引向关于施莱尔马赫柏拉图研究的另一个相关争端——即得出对话写作的精确时间是否可能。

2. 对话的次序与年表

与关于《斐德若》位置的争论一样,关于对话次序的论辩也可追溯到柏拉图翻译计划的开始。施勒格尔的主要兴趣在于确定一个"历史次序",③他深信,"历史次序"与更具艺术性和文学性的次序是相互符合的。相反,施莱尔马赫明确提议,施勒格尔所言应指"[柏拉图]思想(Geist)的结构"。④ 看上去,施莱尔马赫明显对一个严格的历史次序早就表示怀疑,并将他的起点描述为"无次序(Nicht Orderung)的观点"。⑤ 如前所述,他认为翻译任务必然优先于排定对话次序,施勒格尔责备他故意将次序问题延后。⑥ 当然,施莱尔马赫决非无视次序问题,相反,他是提出对话的年代学次序、或至少是有说服力次序的第一人。当然这里所说的"年代学"是有限制的,因为内在方法本身只会得出"顺序(sequence)而非时间点"(施莱尔马赫,"引论",页49)。外在方法可以提供某些确定的年代学参照点,但也是有限度的参照。易言之,施莱尔马赫的次序(如其关于柏拉图作为艺术家和对话作为有机身体的观点所暗示的那样)首先以对话的"自然"与内在关系为基础,其次才可能与相应的年代学次序相吻合。当然从逻辑上讲,他的自然次序暗含

① 参见 Nehamas 和 Woodruff,《〈斐德若〉导言》,前揭,页 xxvii – xxviii。可惜的是,他们引述说,施莱尔马赫在 1836 年表达了这个观点,可是 1834 年施莱尔马赫就已经去世了。

② Albin Lesky,《希腊文学史》(*A History of Greek Literature*, trans. James Willis and Cornelis de Heer, London:Methuen, 1966),页 515。

③ 《施勒格尔致施莱尔马赫》,1800 年 3 月 10 日,KGA,第五部分,卷 3,页 412,强调为笔者所加。

④ 《施勒格尔致施莱尔马赫》,1800 年 3 月 28 日,KGA,第五部分,卷 3,页 443。

⑤ 《施莱尔马赫致施勒格尔》,1800 年 9 月 13 日,KGA,第五部分,卷 4,页 257。

⑥ 参见《施勒格尔致施莱尔马赫》,1800 年 11 月中旬,KGA,第五部分,卷 4,页 317 –318。

着前后(before－and－after)关系("两者必然同一"),①但施莱尔马赫没有强调这个问题,无疑,他没有假装有能力确定特定对话的写作时间。他认为没有单纯的证据存在。

施莱尔马赫设定的界限不可避免要受到挑战,如沃勒尔(Klaus Oehler)所言,"对于历史上的柏拉图这个人的个性特征,人们的兴趣实在太强烈了。"②因此,赫尔曼从"发展变化一定适用于柏拉图"这个假定出发,通过发掘"其生平最重要的时机",从他出生那一天开始来着手确定"[柏拉图]生平与思想发展的历史"(Hermann,前揭,页9;对比页384)。柏拉图哲学的发展阶段,应该追溯到可以由某些重大事件(即其师之死或雅典的政治事变)决定的生平阶段。施莱尔马赫也依赖已有的外在历史线索;但赫尔曼(及其追随者)彻头彻尾地相信,他们能重构历史,这导致对柏拉图毫无历史根据的心理学化(psychologizing)(顺便说一句,这类似于种种十九世纪的耶稣生平写作中的心理学化企图)。

策勒尔(Eduard Zeller)与赫尔曼非常相似,试图完全精确地确定对话日期,但他也承认,要消除年代错误有内在困难。他的结论却与施莱尔马赫非常相似,我们面对的柏拉图是一个艺术家,因此,就我们的历史主张而言,无法找到任何确实性。③ 然而,在整个十九世纪晚期,这种趋向大体上越来越实证化。1867 年以及作品风格方法兴起以后,施莱尔马赫所缺乏的经验证据,似乎最终可以通过统计分析而得到。柏拉图学者蛮有自信地将柏拉图的生平与著述分为三个时期,尽管如此,特定对话的日期仍然存在相当大的分歧。

第一个反对柏拉图研究中的实证主义的人,是在慕尼黑学习的美国研究生肖里(Paul Shorey),他后来成为芝加哥大学的奠基人。在一

---

① 《施莱尔马赫致波克》,1808 年 6 月 18 日,GS,13/2,页 71。

② Klaus Oehler,《解神话化的柏拉图》(*Der entmythologisierte Platon: Zur Lage der Platonforschung*),见《柏拉图的为成文学说问题》(*Das Problem der Ungeschriebenen Lehre Platons: Beiträge zum Verständnis der platonischen Prinzipienphilosophie*, ed. Jürgen Wippern, Darmstadt: WB, 1972),页 98。

③ 参见策勒尔,《历史发展中的古希腊哲学》(*Die Philosophie der Griechen in ihrer geschichtlichen Entwicklung*, 3 vols., Tübingen, 1856, 1859),页 98–99。

篇有影响的论文《柏拉图思想的统一性》(*The Unity of Plato's Thought*,
1903)中,肖里批评了作品风格学方法,因为

> 企图将对话编年建立在柏拉图学说的变化发展之上的
> 做法,夸大了柏拉图学说的变化无常,这种变化无常违背了
> 所有合理的文学解释原则,对于真正理解柏拉图的含义是致
> 命的不足。(Paul Shorey,《柏拉图思想的统一性》,页 5)

这样,在施莱尔马赫的"总论"发表九十九年之后,书面对话的"根
本统一性"再次得到确认。肖里在文章中总结道,

> 我的论点简而言之就是,柏拉图整体上更属于其哲学思
> 想早熟的一类思想家(叔本华、斯宾塞),而非每隔十年就会受
> 到新的启发的那一类人(谢林)。(同上,页 88)

与关于《斐德若》地位的争论不同,关于我们是否能够确定对话的
严格历史次序以及写作时间的争论,迄今仍未得到解决。

3. 隐秘传统的有效性

与他所确定的《斐德若》的地位和对话次序不同,施莱尔马赫对某
种隐秘传统的拒绝,直到他去世一个多世纪以后,都没有真正成为一
个富有争议的问题。除了几处例外,施莱尔马赫偏爱公开传统胜于隐
秘传统,这成为具有支配地位的解释。黑格尔曾批评施莱尔马赫的柏
拉图论著是吹毛求疵的多余之作,拒斥柏拉图作为艺术家的观点,但
即便是他,也赞同施莱尔马赫:"柏拉图留给我们的哲学就存在于我们
从他那里得到的作品中。"①转变的契机始于两次世界大战之交,当时

---

① 黑格尔,《哲学史讲演录》(*Vorlesungen über die Geschichte der Philosophie*, in
Sämtliche Werke, vol. 18, 3d ed., Stuttgart, 1959),页 178。

古典学家开始回答柏拉图未成文学说的问题。① 很大程度上,对未成文学说(agrapha)的新的学术关注,并未触动对话的权威性,尽管它的确引导某些学者重新思考,新柏拉图主义作为柏拉图学说的真实表达是否有效。②

关于未成文学说的真正争论始于 1959 年,克雷默(Hans Joachim Krämer)当年出版了《柏拉图与亚里士多德论美德》(Areté bei Platon und Aritsoteles),他提出新的秘传说。施莱尔马赫被置于论争的中心:"只因施莱尔马赫的权威,使这种有充分根据的观点几乎完全陷于停滞。"③提戈斯泰德嘲讽这种对"施莱尔马赫不幸(evil)天赋"的攻击(Tigerstedt,《衰落》,页5),然而有几位著名学者同意克雷默的评价。④ 这些隐秘说的支持者,并非仅仅为隐秘传统的有效性作辩护,而是主张隐秘传统具有至高无上的地位。尽管他们无法否弃书写传统,却坚持认为,书写传统中找不到柏拉图哲学的核心原则(参见如 Gaiser,页3),书写传统的地位"要低于口传过程"(Krämer,《柏拉图与基础》,页70),有时候,书写传统甚至只是柏拉图真实教诲的"面具"(mask)(Findlay,页4);因此,只有根据隐秘的哲学原则,形诸文字的柏拉图学说方能得到

① 最值得一提的是 Werner Jaeger, John Burnet, A. E. Taylor, C. J. de Vogel。De Vogel 在《柏拉图:成文与不成文学说》(Plato: The Written and Unwritten Doctrines. Fifty Years of Plato Studies,1930—1980)中对重新焕发的、对未成文学说的兴趣作了很好的历史性概述,见《柏拉图与柏拉图主义再思》(Rethinking Plato and Platonism,Leiden: E. J. Brill,1986),页 3 – 56。

② De Vogel 没有直截了当地提到施莱尔马赫及其遗产,她写道,"柏拉图研究更为激进的转折发生在十九世纪:是由于柏拉图与新柏拉图主义解释的分离"(On the Neoplatonic Character of Platonism and the Platonic Character of Neoplatonism,Mind 62:44,1953)。

③ Hans Joachim Krämer,《柏拉图与亚里士多德论德性》(Arete bei Platon und Aristoteles: Zum Wesen und Zur Geschichte der platonischen Ontologie,Heidelberg: Carl Winter Universit? tsverlag,1959),页18。

④ 参见 J. N. Findlay,《柏拉图:成文与未成文学说》(Plato: The Written and Unwritten Doctrines,London: Routledge & Kegan Paul,1974),页 406;Konrad Gaiser,《柏拉图的未成文学说》(Platons ungeschriebene Lehre: Studien zur systematischen und geschichtlichen Begründung der Wissenschaften in der Platonischen Schule,Stuttgart: Ernst Klett Verlag,1963),页 335,注释 1;Oehler,前揭,页 102;Szlezák,《柏拉图与书写》,前揭,页 331 – 332,注释 3;Jürgen Wippen,"引论",见氏编,前揭,页 vii。

解释。所以,克雷默与其他学者与所谓的图宾根学派(Tübingen School)联合起来,为自己确定了任务:根据《斐德若》、第七封书信,以及由柏拉图的内部学生圈子传下来的、未成文的口头教诲,重构隐秘的传统。因此毫不奇怪,他们会更看重滕内曼而非施莱尔马赫的柏拉图研究。

克雷默的确对施莱尔马赫的柏拉图解释提出了某些有说服力的批评。然而,问题的关键在于,克雷默对柏拉图的隐秘传统的重构,本质上具有黑格尔主义之嫌疑(参见 Krämer,《柏拉图与基础》,页 157 – 167。比较 Findlay,页 351;页 399 – 400)。如此将某些内容强加给柏拉图哲学,施莱尔马赫坚持对真实的书面对话作新的"批评性"考察,以此努力反对的,恰恰是这种做法。施莱尔马赫没有否认隐秘传统的有效性;而是提醒我们,亚里士多德提到的口头教诲,对于我们可以从书面对话中学到的内容而言,没有增加任何东西,因此,"为另外一个已然丢失的柏拉图智慧宝藏魂牵梦绕或痛心疾首,这毫无用处"(施莱尔马赫,"引论",页 37)。由于施莱尔马赫的《柏拉图文集》译著是未竟之作,所以,我们无从知晓他会怎样看待第七封书信的真实性问题。

四、总结

施莱尔马赫如何理解柏拉图? 在绪论中,我指出这个问题不同于、而且逻辑上先于柏拉图对施莱尔马赫的影响问题。考虑到施莱尔马赫是一位柏拉图学者,这就为理解施莱尔马赫的柏拉图是哪个柏拉图设定了必要框架,或许还需要作出进一步的区分。他的柏拉图是写出(书面)对话的柏拉图,这个柏拉图是一位艺术家,他的哲学是个统一的整体;他的柏拉图是后世柏拉图学术界不得不面对的柏拉图。然而,这个框架尽管必要,却仍然是纯粹形式化的,所以对眼下这个问题只能提供一个片面的答案。这需要研究施莱尔马赫对柏拉图哲学的实质性分析,作为补充。问题在于,施莱尔马赫明显视自己的身份为语文学家,这个身份恰恰要求他避免这样一项任务;他写作"总论"的目的,是为每一位读者提供新的、直接进入柏拉图作品的路径(见同上,页 28)。尽管这也是单篇对话引论的目的,但这些引论却为认识施莱尔马赫更具实质性的柏拉图解释提供了决定性洞见。

这些洞见也可以作为过渡到另一问题的桥梁,即柏拉图或柏拉图主义是以何种方式影响施莱尔马赫的? 阿恩特(Andreas Arndt)的提醒当然正确:施莱尔马赫不时声明对柏拉图的崇敬,这并不证明柏拉图哲学对施莱尔马赫的思想具有"决定性影响"(Arndt,前揭,页 vii)。但施莱尔马赫的单篇对话引论,恰恰可以证明他的声明无法证明的东西。换句话说,不同之处在于,施莱尔马赫在《智术师》的辩证法中认识到"真正哲学的本质"(施莱尔马赫,"《智术师》引论"[1807],见《论柏拉图哲学》,页 250);他拒绝接受对柏拉图的身心关系理论的二元论解释(施莱尔马赫,"《斐多》引论"[1809],见同上,页 291);他小心区分各种柏拉图解释的派别,而没有简单地拒绝新柏拉图主义了事。所以,问题的答案介于阿恩特的主张——1803 年以后,很大程度上,我们在施莱尔马赫那里看到的是"含混不清的柏拉图主义"(Arndt,页 xxii)——与肖里的赞赏之间:

> 唯一真实的柏拉图传统[是]自由派神学(liberal theology)和自然神学(natural theology)。这一论域中真实而典型的柏拉图主义者是西塞罗、普鲁塔克、施莱尔马赫、阿诺德(Matthew Arnold)和马蒂内(Martineau)这样一些人。[1]

在种种声称理解真正的柏拉图的柏拉图主义者中间,不大容易辨出施莱尔马赫的柏拉图,这并不意味着他的思想尽管非常精巧,却在某种程度上不是真正柏拉图式的,或必然不是柏拉图式的。

---

[1]　Paul Shorey,《古今柏拉图主义》(*Platonism Ancient and Modern*, Berkeley and Los Angeles:University of California Press,1938),页 44,比较页 16。

"不死者与有死者的结合"

——施莱尔马赫与柏拉图的《会饮》

阿恩特(Andreas Arndt) 著

黄瑞成 译

一

施莱尔马赫作为柏拉图翻译家和解释家,并非从一开始就是下述意义上的柏拉图学者:他有意识地以柏拉图哲学为出发点,或在柏拉图哲学中看到自己有类似的哲学追求。[①] 他研究古典哲学的第一个主题是亚里士多德的伦理学,直到1802年,他的朋友施勒格尔对柏拉图的热情激发了他,从此,施莱尔马赫坚持不懈地专注于柏拉图对话的次序排列和翻译,他向赫茨(Henriette Herz)坦白:

> 开始在大学读柏拉图的时候,整体上我对他少有理解,
> 只不过有一丝模糊的微光向我闪现而已,但无论如何,那时

---

① 参 Andreas Arndt,《施莱尔马赫与柏拉图》,见施莱尔马赫,《论柏拉图哲学》(*Über die Philosophie Platons*), hg. und eingl. von Peter M. Steiner, mit Berträgen von Andreas Arndt und Jörg Jantzen, Hamburg 1996,页 VII – XXII。

　　我已经爱上了柏拉图并钦佩他。①

　　这段话也适用于柏拉图的《会饮》,施莱尔马赫对这篇对话的了解,可在其哈勒(Halle)学习时期(1787 年春至 1789 年春)找到一些蛛丝马迹。1788 年 3 月 26 日,他的朋友,后来的兄弟会主教阿尔贝蒂尼(Johann Baptist v. Albertini)写信告诉他:"就柏拉图的《会饮》,我对你感激之至,不用我保证你也会相信,我珍爱它。如果蔡斯林(Zäslin)不大愿意读,我会立即把它还给你。"②由此可知,施莱尔马赫知道并重视这篇对话,还推荐别人阅读,阿尔贝蒂尼喜欢这篇对话,只表明英雄所见略同。③

　　但仍要等到多年以后,与柏拉图翻译计划联系起来后,施莱尔马赫才重新对这篇对话发表见解。起因是施勒格尔的看法:《会饮》属于柏拉图思想发展的第二个时期,这一时期柏拉图仍在"与自己"斗争,并常常因此而显得"古怪、混乱、畏缩、愁苦和费解";④从内容上看,对话首先是对《吕西斯》的重复解释,另外,"柏拉图的私下意图是为苏格拉底饮酒与谈情说爱作辩护"(同上,页 356)。这篇对话尽管"无比高超",⑤但施勒格尔却认为它并无独特意义,就像他对《吕西斯》是伪作深信不疑一样(《施勒格尔来信》,1802 年 2 月 25 日,见同上,页 333)。施莱尔马赫一开始就对朋友的观点有所保留,同时解释说,他"尚未联系

---

　　①　《致赫兹》,1802 年 8 月 10 日,见《施莱尔马赫生平·书信》(*Aus Schleiermacher's Leben*),In Briefen,Berlin 1860,卷 1,页 312。关于亚里士多德研究,参施莱尔马赫,《批评版全集》(*Kritische Gesamtausage*, Abt. Bd. 1: Jugendschriften *1787 – 1796*, hg. von G. Meckenstock,Berlin und New York 1984,S. XLVIII f.),以下简称 KGA。

　　②　施莱尔马赫,《书信集 1774 – 1796》(*Briftwechsel 1774 – 1796*, hg. von A. Arndt, Berlin und New York 1985),KGA V/1,页 102。

　　③　施莱尔马赫给 Albertini 的书信没有流传下来;除此之外,施莱尔马赫的早期书信没有再提及《会饮》。

　　④　《致施莱尔马赫》,1800 年 12 月 8 日,见施莱尔马赫,《书信集 1800》(*Briftwechsel1800*,hg. von A. Arndt und W. Virmond,Berlin und New York 1994),KGA V/4,页 354。

　　⑤　《施勒格尔来信》,1801 年 1 月 23 日,见施莱尔马赫,《书信集 1801 – 1802》(*Briftwechsel 1800*,hg. von A. Arndt und W. Virmond,Berlin und New York 1999),KGA V/5,页 34。

《吕西斯》来读《会饮》"（《致施勒格尔》,1801 年 1 月 10 日,见同上,页 9）;
在他为自我理解写下的笔记中,施莱尔马赫不仅怀疑施勒格尔确定的
《吕西斯》的写作时间,①而且最后对《会饮》也有完全不同的理解。这
些看法很少涉及对话内容的评价,就此在施莱尔马赫的文章中只能找
到一些非常模糊的证据(《会饮》看上去是极为自然地重现古老尊贵的第一
个产物[同上,页 371,Nr. 109]）,而更多涉及对话的归类。大概在 1802
年写就的一则笔记中,施莱尔马赫划分了柏拉图对话的"三个三部
曲":(1)《斐德若》,《普罗塔戈拉》,《帕默尼德》;(2)《泰阿泰德》,
《智术师》,"《哲人》";(3)《王制》,《蒂迈欧》,《克里提阿》——其他
对话都由"三个三部曲"发展而来。② 如施莱尔马赫在后来的译著引
论中所指出的那样,"《哲人》"背后隐藏着《会饮》和《斐多》。③ 因而
与施勒格尔不同,施莱尔马赫视《会饮》为柏拉图的一篇主要作品,对
理解柏拉图具有根本意义。

　　下面我首先介绍,施莱尔马赫在其柏拉图对话译著引论中对《会
饮》的解释(第二部分)。接着应该问,施莱尔马赫对柏拉图哲学的描
述,如其《会饮》解释所表明的那样,是否明显地反映他本人的自我理
解,是否反映了他早期浪漫派阶段的哲学实践与理论动机(第三部分)。

二

　　在他的柏拉图译著引论中,施莱尔马赫将《会饮》和《斐多》,与
《智术师》和《治国者》归为一类;在《智术师》这篇对话中,

---

　　① 施莱尔马赫,《论柏拉图》(*Zum Platon*),见《柏林时期著作集》(*Schriften aus der
Berliner Zeit 1800 – 1802*, hg. von G. Meckenstock, Berlin und New York 1988),KGA I/3,页
343,Nr. 1。

　　② 同上,页 373,Nr. 118;这里明显对施勒格尔 1802 年 2 月 25 日来信中提出的三组
对话(1.《斐德若》,《帕默尼德》,《普罗塔戈拉》;2.《泰阿泰德》,《高尔吉亚》,《智术师》
和《治国者》;3.《王制》,《斐勒布》,《蒂迈欧》和《克里提阿》)作了改变。

　　③ 《会饮》作为《柏拉图文集》译著第二部分第二卷于 1807 年由 Reimer 在柏林出版
(与《克拉底鲁》、《智术师》、《治国者》同为一卷);《斐多》1809 年作为第二部分第三卷出
版;施莱尔马赫的《论柏拉图哲学》重印了诸对话引论,见同前,页 273 – 303。

[……]已经按照向智术师、治国者和哲人提问的方式，为一个伟大的三部曲奠定了基础[……]，如其所表明的那样，尽管柏拉图未完成这个三部曲，但其意图必定是，以更为生动的整体性表现艺术的本质，描述行家里手的行为方式。①

此外按照施莱尔马赫的看法，《智术师》不仅对主题相近的对话，而且特别对柏拉图哲学有决定性作用；这篇对话"在柏拉图作品中，差不多最先以纯哲学的方式展现了哲学最内在的神圣"（同上，页 248），人们可"视其为柏拉图的全部间接表达最为内在的核心，在一定程度上，也可视其为关于人本身的第一个形式完整的肖像"（同上，页 250 以下）。根据这篇对话，施莱尔马赫试图首先按此对话，以柏拉图的方式确定柏拉图自己的辩证法（Dialektik）的理论方法。②《会饮》因其与《智术师》的类属关系而更显重要。

然而，对施莱尔马赫而言，这两篇对话并不具有同等价值。一方面，《智术师》和《治国者》坚持一种"严格的形式"（《〈会饮〉引论》，见《论柏拉图哲学》，同前，页 273），可以视为"一个整体的两个部分"，两者明显的相关性"超过了任何其他两篇柏拉图对话"（《〈治国者〉引论》，见同上，页 261），另一方面，柏拉图"疲于两次重复严格形式"，因此没有继续以此方式来展开这个三部曲（《〈会饮〉引论》，见同上，页 261），而是在《会饮》和《斐多》中，以另一种方式来着手"哲人"这一主题。施莱尔马赫认为，这两篇对话因此是一篇未完成的对话[译按：即《〈哲人〉》]之代理，应当由此代理来完成这个三部曲；"这个代理为此采取了一种更为自由的形式"，从而

通过我们眼前的对话《会饮》和接下来的《斐多》，柏拉图

---

① 《〈智术师〉引论》，见同上，页 246。——施莱尔马赫认为《智术师》开篇（216c － 217a）涉及苏格拉底问题。

② 就此参见 Gunter Scholtz，《施莱尔马赫与柏拉图的相论》（*Schleiermacher und die platonische Ideenlehre*），见《柏林国际施莱尔马赫会议文集 1984》（*Internationaler Schleiermacher － Kongreß Berlin 1984*），hg. von K. － V. Selge，Berlin and New York 1985，页 849 － 871。

更美、更精彩地完成了这个三部曲[……]，柏拉图将这两篇
对话结合起来，通过苏格拉底这个角色为我们描画了一幅哲
人肖像。（同上，页274）

　　按此，对施莱尔马赫而言，阿尔喀比亚德（Alkibiades）对苏格拉底
的颂扬（《会饮》214e－222b），是“整篇对话的顶点和王冠”（同上），因为
正是在这里，苏格拉底“被描述为在身体、心灵以及全部生活方面都完
美卓越”（同上）。然而，这绝不意味着对话讨论爱的其他部分都是次
要内容，相反“这里所描写的爱的目标[……]是将不死者与有死者结
合在一起”（《〈斐多〉引论》，见同上，同前，页289），在这个目标中，爱找到
了其“唯一的证明”，以便将真（das Wahre）置于其他目标（Andere）之中
（同上，页290）。他同时代的人按“美学的柏拉图主义”①来解释《会
饮》，以美的相论（Idee der Schönheit）为中心，与他们不同，在他的解释
中，施莱尔马赫没有放弃《会饮》的明确主题。与此相关，他与早期唯
心主义和早期浪漫派还有1800年左右的谢林也不同，他从不认为美
学有什么出色的认识功能，相反他认为，相对于哲学与宗教这两种同
样古老的认识绝对（Absoluten）的方式而言，美学只是第二性的。
　　他解释第俄提玛（Diotima）所谈论的认识美的历程（《会饮》210a－
211c）时，上述看法也有所体现。按照《会饮》引论的说法，认识美的历
程与在柏拉图作品中不断发展着的哲学表达完全相符；首先，《斐德
若》要“为年轻人爱上一个人（Einen）这样的行为作辩护”，接着新手
“起而在奋求和法律中注视美，并因此而关注公民道德”（例如《普罗塔
戈拉》和《高尔吉亚》），进而达到“尽管是多样性的知识，却仍然是知识，
由此意识到知识本身”，直到精神最终“直观到绝对的美”，“正如绝对
的美并不与个别的美结合，而是在道德和肉体世界的和谐中表现为所
有个别的美，并在其作品的最后部分向我们显明自身”（《〈会饮〉引

　　①　参 Klaus Düsing，《荷尔德林和黑格尔的美学柏拉图主义》（Ästhetischer Platonismus
bei Hölderlin und Hegel），见《德国精神史上的洪城》（Homburg vor der Höhe in der deutschen
Geistesgeschite），hg. von Ch. Jamme und O. Pöggerler，Stuttgart 1981，页101—117。

论》，见《论柏拉图哲学》，页 285）。朝着"绝对的美"超升，同时也是下降到认识之根基，因此施莱尔马赫认为，绝对的美与个别的美、即有限的美分离，要比接近美本身更重要。这一点通过确定《会饮》之于《斐多》的关系而得到强调：后者表现为一种"纯粹的直观"，这是"将不死者从有死者中拉回"（《〈斐多〉引论》，见同上，页 285）的努力。这涉及"灵魂不死"是"人类所有真正的认识得以可能的条件"（同上），而这种纯粹直观的先决条件，就是《会饮》中"第俄提玛关于爱的阐述"（同上，页 290）。但反过来，这种纯粹直观又常常指向"永远与志同道合者共同生活的努力，在志同道合者中孕育的真理乃是共同的成果和共同的善"（同上）。

在对《会饮》和《斐多》的解释中，施莱尔马赫简明扼要地保持了"哲人"（Philosoph）的词义，认为哲人是把对真理的热爱作为生活确定根据的人。"爱智慧的人"，即哲人，想"单独拥有真理"，这"根本属于他的行动和生活［……］，同时也将真理传授和灌输给他人"（同上，页 287）。为自己而拥有（Für‐sich‐Haben）真理，作为《斐多》的主题，同时也是为自己而提出（Für‐sich‐Stellen）真理，真理针对的是作为认识本身之根据的不死者（das Unsterbliche）；哲人的这种实践也总是伴随着相反的实践，以便将不死者与有死者结合在一起，由此将真理传授和灌输给他人。描述为自己而提出真理，在施莱尔马赫看来，才是《会饮》的真正主题，在此，以哲人的这一面为前提再加上"纯粹的直观"，具有双重含义的为自己而存在（Für‐sich‐Sein）永远都参与其中。

这两篇对话的确共同勾画出了哲人的完整肖像，而《会饮》特别表明："哲人的生活并非如何沉浸于真理之中"（《〈会饮〉引论》，见同上，页 276），而是一种把握真理的努力，同时在任何激动人心的时刻（an jeden erregbaren Punkt）都与真理联系在一起，为了有死者的不死（Unsterblich-keit）而想象整个时空，这种努力与爱美并无不同，因为它"对生殖很敏感"（同上），当然也对哲人生育真理很敏感。

就此对于施莱尔马赫而言，关键在于——如第俄提玛向苏格拉底解释的那样（《会饮》203c‐e）——爱欲（Eros，哲人之 philein［爱］）不仅是"不死而永恒流溢的波若斯（Poros）"之子，"也是不餍足的佩尼娅（Penia)"的儿子(同上,页284),也就是说,爱欲无法隐瞒这种有限性,而永远与之密切相连。第俄提玛的言论,"确切地说,意思是对有死的人类而言,他们的认识也是有死的事物(ein sterbliches),而无法保持自身的绝对同一"(同上);所以,爱欲无法

> 产生出认识的永恒本质,并使其成为不死的存在,而只能产生有死的认识之表现[……],不止使个体富有活力,而是通过在个体间传递,在有死者中创造不死(同上,页284以下)。

在这个意义上,对完满认识的渴求是永恒的,但也正因为如此,哲学作为philosophia perennnis[永恒的智慧],不可能达到所谓绝对认识这一目标。

后来在1833年,施莱尔马赫为《辩证法》(*Dialektik*)"导论"第二段写了一篇草稿,在草稿中,就其演讲定稿出版的事宜,他明确要求他本人的系统纲要对哲学要有这样一种理解。我们必须建立

> 一门关于论辩的艺术理论,可望自然而然地由此为知识建立共同的出发点,而非希求确立一门关于知识的科学来自动终结论辩。①

古典哲学已开启了这条道路,却被过早抛弃了:在这条道路上,"知识之爱"(Wissensliebe)总是有话要说,"知识之爱"并不拥有"即便没有爱也必定能够拥有"(同上,页44)的知识。

三

如果说施莱尔马赫突出描述了《会饮》中的哲人,将苏格拉底描述

---

① 施莱尔马赫,《辩证法》(*Dialektik*),hg. von R. Odebrecht, Leipzig 1942, reprint Darmstadt, 1976,页43。

为"在全部生活方面都完美卓越",那么,与生活的这种联系对于苏格拉底而言,并不支持真正的、完全以知识和真理为目的的哲学行动,而只是适于哲学自我反思的必要契机。只有在这个前提下,施莱尔马赫才能够断言,在《会饮》和《斐多》的哲人行动之间,在转向有死的生活与退出有死的生活之间,必然存在关联。在 1800 年左右,施莱尔马赫就发现了哲学与生活之间存在这种(必然)联系的思想,就此他首先与费希特保持着批判性距离,①与费希特的科学理论(Wissenschftslehre)不同,他的哲学概念像他的《辩证法》所表明的那样,首先针对的是一个永恒发展的认识概念。②

对施莱尔马赫而言,哲学与生活不可分离,因为,认识和研究主体的有限性和个体性,是所有认识和研究不可隐藏的先决条件,而这种有限性和个体性也被视为无限者的有限化(Verendlichung eines Unendlichen),或同一者的个体化(Individuation eines Identischen):

> 从个体性出发无疑仍是最高的立足点,因为它已将普遍性和同一性囊括其中。难道整个世界不是同一者的个体化吗?如果人只停留于一极,譬如谢林,在我看来,尽管他赞扬冷漠却仍然要这么做,他能够实现个体化吗?如果严格的哲学是诗的对立面,那么人应当如何称呼没有分歧的更高者(das unstreitig Höhere)?又是什么将两者结合?在神(Göttlichen)之中它

---

① "费希特[……]我当然了解——却没有感染我。哲学和生活对于他而言——就像他也将生活作为理论——是完全分离的"(《致布林克曼[C. G. v. Brinckmann]》,1799 年底,见施莱尔马赫,《书信集 1799 – 1800》,同前,页 313 以下)。1801 年的一封信也表达了同样的意思,他与费希特分歧的要点在于,施莱尔马赫"不赞成费希特如此频繁地断定,如此迫切地认定生活与哲学的全然分离"(《致 F. H. C. Schwarz》,1801 年 3 月 28 日,见施莱尔马赫,《书信集 1800》,同前,页 354)。

② 就此参见 Andreas Arndt,《引论》,见施莱尔马赫,《辩证法》(Dialektik) 1811,hg. von A. Arndt, Hamburg 1986,页 XVIII。尽管施莱尔马赫 1803 年喜欢"科学理论"这个名称完全胜过了"哲学"这个名称,他对此也有争议,但毕竟是费希特完成了"科学理论",方才使得"科学理论"最终得以完成(参施莱尔马赫,《迄今为止的伦理学说概论》[Grundlinien einer Kritik der bisherigen Sittenlehre], Berlin 1803,页 94)。

就是智慧,如柏拉图所言,这智慧不再哲思(philosophirt),对于思维和教养而言它是一(Eins);对于我们而言也一样,如果它不能立即实现,那么你所谓生活的统一性(Einheit),即鲜活的个性,会尝试克服它之中那个隐藏的对立面。①

基于这一基本观察,在《辩证法》中,施莱尔马赫这样描述认识的形成过程,它与个体性无法摆脱地联系在一起,从而无法与之分离,但这一过程仍然指向一个绝对同一性的超验基础,在直接的自我意识中,这个基础作为感受(Gefühl)而临在。② 施莱尔马赫解释了第俄提玛所谈论的向美的认识超升(同上),这读来就像《辩证法》中对超验基础的探求,这个基础同样绝对超越了所有对立,这些对立被描述为结成一体。同样,站在《辩证法》的先验哲学高度,施莱尔马赫在其《伦理学》和其他以之为基础的学科(比如《教育学》和《美学》)中,就哲学活动方面作了彻底探讨,关于《会饮》,他特别强调了这一方面:理性的想象不仅在于人,而且在于自然,也就是说,尤其在于有限的现实。

然而,不仅在施莱尔马赫后来的哲学讲稿中,而且在其严格意义上的早期浪漫派著作,譬如《论宗教》(*Reden über die Religion*,1799)和《独白》(*Monologen*,1800)中,都可以找到其《会饮》解释的对应物,在与施勒格尔合作期间,他就已构思并写好了这些著作中最早的部分。这两部著作的关系,在某些方面就好比施莱尔马赫后来对《会饮》与《斐多》之间相互关系的解释。《论宗教》的核心是对无限、永恒、绝对和与自身完全同一的宇宙的直观,而《独白》则关注个体与人类和世界的关系,并以此关系指向有限者的矛盾统一体。用柏拉图译著引论中的术语来说:《论宗教》针对不死者本身,而《独白》则以不死者与有死者的统一为主题。然而,这种对应也有其界限:施莱尔马赫在《论宗教》

---

① 《致布林克曼》,1803 年 12 月 14 日,见《施莱尔马赫生平·书信》(*Aus Schleiermacher's Leben. In Briefen*,Berlin 1863,Reprint Berlin und New York 1974),卷 4,页 94。

② 就施莱尔马赫的哲学立场,参阅《评注》,见《施莱尔马赫作品集》(*Schriften*),hg. von A. Arndt,Frankfurt a. M. 1996,尤其是 1032 – 1118。

中强调了宗教相对于哲学的独立性，①也因此描述了与哲学传授和哲学教育尤为不同的"宗教教育"（*Bildung zur Religion*），并把它作为来自宗教立场的补充。②

在《独白》中，哲学与生活的统一被有计划地放于中心位置：

> 先贤固然说过，你应当适度满足于一样事物；但生活是一回事，沉醉于原初至高的思辨之中是另一回事；当你在世界中因日久忙碌变得沉稳之时，不可能同样平静地看到自己的内心最深处。艺术家说，在绘画和创作的时候，心灵必须完全沉浸于作品之中，而不知道此时在做什么。但我的精神敢于冒险，不顾理智的警告！［⋯⋯］先贤最神圣、最内在的思辨也可能是一种外在行动，以此在世界中施行宣传和教化吗？外在的行动，无论怎样的行动，究竟为什么不可能同时也是关于行动的一种内在思辨？③

由此而来的"最高直观"是，

---

①　在多大程度上《论宗教》也是一部哲学著作，仍是一个有待研究的问题。我的出发点是，在《论宗教》中展开的关于宇宙的内容，从结构上看，符合后来的著作草稿中关于先验基础的内容；就此参见 A. Arndt，《感知与反思：在同时代对康德和费希特的批评处境中施莱尔马赫对先验哲学的态度》（*Gefühl und Refexion. Schleiermachers Stellung zur Transzendentalphilosophie im Kontext der Zeitgenössischen Kritik an Kant und Fichte*），见《先验哲学与思辨：1799－1870 关于一种第一哲学的形式的论争》（*Transzendentalphilosophie und Spekulation. Der Streit um die Gestalt einer ersten Philosophie*，*1799－1870*），hg. von W. Jaeschke，Hamburg 1993，页 105－106。

②　参施莱尔马赫，《1796－1799 柏林时期著作集》（*Schriften aus Berliner Zeit 1796－1799*，hg. von G. Meckenstock，Berlin und New York 1984），KGA I/2，页 248—265。用美学史观点对《论宗教》第三论的深入解释，参见 Thomas Lehnerer，《艺术与教育——关于施莱尔马赫的〈论宗教〉》（*Kunst und Bildung－zu Schleiermachers Reden über die Religion*），见《早期唯心主义与早期浪漫派：关于美学基础的争论》（*Früher Idealismus und Frühromantik. Der Streit um die Grundlagen der Ästhetik 1795－1805*，hg. von W. Jaeschke，Hamburg 1990），页 190－200。

③　施莱尔马赫，《独白》，见《1800－1802 柏林时期著作集》，前揭，页 13。

每个人都应当以各自的举止展现出人性,通过人性诸要素的某种独特混合,以各种方式显明人性,在大全的无限充盈中,出自其内部者都能在其中得以实现。(同上,页18)

独特个体性的形成也是无限人性的个体化,在此过程中表现出一种无限的可能性。这种见解蕴含的意义在于,必须认识到并且承认其他个体同样也是无限的表现,个体同样有效而且本身永远是普遍和无限的表现。所以,爱与友谊是传授方式(Modus der Mitteilung,参同上,页24以下),不牵扯区分人格与观点之高下,而牵扯到相互承认个体性时的自由交流:

> 只有当人在目前的行动中意识到其独特性时,他才可能保证接下来不会伤害其独特性;只有当他持久地要求自己关注完全的人性,当每个人以不同表现分有了完全的人性并使其与自己的人性相对时,他才可能保持关于其独特性的意识。(同上,页22)

就这个问题,在1799年匿名出版的《关于交际行为的理论探讨》(Versuch einer Theorie des geselligen Betragens)中,施莱尔马赫加以完善,[①]这部著作可以解释为对柏林沙龙(Berliner Salons)中的交谈文化的理论空谈。[②] 这种没有外在目的束缚的自由交际,的确只是共同的相互关系(Miteinander als Sym–)的一个方面,它体现了一种自由平等的个体联合起来的理想,早期浪漫派将这一理想首先作为"共同哲思"(Symphilosophie)的誓约来实践。正如在施莱尔马赫后来的伦理学中,自由交际仅

---

①　参施莱尔马赫,《1796–1799柏林时期著作集》,前揭,页165–184。

②　参Andeas Arndt,《交际与社团:在施莱尔马赫的〈关于交际行为的理论探讨〉中辩证法诞生于对话精神》(Gesseligekeit und Gesellschaft. Die Geburt der Dialektik aus dem Geist der Konversation in Schleiermachers Versuch einer Theorie des geselligen Betragens),见《浪漫派沙龙》(Salons der Romantik, hg. von H. Schultz, Berlin und New York 1996),页45–61。

仅表现为与其他共同体领域相邻的一个共同体领域,[1]哲学传授与共同的哲学表达,也因此依傍于沙龙的交谈文化,从 1797 开始,施莱尔马赫就与施勒格尔实践了这种自由交际,他自己将施勒格尔视为合适的伙伴,从而使他的"共同哲思观念"得以实现。[2] 这一哲学—文学共同体包括日常生活中的共同(Sym -),因为 1797 年 12 月,施勒格尔也搬进施莱尔马赫当时的宣教士住所。[3] 早期浪漫派的共同(Sym -)可以有如此广泛的含义和实践:对施莱尔马赫而言,不能在有限中直观无限便无思想可言,早期浪漫派的共同(Sym -)是将思辨与生活引向统一,同时,在爱与友谊中为了个体自身而转向其他个体。

这样,施莱尔马赫的《会饮》解释之环得以完成。这一解释反映了柏林早期浪漫派的理论与实践。但同时,如果这一解释是施勒格尔柏拉图式地激发的结果,那么人们必将踌躇于下述看法:这一解释本身反映了一种对柏拉图和《会饮》的勉强(forcierte)阅读。相反,我们应当由此指出,在十八世纪末复杂的理论格局中,对于斯宾诺莎、康德、赖因霍尔德(Reinhold)、雅各比(Jacobi)、费希特和其他人而言,柏拉图只是一个因素,这一格局从整体上决定了早期浪漫派初起的情况。但我们必须明智地说,在柏拉图对话中,早期浪漫派的理论与实践找到了一个合适的投射面,或一个在哲学传统的框架内进行自我理解的媒介。正是以此方式,1800 年左右的浪漫派的交谈文化和共同哲思,才从理论上经受住了其实践上的没落。然而,哲学与生活的关系却因此被扯断,但直到施莱尔马赫的《会饮》解释,这一关系都在激发浪漫派伟大的共同(Sym -)。

---

① 自由交际与国家、学术界和教会并列。

② 《致施勒格尔》,1797 年 11 月 28 日,见施莱尔马赫,《批评版施勒格尔文集:〈雅典娜神庙〉时期》(*Die Periode Athenäums*, hg. von R. Immervahr, Paderborn u. a. 1985, Kritische Friedrich - Schlegel - Ausgabe),卷 24,页 31。

③ Toni Tholen 以解释学的历史观点分析了施莱尔马赫和施勒格尔之间(最终失败的)对话:《对话经验:论一种解释学伦理学》,见《对话科学:施莱尔马赫的哲学视角》(*Dialogische Wissenschaft. Perspektiven der Philosophie Schleiermachers*, hg. von D. Burdorf und R. Schmücker, Paderborn 1998),页 107 - 123。

关于施莱尔马赫的柏拉图的论争

施泰纳(Peter M. Steiner)　著

黄瑞成　译

一

"这部作品意味着完美地复兴了最伟大的古希腊哲学,从而使整个德意志民族第一次分享到这份精神遗产。""第三波人文主义"(Dritten Humanismus)的奠基人耶格尔(Werner Jaeger),在二十世纪二十年代这样评价施莱尔马赫的柏拉图翻译。① 在狄尔泰(Wilhelm Dilthey)于十九世纪下半叶重新发现了施莱尔马赫之后,他的名字就不仅与哲学解释学,而且还与柏拉图主义哲学不可分割地联系在一起。②

二十世纪五十年代,关于施莱尔马赫[翻译柏拉图]的贡献,有一种

---

① Werner Jaeger,《人文主义论文与演讲集》(*Humanistische Reden und Verträge*, Rom 1960),页129。

② W. Dilthey,《施莱尔马赫生平》(*Leben Schleiermachers*, hg. von M. Redeker, 2 Bde. [Ges. Schriften Bde. XIII, 1 – 2, XIV, 1 – 2], Göttingen 1966 und 1970); H. Schnur,《施莱尔马赫的解释学及其十八世纪由来》(*Schleiermachers Hermeneutik und ihre Vorgeschichte im 18. Jahrhundert*, Stuttgart, Weimar 1994)。

完全相反的评价引起了人们的注意：

> 存在一种秘传的柏拉图的特别教诲……从古代到十九
> 世纪初一直被假定为理所当然的事实。正是施莱尔马赫的
> 权威，在短时间内使这一根底深厚的观点几乎完全被封杀。
> 如今回过头来看，令人奇怪的是，施莱尔马赫——通过发现
> 对话形式(Dialogform)，模糊了书写与言辞(Schrift und Wort)的
> 区别——在其柏拉图译著引论中用短短十页的篇幅，居然能
> 够左右行家的意见逾一个世纪之久。[1]

这些出自克雷默的文字，尽管不是对所谓柏拉图的"未成文学说"
(ungeschriebene Lehre)[2]的深奥解释的起点，却开启了此后时而变得激
烈的一场论争，在这场论争中，施莱尔马赫被当成了"错误的"柏拉图
解释的一个弊端之根源。

虽然这场论争因施莱尔马赫的柏拉图解释而起，却有着更为深远
的背景，问题不仅在于可否将柏拉图式的对话视为哲学，而且还在于
如何看待以哲学原理为根据和依靠哲学原理进行反思，以及如何表
述。

我们将相互关联的施莱尔马赫的柏拉图解释，作为概述这场论争
的背景，首次单独在此发表。

施莱尔马赫没有写过解释柏拉图的专著。此外，他的《柏拉图文
集》(Corpus Platonicum)译著仍是一部未完成的作品。尽管如此，除《蒂
迈欧》、《克里提阿》、《法义》和书信之外，他还是翻译了全部以文字流
传下来的作品——有二十四篇真作和现今认为的六篇柏拉图名下流

---

① H. J. Krämer，《柏拉图与亚里士多德的德性》(Arete bei Platon und Aristoteles)，页
18。

② 由 J. Wippern 编辑的《柏拉图的未成文学说问题：理解柏拉图的原则性哲学论集》
(Das Problem der ungeschriebenen Lehre Platons. Beiträge zum Verständnis der platonischen Prinzip-
ienphilosophie，Darmstadt 1972)，用半个世纪的论文汇集交代了这个问题；亦参 J. N. Findlay，
《成文与未成文的学说》(The Written and Unwritten Doctrines)，London 1974。

传的伪作。那么施莱尔马赫的柏拉图译著究竟有何过人之处?

　　时至今日,这部译著——在其问世近两百年后——依然再版(但未收入引论,也从未收入注释)。它成了德语文学的一个部分。我们在阅读时,可以感觉得到其中的理由,但解释起来还是有些困难。施莱尔马赫的风格显而易见,它出自一个德语文字书写和口头表达都与今日不尽相同的时代。这是一个古典德语文学和哲学的时代,是为我们的现代语言奠基的时代。举一个例子来说,用"概念"(Begriff)这个词来翻译希腊词 Logos 和 Eidos,在施莱尔马赫看来是理所当然的。"理念"(Idee)这个词,即希腊语的ἰδέα,从康德到黑格尔都被赋予了新的内涵,对翻译家和解释家而言——或至少觉得应该——有些特殊:引论的第二版证明了这一点(下面的 A4,17 多次提到这一点)。后来,每当"理念"这个词与柏拉图的风格(Ausdruck)不相符合时,施莱尔马赫就用"观念"(Gedanke)取而代之。①

　　施莱尔马赫的翻译具有高度的反身性(Reflexivität)和移情能力(Einfühlungsvermögen)。他为对话作者服务,而且"不知道"有什么比这样做更好的了。和许多他之前之后的译家不同,施莱尔马赫没想过要从风格——还有内容——上修改有时候显得冗繁的柏拉图文本。② 他依循了哲学家表面的混乱,这混乱往往是深层含义的假象,马马虎虎的阅读必定永远无法理解这混乱。他第一次使柏拉图对话不仅清楚可读,而且还将其作为哲学写作艺术的完美范例来对待。

　　施莱尔马赫的翻译是对柏拉图哲学的一个独特解释。施莱尔马

---

　　① 正如 K. Gaiser 在《柏拉图形象》(*Das Platonbild*,Hildesheim 1969,其中刊登了施莱尔马赫的总的柏拉图引论的第三版)的"出版说明"(页 325)中所指出的那样,这个例子证明,施莱尔马赫的作法不啻为了解释清楚而作出的某些风格上的改善。

　　② 参阅比如歌德和席勒的题为"希腊对话"的讽刺短诗:"为了修身养性,施托尔贝格的弗里德里希,/这位诗人和基督教徒格拉夫,将这些对话译成了德语。"这里指 Friedrich Leopold Graf zu Stolberg,和他的《柏拉图对话精选》(*Auserlesenen Gespräche des Platon*,3 Teile,Königsberg 1796 – 1797)。

赫以此结合解释学的语文学—批评方法与翻译理论。① 对柏拉图的哲学—系统性兴趣、而不是历史的兴趣,对他具有重要意义。

施莱尔马赫的柏拉图翻译的前提,因此也还有他的解释,仍不为人所知。一个可靠的理由是,这些解释仍然是一种权宜之计。施莱尔马赫并没有打算就柏拉图的作品②进一步做出结论性评价。尽管如此,第一卷译著的总引论作为绪论(Prolegomena),还有第一和第二版之间各篇对话的引论,还是对柏拉图作品做出了连续的解释,时间跨度逾 30 年之久。眼前这个版本的读者可以第一次体会到这个解释的发展过程。

施莱尔马赫的柏拉图解释,向我们表明了施莱尔马赫本人思想发展的四个不同阶段:从与施勒格尔的合作,到独自承担翻译任务(约1798—1803);独自承担翻译任务的第一阶段(约 1803 - 1809);哲学史框架内关于柏拉图和苏格拉底的演讲(约 1809 - 1820);1817 年以来柏拉图翻译的恢复和变化,以及第二版中的引论,最终汇入了《王制》的翻译和引论(1828)。在最后一个阶段,出现了贝克(Immanuel Bekker)编辑修订的柏拉图文本(Platon - Texts),附有拉丁文翻译和评注。贝克在施莱尔马赫的激发下,对比了欧洲重要的图书馆中的柏拉图手稿,并将第一卷题献给了"施莱尔马赫——柏拉图的重建者"(Friderico Schleier-machero - Platonis Restitutori)。③ 他与波克(August Boeckh)同时认识到,施莱尔马赫的研究解决了所谓的柏拉图问题,并在作品的次序安排上依循了施莱尔马赫。

历史—批评版施莱尔马赫全集中发表的柏拉图笔记(写于 1800 年

① 参阅 W. Virmond,《虚构的作者:施莱尔马赫对柏拉图对话的技术性解释》(Der fictive Autor. Schleiermachers technische Interpretation der platonischen Dialoge, Arch. di Filos. 52/1 - 3 (1984) 225 - 232);Y. Lafrance,《施莱尔马赫:柏拉图〈斐德若〉的阅读者》(F. Schleiermacher, Lecteur du Phédre de Platon),见 L. Rossetti,《理解〈斐德若〉:柏拉图的第二部〈会饮〉之进程》(Understanding the Phaedrus: Proc. of the II Symposium Platonicum, Sankt Augustin 1992),页 209 - 213。

② 施莱尔马赫,《关于柏拉图翻译的广告》,见《大众文学报》的"知识界"专栏,13 栏以下。

③ I. Bekker,《柏拉图对话》(Platonis Dialogi, graece et latine, in drei Teilen und acht Bänden, Berlin 1816 - 1818),1823 年评注版;贝克在划分对话卷目时依循了施莱尔马赫。

以前），并没有多少特别之处。然而却做出了如下评论：

> 我们最终可以在所有柏拉图对话中得到三个三部曲：
> 《斐德若》—《普罗塔戈拉》—《帕默尼德》
> 《泰阿泰德》—《智术师》—《哲学家》
> 《王制》—《蒂迈欧》—《克里提阿》——其余对话是这三
> 个三部曲之衍生。①

这个划分便预先说出了他与施勒格尔做出的、后来也差不多完成了的作品翻译计划（就此参阅上文阿恩特的解释，特别是页11注释2）。

在他的"古代哲学史演讲集"中——这些演讲虽然出自详尽的笔记，却并不具备一个完整文本的特质（Charakter），它们可以在演说中得到自然而然的补充——施莱尔马赫阐明了柏拉图分析解释问题的一种方式。演讲表明，在柏拉图作品中发现的系统，是前苏格拉底自然哲学、诡辩术（Sophistik）和苏格拉底哲学的结合，是辩证法、物理学和伦理学的延续与交错。此项翻译计划的模式明白可见，它也是这个简明的哲学史纲要的基础。施莱尔马赫在此认识到，哲学"学科"（Diszi-plinen）在对话中通过诗性的表达方式和神话密切结合在一起。在他看来，这种密切结合的"统一"，使对哲学内容的"教条式表述"失去了可能。这种情况必然阻碍对解释的表达。尽管如此，他在这些演讲中仍然做出了尝试。柏拉图的辩证法紧接着对《智术师》的解释，在 $\varkappa\alpha\vartheta'\,\alpha\grave{v}\tau\acute{o}$（为己）和 $\pi\rho\acute{o}\varsigma\,\tau\acute{\iota}$（为他），$\tau\alpha\upsilon\tau\acute{o}\nu$（同一性）和 $\vartheta\acute{\alpha}\tau\varepsilon\rho o\nu$（差异性）的概念关系中向他展现出来。他将辩证法理解为"形式的方面"（formale）和现实之"镜"（Spiegel des Realen），理解为"绝对同一性或神性理念的启发式原则"。就物理学而言，施莱尔马赫依循了《蒂迈欧》中的表述，在关于生成与存在（Werden und Sein）的"极有可能发生过的对话"

---

① Schleiermacher，《关于柏拉图》（Zum Platon），KGA，卷3，页373。众所周知，并没有《哲学家》这篇对话，但施莱尔马赫在《会饮》和《斐多》中发现了关于这一主题的描述，见《斐多》引论。

中,其表述方式显现为关于自然认识的"可传达的"形式。这个"柏拉图体系"在此以伦理学为目的。在伦理学方面,正如亚里士多德已说过的那样,施莱尔马赫批评《王制》中的妇女儿童共同体不尊重"家庭伦理观念"。在《王制》(页34)引论中,施莱尔马赫的观念变得更为清晰。事实表明,在解释柏拉图的过程中,他对柏拉图的看法作了修正,他写道:"这里关注的是希腊精神发展的所有失败的方面,事实清楚地表明,对于建构一个令人满意的伦理关系形态,当然是毫无办法。"

　　翻译引论也以辩证法—自然哲学—伦理学结构为基础。这一点比如说反映在了《帕默尼德》的次序编排中,关于解释有争议的柏拉图关于"一"(Einen)与无限制的"二"(Zweiheit)的原则,这篇对话极为重要。施莱尔马赫代表了这样的观点,《帕默尼德》与《斐德若》和《普罗塔戈拉》一样,属于早期对话。同时,《斐德若》阐述了逻辑学,《普罗塔戈拉》阐述了伦理学,而《帕默尼德》阐述了"自然哲学"(参阅 I 2,A 88 ff.)。然而,全部三篇对话整体上是"关于其余对话之基础,关于作为哲学技巧的辩证法,关于作为哲学之本来对象的理念,也是对知识之可能性和条件的第一次预想(Ahndung)"(I 1,A 49)。

　　这个基本的系统性开端,而不是柏拉图的著名文论(Schriftkritik)《斐德若》(Phdr. 271 b ff.),①对施莱尔马赫的柏拉图解释具有重大意义。值得注意的是施莱尔马赫的评论:柏拉图打算通过《斐德若》给出"苏格拉底对自己所以不著文字的辩解",并表明了苏格拉底对说教方式(Lehrart)的热情,柏拉图认为说教用书写无法模拟,"然而他是事后才知道这一点的"(I 1,A 75),这篇对话尽管是柏拉图青年时期不成熟的一个标志,但

　　　　名副其实的哲思要有所提高,不能靠随便哪一篇对话,
　　相反要靠对整体的预想(Ahndung),正如人的个性,还有他的
　　思维方式和世界观的独特之处,一定能在其真正自由和主动
　　表达的最初开端中找到。(I 1,A 75 f.)

────────────

① 这个观点出自 Th. A. Szlezák,就此参阅下文。

因此,对施莱尔马赫而言,柏拉图哲学从一开始就包含着"体系"整体"成功的萌芽"(Keimentwurf),与亚里士多德的隐得来希(Entelechie)一样,这个萌芽中包含着尚未臻于完满的整体。

柏拉图成文作品的照准点(Zielpunkt),依施莱尔马赫看是——他没有进一步翻译的——《蒂迈欧》。我们科学地解释《蒂迈欧》的资源,是上文介绍过的演讲。"柏拉图引论"有待达成的目标,归根结底是详尽而理论基础深厚的解释。

二

关于施莱尔马赫的柏拉图解释的论争究竟如何发生的? 以至于他在此过程中成了一个遭到激烈攻击的敌手?

论争的基础,事实上已存在于柏拉图哲学的传统之中了。柏拉图将他的哲学用文学对话的形式流传后世。然而,在这些对话中他自己从不发言——只在《申辩》(34 a,38 b)和《斐多》(59 b)中提到了自己的名字,我们也无从知晓,对话中哪些是他本人持有的观点。① 依靠其他著作家的证据——首先是亚里士多德,他引用了对话,并在《物理学》(209 b 15)中提到"未成文学说"——柏拉图作为哲学著作家和教育家的真实性得到保证。

学园(Akademie)作为柏拉图的遗产,对西方的学校和教育的发展产生了决定性的影响。论争者如今讨论的问题是,著作家柏拉图和哲学教育家柏拉图是不是同一个人,在公开的书面作品与口传的、学园内部未公开的教诲之间,是否有可以证明的区别。换句话说,区分柏拉图哲学的隐微和显白,是否有意义。对话和口传教诲的主题是否有不同内容。

自从他的对话在古代流传以来,柏拉图一直在戏弄他对话的读者

---

① 就对话作为"哲学的面具",参阅 Christiane Schildknecht,《哲学的面具:柏拉图、笛卡尔、伍尔夫和李希滕贝格哲学的文学形式》(*Philosophische Masken. Literarische Formen der Philosophie bei Platon*,*Descartes*,*Wolff und Lichtenberg*,Stuttgart 1990)。

吗？他一直在牵着读者的鼻子走吗？古代的读者，包括新柏拉图学者（Neuplato‐niker），无论如何也不同意这样的看法，或者至少没有同意过这样的看法，如果他们或曾有过此类意见的话——与现代的解释不同：

> 我们可以回想自己第一次阅读柏拉图对话的感受，或读完亚里士多德的文本之后，再来读柏拉图对话的感受。这是一种被愚弄的感觉，是所知聊胜于无的人，为全然皆知者有意同情时的感觉，我们有点儿像面对一座冰山，它的绝大部分是不可见的，换句话说，在对话的背后有一个巨大的构想，将对话中所说的一切团团围住，牢牢地联结为一体。①

上述问题可不是开玩笑，所涉及的亦非琐事。它同时涉及了柏拉图哲学的形式与内容。它事关对柏拉图哲学的正确解释。

柏拉图的研究和解释，自十九世纪以来，就与哲学和语文学那些已经变化的问题提法一道向前发展，并就很多重大问题作出了与施莱尔马赫完全不同的回答。随着文体学（Stylometrie）和关于历史关系的认识扩展，关于柏拉图的对话，人们得出了一个相对清晰的年代学图像，在所有科学问题上，这个图像都与施莱尔马赫的那些观点相左。施莱尔马赫尤为竭尽全力的一个问题，②即对话的真实与否的区分，已退入了完全无关紧要的次要领域。首先是从先验的和现象学的视野出发，获得了关于柏拉图的本体论和认识论的新理解，此外，还有关于柏拉图学派的建立及其相关问题的历史—语文学研究，都得到扩展和深化。同时，人们兴趣的核心在于，对亚里士多德关于柏拉图的一篇公开教诲《善论》（Über das Gute）的说法如何归类和解释。

历史地看，关于施莱尔马赫的柏拉图解释的论争，发端于赫尔曼（Karl Friedrich Hermann）的《关于柏拉图的写作动机》（Über Plato's schrifts-

---

① K. Oehler，《解密柏拉图》（Der entmythologisierte Platon），见《哲学研究杂志》（ZphF 19 [1965] 415）。

② 参阅下文页 24 中关于 1813 年慕尼黑科学院的有奖征文的解释性注释。

tellerische Motive,1849）。他也是从《斐德若》的地位问题出发,却像后来的塞勒查克(Szlezák)那样,对其作出了如下与施莱尔马赫相反的解释:这篇对话的写作方式完全不适合传达哲学。因此,相论的实质和原则必定保留在口头教诲之中。

二十世纪初以来,对柏拉图哲学命题间接流传的研究,变得紧迫起来。罗斑(Léon Robin)的思考对此起到了推动作用。[1] 但主要是谢尼斯(Harold Cherniss)的研究,与来自克雷默(Hans Joachim Krämer)和期间去世的盖瑟(Konrad Gaiser)的所谓"图宾根学派"(Tübinger Schule)的批评者和反对者,扩大并激化了这个由来已久的论争。谢尼斯否认存在某种特殊的柏拉图的口头教诲,并断言,亚里士多德的有关传言建立在误解的基础上,[2]但与此同时,论争的对手却认为,"真正的"、在对话中内容遭到歪曲的柏拉图哲学——原则性教诲——只在口头而且几乎仅限于学园中的传授。[3] 重构这个学园内部的教诲,花了三十多年的时间。不久,通过对话的一项扩展性研究,塞勒查克与雷阿勒(Giovanni Reale)追随克雷默与盖瑟支持此项重构。[4]

自克雷默的作品首次出版以来,随着研究时间与强度的持续,始

---

① L. Robin,《柏拉图的相论与数论:根据亚里士多德》(*La Thorie Platonicienne des Ides et des Nombres d' aprs Aristote*,Paris,1908,repr. Hildesheim,1963);氏著,《柏拉图哲学中物理学的意义与地位研究》(*Untersuchungen über die Bedeutung und Stellung der Physik in der Philosophie Platons*),见 J. Wippern,《未成文学说问题》,页 261–298。

② H. Cherniss,《亚里士多德对柏拉图与学园的批评》(*Aristotle's Criticism of Plato and Academy*,Baldimore,1944),卷一(卷二未再出版),亦参氏著,《学园之谜》(*The Riddle of the Academy*,1st ed. 1945,New York,1962)。

③ 这一学术流派的两部基本著作出自克雷默(见上文注释3)和盖瑟,《柏拉图的未成文学说》(*Platons ungeschriebene Lehre*,Stuttgart 1. Aufl. 1963,2. Aufl. 1968)。

④ 参阅 Th. A. Szlezák,《柏拉图与哲学的书面表达》(*Platon und die Schriftlichkeit der Philosophie*,Berlin/New York,1985)——Szlezák 在《阅读柏拉图》(*Platon lessen* [legenda 1],Stuttgart–Bad Canstatt 1993)中总结了他的观点——和 G. Reale,《对柏拉图的一项新解释》(*Zu einer neuen Interpretation Platons*,Paderborn etc. 1993,译自 1989 年意大利文版)。参阅 W. Wieland 的批评,《读无字之书》(*Ungeschriebens lesen*, *Frankfurter Allgemeine Zeitung*,15. März 1994 Nr. 62,Literaturbeilage,L18)和 G. Figal 的《恶战? 思索柏拉图解释》(*Riesenschlacht? Überlegungen zu Platoninterpretation*),见《国际哲学杂志》(*Internationale Zeischrift für Philosophie* 1[1994]S. 150–162)。

终明确的是,施莱尔马赫创立了柏拉图解释的一个范式(Paradigema),
这个范式应当也必然被所谓的"新的柏拉图形象"所取代,也因此他们
有责任废除这个范式,以努力使一个更为古老的、自身却追求和谐一
致的观点获得其固有的权利,而施莱尔马赫恰恰有意要摧毁这个观
点。在此关系中,施莱尔马赫的名字被改造成了一个贬义的斗争概念
(Kampfbegriff),被改造成"施莱尔马赫主义"(Schleiermacherianismus)。①

　　图宾根学派发起了反对施莱尔马赫的谴责,塞勒查克这样总结他
们的谴责:

　　　　施莱尔马赫最初也是迄今最为清晰的表达,即在其 1804
　　年的柏拉图译著"引论"中,他欲将柏拉图对话理解为自足的
　　作品,这个理论清楚地暴露出,这个理论的论战性起源是对
　　柏拉图对话的隐微解说的厌恶。②

　　塞勒查克正式将一种新的理论,即"关于柏拉图对话的现代理论"
(《阅读柏拉图》,同上文注释 19,页 43)归于施莱尔马赫:按照这个理论,
由于以文字确定下来的柏拉图对话是以口头谈话形式完成,因此,归
根结底,它与柏拉图的口头哲思也是一回事(页 44)。然而,这个理论
没有来自柏拉图对话的文本依托。为了清楚起见,应在此转述塞勒查
克的"两个发现":

　　　　(1)这个关于对话形式的现代理论,一开始就具有反隐
　　微论的(antiesoterische)意图,至今未改其初衷。早在施莱尔马
　　赫之前,滕内曼就在其《柏拉图哲学的体系》(System der plato-

　　① 参阅 H. J. Krämer,《柏拉图与形而上学的奠基》(Platone e i fondamenti della
metafisica,Milano 1982),主要是页 31 以下,英译(New York,1990)页 3 以下。其中有关于
柏拉图论争的详尽引文注释。
　　② Th. A. Szlezák,《不对等的对话:柏拉图对话的结构与意图》(Gespräche unter Un-
gleichen. Zur Struktur und Zielsetzung der platonischen Dialoge),见 G. Gabriel,Chr. Schildknecht
编,《哲学的文学形式》(Literarische Formen der Philosophie,Stuttgart 1993),页 56。

nischen Philosophie,2 Bde,Leipzig,1792 – 1795）中为此观点提出了理由:完全用书面方式来表述自己的哲学,并非柏拉图的初衷。与此观点相反,施莱尔马赫[……]勾画出作为表述形式的对话构想,归根结底它与口头对话完全相当,也因此具有确定性,它尽管无法直接呈现出柏拉图哲学,却完全可以间接传达。施莱尔马赫之后,"间接传达"差不多成了一项文学技巧,并排除了隐微论（Esoterik）。[……]（2）鉴于这种倾向,我们可以将这种现代对话理论称为"反隐微论的柏拉图解释"（antiesoterische Platonauslegung）,并在此意义上与"隐微论的柏拉图解释"（esoterischen Deutung）[……]相对。因为施莱尔马赫根本不可能根除和压倒隐微论,他只不过使其转入了内心思索,转入更为内在的接受,或用他的话说,变成了"读者的素质"。[……]（同上,页44 – 45）

在此我们打算检验此项指责。施莱尔马赫的目的,是通过书面作品重构柏拉图哲学——对此无需怀疑。然而,谁要是认为他排除"隐微的"解释,就有"颠覆的企图",那却解释不通（就此或可参阅《引论》,I 1,A 11 以下）。归根结底,所谓对话"理论"无他,就像施勒格尔首创的艺术—哲学家（Künstler – Philosophen）理念一样,艺术哲学家想通过他的书写来达成"作品"之"理念"。还有一个问题是,"作品"处在单篇书写之后或之上,而不存在于其中。施莱尔马赫在此发现了重构柏拉图"体系"的问题,在他看来,问题的关键在于作品的布局和展开。①

对话超出了自身,施莱尔马赫与他今日的批评者塞勒查克也承认这一点。他们的理由恐怕并无不同。当塞勒查克欲将他的所谓"空白之处"（Aussparungsstellen）理解为明示了"未成文的学说"的时候,施莱尔马赫却相信有空白的对话形式,其本质在于,柏拉图以此方式提请

---

　　① 就此参阅 R. Bubner,《唯心主义的革新》（*Innovation des Idealismus*, Göttingen 1995）,页34 以下,他着重指出"内在关系"的美学方面,就在于施莱尔马赫的柏拉图解释中的阐释。

"读者的心灵转向自身的思想创造(Ideenerzeugung)"(参阅《引论》,I 1,A 41)。克雷默首先将这种思想与浪漫主义反讽的"无限学说"(Infinitismus)等量齐观。对施莱尔马赫而言,则要归于费希特、施勒格尔和谢林的影响。①

我们不可孤立地看待施莱尔马赫的解释,图宾根学派的追随者理当承认这一点。对于全面理解施莱尔马赫的柏拉图,小小的进展也都具有决定性的意义。

三

尤其是十五和十六世纪文艺复兴时期的哲学,热情接纳了柏拉图的对话,随后,批评不断将柏拉图对话高举为他的哲学表达。对话的戏剧学研究,常常是犹疑论的(aporetische),或至少在涉及对定义问题的清楚回答时,对疑难无法给出满意的答案——但只要我们相信,就能得出关于基本问题的答案,就像我们能够拥有一本买来的书一样,可以把它带回家。通过新近兴起的哲学史写作,柏拉图学园在政治操控和施加政治影响方面的使命(Bestimmung)得到了正确的评价,并被归于书写对话作品的目的。因此,对相应的解释而言,一个大问题在于,重新获得柏拉图原初设计的写作次序和他教诲的指控意义(imputierten Sinn)。②

十八世纪对柏拉图的兴趣虽然渐增,③但尚不完整,直到康德在《纯粹理性批判》(*Kritik der reinen Vernunft*, A 235 und 312 ff.)中以他著名的关于理念概念(Ideenbegriff)的讨论,使得与柏拉图的论争成为一个清

---

① H. J. Krämer,《费希特,谢林与柏拉图解释中的无限说》(*Fichte, Schlegel und der Infinitismus in der Platondeutung*),载 *Deutsche Vierteljahresschrift für Literatur – und Geisteswissenschaften* 62(1988)583 – 621。

② 参阅 J. Brucker,《哲学史评论》(*Historia critica philosophiae*, tom. I, Leipzig, 1742),页 648 和 659。

③ 参阅 M. Wundt,《柏拉图在十八世纪的重新发现》(*Die Wiederentdeckung Platons im 18 Jahrhundert*,载 *Blätter für deutsche Philosopie* 15(1941/42),页 149 – 158)。

晰建构的主题。① 这项指责成了导火索:由康德发现的(感性)直观与
(理性或逻辑)概念之间原则上永远有效的区分,"柏拉图的理念"却予
以取消并加以轻视。一系列康德哲学的追随者,开始特别以新的方式
来解释柏拉图的认识问题(Erkenntnisproblem)。这里要提到普莱辛
(Friedrich Plessing)②的——更为坚定地扎根于这一传统的——《柏拉图
的形而上学体系》(Metaphysisches System des Plato,1787)和舒尔策(Gottlob
Ernst Schultze)的《论柏拉图的理念》(De ideis Platonis,1785)。③ 贯穿
1781-1787 年出版的"双桥版"(Zweibrüchker Ausgabe[Bipontina])柏拉
图研究,具有坚实的语文学基础。铁德曼发表了他的《解释和澄清柏
拉图对话的主题》(Dialogorum Platonis Argumenta exposita et illustrata)作为上
述著作的最后一卷,概述了柏拉图对话各卷的内容。

　　这一时期建立在康德批判基础上的最重要的柏拉图解释,却是由
滕内曼提出。1804 年以前,他最早严肃对待《斐德若》和"第七封书
信"的文本批评(Schriftkritik)内涵,并将对话与一个内容广泛的体系作
了对照。施莱尔马赫在其引论中援引滕内曼,以作为他本人研究的
"一个必要对立面"(引论,I 1,A27)。然而,正如施莱尔马赫本人还有
克雷默(同上文注释9,页435)试图劝说人们相信的那样,滕内曼与施莱
尔马赫的立场之间,并非真是如此对立(尽管滕内曼对其他观点逐一作了
辩护,比如和如今大众流行的看法一样,将《斐德若》归结为相对较晚的著作)。

　　　　在任何时候,柏拉图的书面作品[……]都是其哲学的主

---

　　① 关于康德对柏拉图的真正认识,参阅 G. Mollowitz,《康德的柏拉图理解》(Kants
Platoauffassung,Kant-Studien 40 (1935) 13-67);H. Heimsoeth,《康德与柏拉图》(Kant
und Plato),见《康德研究》(Kant-Studien 56 (1965) 349-372),《康德发展过程中的柏拉
图》(Plato in Kants Werdegang),见《康德哲学发展研究》(Studien zu Kants philosophischer En-
twicklung)。

　　② [译按]即 Friedrich Victor Leberecht Plessing(1749-1806),德国哲学家和宗教学家。

　　③ Mischa von Perger 于 1987/88 年间,在慕尼黑的亨利希(Dieter Henrich)的耶拿计
划(Jena-Projekt)框架内,提交了一个三卷本的内容丰富的"十八世纪最后二十五年间德
语区对柏拉图的科学接受之书目——特别考虑到耶拿大学",此书目未能发表。我要感谢
此项工作给予的非常宝贵的指点。

要源泉,只有在小心翼翼地使用了这些书面作品之后,我们
才有权利期待出自柏拉图的评注家和其他著作家之手的若
干有用文献。①

研究柏拉图的著作——如滕内曼所言——要求投入巨大的心力,因
为对话的个别片断应当"全部作为整体的部分"来看待。进一步的方法
性指示是,要根据作者的观点作"历史—批评式的"理解,其内容如下:

> 一俟将个别意图与文字表述的偶然假象分辨开来,并利
> 用所有诠注辅助工具的帮助,澄清了词义,那么,我们就必须
> 将得到的所有这些概念和结论加以综合,彼此对照,相互比
> 较,以辨别本质(das Wesentliche)与偶性(das Zufällige),区分其
> 本身的观念与相异的观念。此项工作的实行,将使我们对柏
> 拉图的哲学概念的全部意蕴仿佛了如指掌,因此,这项工作
> 必须让位于一项全新的任务,对于这个任务而言,上述工作
> 仅仅是一个准备,这项任务就在于对这些概念进行真正的哲
> 学探究,我们有理由要求任何哲学史著作家对这些概念作出
> 解释。(同上,页84 以下)

因此,从第四部分开始,滕内曼着手处理柏拉图作品的疑难之处:
真实性问题、年代学问题、对话形式的特殊性、最后交代柏拉图哲学的
"原始文献"之由来。然而,究竟是柏拉图对话有意采用了其著名的戏
剧形式和苏格拉底的方法,还是说,这只是历史处境和柏拉图的"本
性"(Natur)之偶然,滕内曼对此未作回答(页126 及下页)。无疑,柏拉
图运用对话体具有教育意义——"以这种方式他可以言说真理,却不

---

① W. G. Tennemann,《柏拉图的哲学体系》(System der Platonischen Philosophie,
1. Bd. ,Leipzig,1792),页84。就此亦可参阅 H. Schröpfer,《滕内曼关于哲学演变史的考察
和描述之概略》(Der Entwurf zur Erforschung und Darstellung einer evolutionären Geschichte der
Philosophie von W. G. Tennemann),见 F. Strack 编,《精神之演变:1800 年之际的耶拿》(Evo-
lution des Geistes: Jena um 1800,Stuttgart,1994),页 213 – 230。

必为此负责"。这清楚地暗示了在一个出于国家至上而操控审查的时代,著作家群体的举步维艰。滕内曼猜测,"他[即柏拉图]的隐微哲学(esoterische Philosophie)的书写[!]采取了不同的方式"(页128)。滕内曼在柏拉图为"某种"弥足珍贵的真理保守秘密中(页129),也在对《斐德若》的文本批评中(页274以下,129以下),为柏拉图的两种写作方式找到了根据。然而,滕内曼最终恰恰视此文本批评为"过渡"(页137),并没有——像"图宾根学派"那样在某个方面——简单接受"一个双重的柏拉图哲学",而是获得了这样一种信念:保守秘密的部分已经表述于(柏拉图的而非间接流传下来的)"独特的书写"当中了。

　　与此相应,关于柏拉图口传的、学园内教诲的说法,滕内曼做出否定性的判断:出自他人复述的东西,其形式与内容或许已遗失殆尽,若无对话留存,这些东西也一文不值。

　　　　然而,不管这些资料来源如何真确,如何不掺虚假,还是无法给出完全令人满意的答案,即超越一个临界点,而这个临界点恰恰是最大的兴趣所在(页83)。

　　我们需要花费巨大的心力研究对话,以便剥离意图与偶然的假象。滕内曼不厌其烦地描述了此中疑难,通过不同的工序,将"柏拉图哲学概念的全部意蕴"从柏拉图对话中离析出来,然而,这只能是哲学史著作家真正的历史—批评方法的准备而已(页84以下)。滕内曼将《蒂迈欧》视为柏拉图的主要作品(页93)。在滕内曼看来,已遗失的"隐微"著述,或许解释了柏拉图的"全部哲学":

　　　　我们仍不清楚,是否真有这样的著作,或亚里士多德是否只是领会了柏拉图在学园中口传的这些教诲原则。然而,种种迹象表明,极有可能这些教诲原则澄清了柏拉图的隐微哲学。(页114)

　　从美学的角度看,滕内曼强调了对话的戏剧性,承认对论证作出陈述的优越之处,但他认为,这些论证仍嫌冗长乏味(页126)。保守秘密是"他[柏拉图]的著述外衣",这些著述的根据在内容上而非在方法上属于自然(Natur)。

我们可以肯定,滕内曼表述的判断虽然如此清楚,但就"批评"的典范而言,他的判断未对分析法与辩证法(Analytik und Dialektik)、知性与理性(Verstand und Vernunft)、理论理性与实践理性(theoretische und praktische Vernunft)作出清楚区分,因此,他也未将柏拉图最高的"概念",即"善的理念"(Idee des Guten)视为"实践性的概念",而且,他不承认柏拉图哲学非常符合道德(参下文)。对于滕内曼而言,这样的人是新柏拉图主义者:因为迷狂(Schwärmerei),他们败坏了被理性批判不断揭示出来的真正柏拉图的原初体系。① 进而言之,一方面,我们无法继续坚持下述观点:"施莱尔马赫柏拉图译著的区区十页引论"(H. J. 克雷默),排除了迄今仍然有效和广为流传的解释,即"隐微的"解释;另一方面,施莱尔马赫也未能在真正意义上发现对话的形式、甚或柏拉图对话的理论——这个理论的构建有意针对滕内曼,因此被作为一个新"范式"的发现。

如果说,施莱尔马赫的柏拉图解释完全是滕内曼解释的"对立面"(Gegenstück)②——因此在其他要点上,当然也是塞勒查克的解释的"对立面"③,这也是因为施莱尔马赫的解释不同意关于柏拉图保守秘

---

① 就此参阅 R. Bubner,《柏拉图——所有迷狂之父:关于康德的论文〈论哲学中新近甚嚣尘上的一个声音〉》(Platon – der Vater aller Schwärmerei. Zu Kants Aufsatz,'von einem neuerdings erhobenen vornehmen Ton in der Philosophie'),见氏著,《古典主题及其现代转化》(Antike Themen und Ihre moderne Verwandlung, Frankfurt/M. 1992),页 80–93;亦参 E. N. Tigerstedt,《新柏拉图主义的柏拉图解释之兴衰》(The Decline and Fall of the Neoplatonist Interpretation of Plato, Helsinki 1974),页 5。

② 就此,与其说施莱尔马赫本人用"对立面"(Gegenstück)指一个补充(Ergänzung),还不如说指一个对应物(Gegensatz)。

③ 参阅 Th. A. Szlezák,《苏格拉底对保守秘密的嘲讽:关于柏拉图的〈欧蒂德谟〉中的哲学家形象》(Socrates' Spott über Geheimhaltung. Zum Bild des philosophos in Platons 'Euthydemos'),见《古典与西方》(Antike und Abendland 26[1980]62–69),和《柏拉图"不民主的"对话》(Platons 'undemokratische' Gespräche),见《哲学观察》(Perspektiven der Philosophie 13[1987]347–368)。对塞勒查克的批评,参阅 J. Jantzen,《柏拉图在后现代?》(Platon in Postmoderne?),见《哲学评论》(Philosophische Rundschau 35[1988]62–69)。

密的观点。因此,施莱尔马赫的解释学方案,介于不明确说出(dem of-fensichtlichen Nicht - Aussprechen)与某种无意的"模糊"(Dunkelheit)解释或某种被迫隐藏的意图之间:他想理解并使别人可以理解,对话有何"意味"(bedeuten)。①

与此相关,康德在《纯粹理性批判》中附带建构的解释学原则是:

> 这绝无任何非常之处:不仅在日常谈话中,而且在书写中,通过比较作者关于对象而发的思想,甚至能比他理解自己更好地理解作者,因为他不能充分确定其概念,也因此偶尔会作出与其本身的意图相反的论述或思考。(《纯粹理性批判》,B370)

——这是施莱尔马赫一贯的批评目标,他"认为这种满足尚嫌幼稚,即断言我们现在就能够做到,比柏拉图已有的自我理解更好地理解这位柏拉图(den Platon)"(引论,I 1 A 7)。② 施莱尔马赫坚信,以直观(Anschauung)的直接性与概念的论理性(Diskursivität)之间的康德式对立,仍无法把握柏拉图逻辑(Logos)的核心。尽管康德式的开端为滕内曼的"剖析性描述"提供了出发点,但它却无法企及柏拉图的写作方式中显而易见的可传达性问题(das Problem der Mitteilbarkeit)。

黑格尔在评论"显白的与隐微的"(exoterischer und esoterischer)哲学区分时,恰好对这一情况作了批评——在滕内曼看来,在柏拉图那里,

---

① 就此可参阅解释学的"祖宗"赫拉克利特(Heraklit)的辑语 B93:"此人,是德尔斐(Delphi)的预言家,他既不明说也不隐藏,而只是给予指点(指—向[be - deuten])。"(B. Snell 译文)

② 就此参阅 O. F. Bollnow,《何谓比一位著作家已有的自我理解更好地理解这位著作家?》(Was heißt, einen Schriftsteller besser verstehen, als er sich selber verstanden hat?),见氏著,《理解:精神科学理论三论》(Das Verstehen. Drei Aufsätze zur Theorie der Geisteswissenschaften, Mainz 1949),页 7 - 33;亦参 F. Breithaupt, A. Brousse, A. Deligne, A. Desbordes,《论述起初与其创作者一样好,而后却比创作者理解得更好:这个解释学的表达形式说明了什么?》,见 K. V. Selge 编,《1984 年柏林国际施莱尔马赫会议论文集》(Internationaler Schleiermacher - KongreßBerlin 1984, Bd. 1, Berlin 1985),页 601 - 611。

这个区分不仅是"形式上的"，而且也是"实质性的"：

> 多么幼稚的见解啊！这似乎是说，哲学家就像拥有外在
> 事物那样拥有其思想。然而，这些思想却是全然不同的东
> 西。是哲学的理念反过来占有了人。当哲学家解释哲学对象
> 时，他必须朝向对象之理念，却无法稳操理念于手中。我们也
> 与某些外在事物交流，只要事物拥有内容，交流中就总是包含
> 着理念。外在事物的传递（Übergabe）大多与传达（Mitteilung）无
> 关，但传达理念却需要技巧。理念总是隐微之物［……］。①

四

施莱尔马赫本人意识到了传达（Mitteilung）的问题，这个问题不可
能在形式上和客观上获得解决，简而言之，无法"变得—客观"（ver-
objektivieren）："因为那些关于隐微的和显白的哲学的想法，需要批评性
审视，在不同的时间，它们有着完全不同的内涵"（施莱尔马赫，《柏拉图
作品引论》，I1，A12）

尽管如此，他还是被图宾根学派"创设"（erschaffen）为敌手，当代
扔给他的目标，这个敌手可从未以其本人的解释追求过。施莱尔马赫
的伟大功绩仍然在于，他从具体的语文学式的翻译工作出发，译成了
柏拉图哲学，在任何时候，他的翻译都值得景仰却又令人花费心机。
他的工作尽管由施勒格尔发起，最后却独自完成，与在翻译中一样，在
解释中他一步一个脚印，一篇对话接着一篇对话地接近柏拉图哲学，
并将单个步骤相互结合，事实上"形成了一个学派"。② 这个学派拥有
一个此后一直有效的主题，柏拉图对话是哲学。

---

① 黑格尔，《哲学史讲演录》（*Vorlesungen über die Geschichte der Philosophie II* ［ =
Werke Bd. 19］，Frankfurt/M. 1971），页 21。

② 参阅伽达默尔，《施莱尔马赫作为柏拉图学者》（*Schleiermacher als Platoniker*），见
氏著，《全集》（Gesamelte Werke Bd. 4，Tübingen 1987），页 347。

这一主题绝不会提出片面的关于对话的"作品解释",相反,它开启了解释的诸多可能性,这些可能性将在不同时间和完全不同的意义上得到接纳和运用。这一主题也曾遭到公开反对,并引向对"隐微"说的更精确研究和更为清晰的建构。我们就此需要把握的是,图宾根学派的误解,不在于断言柏拉图还口头传达了他的哲学。如今,没有谁当真会反对这一点——施莱尔马赫也不会反对。相反,误解就在于他们臆测,尽管柏拉图没有在其著述中吐露他能够说出的一切,却通过口耳相传他私下的言辞,传达了这些内容。他"最重要的"哲学原理只有通过口头才得以传达——只对够格的听众。然而,通过对间接流传物的语文学重构,这些原则性教诲得到了成功的复原。这意味着,谁如此设想哲学的口传与书写(Mündlichkeit und Schriftlichkeit)关系,谁就必定声言,将按照某种超越了柏拉图的(Platon überlegenen)立场,对书写所涉及的内容作出了判断。不用说,很能说服人接纳这些干巴巴的条条框框,他们却将这些条条框框作为柏拉图的原则性教诲和最高的见解,并加以传讲。

一个哲学而非语文学的解释论题仍将继续存在,诸如原理的已表达与将表达(ausgedrückt und auszudrücken)、已阐述与将阐述(dargestellt und darzustellen),还有对原理阐述的理解。或者,用库恩(Helmut Kuhn)的话说:

> 辩证法本身一定是辩证的。[……]辩证法问题同时也是表达方式(Sprache)的问题——而且,特别是表达方式的问题。辩证法就位于可传达性(Mitteilbarkeit)的边界。①

---

① H. Kuhn,《柏拉图与哲学传达之界限》(*Platon und die Grenze philosophischer Mitteilung*),见伽达默尔,《理念与数》(*Idee und Zahl*,1968),页172以下。

施莱尔马赫对"隐微"和"显白"的见解

尼沃纳（Friedrich Wilhelm Niewöhner）　著

黄瑞成　译

根据古代作家对"隐微论"（Esoterik）/"隐微"（esoterisch）和"显白论"（Exoterik）/"显白"（exoterisch）的理解，我们只有就其中显示出的共同特征提出问题，才可以说，无论我们对比何种形式的"隐微论"与"显白论"，都存在着一种努力，试图将某个作者或更多作者的哲学划分为不同的、或多或少相互分离的领域。①

---

① 所有努力都是公元后的事情，都可以追溯到亚里士多德作品（corpus Aristotelicum）的伟大编纂家安德罗尼科（Andronicus von Rhodos）。参 I. Düring，《古代传记传统中的亚里士多德》（*Aristotle in the Ancient Biographical Tradition*，Götegorg，1957），页432：

下午的讲授是"显白的"，早晨的讲授是"隐微的"，这两方面的结合在安德罗尼科之前未曾听说过，或许是他的看法。安德罗尼科关于区分两种写作方式的描述与西塞罗的说法类似。但这并非后世传统惯常的"隐秘"教诲的问题。

与此相反的看法参 E. Zeller，第四版，页118，注释1（安德罗尼科已经发现了双重写作）；Gercke，《安德罗尼科的方法》（*Art. Andronikosvon Rhodos*，in：R. E. I，2. 1894，1958），2164－2167栏；2166栏："不赞成对体系化作品有所保留的安德罗尼科，未能发现双重著述和对某种秘密学说的接受。"

这种系统化的努力,以及在这种努力下,对传世作品和观点的有关划分和评价性区分,以及基于批评来评判传世作品和观点的含义,所有这些都应当通过新的理解—意义可能性来展现——喀巴拉(Kabbala)可作为极端例证:在致力于对犹太教的古代证据作出真实解释、特别是为此作出努力的中世纪晚期犹太教中,这种批评方向的代表认为,对每一篇经文可以有千种"解答"(Schlüssel)——也就是随便多少种理解。这种批评立场恰恰针对经文的准确字句,通过与所有人都可以理解的"麦喀巴知识"(Maasseh Merkabah)的曲折学说,这是与写在圣书字句中的"律法知识"(Maasseh Bereschit)相对立的学说,以此抵达了内在于犹太教的严格的秘密学说——这种立场促使十二世纪正统的犹太导师迈蒙尼德写下了其主要的哲学著作《迷途指津》(More Nebuchim),也导致在某个似乎对圣书的"正确"理解已经失传的时代,仍孜孜以求重新获得原初意涵的真实性。

尤其是基督教领域,批评习传见解和经文,会引向一种学说建构,这种学说对经文的字义(Wortsinn)与字句(Wortlaut)作了区分;同一篇经文的理解可能出现分歧,使两种不同的学说得以兴起,一种学说以字义为根据,不仅由于其对字句的批评而获得了更高意义,而且由于其根据之错综复杂——恰恰因为其根据无法与字句协调一致——和数量之广泛而无法理解,会立即变成一种特殊—秘密学说(Sonder – oder Geheimlehre)。这种通过批评区分出来的作品内涵(Schriftdeutung),应用于古代作家的作品,就会导致不同学说的建构,从而形成了一种哲学的"隐微论",在柏拉图的神话批评中可溯其开端。

与此相反的观点主张字句与字义的同一(Identität),它意欲表明言辞与意涵(Gesagten mit dem Gemeinte)的一致,但却必然导致取消同一篇作品可能具有的"隐微"与"显白"对立,取消某个确定的作者或某个确定体系的作品在表达方式上的可能对立。就此,施莱尔马赫可以作为例证。

施莱尔马赫在柏拉图对话中看到了形式与内容的完美同一和统一(Einheit)。因此,对他而言,"柏拉图的形式"与"柏拉图的内容"的

"正确关系",是柏拉图作品唯一适用的真实标准。① 正如他能在每一篇对话中看到形式与内容的统一,对他而言,柏拉图全部对话的整体也表现出一种统一性,"一个密切关联的整体"(同前,页 17)。"柏拉图对一切都作出了恰如其分的表达。没有什么内容自身是完全分离的。"②柏拉图尽管熟知哲学在单个学科中的分配,却"因更高的理由"而拥有"单个学科的本质统一性和共同法则"(施莱尔马赫译,《柏拉图文集》,页 9)。施莱尔马赫能领会到柏拉图哲学的统一整体,所以他反对系统化解释柏拉图对话的方式,"因为这种方式同样将整体肢解为各门更为特殊的科学,"而且,他也反对片段式的解释,"因为这种方式是断章取义"(同上,页 8)。在施莱尔马赫看来,柏拉图哲学既不是体系,也不是片段;它是一个封闭的整体。由此出发,施莱尔马赫反对将柏拉图哲学割裂为一种"隐微哲学"和一种"显白哲学"的柏拉图解释。施莱尔马赫尽管不怀疑学园内课程的存在,但从自己的立场出发,他必然否定这些课程对书面确定下来的对话有任何偏离,这些课程不可能在哲学的强度与深度上"甚于"(也不可能"不及")书面作品。

施莱尔马赫首先并非柏拉图解释家,而是神学家。作为秘密教诲的隐微论——通过批评划清习传作品和观点的字句,为终极和最高的真理和知识作辩护,其实是基督教神学的产物,施莱尔马赫依旧是一位神学家,却因柏拉图而使作为秘密教诲的隐微论成了问题,并因此持续支配和影响柏拉图研究达一个世纪之久,认识到这些,倒是很有意思。

有些神学家们事后才在隐微教诲中看到了批评显白教诲的根据,可以理解的问题是,施莱尔马赫对基督教的理解与他们根本不同。我们可以确定"隐微论"与"显白论"的关系,借此理解施莱尔马赫的柏拉图解释,正如施莱尔马赫确定基督教信仰的"隐微论"与"显白论"的关系那样。

---

① 施莱尔马赫译,《柏拉图文集》(Platons Werke),3 Aufl. Berlin 1855,页 30 – 31。

② 施莱尔马赫译,《全集》(Sämtliche Werke),3 Abt. Zur Philosophie 4. Bd. ,1. Teil. Literarischer Nachlass 2. Bd. ,1. Abt. ,Berlin 1839,页 98。

施莱尔马赫认为,尽管在基督教中有某些"最可爱和最珍贵的内容",但这些内容取决于一种特殊的批评。基督教本质上是论战性的、批评性的,"在其自身领域,在其最内在的神圣团契中也是如此"。

> 基督教本身,即被公开赞扬为神圣内容,以及作为宗教的本质而屹立于世人面前的内容,仍要经受严格而持久的评判,由此不断离析出不纯成分,在所有对永恒的体验中,天堂的斑斓光华方能永远纯净地闪耀。①

因此,隐微之物作为基督教中最可爱和最珍贵之物,在施莱尔马赫看来,不是人作为有限者可以退而通过论证来探究的对象,也不是需要保守的秘密或特殊学说,而是某种比显白之物——"在世人面前"维护最可爱和最珍贵之物的方式——还要更多地经受严格批评,即"不断评判"的对象。

尽管说起来或许会产生这种假象,但施莱尔马赫并没有区分基督教的一种隐微神学和一种显白神学,好像两者各有不同的领域,相反,他认为"隐微"与"显白"是一回事;它是同一事物的两个方面,而内在批评恰恰应当如此来保证两方面的统一,因为在根据其外表("在世人面前")被赞扬为神圣之物,与信仰"最内在的神圣团契"之间,并没有区别可言——据说扬布里奇(Iamblich,[译按]新柏拉图主义者,波菲利的学生)已经有过类似说法,西塞罗的《论至善和至恶》(De finibus bonorum et malorum, V 5,12)也谈到,古代哲人有 duo genera librorum[两类书写],但仅仅看上去如此,似乎通过这种二分或许两类书写 non semper idem dicere[说的永远不是一回事],实际上西塞罗既不能确定 dissensio[其矛盾之处],也无法确定 varietas[其不同]。

在施莱尔马赫看来,基督教信仰具有根本统一性,在"宇宙观上"是一个统一的整体,基督教的现实在于"绝对的依从感"(Gefühl

---

① 这些文字均出自施莱尔马赫,《论宗教》(Über die Religion. Reden an die Gebildeten unter ihren Verächtern),Hamburg 1961,第五论,页 164–165(1799 年版,页 296–298)。

schlechthinniger Abhängigkeit)。"宗教在一与多的整体无限自然中经历了其全部生活……"(《论宗教》,页 29/51),人类自身凭这种"宇宙观"成了整体和大一的一部分。施莱尔马赫方案的内容就是统一,正如神学家施莱尔马赫为宗教的统一作辩护,在柏拉图哲学中,柏拉图解释家施莱尔马赫同样看到形式与内容、言辞与意涵的统一整体。由此出发,我们就可以解释施莱尔马赫对康德的批评,康德——施莱尔马赫也一样——无力统一哲学的不同领域。施莱尔马赫谈及"令人厌恶的、被人们称为理性基督教的形而上学和道德碎片"时(《论宗教》,页 14/25),指的就是康德。

这里当简短提及黑格尔:公元后的早期作家对传世作品和哲学观点的批评整理和系统化,导致对"隐微"和"显白"学说的接受,这两种学说应该或多或少相互分离而同时存在。施莱尔马赫引发了对这两个领域的新批评,他认为这两个表面上分离而不同的领域,其实内在关联、相互依存,具有统一性,"就像矿渣中的金刚石,它虽然完全沉默不语,实际上却并没有隐藏起来,相反更易于准确无误地发现"(《论宗教》,页 28/29)。黑格尔尽管视"施莱尔马赫先生的批评"为"我们时代的过度批评(Hyperkritik)",①但在这一点上却与施莱尔马赫意见一致:他反对将柏拉图哲学割裂为一种"隐微哲学"和一种"显白哲学":"这么做真是太幼稚了!"(同上,页 180)柏拉图哲学的"形式与内容",对于他"具有同样引人入胜的重要性"(同上,页 178)。他还谈及亚里士多德关于"显白论"与"隐微论"关系的看法:

> 这些内容不重要。人们自己立即可以发现,哪些作品是真正思辨的、哲理性的,哪些作品又更具有实践特征;不能根据内容视其为相互对立的东西,似乎有些内容针对民众,而另外一些内容针对自身。(同上,页 310)

---

① 黑格尔,《哲学史讲演录》(*Vorlesungen über die Geschichte der Philosophie.*) 2. Bd., 4. Aufl., Jubiläumsausgabe, hrsg. von H. Glockner, Stuttgart 1965,卷 18,页 179。

尽管如此,黑格尔还是承认隐微与显白的区分;他在《精神现象学》(*Phänomenologie des Geistes*)的"序言"中写道:"若无此建构"(即形式),

> 则科学缺乏普遍可理解性,科学看上去成了某几个人的一种隐微财富;——之所以是一种隐微财富:因为科学首先仅以其概念形式存在或只是其内在之物;之所以是几个人的隐微财富:因为科学不成熟的教育使得它的存在(Daseyn)成为个别存在(Einzelnen)。圆满实现了事物,同时也是显白的,通过概念可以习得,从而成了大众的所有物。(Jubiläumsausgabe版,卷二,序言,19)。

隐微科学作为未完全实现的、以概念方式存在的科学,因此对黑格尔而言,是显白科学的一个预备阶段,显白科学是完全确定的,它有能力确定概念,以至于它变得可以言说,"可以习得,从而成了大众的所有物"。黑格尔不认为这两个领域相互平行或相互交织,而认为两个领域前后相继,处于一种发展史的位置中。对于黑格尔来说,显白科学并非隐微科学的预备阶段(规劝术[Protreptik]),恰恰相反:隐微科学是一种尚未完全实现的显白科学!

有意思的是,施莱尔马赫在进行论战,反对那些他认为其宗教是"意见之混合"、仅仅是观点之混合的人时,也运用了对比(Vergleich),他通过其柏拉图研究而获得了这种对比:"你们怎么会提到它"——提到被他的对手误解了的宗教作品,

> 即便为了驳斥它,为什么你们这么长时间仍未能将它分解成部分,并从中发现无耻的剽窃?我很想通过几个苏格拉底问题来使你们感到不安,叫你们承认在最普通的事情上你们完全知道原则,根据这些原则必须将类似的事物放在一起,并使特殊的事物附属于普遍的事物,但你们在此却不愿运用这些原则,从而在严肃的主题上拿世人开玩笑。如果这

样,整体中的统一性究竟在哪里?(《论宗教》,页 25/44)

在引文的语境中,施莱尔马赫的特殊神学意图何在,这里不必详尽探讨,但尚有其他许多问题值得一提:

施莱尔马赫发现统一性成了问题,如果明明知道原则,却"在世人面前"有所保留,这样一来,就是在严肃的主题上拿世人开玩笑。"苏格拉底问题"的运用应导致困境,导致困惑(Aporie),所以,在这段文字中十分明显,施莱尔马赫的意思是说,柏拉图在他的哲学思考中,维护了施莱尔马赫在这段文字中作出解释的统一性,而且柏拉图还明确反对就原则有所保留,不赞成将哲学分为严肃(opovs)与玩笑(paldl)。

在柏拉图的研究中,[学者们]通过 opovs 与 paldl 这两个概念,限定了"隐微学说"或"显白学说"、口头或书面(Mündlichkeit bzw. Schriftlichkeit)、对话或学园内的讲授。施莱尔马赫认为,与所有其他对柏拉图哲学的划分一样,这种划分毫无意义,因为这两个概念是统一的。所以在他看来,《帕默尼德》这篇柏拉图对话,新近又挑起了关于 opovs 与 paldl、所谓"隐微论"与"显白论"、口头与书面之关系问题——"作为一本由很多内容汇集而成的神秘宝藏(Heiligthum),其中隐藏着秘密的、只有少数人能够理解的、关于最崇高的智慧的文句"——这种"幻想"(Wahn)"已被消除"("《帕默尼德》引论",见《柏拉图文集》,页 61)。

在施莱尔马赫看来,对话《帕默尼德》可以证明柏拉图作品中的"隐微论",但施莱尔马赫认为,它是柏拉图青年时期的对话,故而对它没有更进一步的兴趣。

施莱尔马赫指出了对何谓"隐微论"的不同理解,并研究了意见的分歧,随后,他理解"隐微论"的终点是亚里士多德对"显白论"的理解,是新柏拉图主义和早期基督教如何建构作为特殊—秘密学说的"隐微论",这些表明施莱尔马赫乃是现代柏拉图研究之父,因为他的理解差不多决定柏拉图研究长达一个世纪之久。这能够表明,某种确定的批评立场,不仅导致了建构作为秘密学说的隐微论,而且表明,正是批评——与"最可爱和最珍贵之物"相对——因素(Moment),令施莱尔马赫使这些学说的对立重又成为问题。

　　但通过这些研究和指点,问题并没有得到回答:"隐微论"("隐微的")概念是否尤其适用于柏拉图哲学? 如果是,那么只是在何种意义上才尤其适用于柏拉图哲学? 就此问题,《帕默尼德》似乎能给出一个答案,或任何答案探求都必须通过《帕默尼德》的检验,因为这篇对话可以看成作为 παιδιά 之例证的所谓"隐微的柏拉图"代表。因此,柏拉图的"隐微论"与"显白论"的关系问题,使得解释《帕默尼德》成为必要。

　　　　　　　　　　　译者单位:陕西师范大学宗教研究中心

古典作品研究

律法书的政治哲学解读[①]

黄俊松

> 隐秘的事是属耶和华我们神的；唯有明显的事是永远属
> 我们和我们子孙的，好叫我们遵行这律法上的一切话。（申
> 29：29）

> 你们却要这样待他们：拆毁他们的祭坛，打碎他们的柱
> 像，砍下他们的木偶，用火焚烧他们雕刻的偶像。（申7：5）

一

律法书第一部为《创世记》，《创世记》中只有少量的律法内容，按
照经典的威尔豪森理论，《创世记》中仅有两段属于 P 典的律法资

---

① 本文在我的硕士论文的基础上缩写而成（篇幅约为原来的一半），省去了一些必
要的背景知识的介绍、脚注、过渡性的段落以及最后总结性的一章，因而行文看起来有些
突兀，请读者见谅。

料,①其余皆为创世神话和先祖传说,可以说,在第一部律法书中,叙事的内容远远多于律法的内容,为什么会作如此安排? 还有,创世神话和先祖传说同律法又有何关系? 让我们从《创世记》第一章开始说起。

按照《创世记》第一章的描述,上帝创世的序列乃是这样:②

第一日:光	第四日:光体
第二日:天和水	第五日:飞鸟和鱼
第三日:地包括植物	第六日:陆地动物包括人

上帝在六天之内创造了天地万物,上帝创造的事物都是我们所熟知的,其中没有任何神魔和鬼怪的角色,可以说,上帝创造的不是神秘的世界,上帝反对任何崇拜被造物的宗教活动(申 4:15—19)和一切巫术性的迷狂(申 18:10—12);上帝创造的世界也不是科学的世界,在现代科学的眼里,创世的序列近乎荒谬,比如,光在太阳之前被造。

但是,创世序列又并非全无逻辑可循。希伯来语"创造"(bara)一词与希伯来语中的"做"和"制造"(asah)同义,意味着一种分离,但"bara"仅仅应用于上帝,③也就是说,上帝创世是基于一种特殊的分离原则。六天创世可分为两个序列,前三天为一个序列,后三天为一个序列,两个序列大致平行,前三天从光的创造开始,后三天从光体的创造开始,两个序列都以一个双重的创造终结,前三天创造的是彼此不同且不具有位置移动能力的创造物,后三天创造的是彼此不同且具有位置移动能力的创造物,两个序列的划分暗示了上帝创世的秩序是以一种区分性、他者性和位置移动的二元论为基础(同上,第 71 页),施特劳斯简述如下:

---

① 出 9:1 - 7,17:10 - 14,见王立新,《古代以色列历史文献、历史框架、历史观念研究》,北京:北京大学,2004 年 5 月,页 194。

② Robert D. Sacks, *A Commentary on the Book of Genesis*, The Edwin Mellen Press, 1990 年,页 9。

③ 施特劳斯:《创世记释义》,见基督教文化评论第十五期《创世记与现代政治哲学》,香港汉语基督教文化研究所 2001 年 7 月,页 66 - 67。

> 从分离原则出发,创生了光;经由某些予以分离的东西
> 创生了天;接着创生了分离的事物,大地和海洋;此后创生了
> 可以造成分离的东西的事物,比如树;接下来是可以与自己
> 的位置分离的东西,天体;然后是可以与其路线分离的东
> 西——野兽;最后是可以与其道路(way)或者说与其正道(the
> right way)相分离的存在物。(同上,第71页)

这是指人。

从以上的分析可以看出,基于分离原则,上帝的创世活动有规律
可循,并非胡乱而为。而且上帝创造的也是一个秩序井然的世界。但
这种规律和秩序又并非现代科学意义上的规律和秩序,它基于日常生
活的经验,希伯来语译作"世界"的一词"首要地意味着与时间相关联
的东西,一种时间的特性,而非看到的东西"(同上,第74页),也就是
说,《圣经》以我们日常生活所熟知的事物为开端,这些事物人们过去
熟悉、现在熟悉、并且将来也会永远熟悉,"也正是在这一意义上,《圣
经》确实是以开端开始的"(同上,第74页)。

第一创世故事的原则可以简要表述如下:分离(光、天、地、海、植
物)——位置移动(光体)——偏离轨迹(动物)——偏离正道(人),人
是最为模棱两可的被造物,一方面他是上帝创世的顶点,是上帝按照
自己的形象创造的,在价值等级上凌驾于其他的被造物;但另一方面,
他又是最为危险的被造物,因为他会背离上帝的正道,而这也正是第
二创世故事——伊甸园故事——的主题。

第一创世故事以人的创造结束,第二创世故事则以人的创造开
始,两个创世故事看似矛盾,但实际上都围绕同一个主题,第一创世故
事已经暗示了人的背离正道,第二创世故事只是把这一暗示展开了而
已。按照施特劳斯的论述,第一创世故事实际上是《圣经》的宇宙论,
但这种宇宙论是一种非主题性的宇宙论,因为它被上帝的创世活动掩
盖了;第二创世故事实际上是直接承自宇宙论而来,但《创世记》同样
得出了否定性的结论,由此我们可以得知,《创世记》第一章的关键实

际上是在于对天的贬低(天是宇宙论的主题),而第二章的关键则在于对
通过对天的沉思而得来的善恶知识的贬低,对天的贬低和对人的自主
性的善恶知识的贬低,正是创世的奥秘所在(同上,第79—80页)。《创
世记》通过这双重的贬低揭示了上帝所要求的品性——敬畏,这一品
性完全不同于希腊哲学的怀疑和追问的传统。律法书的开篇就奠定
了《圣经》的基调,其余的篇章皆是围绕此而展开。

　　通过前两个创世故事,我们得知上帝所创造的世界是一个日常生
活的世界,这个世界秩序井然,其中人处在价值层级的顶点,或者可以
这么说,人是上帝所造世界的主角,但人同时又是一个危险的角色,两
个创世故事已经揭示了这一层的道理,并且同时暗示了解决之道——
敬畏耶和华,律法即上帝所启示给人的律法正是在这一背景下出现
的。从创世故事到西奈山传授律法,其间还有一段漫长的前律法时
期,①我们先来看看这段时期人的生活状况。

　　人总是作为群体而存在。在第一创世故事中,上帝造人之后,赐
福给他们并对他们说:"要生养众多,遍满地面";②在第二创世故事
中,上帝创造了亚当之后说:"那人独居不好,我要为他造一个配偶帮
助他"(创2:18),男女结合是人类繁衍最本质的一环。可以说,群体生
活是上帝所赞许。

　　但在群体生活中,人与人之间难免会起纷争,俗话说,有两个人就
会有争斗,有三个人就会有嫉妒,只要人们生活在一起,就难免会有冲
突。在第二创世故事之后,紧接着便是人类犯罪而被逐出伊甸园的故
事,人类犯罪的原因据说是因为蛇引诱了女人,而女人又引诱了男人,
这样的解释颇为牵强,因为若循此逻辑,则蛇又是被谁引诱的呢? 或
许我们只能说,人类的犯罪是一个永恒的谜。但是按照《圣经》的描

---

　　① 严格说来,前律法时期是指从亚当夏娃被逐出伊甸园到上帝同挪亚立约那一段,
但那时直到西奈山传授律法之前,以色列人只有少数的几条律法,因而我们便把从亚当夏
娃被逐出伊甸园到西奈山传授律法这段时期笼统地称为"前律法时期"。
　　② 创1:28。类似的祝福还有,创9:1、13:16、15:5、17:2、6、20、22:17、26:4、35:11
等等。

述,女人肯定是原因之一,这样问题就来了,男女结合既是上帝所看好,又是人类犯罪的原因之一,而且由于男女结合是人类繁衍的基础,这样,人类的群体生活就既是上帝所赞许,又是上帝所憎恶,因为它伴随着诸多的冷酷、残忍和不义。我们可以看到,亚当和夏娃生活在一起之后,便是偷食禁果而被逐出伊甸园,被逐之后他们开始繁衍后代,在第一代子孙该隐和亚伯中就发生了哥哥杀弟弟的现象,之后,人类更是腐败不堪,以至于上帝都后悔曾经造了他们。

在《创世记》中,上帝有两次创世,①一次是伊甸园时,一次是洪水之后,亚当夏娃的后代腐败不堪,上帝把他们连同地上的活物都淹死了,只留下了义人挪亚一家;义人挪亚的后代也好不到哪里,他们竟然幻想造巴别塔来通天,只不过上帝同挪亚有约在先,不再毁灭有血肉的活物(创9:15),于是这次上帝只是变乱了他们的语言。本来,挪亚的后代就已经分为列邦列国,"这些人的后裔将各国的地土、海岛分开居住,各随各的方言、宗族立国"(创10:5),这下,各国之间再也不可互通。语言既已凌乱,利益又相冲突,看来民族与民族之间的纷争是不可避免的了。

除了民族之间的纷争之外,民族内部的纷争也是层出不穷,《创世记》除了记述以色列先祖同其他民族的交往之外,也记述了兄弟之间的纷争,该隐和亚伯不算,从亚伯拉罕的子孙开始算起,以撒和以实玛利、以扫和雅各、约瑟和诸位哥哥等等无一没有利益冲突,无论是民族之间还是民族内部,这一问题永远存在。

面对人世生活的不幸,《圣经》预设了几个理想状态:在亚当和夏娃犯罪之前,是伊甸园的和谐生活;在挪亚之后,天下万国都是义人的后裔;在亚伯拉罕之后,希伯来是被拣选的民族。与理想状态相伴随的是上帝与人的约定:

上帝与亚当夏娃有禁吃善恶果之约,与挪亚有虹之约,与亚伯拉罕有割礼之约。《圣经》将人世生活的苦难与人背离上帝联系在了一

---

① 这里将《创世记》第一、二章看成是第一创世故事。

起,这样就使得苦难能够得到解释,从而使得人们能够承受现世生活的不幸,因为似乎只要人们再度坚守与上帝的约定,人世的苦难便会得到消解。

伊甸园的故事实际上是给了人们一个希望,因为美好的生活本来是可以的,只是人们不听上帝的劝告,擅自采食善恶果才被逐出伊甸园;但人的背离似乎也是必然的,正如我们在分析创世原则时所看到的——偏离正道似乎是人的天性,这又是一个矛盾,也许这个矛盾正是上帝的奥秘所在,我们不去深究。我们只需记住一点,遵守与上帝的约定伴随着一个理想状态。

亚当和夏娃被逐出伊甸园之后,人类一步步堕落,"耶和华见人在地上罪恶很大,终日所思想的尽都是恶"(创6:5),于是决定发洪水淹没他们,只留下义人挪亚一家。挪亚究竟有什么正义的行为,《圣经》并没有告诉我们,但从他对上帝的嘱咐言听计从来看,所谓的义人也许便是敬畏耶和华之人。洪水之后,上帝与挪亚立约,"凡有血肉的,不再被洪水灭绝,也不再有洪水毁灭地了"(创9:11);与此同时,上帝又严格禁止了谋杀罪,该隐杀掉弟弟亚伯之后,上帝只是将他放逐,并且不许别人杀该隐(创4:15、24),洪水之后,谋杀被严格禁止,上帝甚至用死刑来处罚谋杀者(创9:6)。可以说,这次立约"既增强了希望,又加重了惩罚"。①

挪亚的后代继续败坏,但上帝并没有毁灭所有的人,而是将他们分成了列邦列国,列邦列国之间彼此不可互通,各自都是一个封闭的共同体,从此,民族问题便凸现了出来。不过,上帝此后将地上无数的民族分成了被拣选的和未被拣选的两类,被拣选的民族与上帝立有割礼之约,亚伯拉罕遵循上帝的指示,施行割礼之后,上帝便让他晚年得子,并且许诺要将迦南地赐给以撒的后代。割礼是立约的记号,希伯来人从此成为上帝的选民。

禁吃善恶果之约、虹之约、割礼之约一脉相承,延续到摩西时代则

---

① 施特劳斯:《耶路撒冷与雅典:一些初步的反思》,见《基督教文化评论》第十四期《启示与哲学的政治冲突》,香港汉语基督教文化研究所2001年1月,页79。

有律法之约,律法是约的延续,但又不同于前面的诸约:

> 耶和华我们的神在何烈山与我们立约。这约不是与我们
> 列祖立的,乃是与我们今日在这里存活之人立的。(申5:2—3)

何烈山即西奈山,这是耶和华在西奈山颁布律法之前所说的话,耶和华指出了今日之约与往日之约的区别:对象不同。对象不同的背后实际上是面临的困境不同,今日之约的对象是出埃及之后来到西奈山下的"存活之人",他们面临着新的困境。但无论如何,约和律法的基本精神依旧一致,敬畏耶和华、谨守遵行他的律法,以色列人便能过上"优良的生活"。下面我们就进入本文的主题,看看律法书对我们的政治生活有何启示。

二

律法通常又称摩西律法,有关律法,不得不从摩西说起。《圣经》中摩西第一次出场就遭遇了人与人之间的纠纷:

> 后来摩西长大,他出去到他弟兄那里,看他们的重担,见一个埃及人打希伯来人的一个弟兄。他左右观看,见没有人,就把埃及人打死了,藏在沙土里。第二天他出去,见有两个希伯来人争斗,就对那欺负人的说:"你为什么打你同族的人呢?"那人说:"谁立你作我们的首领和审判官呢?难道你要杀我,像杀那埃及人吗?"摩西便惧怕,说:"这事必是被人知道了。"法老听见这事,就想杀摩西,但摩西躲避法老,逃往米甸地居住。
> 　一日,他在井旁坐下,米甸的祭司有七个女儿,她们来打水,打满了槽,要饮父亲的群羊。有牧羊的人来把她们赶走了,摩西却起来帮助她们,又饮了她们的群羊。她们来到父亲流珥那里,他说:"今日你们为何来得这么快呢?"她们说:

"有一个埃及人救我们脱离牧羊人的手,并且为我们打水饮
了群羊。"他对女儿们说:"那个人在哪里? 你们为什么撇下
他呢? 你们去请他来吃饭。"摩西甘心和那人同住;那人把他
的女儿西坡拉给摩西为妻。(出 2:11—21)

　　这段经文记述了一个非希伯来人(埃及人)和一个希伯来人之间
的纷争、两个希伯来人之间的纷争、两群非希伯来人之间的纷争以及
摩西作为一个希伯来人的处理方式。摩西路见不平,拔刀相助,不可
谓不热情,他"左右观看",见没有人才把埃及人打死,不可谓不谨
慎,①但是结果却是自己落荒而逃,可见,光凭热情和谨慎去施行正义
远远不够,而且,如果我们细加审视,就会发现摩西的正义标准也很成
问题。
　　首先,考虑到此事发生在西奈山传授律法之前,此时希伯来人的
律法仅有寥寥几条,所以摩西所施行的正义是一种法外正义,是一种
自发的天然正义,一旦联系到具体情境就会疑云重重,正如格莱舍尔
所分析,三个案例都很成问题。② 在第一个案例中,我们并不知道埃及
人和希伯来人出现纷争的具体缘由,但可以设想,如果希伯来人消极
怠工,则埃及人惩罚他自是理所当然,即使希伯来人并没有错,作为统
治阶级的埃及人打他也不是毫无道理,因为奴隶主对奴隶拥有随心所
欲的权力。在第二个案例中,情况似乎比较明了,因为是非对错都已
经划定,但正如那欺负人的对摩西所说"谁立你作我们的首领和审判
官呢"? 可见摩西这次施行正义也还是无凭无据,面对自己同胞的质
问,摩西无言以对。在第三个案例中,摩西出手帮助了米甸祭司的七
个女儿,他似乎偏向于袒护弱势的一方,但从米甸祭司的问话中我们
可以推论出他很惊讶女儿们今天回来得很早,也就是说,她们以前回
来得一般都很迟,再进一步说,她们对遭遇牧羊人的骚扰已习以为常,

---

①　Michael Walzer, *Exodus and Revolution*, New York, 1985 年,页 44 – 45。
②　格莱舍尔:《审判官摩西》,见刘小枫、陈少明主编,《政治哲学中的摩西》,北京:华
夏出版社,2006 年 6 月,页 88 – 91。

这在当地可能是一种风俗，所以摩西的慷慨相助很可能是破坏了当地的风俗习惯，而不是伸张了正义。总的来说，"在缺乏成文法（written-law）的情况下，司法程序虽然可能，但尚成问题"（同上，第91页）。

其次，摩西看见埃及人欺负希伯来人，就把埃及人给打死了，看见自己人欺负自己人，就只是质问那欺人者，可见，摩西施行的正义是一种带有偏见的正义，这种正义之上还有政治这个更高的准则。简单说来，埃及人和希伯来人之间的纷争属于敌我矛盾，这个矛盾只能用你死我活的斗争来解决，如果摩西不打死埃及人，埃及人知道了摩西的介入肯定会通告法老，这样摩西也同样摆脱不了逃亡的命运；而两个希伯来人之间的纷争则属于人民内部矛盾，摩西企图用调解的方式解决这一矛盾，在摩西看来，同族的人具有一致的利益，他们相互之间不应该争斗；在两群非希伯来人中间，摩西的初衷似乎是为了除强扶弱，但考虑到后来摩西流落外邦寄居米甸地还娶了米甸祭司的女儿，可见正义和利益也并非截然分开。

最后，考虑到此事不但发生在西奈山立约之前，而且还是发生在摩西受到上帝的呼召（calling）之前，上帝对希伯来人或者说是整个人类拥有绝对的权力，"我要恩待谁，就恩待谁；要怜悯谁，就怜悯谁"（出33：19），上帝这时还没有授权给摩西，因而摩西虽想施行正义却一再受挫。面对法老，摩西虽然曾经是"埃及王子"，但当他自动站在希伯来人的弟兄一边时就丧失了优越地位，对法老来说，他是奴隶而且还是具有颠覆性的政治敌人，所以法老想杀死他；面对同胞弟兄，他也十分窘迫，正如那欺负人的质问他"谁立你作我们的首领和审判官呢？难道你要杀我，像杀那埃及人吗"？摩西调解不成反被质问，当初摩西不是"左右观看，见没有人"才把埃及人打死的吗？告密者是谁？当时只有一个人在场，就是那个被摩西解救的希伯来人！① 正是这种忘恩负义的行为让摩西对自己的同胞深感幻灭，其程度远远超过对法老的畏惧（同上，页185），难怪他逃到米甸地是以埃及人的身份自居（米甸祭

---

① Elie Wiesel, *Messengers of God : Biblical Portraits and Legends*, New York, 1976 年，页184。

司的女儿们说:"有一个埃及人救我们脱离牧羊人的手")。没有权力,摩西只能落荒而逃,他试图尽力保证希伯来人之间的利益和谐也是徒劳无功,而最令他寒心的,也许便是自己同胞兄弟的忘恩负义,这一切都发生在摩西受呼召之前,这时的摩西孤单一人,无权无势。

作为伟大的立法先知、领袖和政治家,摩西早年的经历可以让我们更好地理解政治生活的本质。我觉得有这么几点值得注意,其一是正义的标准问题,摩西施行的正义是一种带有偏见的正义,在我看来,这不是摩西正义标准的欠缺,而恰恰是正义本来的面貌,是它原初的含义,因为大多数政治社会都具有某种自我封闭的倾向,摩西在未获呼召之前,已经下意识地将希伯来人与非希伯来人区别对待,他的心目中有一个隐约的"希伯来人共同体"的概念(考虑到此时律法还没有颁布),这个概念使他行事时完全不考虑其他共同体的法律制度、风俗习惯,所以,正义标准不可能具有普世性,因为各个共同体不可能普世一致无差异,《创世记》已经告诉我们,从义人挪亚的后代开始,他们就分为列邦列国,"各随各的方言、宗族立国"(创10:5);巴别塔事件之后,上帝又变乱了天下人的语言;最为重要的是,上帝已经将天下万族分成了被拣选的和未被拣选的,普世一致无差异是上帝所反对的。说到底,普世一致不可能是因为各个共同体的利益并不一致,正义就是共同体的公共利益,因而我们要关注的第二点便是正义与利益的关系问题。

埃及人和希伯来人的利益有着根本性的冲突,摩西为解决这一矛盾采取了极端的方式,面对米甸祭司的女儿和当地牧羊人的争端时,摩西作为一个局外人援助了米甸祭司的女儿,这些行为似乎都出于天然的正义,但如果考虑到行为的后果,我们就会发现摩西的行事方式都是最为有利的。当共同体内部成员之间发生纠葛时,从摩西的问话可以看出他认为同一共同体内部的成员之间有着根本一致的利益,他们之间不应该相互欺压多行不义,这里的正义不是为了有利于哪一方,而是应该为了有利于共同体的整体利益,或者说共同体内部的正义不应关注个人的私利,而应关注整体的公共利益。

最后,我们所要关注的是正义和强权之间的关系,摩西对正义有着天然的热情,而且也不乏谨慎,但是他最初的几次正义行动却一败涂地,归根结底是因为他无权无势,埃及法老追杀他,希伯来人质问他,甚至被他解救的弟兄都忘恩负义背叛他,这似乎昭示了:没有强权,正义是多么得无能为力! 没有强权,正义除了能带来幻灭之外并无别的,因此,要想实现正义,获得强权是首当其冲的前提条件。

《圣经》的叙事似乎也揭示了这一层的道理,摩西逃到米甸地之后,接下来便是接受上帝的呼召,这一事件暗示了上帝开始授权给摩西,立他作希伯来人的首领和审判官;再接下来便是出埃及,希伯来人在埃及地的身份是奴隶,作为奴隶,他们毫无政治上的主权可言,在为奴的状况下,即使摩西手握重权也意义不大,因为他的正义举措随时会被打断而且一定会被打断,因为各个共同体的正义标准不一样,冲突不可避免;出埃及之后,才是西奈山立约,上帝赐给摩西律法是为了整合共同体的秩序,在这之后,我们可以将"希伯来人(或是以色列人)共同体"称作是"律法共同体",这一共同体的最高目的是为了优良的生活,律法指向着正义,但是正如我们前面所讨论到的,法外正义或是天然的正义是一种带有偏见的正义,同样,由正义衍生的律法也同样是带有偏见的律法,它依旧保持着正义原初的特色;还有,律法是在摩西的权威确立之后、在以色列人政治上独立之后才晓谕给他们的,这似乎意味着,政治要先于律法,政治的原则要优先于律法的条文。

我们先来看一下摩西如何确立权威,这里要附带指出的是,摩西权威的确立不是一蹴而就,确立之后也没有一劳永逸,不但立约过程一波三折,而且立约之后他也屡受挑战,所以,摩西权威的确立是一项长远的事业,立约之后这一问题依然存在,这里说政治权力优先于律法是指道理上使然。

摩西寄居米甸地时,埃及人继续苦待以色列人,以色列人哀求叹息,他们的哀声达于上帝,上帝纪念他与希伯来人先祖的约,于是向摩西显现,指派他去率领以色列人出埃及前往应许之地迦南。也许是出于对自己同胞的幻灭,摩西并没有马上答应上帝,而是一而再、再而三地推脱,《出埃及记》记述了摩西的五次抗拒行为:

摩西对神说："我是什么人，竟能去见法老，将以色列人从埃及领出来呢？"神说："我必与你同在。"（出 3：11—12）

摩西对神说："我到以色列人那里，对他们说：'你们祖宗的神打发我到你们这里来。'他们若问我说：'他叫什么名字？'我要对他们说什么呢？"神对摩西说："我是自有永有的。"（出 3：13—14）

摩西回答说："他们必不信我，也不听我的话，必说：'耶和华并没有向你显现！'"（出 4：1）

摩西对耶和华说："主啊，我素日不是能言的人，就是从你对仆人说话以后，也是这样，我本是拙口笨舌的。"（出 4：10）

摩西说："主啊，你愿意打发谁，就打发谁去吧！"（出 4：13）

但仔细分析这五次抗拒，我们会发现摩西并不是出于感情而任性地反抗上帝，而是出于审慎，他知道这一任务的艰巨，方方面面都必须打点周到，如果随意答应那才是不负责任。

第一次抗拒让我们联想到他的早年经历，那时他满腔热情但无权无势，正义行动换来的却是流落外邦，所以当上帝指派给他任务时，他首先感觉到的是自己势单力薄，"我是什么人，竟能……"，摩西的意思是说自己十分渺小，承担不了如此艰巨的任务，针对摩西的这次反抗，上帝对他说："我必与你同在。"上帝拥有绝对的权力，他这么说意味着摩西不再孤单，但摩西要将上帝的拯救计划告诉给以色列人，他就必须提到上帝的名字，于是他的第二个问题便是面对以色列人，他应该如何言说上帝，人是不能妄称上帝之名的（十诫第四诫，利 24：11），但又必须将上帝之名晓谕给他们，于是上帝回答说："我是自有永有的"，而且上帝还指示摩西去召集以色列长老，告诉他们他就是他们先祖的神,并且要将这一信息昭示给全部以色列民众。摩西可以将上帝之名告诉以色列人,但如果以色列人不相信怎么办? 所以摩西的下一个忧虑是"他们必不信我,也不听我的话,必说:'耶和华并没有向你显现!'",如何才能让以色列人相信摩西的确受到了上帝的呼召呢? 为此,上帝赐予了摩西行奇迹的能力。①

到此,摩西似乎应该可以放心地回到以色列人中了,但是他最后又一连提出了两个问题(第四、第五个问题),而且这两个问题关注的是同一个主题,即摩西自知自己拙口笨舌②,而怕自己无法传达上帝的旨意,第一次抗拒之后,上帝已经告诉摩西人的口为上帝所造,口才也来自上帝,他必会赐他口才;但摩西并没有放下心来,而是继续抗拒:"主啊,你愿意打发谁,就打发谁去吧!",这一行为惹怒了上帝,但上帝还是给出了方案:他会指派摩西的哥哥亚伦协助摩西,"你要以他当作口,他要以你当作神"(出4:16)。摩西最后的两个问题似乎是暗示了光有上帝的授权和赐福还不够,出埃及、西奈山立法都是民族大业,摩西一人无力承当,他必须依靠众多的得力助手,而他的助手们必须尽力维持他的权威,"你要以他当作口,他要以你当作神"。

摩西在米甸旷野受呼召之后,转身返家辞别岳父叶忒罗(又名流珥)携妻儿前往埃及,这时亚伦受神指示已经前往迎接,二人见过之后,又招集以色列长老将上帝之言重说一遍,又在百姓面前行了一些奇迹,摩西权威得以初步确立。接下来他们便去见法老请求让以色列人离去,但上帝"使法老的心刚硬",于是法老不让埃及人离去,反而变本加厉加重以色列人的负担,上帝这么做是为了多行奇迹(出7:3),显示他的大能,埃及十灾、出埃及、过红海……一系列惊心动魄的事件让人恐怖、紧张地透不过气,"以色列人看见耶和华向埃及人所行的大事,就敬畏耶和华,又信服他和他的仆人摩西"(出14:31)。

摩西权威虽已获得,但维持尚需众人协助,首先是亚伦要当他的

---

① 一共三个:杖蛇互变、麻风的生出和消失、血变水,出4:1—9。
② 律法书有好几次提到摩西拙口笨舌,出4:10,6:12,6:30。

代言人,亚伦背后是整个祭司阶层和利未族。祭司的职责是司祭,司祭是为了维持对耶和华的信仰,其政治意义便是在维护上帝的政治权威,亚伦以及他所属的整个祭司阶层作为摩西的代言人,"你要以他当作口,他要以你当作神",祭司阶层同样也是为了维护摩西的政治权威。

出埃及的人口大约在六十万左右,①如此庞大的数目,以摩西一人之力无法照顾周全,所以出埃及后也即以色列人政治上独立之后,《出埃及记》又叙述了摩西岳父叶忒罗造访以色列营,劝摩西选立官长的故事。②摩西采纳了他岳父的建议,选取了"千夫长、百夫长、五十夫长、十夫长",当时的以色列人口按成年男丁计算,大约在六十万左右,按照比例,摩西大约要任命七万八千六百名官长,③这么多的官长不但可以使摩西和百姓轻省许多,而且还有利于政治稳定,任命官长实际上是一种分权行为,如果大小案件巨细无遗都要呈报摩西,其他人就会无事可做,正如后来可拉一党攻击摩西、亚伦二人时所言(民16:3),他们也会怀疑或是责怪摩西"擅自专权",所以,选立官长可谓一举两得。

除了亚伦(包括祭司利未族)、众多官长之外,或许还应特别提到摩西的得力助手、他的事业的继承人、青年将领约书亚,④在《圣经》的叙事中,约书亚从未反抗过摩西,他对摩西可谓忠心耿耿,没有他,摩西的事业岌岌可危。《圣经》中,约书亚第一次出场即遭遇了和亚玛力人的争战,他"用刀杀了亚玛力王和他的百姓",战后,摩西将耶和华的嘱咐,即他要将亚玛力人的名号从天下全然涂抹的话念给约书亚听,这一嘱咐暗示了约书亚将要承担起攻敌制胜的重任,后面我们将会看

---

① 出12:37,另参《民数记》中的两次人口统计数据,民1:46,26:51。

② 出18:13—26。这一故事之前是以色列人和亚玛力人征战的事件,青年将领约书亚"用刀杀了亚玛力王和他的百姓",事件过后耶和华又嘱咐摩西说他要将亚玛力人的名号从天下全然涂抹,摩西要将这话记在书上并念给约书亚听,见出17:8—16。在我看来,这件事和出埃及一脉相承,敌我矛盾解决之后,共同体内部的建设方可进行。

③ 格莱舍尔,《政治家摩西》,见刘小枫、陈少明主编《政治哲学中的摩西》,页62。如此巨大的任官名额在短期内无法完成,对此《圣经》并没有交代,我们只需知道官长人数众多即可。

④ 约书亚的主要事迹分布在以下经文:出17:8—16,24:13,32:17,33:11;民11:28,14:6,27:15—23;申31:1—8。

到,他要参与到十二探子的行列前往窥探迦南地,而且,摩西临死前又选他作为继承人,他要继承摩西,完成他的未竟之业:入主迦南地、赶出异族人。摩西选约书亚当继承人是受着耶和华的指示,约书亚和耶和华的关系也极其亲密(或许仅次于摩西),摩西第一次上西奈山领受石版时即由约书亚陪同,"摩西和他的帮手约书亚起来,上了神的山"(出24:13);下山时也是约书亚提醒摩西山下以色列营中有争战的声音,"约书亚一听见百姓呼喊的声音,就对摩西说:'在营里有争战的声音'"(出32:18),摩西告诉他那不是争战的声音而是歌唱的声音,约书亚听见喊声,他的第一反应("一听见")便是战争,由此我们可以清晰地想象出他的形象:他是一位随时都保持着高度警惕的战士;当摩西第二次上山领受石版时,耶和华嘱咐他:"谁也不可和你一同上去,遍山都不可有人"(出34:3),这一次约书亚没有陪同摩西上山,他一定是留在了营内负责维持秩序,免得民众们再一次怂恿亚伦铸造金牛犊。会幕完工之后,摩西回营时,也是由约书亚负责会幕的保卫工作,"摩西转到营里去,惟有他的帮手一个少年人嫩的儿子约书亚,不离开会幕"(出33:11);当摩西的权威遭到两位长老的挑战时,也是约书亚出面请求摩西制止他们(民11:28)。可以说,约书亚的主要任务便是用武力维护上帝和摩西的权威,约书亚是武力的象征。

人民的性情易变,他们总是出尔反尔,而且经常偏离正道,[①]摩西称他们为"硬着颈项的百姓",对付他们,不但要靠说服教育(亚伦),而且还要威之以武,对此,《圣经》没有明说,直到后来,现代政治哲学的奠基人马基雅维里才洞察天机地指出:

> ……所以,所有武装的先知都获得胜利,而非武装的先知都失败了。因为,除了上述理由之外,人民的性情是容易变化的;关于某件事要说服人们是容易的,可是要他们对于说服的意见坚定不移,那就困难了。因此事情必须这样安

----

① 出14:10—12,15:24,16:2—3,17:3—4,32:1—6;民11:1、4—6,14:10,20:2—5,21:4—5。

排:当人们不再信仰的时候,就依靠武力迫使他们就范。①

面对民众的反复无常,摩西并没有彻底幻灭,而是一再地替他们向上帝求情,除了因为摩西具有坚毅的品格和卓绝的信念之外,还因为他有强大的后盾,约书亚以及武装的利未子孙都是他权威的保障。

三

摩西受到上帝的呼召之后,在众人的协助之下率领以色列人来到西奈山下,这时万事俱备,上帝开始传授律法。传授律法之前,上帝先晓谕以色列民:"你们要归我作祭司的国度,为圣洁的国民"(出 19:6),这就预示了律法的传授是为了造就"优良的生活",它要以正义为指归,但正如上文所分析,原始的正义或是法外的正义都是一种带有偏见的正义,同样,由正义衍生的律法也会保持着原始正义的特色,上帝的律法是赐给被拣选的以色列人的,律法自然要考虑到以色列人的整体利益。律法只有在政治稳定的基础上才有可能,所以,不但律法条文要服务于这一精神,而且律法的执行也要服从政治正确这个最高的原则。

摩西律法条目繁多,内容涉及以色列人宗教生活、政治生活、社会生活(这在他们是一回事)的方方面面,可以说,律法就是他们的生活方式。我们的任务不是逐一分析律法的具体类别、性质、源流,而是要从政治的角度来考量律法的设置,因而我们就只是选取与论文主旨相关的一些条目重点来进行论述,比如十诫。

摩西律法最广为人知的便是十诫(平行经文,申 5:1—21):

> 除了我以外,你不可有别的神。
> 不可为自己雕刻偶像;也不可作什么形像仿佛上天、下

---

① 马基雅维里:《君主论》,潘汉典译,北京:商务印书馆 1985 年 7 月,页 27。

地和地底下、水中的百物。不可跪拜那些像；也不可侍奉它，因为我耶和华你的神，是忌邪的神。恨我的，我必追讨他的罪，自父及子，直到三四代；爱我、守我诫命的，我必向他们发慈爱，直到千代。

不可妄称耶和华你神的名；因为妄称耶和华名的，耶和华必不以他为无罪。

当纪念安息日，守为圣日。……

当孝敬父母，使你的日子在耶和华你神所赐你的地上得以长久。

不可杀人。

不可奸淫。

不可偷盗。

不可作假见证陷害人。

不可贪恋人的房屋；也不可贪恋人的妻子、仆婢、牛驴，并他一切所有的。（出 20:3—17）

十诫的前四诫可看为一类，它强调的是崇拜耶和华，后六诫可看为一类，它关注的是共同体内部的秩序。我们先来看看第一类。"不可崇拜别神"、"不可雕刻偶像"、"不可妄称圣名"都是为了维护对独一真神的信仰，"当守安息日"也是为了纪念耶和华，另外，《出埃及记》的其余篇章、《利未记》、《民数记》、《申命记》都对这一主题反复申说，整个祭司阶层都是为了这一目的而设立，至于对祭祀器具、祭祀礼仪、祭祀程序的巨细无遗的规定那就更不用说了。

强调崇拜独一真神耶和华，也就暗含着对其他神祇的排斥，耶和华"是忌邪的神"，其他神祇都是他的敌人。耶和华是以色列人的最高统治者，他的敌人也就是以色列人的敌人，因而，崇拜异教神祇的其他民族也就是以色列民族的敌人，所以，十诫的前四诫起着政治上划分敌我的作用。《圣经》律法一再强调耶和华的独一无二，正是这种政治区分的反映，无论是 D 典（申典）律法对唯一敬拜场所的强调，还是 P

典(祭典)律法对圣洁洁净的强调,①都是基于这一原则。独一真神崇拜将以色列人凝聚在了耶和华的旗帜之下,对耶和华的不敬和亵渎也就意味着政治上的谋反,在犹太教,不敬神和不忠是一回事,背离耶和华也就是叛国,②对这种行为要处以极刑。③

前四诫不但将以色列民族和其他民族区分了开来,而且使以色列民族得以凝聚为一体,在耶和华的权威之下,共同体内部的建设方能有效进行。十诫的后六诫,"当孝敬父母"、"不可杀人"、"不可奸淫"、"不可偷盗"、"不可作假见证陷害人","不可贪恋别人的财物",也都只有在前四诫的基础上方能进行,这些貌似先验普遍的道德、伦理、法律准则,只有在政治稳定的基础上才有可能。而且,这些条例也都指向且仅仅指向共同体内部,正义是带有偏见的正义,"不可杀人"、"不可说谎"在遇到敌人时就不是美德。在无内忧外患的情况下,后六诫是造就"优良生活"的根基,是一个社会得以良好运转的前提条件,这应该算是通识,古今中外概莫违例,此处不赘述。

上文已经提到,摩西权威的确立端赖众人的支持,除了上面提到的亚伦、众官长、约书亚之外,其实还应该包括诸位长老、各族长、会众首领等等,但在《圣经》的叙述当中,他们要么不起明显作用,要么就起反作用,甚至亚伦也没有始终一致地跟从摩西,摩西不但要面对群众的反复无常,更主要的,他还要面对权贵们的挑战。处理这些事务,仅仅依靠律法条文远远不够,因为政治生活要复杂得多。在涉及一些敏感问题时,律法的执行要讲究灵活多变的原则,要恰当地把握好"经"与"权"的关系,一句话,律法的执行要讲究实践智慧。

前面讲到摩西的岳父叶忒罗曾建议他设立官长管理百姓,"大事都要呈到你这里,小事他们可以自己审判",摩西在采纳建议的同时把

---

① "圣"、"圣洁"、"洁净"都有一种获得专有权的意思,即强调犹太人是上帝特有的选民,因而不同于其他各族。见霍布斯:《利维坦》,页328。
② 斯宾诺沙,《神学政治论》,北京:商务印书馆,1963年11月,页232。
③ 律法书的叙事给我们提供了三个案例:出32(申9:6—29)、利24:10—23、民15:32—36。

"大事"换成了"难断的案件"。"难断的案件"乃是指涉及政治事务而有悖于律法条文的一些事件,对这些事件的处理当灵活谨慎,不可拘泥于细节。我们以"金牛犊案"(出32)为例。

亚伦在这次事件中的表现实在不像是一位领袖。当摩西迟迟不下山,百姓怂恿他铸造神像时,他似乎不加反对就答应了;金牛犊铸成之后,百姓以它作为领自己出埃及的神,亚伦看见之后也未置可否,只是在牛犊面前筑了坛,并且宣告第二天要向耶和华守节。从亚伦的这些举动来看,他似乎想在金牛犊和耶和华之间作出一些调和,在这一点上,他不同于摩西,也不同于百姓。但有些东西无法调和,耶和华在十诫中说得很明白,所以亚伦和百姓一样,违反了第一、二诫。当摩西下山质问亚伦时,这时的亚伦显得更不负责任,竟然将所有罪责都推到百姓身上,"求我主不要发烈怒,这百姓专于作恶,是你知道的。……",一个政治家怎么能说出这么不负责任的话!摩西对百姓的惩罚极为严厉,他先是摔碎法版,继而将牛犊"用火焚烧,磨得粉碎,撒在水面上,叫以色列人喝",接着又召聚利未族子孙,要他们挎上刀,"各人杀他的弟兄与同伴并邻舍",那一日,约有三千人被处决。

亚伦另一次反抗摩西是和他的姐姐米利暗一起,原因是摩西娶了一位古实女子为妻,他们毁谤摩西说:"难道耶和华单与摩西说话,不也与我们说话吗?"(民12:2)从亚伦和米利暗毁谤摩西的话中,我们可以看出他们认为耶和华也同他们说话,为此,上帝招集他们来到会幕前再一次强调了摩西的权威,反抗摩西即是反抗耶和华,耶和华向他们二人发烈怒而去,接着,米利暗长了大麻风,有雪那样白(民12:6—8)。

在金牛犊案和毁谤案中,当事人都受到了惩罚,三千以色列人被杀,米利暗长了大麻风,只有亚伦安然无事。耶和华不是说违反他的诫命的他必不以他为无罪吗?这里为何没有惩罚亚伦?摩西不是说是亚伦纵容百姓才使他们陷在罪中吗?他为何没有惩罚他?本来,耶和华就已经晓谕摩西要"以眼还眼、以牙还牙",即罪与罚要相当,这里却为何将亚伦和其他人分别对待呢?涉及大祭司亚伦的案件属于"疑难案件",对这类案件的处理要特别慎重,因为这不单单关系到律法的问题,而且还涉及政治稳定的问题,依据前面政治优先于律法的原则,对这些案件的处理要首先从政治角度出发。亚伦是摩西的代言人,同时担当着司祭大任,他对以色列民族内部的人心所向起着巨大的作用,耶和华的权威要靠他维持。祭祀活动不能中断,而且律法书上也分明规定,祭司必须身体完好,不能有残缺(利21:16—21),所以对亚伦也不能有体罚。亚伦犯罪当作另外的处理,对此,《圣经》没有交代。

《民数记》第11—16章共记载了四次对摩西权威的挑战,除了亚伦和米利暗毁谤一事之外,还有伊利达、米达二位长老事件、"十二探子"事件、可拉一党反叛事件,我们以"十二探子"事件为例。"十二探子事件"是摩西政治生涯中最大的一次败笔,它直接导致了以色列人旷野漂泊四十年,后果极为严重。下面我们就来看看这一事件的前后始末。

亚伦和米利暗的毁谤事件之后,以色列人在巴兰的旷野安营,耶和华晓谕摩西让他从每个支派中选取一人前去窥探迦南地。摩西如此做了,临行前他叮嘱被选出的十二位族长:

> 你们从南地上山地去,看那地如何? 其中所住的民是强是弱,是多是少,所住之地是好是歹,所住之处是营盘是坚城。又看那地土是肥美是贫瘠,其中有树木没有? 你们要放开胆量,把那地的果子带些来。(民13:17—20)

十二探子如此做了,他们集体窥探了那地的虚实,又带回了一挂巨大的葡萄("两个人用杠抬着"),四十天之后,他们回到巴兰旷野的加低斯回报摩西、亚伦并全会众:

> 我们到了你所打发我们去的那地,果然是流奶与蜜之地,这就是那地的果子。然而住那地的民强壮,城邑也坚固宽大……(民13:27—28)

这时,犹大支派耶孚尼的儿子迦勒安慰众百姓说,他们足有能力上去攻占那地,但其他人则反驳说不可以,因为那地居民比以色列人强壮,甚至有人报恶信:

> 我们所窥探经过之地,是吞吃居民之地,我们在那里所看见的人民都身量高大。我们在那里看见亚衲族人,就是伟人,他们是伟人的后裔。据我们看自己就如蚱蜢一样,据他们看我们也是如此。(民 13:32—33)

百姓听了这话,当下秩序大乱,那夜全会众都哀号哭泣,说巴不得自己早死在埃及,非但如此,他们还彼此议论说:"我们不如立一个首领,回埃及去吧!"(民 14:4)这时,迦勒和约书亚撕裂衣服劝说以色列人不要背叛耶和华,耶和华与他们同在,他们一定能征服迦南,可是无济于事,全会众说:"拿石头打死他们二人!"(民 14:10)就在这紧急关头,耶和华的荣光在会幕中显现。他要用瘟疫击杀以色列人,又是摩西求情,耶和华才得以息怒,但是死罪虽免,活罪难逃,耶和华说:

> 这些人虽看见我的荣耀和我在埃及与旷野所行的神迹,仍然试探我十次,不听从我的话,他们断不得看见我向他们的祖宗所起誓应许之地。(民 14:22—23)

凡二十岁以外向他发怨言的,他们的尸首必倒在旷野,他们的儿女必在旷野漂流四十年,惟有耶孚尼的儿子迦勒和嫩的儿子约书亚除外,因为他们一直跟随耶和华,矢志不渝。摩西将耶和华的话告诉了众人,他们甚感悲哀,似乎是出于悔恨,他们决定前去进攻迦南地,摩西劝阻不住,他们贸然前往,结果被杀得惨败。

这便是"十二探子事件"的始末。这次事件引出了诸多的问题,其中之一便是有关谎言的问题,十诫规定不可作假见证,也即不可说谎,"勿说谎"被当成是一种美德,但正如前面所分析的,这一道德准则只是指向共同体内部的,超出了它的界限就不能被看成是美德,比如在敌人面前,"勿说谎"就是不道德的。有关"谎言"的问题让我们想起了柏拉图的相关说法,在《王制》第一卷中,柏拉图(苏格拉底)讨论正义的诸般定义时,第一个否定掉的就是"说真话"①,这卷否定性著作在自身中包含了《王制》大部分肯定性的主张,②否定"说真话"也就意味着"谎言"在城邦中是必需的,这便是所谓"高贵的谎言"。在某些事情上,"民可使由之,不可使知之"。

仔细分析"十二探子事件",我们发现,十二探子并没有说谎,甚至可以说,他们的任务完成得很好,一切都遵照摩西的指示。摩西吩咐他们上去打探一下,那地的居民是强是弱,是多是少;他们的住处是营盘还是坚城;他们的土地是肥美还是贫瘠;并遵嘱他们要放开胆量,把那地的果子带些来。十二探子都一一照做了,他们如数回答摩西:那地果然肥美,但是那地的民强壮,他们的城邑坚固宽大。他们的回答可以说是实事求是,但他们忘记了或是没有意识到,这么如实的回答必然会扰乱民心;也许是意识到了这一点,耶孚尼的儿子迦勒为民众壮胆安慰他们说以色列人必能得胜;这时和他同去的持异见的分子开始夸大事实,说那地是吞吃居民之地,那里的亚衲族人是伟人的后裔,他们身量高大,看我们就如我们看蚱蜢一样。话音刚落,以色列营中顿起骚乱,全会众都在发怨言,甚至要废黜摩西,另立领袖带他们回埃及。

摩西这一次的失误差点使他的事业前功尽弃,究其原因,除了因为缺乏必要的谎言之外,还在于他没有搞清楚这次任务的性质,窥探迦南地是公共事务还是秘密事务?是政治表演还是军事行动?窥探任务应交给何人去完成,是交给各族的首领族长,还是交给自己的贴身心腹?窥探结果是应该当众呈说,还是仅仅报告给自己?……摩西显然把这些问题都混在了一起,这次侦察行动的性质是如此的模糊,不起纷争才怪。

---

① 柏拉图,《理想国》,郭斌和、张竹明译,北京:商务印书馆,1986 年 8 月,页 6。
② 施特劳斯、克罗波西主编,《政治哲学史》,页 31 - 32。

　　如果是公共事务、政治表演，完全可以交给各族的首领族长，因为他们在各支派中必定德高望重，由他们出面会很有说服力，但派给他们的任务就只要是看看那地是肥美是贫瘠即可，可是摩西指派的任务中却又分明包含了军事侦察的性质（实际上，派他们出去，即使不交代，他们也会注意到这些问题）；想想看，由十二支派的头面人物组成的侦察团，[①]他们会团结一致吗？他们会彼此信服吗？果不出所料，报告完窥探结果，在是否前去进攻迦南的问题上立刻就起了纷争，谣言也由此而起；还有就是窥探结果是否应该当众呈报？如果是公共事务、政治表演那当然可以，但如果是秘密事务、军事行动那就万万不可，考虑到此次侦察任务性质的模糊，或许我们可以这样说：有些结果可以当众呈报，有些结果则不可以。在我看来，执行这类任务的时候，事先要仔细地斟酌裁量，"国之利器，不可以示人"，这类事关共同体安危的大事不能轻易地告白天下。还好，摩西记住了此次教训，日后谨慎了许多，[②]尤其是他的继承人约书亚，在征服迦南的过程中，更是显得极为成熟。[③]

　　以上各次对摩西的挑战都属于"律法共同体"内部的矛盾，《圣经》叙事将它们夹杂在了律法条文之中，似乎是想借此指明律法同各类政治事件的关系。我们可以看到，摩西（耶和华）的处理方式灵活多变，极具政治智慧，其中有些违背律法条文的地方，通过这些政治事件我们也能明白其中的缘由，即律法要以政治正确作为最高的准则。

　　耶和华对以上四次反抗事件的处理，以"十二探子事件"和"可拉一党反叛事件"最为严厉，在"十二探子事件"中，耶和华用瘟疫击杀了报恶信的人（民 14:37），在"可拉一党反叛事件"中，被瘟疫击杀的有

---

　　① 　经文列出了他们的姓名、所属支派。民 13:3—16。

　　② 　民 21:32，摩西进攻亚摩利人之地，先派人去打探，那人的身份是隐秘的，最后取得了胜利。

　　③ 　书 2，约书亚打发二位探子窥探耶利哥，此次行动是秘密的，二位探子身份隐秘，最后窥探结果也只呈报给约书亚一人。拉比们通常将"十二探子事件"和"窥探耶利哥"对读，参格莱舍尔：《政治家摩西》，见刘小枫、陈少明主编：《政治哲学中的摩西》，页 73。

一万四千七百人。除了这两次之外,《民数记》中还记载了另外一次更大规模的瘟疫,那次瘟疫由一次叛教事件引起,考虑到上述四次事件皆属于人民内部矛盾范畴,而后一次事件则涉及敌我矛盾,因而惩罚也就更为严厉,下面我们就来看看导致那次最大瘟疫的"巴力毗珥事件":

> 以色列人住在什亭,百姓与摩押女子行起淫乱。因为这女子叫百姓来,一同给她们的神献祭,百姓就吃她们的祭物,跪拜她们的神。以色列人与巴力毗珥连合,耶和华的怒气就向以色列人发作。耶和华吩咐摩西说:"将百姓中所有的族长在我面前对着日头悬挂,使我向以色列人所发的怒气可以消了。"于是摩西吩咐以色列的审判官说:"凡属你们的人,有与巴力毗珥连合的,你们各人要把他们杀了。"
>
> 摩西和以色列全会众正在会幕门前哭泣的时候,谁知有以色列中的一个人,当他们眼前,带着一个米甸女人到他弟兄那里去。祭司亚伦的孙子、以利亚撒的儿子非尼哈看见了,就从会中起来,手里拿着枪,跟随那以色列人进亭子里去,便将以色列人和那女人由腹中刺透。这样,在以色列人中瘟疫就止息了。那时遭瘟疫死的,有二万四千人。(民25:1—9)

被非尼哈手刃的那对男女的身份是:

> 那与米甸女人一同被杀的以色列人,名叫心利,是撒路的儿子,是西缅一个宗族的首领。那被杀的米甸女人,名叫哥斯比,是苏珥的女儿,这苏珥是米甸一个宗族的首领。(民25:14—15)

　　这次事件发生的时间应该是接近旷野漂流时期的终点了，①其时，以色列人同异族人的接触日益紧密，发生这类事件自是在所难免，而且其规模也一定不小，因为这事使得摩西和以色列全会众都在会幕门前哭泣。本来，异族通婚是极为正常也是极其必要的事情，但这里的异族通婚由于涉及宗教问题，所以事情的性质就变了。经文称这种行为为"淫乱"，因为摩押女子引诱百姓们吃她们的祭物、跪拜她们的神，具体来说就是摩押女子引诱百姓偏离耶和华去侍奉迦南神祈巴力毗珥，这样的举动违背了十诫的第一、二诫，耶和华是忌邪的神，他追讨以色列人的罪，吩咐摩西将所有的族长都杀死并且将他们在他面前对着日头悬挂，也许是出于公正，摩西只是吩咐审判官们将有与巴力毗珥连合的人杀死。

　　但是事情并没有得到解决，或者说是一点也没有解决，我们可以看到，正当摩西和全会众都在哭泣的时候，竟然有一人，"当他们眼前"，大摇大摆地"带着一个米甸女人到他弟兄那里去"，是那个人没有听到耶和华和摩西的禁令吗？还是他听到了却根本不把禁令放在眼里？我们偏向于第二个解释，因为他当众这样做，极有可能是一种故意挑衅。终于，这一行为激怒了非尼哈，他挺身而起，手握长枪，跟随那对男女进入亭中，一枪刺穿了他们两个。

　　被杀的两个人，男的叫心利，②是西缅一个宗族的首领，女的叫哥斯比，是米甸一个宗族首领苏珥的女儿，两个人的身份都不低。从心利的傲慢无礼来看，他似乎根本就不把摩西等人放在眼里，而且他又与米甸首领结成好欢，由此我们可以推知他似乎是想联合苏珥来推翻摩西、获得以色列的领导权，但他的政治智慧实在贫乏得可怜，竟然当众做出这么低劣的举动，以致身首异处，为人耻笑。

　　这次崇拜异神事件的背后是叛国通敌，耶和华对他们的惩罚极为

---

　　②　心利这个名字让我们想到了以色列人南北两国分裂时期北国以色列一个篡位臣子的名字，心利篡位七日之后就落败，最后自焚而死（王上16：8—20），从此，心利便成了篡位者的代名词（王下9：31）。参格莱舍尔：《审判官摩西》，见刘小枫、陈少明主编：《政治哲学中的摩西》，页119。

严厉,共有二万四千人死于瘟疫。我们可以将这次事件的死亡人数同"金牛犊事件"、"可拉一党反叛事件"的死亡人数作一比较:这次事件的死亡人数是"可拉一党反叛事件"(一万四千七百人)的一倍半,是"金牛犊案"(三千人)的八倍。再让我们来引一段人口统计数据:在第一次人口统计数据中,流便支派的人口总数是 46500 人(民 1:20—21),西缅的支派人口总数是 59300 人(民 1:22—23);在第二次人口统计数据中,流便支派的人口总数是 43730 人(民 26:7),西缅支派的人口总数是 22200 人(民 26:14),两相对照,旷野漂流四十年间,流便支派的人口总数几乎未变,而西缅支派的人口总数则下降了 37100 人!(这个差额大大地超过了"巴力毗珥事件"中感染瘟疫死去的人数),是人口总数下降幅度最大的一个支派,为什么会如此?

我们列出流便支派的人口数同西缅支派的人口数作对比,是想比较一下"可拉一党反叛事件"和"巴力毗珥事件"的不同性质。前一个事件是以色列人内部的大骚乱,耶和华的惩罚虽然严厉,利未支派的可拉、流便支派的大坍、亚比兰以及他们的党羽都被消灭,但可拉的子孙并没有死亡,流便支派也作了警戒(民 26:10—11),虽然瘟疫击杀了一万多人,但流便支派的人口并未大幅度减少。后一个事件的后果极为严重,几乎是不可饶恕,心利(考虑到他是宗族首领,或许还应该包括他背后的西缅族)不但崇拜别神,还亵渎耶和华("当他们眼前"),如此十恶不赦的罪过,耶和华几乎要毁灭大半个西缅族。

"巴力毗珥事件"至少产生了以下这么几个结果:第一,以色列人内部的权力斗争暂且告一段落,西缅族被平定;第二,以非尼哈为代表的新一代领导人开始崭露头角;[①]第三,吸取此次事件的教训,以色列人内部一定展开了一场声势浩大的整风运动,再一次加强了对独一真神耶和华的崇拜,异类分子被肃清,为他们挺进迦南扫清了道路;最后,耶和华晓谕摩西向米甸人宣战。

考虑到巴力毗珥事件涉及敌我矛盾,因而耶和华对以色列人的惩

---

① 民 25:12—13,非尼哈手刃心利和哥斯比之后,耶和华赐福予他,立他和他的后裔永远为祭司。

罚也就要比前述的四次事件严厉。对以色列人来说,叛教就意味着叛国,而且当时以色列人正处在入主迦南地的前期,民族之间的纷争日益频繁,所以耶和华(摩西)更加强调了要保持以色列人同其他民族之间的区别,对叛教(叛国)的行为要严惩不贷,"律法共同体"的重要性日益凸显。

四

"巴力毗珥"事件结束之后,耶和华晓谕摩西说:"你要扰害米甸人,击杀他们,因为他们用诡计扰害你们"(民25:16—18),在与米甸人的战争前期,耶和华又吩咐摩西说:"你要在米甸人身上报以色列人的仇,后来要归到你列祖那里"(民31:1—2),与米甸人的交战已经临近摩西生命的终点,因为打完这仗他就要归到他列祖那里。摩西从每支派中拨出一千人,又打发以利亚撒的儿子非尼哈带着圣所的器皿同去。[①] 战争残酷无情,以色列人同米甸人打仗,杀了他们所有的男丁,在所杀的人中,包括了米甸的五王和曾经赐福给以色列人的巴兰,除此之外,以色列人还掳掠了米甸人的妇女小孩并他们的牲畜、羊群和所有的财物,最后又用火焚烧了米甸人所住的城邑和营寨,他们把所有的掳掠物都带到摩押平原,交给摩西并全会众,不料摩西却勃然大怒:

> 摩西向打仗回来的军长,就是千夫长、百夫长发怒。对他们说:"你们要存留这一切妇女的活命吗? 这些妇女,因巴兰的计谋,叫以色列人在毗珥的事上得罪耶和华,以致耶和华的会众遭遇瘟疫。所以,你们要把一切的男孩和所有已嫁的女子都杀了。但女孩子中,凡没有出嫁的,你们都可以存留她的活命。"(民31:14—18)

---

① 这一任命似乎暗示了非尼哈已经得到重任,他将和约书亚一起继承摩西完成他的未竟之业。

摩西竟然还责怪凯旋而归的军长们没有杀掉米甸的妇女！而且我们对这样的言词又是多么得熟悉——它让我们想起了《出埃及记》的开端：

> 埃及王对她们说："你们为希伯来妇人收生，看她们临盆的时候，若是男孩，就把他杀了，若是女孩，就留她存活。"（出1:15—16）

> 法老吩咐他的众民说："以色列人所生的男孩，你们都要丢在河里；一切的女孩，你们要存留她的性命。"（出1:22）

晚年的摩西多么像是一位埃及法老！摩西的事业同法老的事业有何相干？它为何让摩西变得同法老一样无情？还记得摩西第一次流落外邦吗？不是米甸祭司叶忒罗（流珥）接待了他并将女儿西坡拉给他为妻吗？摩西对曾经收养过自己的寄居地为何如此得残酷？

除了同米甸人的战争之外，以色列人同其他民族的战争也同样残酷无情。出埃及后不久，以色列人即遭遇了同亚玛力人的争战：

> 那时，亚玛力人来到利非订，和以色列人争战。……约书亚用刀杀了亚玛力王和他的百姓。
> 耶和华对摩西说："我要将亚玛力人的名号从天下全然涂抹了，你要将这话写在书上作纪念，又念给约书亚听。"（出17:8—14）

旷野漂流时期，以色列人还打败了迦南人亚拉得王：

> 以色列人向耶和华发愿说："你若将这民交付我手，我就把他们的城邑尽行毁灭。"耶和华应允了以色列人，将迦南人交付他们，他们就将迦南人和迦南人的城邑尽行毁灭。（民

21:2—3）

还击败了亚摩利王（希实本王）西宏和巴珊王噩：①

> ……但希实本王西宏不容我们从他那里经过，因为耶和华你的神使他心中刚硬，性情顽梗，为要将他交在你手中，像今日一样。……耶和华我们的神将他交给我们，我们就把他和他的儿子，并他的众民都击杀了。我们夺了他的一切城邑，将有人烟的各城，连女人带孩子，尽都毁灭，没有留下一个。惟有牲畜和所夺的各城，并其中的财物，都取为自己的掠物。（申 2:30—35）

> ……

仔细分析以上列举的历次战争，我们会发现其程度都惨烈无比：百姓被悉数屠戮，城垣被付之一炬，财物被掳掠一空。但除此之外，我们还会发现它有两个显著的特点：在以色列人一方，他们作战的理由来自耶和华，即耶和华将他们的仇敌交付在他们手中，因而他们的所作所为就是在执行神的旨意，正义在他们一方；我们还会发现正义背后存在着利益，与亚摩利王和巴珊王的战争中，以色列人并未将所有的都毁灭，而是留下了牲畜、城垣和其中的财物，米甸一役结束之后，摩西虽然不满军长们存留妇女的活命，命令他们要将所有已嫁的女子都杀死，但他还是存留了未出嫁的女孩。总而言之，以色列人在耶和华的指示下对敌宣战，或者说是为正义而战，但是正义同利益又分不开，战争结束之后，以色列人保留了对自己有利的一切。

这就涉及战争的起因问题，以色列人和其他民族为什么而战？为正义？利益？还是二者兼备？《圣经》记述了以色列人是为耶和华而

---

① 民 21:21—35，另有平行经文申 2:26—3:11，《申命记》记载较详，引文采用《申命记》。

战,其他民族为何而战呢？为他们的神吗？还是仅仅为了利益？或者用《圣经》上的话说,其他民族的战、败、和、降、胜利,一切都在耶和华的计划之中,"因为耶和华你的神使他心中刚硬,性情顽梗,为要将他交在你手中",战争是上帝的计划,上帝是隐秘的,因而战争的原因不得而知。但我们不能就此了事,我们要循《圣经》的事迹来窥探上帝之道,虽然这对以色列人来说也许是一种亵渎。在此,我们先借助一位雅典人对战争原因的描述,来看看人类团体之间为何会战乱连连。

　　雅典人修昔底德的《伯罗奔半岛战争志》记述了雅典帝国同斯巴达同盟之间历时 27 年（公元前431—前404）的战争,①修昔底德在他著作的第一章中,就强调了这次战争是有史以来最伟大的一次战争,②而他记述此次战争的著作也将会是一部伟大的著作,它将垂诸永远,成为一切时代的财富(同上,第20页)。在修昔底德看来,表面看来伯罗奔半岛战争爆发的原因是雅典人对整个希腊特别是对斯巴达同盟采取了不正义的行动,但实际上的原因则是雅典势力的增长引起了斯巴达及其同盟国家的恐惧,③也就是说,战争公开宣称的原因是有关正义,而实际上的原因则是有关利益。

　　当以色列人逐一击败迦南人亚拉得王、亚摩利王西宏、巴珊王噩之后向摩押平原进逼时,他们的行动使得摩押人深感不安:

　　　　以色列人向亚摩利人所行的一切事,西拨的儿子巴勒都看见了。摩押人因以色列民甚多,就大大惧怕,心内忧急,对米甸的长老说:"现在这众人要把我们四围所有的一概舔尽,就如牛舔尽田间的草一般"……(于是巴勒)召巴兰来说:"有一宗民从埃及出来,遮满地面,与我对居。这民比我强盛,现在求你来为我咒诅他们,或者我能得胜,攻打他们,赶出此

---

① 实际上修昔底德的著作只写到公元前411年。
② 修昔底德,《伯罗奔尼撒战争史》,谢德风译,北京:商务印书馆,1960 年4月,页2。
③ 施特劳斯、克罗波西主编,《政治哲学史》,页6;修昔底德,《伯罗奔尼撒战争史》,页21。

地。"（民 22:2—6）

以色列人的节节胜利引发了摩押人的恐惧,他们把以色列人比作牛,把自己周围的列国比作草,以色列人战胜了他们周围的列国,正如牛舔尽了他们周围的草,只剩下一片荒芜,令人不寒而栗。面对"遮满地面"、比自己强盛的以色列人,摩押王巴勒不得不派人前去寻找巴兰的帮助(当然结果如何,那是另外一回事)。以色列人势力的增长引发了周围民族的恐惧,《圣经》中不止这一例,让我们试举一二:

> 以撒在那地耕种,那一年有百倍的收成。耶和华赐福给他,他就昌大,日增月盛,成了大富户。他有羊群牛群,又有许多仆人,非利士人就嫉妒他。当他父亲亚伯拉罕在世的日子,他父亲的仆人所挖的井,非利士人全都塞住,填满了土。亚比米勒对以撒说:"你离开我们去吧,因为你比我们强盛得多。"（创 26:12—16）

> 以色列人生养众多,并且繁茂,极其强盛,满了那地。有不认识约瑟的新王起来,治理埃及,对他的百姓说:"看哪,这以色列民比我们还多,又比我们强盛。来吧! 我们不如用巧计待他们,恐怕他们多起来,日后若遇什么争战的事,就连合我们的仇敌攻击我们,离开这地去了。"于是埃及人派督工的辖制他们,加重担苦害他们。（出 1:7—11）

从先祖时期开始,以色列人就面对这样的问题,可以说,这一问题是永恒的,过去存在,现在存在,将来也会永远存在。以撒的父亲亚伯拉罕曾经同非利士人的王亚比米勒非常友好,当亚伯拉罕游牧到基拉耳地区的时候,亚比米勒热情地接待了他,赐给他牛羊、仆婢,又对他说:"看哪,我的地都在你面前,你可以随意居住。"（创 20:15)后来亚伯拉罕离开了基拉耳,但他的儿子以撒因饥荒又一次来到了此地,以撒在此地耕种,一年就有百倍的收成,成了大富户,他的壮大引发了非利士人的嫉妒,于是冲突不可避免,非利士人全体出动,堵住了他们的水井。约瑟在埃及立足之后,他的父亲雅各和诸位哥哥也因一次饥荒下到埃及,彼此相认后,以色列人开始在埃及定居,经过四百年的繁衍生息,以色列人变得强盛起来,极其繁茂,满了那地,但他们的壮大同时也引起了埃及新王的恐惧,他开始号召他的百姓们起来用巧计对付以色列人。

面对以色列人的强盛繁茂,其他民族不外有三种对策:一是驱逐,正如亚比米勒对以撒所说:"你离开我们去吧,因为你比我们强盛得多",这一政策虽然不利于以色列人,但还不失温和。二是奴役,比如埃及人所行的,"派督工的辖制他们,加重担苦害他们",奴役可以摧垮人的精神,让他们虽然繁茂却如一盘散沙,没有什么独立、自由之类的非分之想,但这样的计策只能应付一时,不能长久有效,而且重担之下,以色列人不但没有减少,反而更多(出 1:12),这让埃及人十分苦恼,于是才有法老下令杀以色列人长子的故事;无论是驱逐还是奴役,都让以色列人觉得拥有自己家园的必要,出埃及、入主迦南都以此为指向。最后当然是战争,这是解决利益纷争的终极方法,正如以色列人在迦南地附近同迦南人、亚摩利人、米甸人所行的。

修昔底德在论述伯罗奔尼撒战争爆发的原因时,虽然区分了两种原因——真实的原因和公开宣称的原因,但与真实的原因相比,修昔底德更加注重公开宣称的原因,因为这样可以让我们更好地理解正义与强权、正义与利益之间的关系。[1]

亚玛力人在沙漠中阻碍了以色列人,约书亚杀掉亚玛力王和他的百姓之后,耶和华起誓让以色列人世世代代和亚玛力人为敌(出 17:16);进攻迦南人亚拉得王之前,以色列人曾经想从以东地经过,但以东王坚决不应允,还"率领许多人出来,要用强硬的手攻击以色列人"(民 20:20),《民数记》中没有提到以色列人和以东人之间的争战,是他们没有利益冲突吗? 还是以色列人势单力薄? 或许我们应该考虑到以东的先祖是以扫(创 36:1),以扫是以色列人先祖雅各的哥哥,他们同是以撒的儿子,耶和华也曾赐福给以扫;攻打迦南人时,以色列人向

---

① 施特劳斯、克罗波西主编,《政治哲学史》,页4。

耶和华发愿请求他将迦南人交付他们手中,耶和华应允之后,以色列人将迦南人和他们的城邑尽行毁灭;进攻亚摩利王西宏和巴珊王噩时也是这样,"耶和华我们的神将他交给我们,我们就把他和他的儿子,并他的众民都击杀了";最后同米甸人的争战则是因为在"巴力毗珥事件"上,米甸人的姐妹哥斯比用诡计引诱了以色列人,让他们犯下了崇拜别神的大罪,于是耶和华晓谕摩西"你要扰害米甸人,击杀他们"。

可以说,表面上看来,所有的战争都是受着耶和华的指示,但实际上的原因则同以色列人的切身利益相关。上古时代,战乱频仍,民族之间的生存较量异常激烈,从埃及法老的忧心("恐怕他们多起来,日后若遇什么争战的事,就连合我们的仇敌攻击我们"),到摩押人的恐惧("现在这众人要把我们四围所有的一概舔尽,就如牛舔尽田间的草一般"),再到摩西临死前对约书亚的一次次遵嘱("你当刚强壮胆!")(申31:7),我们可以想象,在那个时代,要想在巴勒斯坦一带立足,得要有多大的实力和勇气!崇拜独一真神耶和华,将所有的行动都归于耶和华,可以使得以色列民族凝聚为一体,坚强如磐石。晚年摩西的举动不是出于糊涂也不是出于心硬更不是出于个人的任意情感,而是出于对以色列民族的负责。

在这一点上,摩西的事业类似于法老的事业,他们都要为自己所属的共同体考虑,以色列人和埃及人之间的冲突不单单是利益的冲突,最后还要归结到理念上的冲突:他们的神不一样。耶和华是忌邪的神,他必将引领他的子民出埃及前往应许之地迦南,只有扎根于迦南土地之上,以色列人才能遵循他的律法,过上优良的生活。

以色列人定居迦南地之后,历史并没有终结,正如先知书和历史书中一再提到的,以色列人继续顽梗悖逆,"行耶和华眼中看为恶的事",而耶和华则继续他的拯救事业,耶和华的拯救事业恢弘而又神秘,让人不可理解:甚至是亡国灭种都是对以色列人的救恩。

巴勒斯坦地处东西方交通要道,战略地位十分重要,历来是兵家必争之地。布伯说:巴勒斯坦是东西方之间永恒的走廊,在东方向西方展开猛攻的情况下,第一犹太国被摧毁了,在西方向东方展开猛攻

的情况下,第二犹太国又被摧毁。① 以色列民族饱经战乱,律法书中留下了许多可怖的回忆:

> 耶和华要从远方地极带一国的民,如鹰飞来攻击你。这民的言语你不懂得,这民的面貌凶恶,不顾恤年老的,也不恩待年少的。他们必吃你牲畜所下的和你地土所产的,直到你灭亡。你的五谷、新酒和油,以及牛犊、羊羔,都不给你留下,直到将你灭绝。他们必将你困在你各城里,直到你所依靠高大坚固的城墙都被攻塌。他们必将你困在耶和华你神所赐你遍地的各城里。你在仇敌围困窘迫之中,必吃你本身所生的,就是耶和华你神所赐给你的儿女之肉。你们中间柔弱娇嫩的人必恶眼看他弟兄和他怀中的妻,并他余剩的儿女,甚至在你受仇敌围困窘迫的城中,他要吃儿女的肉,不肯分一点给他的亲人,因为他一无所剩。你们中间柔弱娇嫩的妇人,是因柔弱娇嫩不肯把脚踏地的,必恶眼看她怀中的丈夫和她的儿女。她两腿中间出来的婴孩与她所要生的儿女,她因缺乏一切,就要在你受仇敌围困窘迫的城中,将他们暗暗地吃了。(申 28:49—57)

这些令人毛骨悚然的预言,似乎让我们看到了北国以色列被亚述灭亡时的可怖景象,或者是南国犹大被新巴比伦灭亡时的可怖景象,或者是第二圣殿被罗马人焚毁时的可怖景象,或者是历史上任何一次当犹太人面临亡国灭种时的可怖景象。灾难突然降临,敌人又极其陌生,他们面貌凶恶,毫无怜悯且贪婪无度,兵临城下之日,以色列人如在地狱煎熬:"他们吞吃儿女之肉"、"他们中间柔弱娇嫩的人要吃儿女的肉,不肯分一点给他的亲人"、"他们中间柔弱娇嫩、不肯把脚踏地的妇人要把她两腿中间出来的婴孩与她所要生的儿女暗暗地吃了"……
在这里,言语已经无法形容如此悲惨的景象,面对死亡,人伦丧

---

① 布伯,《论犹太教》,刘杰等译,济南:山东大学,2002 年 2 月,页71。

尽,"不可杀人"、"当孝敬父母"仿佛是天外之谈,我们再一次感受到了律法共同体应当坚固强大,不应崇拜别神而变得涣散无力,让我们再一次聆听摩西之言(平行经文,出34:11—16):

> 耶和华你神领你进入要得为业之地,从你面前赶出许多国民,就是赫人、革迦撒人、亚摩利人、迦南人、比利洗人、希未人、耶布斯人,共七国的民,都比你强大。耶和华你神将他们交给你击杀,那时你要把他们灭绝净尽,不可与他们立约,也不可怜恤他们;不可与他们结亲,不可将你的女儿嫁他们的儿子,也不可叫你的儿子娶他们的女儿,因为她必使你儿子转离不跟从主,去侍奉别神,以致耶和华的怒气向你们发作,就速速地将你们灭绝。你们却要这样待他们:拆毁他们的祭坛,打碎他们的柱像,砍下他们的木偶,用火焚烧他们雕刻的偶像。(申7:1—5)

不可与异族人立约、不可与异族人通婚,这些都是从政治角度出发进行考虑,因为大多数政治社会都具有某种自我封闭的倾向。不过需要指出的是,"封闭"不是指闭关自守、绝对孤立、与外界断绝一切往来的意思,上文已经提到过,以色列民族自始至终都不是一个血统纯粹的民族,而且,一个家庭、一个部落要想扩展为政治社会,与外族的通婚必不可少,摩西就是一个极好的例子。立约、结亲如果导致异教崇拜就会引起政治上的不安定,所以摩西三令五申禁绝此事,除此之外,摩西还强调要严防以色列与迦南之辨:"拆毁他们的祭坛,打碎他们的柱像,砍下他们的木偶,用火焚烧他们雕刻的偶像。"说到底,不同的政治社会之间之所以相互敌对、各自封闭,除了利益冲突之外,最后还要归结到理念上不可调和的冲突。

这些都是事关以色列人生死存亡的大事,不得不慎重。但是即使如此,灾难也不可避免,面对亚述、巴比伦那样势不可挡的大帝国,以色列民族依旧会面临灭顶之灾,但是以色列人并没有因此而幻灭而失去生存的希望,他们把灾难归因于自身的顽梗悖逆,因为自己"行耶和华眼中看为恶的事"，所以"耶和华要从远方地极带一国的民，如鹰飞来攻击你"，似乎只要再度坚守耶和华的诫命，耶和华便会赐福给以色列人。

结　语

伊甸园的故事告诉我们：人类自身承担不起自主性的善恶之知，他们获得这种善恶知识的唯一后果，便是被逐出伊甸园，从此过着刀耕火种的艰难生活，而且还要面对人世间诸多的冷酷、残忍和不义，没有上帝的应许，他们将失去生存的希望和勇气。正如我在本文第一部分提到的，约和理想状态联系在一起，律法是约的延续，是上帝启示给人类的最高的善恶知识。在这个意义上，善恶树便是生命树：

> 人活着不是单靠食物，乃是靠耶和华口里所出的一切话。（申 8：3）

> 我今日所警教你们的，你们都要放在心上，要吩咐你们的子孙谨守遵行这律法上的话。因为这不是虚空与你们无关的事，乃是你们的生命，在你们过约旦河要得为业的地上，必因这事日子得以长久。（申 32：46—47）

律法便是以色列人的生命，以色列人要想在所得为业的地上得以长久，或者是在面对灾难时依旧顽强地生活下去，就必须时时谨守遵行律法书上的话。所以摩西遵嘱以色列人每七年就要诵读一次律法（申 31：9—13）；将来兴起的王也要抄录一本律法书，放在身边，"平生诵读"（申 17：18—19）；正如"示码"①所言：

---

① "示码"（shema），希伯来文意为"听"，犹太人最简单也是最重要的祈祷文。所谓三"示码"：申 6：4—9，申 11：13—21，民 15：37—41，王立新：《古代以色列历史文献、历史框架、历史观念研究》，页 205—206。

以色列啊,你要听！耶和华我们神是独一的主。你要尽心、尽性、尽力爱耶和华你的神。我今日所吩咐你的话都要记在心上,也要殷勤教训你的儿女,无论你坐在家里,行在路上,躺下,起来,都要谈论;也要系在手上为记号,戴在额上为经文;又要写在你房屋的门框上,并你的城门上。(申6:4—9)

思想史发微

潘雨廷先生谈话录（五）

张文江　记述

一九八七年四月一日

先生言：

时代有其整体，作者也有其整体，在两个整体的相交点，可看出东西。

先生言：

"杓携龙角，衡殷南斗，魁枕参首"。《史记·天官书》这十二个字懂了，中国天文学也懂了。

先生言：

将散乱的卜辞编成《周易》，已成系统。系统地利用这套卦爻辞，不是简单的事。一本正经的解释，不懂《易经》。卦爻辞也有此作用，你有怎么样的思想，它就显出来怎么样。王弼一看，《老子》全部在内。干宝一看，全部在讲周朝的历史。《易》的整体不在二篇，也不在十翼，在卦象和卦数。

先生言：

做《系辞》都是刻刻实实做的。

先生言：

《度人经》，元始天尊只有少数人可碰到，下面的人碰不到。到元始天尊的宝珠中去，元始天尊始为你说法，不到程度不给你讲，给你讲你也听不懂。内圣，外王，自觉，觉他，自觉就是要看到这颗宝珠。

先生言：

读《易》的一种方法是，什么注解都不看，只看卦象、二篇、十翼。这就是费氏易，不用章句，只用十翼解二篇。

又言：

十翼被王弼减去五翼。我现在看来不但不能减，还要加，不止十翼。

先生言：

卦象的根本是数，我对此深信不疑。

四月二日

《史记·律书》称十干为十母，十二支为十二子。

《后汉书·律历上》注引《月令章句》：

> 大桡始作甲乙以名日，谓之干。作子丑以名月，谓之枝。

梁启超引丹徒马良云：十干、十二支与腓尼西亚—希腊—罗马字母同物。

一岁四时之侯，皆统于十二辰。所谓十二辰，即斗纲所指之地，即节气所在之处。正月指寅，二月指卯，三月指辰，四月指巳，五月指午，六月指未，七月指申，八月指酉，九月指戌，十月指亥，十一月指子，十二月指丑，这叫作月建。斗纲，指北斗七星的一、五、七之三星而言，第一为魁星，第五为衡星，第七为杓星。例如正月建寅，天昏时则杓指寅，夜半时则衡指寅，平旦则魁指寅，其他十一月，莫不如此。建，训健，即《周易》"天行健"之义。辰，训时，每时三个月，即孟、仲、季。

《史记索隐》引《春秋运斗枢》："斗，第一天枢，第二旋，第三玑，第四权，第五衡，第六开阳，第七摇光。第一至第四为魁，第五至第七为标，合而为斗。"又引《文耀钩》："斗者天之喉舌，玉衡属杓，魁为璇玑。"

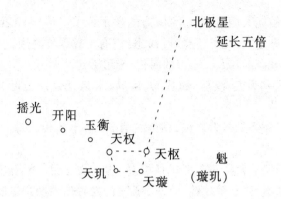

　　天为阳,地为阴,日为阳,月为阴,行有分纪,周有道理。
五日谓之候,三候谓之气,六气谓之时,四时谓之岁,而各从
其主治焉。五运相袭,而皆治之,终期之日,周而复始,时立
气布,如环无端,候亦同法。

《素问·六节藏象论》

　　先生言:
　　读《史记》不可不读《八书》。(《礼书》、《乐书》、《律书》、《历
书》、《天官书》、《封禅书》、《河渠书》、《平准书》,律历度量衡。)
　　先生言:
　　禅宗一至六祖为最高峰,慧能以后下来了。下来时有点小波动,
产生了五张叶子。最后二张小叶子,为杨岐方会、黄龙慧南。理学的
产生完全受禅宗的启发。
　　黄龙三关:
　　一、人人尽有生缘,上座生缘在何处。
　　二、我手何似佛手。
　　三、我脚何似驴脚。
　　禅宗发展到宋,没有什么了。黄龙死去之年,即张紫阳悟道之年。

　　先生言:
　　二篇之辞,收入于《礼》,不如《诗》、《书》受人重视。及战国逐步

形成十翼,始能大幅度提高《周易》的学术价值。传《易》者和十翼作者有关,内有楚人,尤可注意。《汉志》已有十翼以外之注。

三圣,可否定其人。三古的时代,未可否定。

《易》大别为五:汉易、魏晋易、唐易、宋易、清易(五叶)。又有先秦易,科学易。

汉易据卦爻象辞为之说,精辟之言,不下十翼传二篇。汉易据十翼而融合三古。

朱熹合理学大成,陈、邵犹伏羲易,程犹文王易,周、张犹孔子易。朱从吕祖谦本,已分辨二篇、十翼,则三古之时灿然明白。晚年注《参同契》、《阴符经》等,为思想的归宿。

孙星衍重辑《集解》,全收王韩,焦循重虞易而及王韩,皆由汉而魏晋。深研汉易而知其弊,唯焦循足以当之。

清人未知唐易,与宋人未解汉易之失同。

李道平《周易集解纂疏》取卦气、消息、爻辰、升降、纳甲、纳十二支、六亲、八宫卦、纳甲应情、世月、二十四方位十一例。

　　　　䷬萃。初六,有孚不终,乃乱乃萃。若号,一握为笑。勿恤,往无咎。

　　虞注:孚谓五也,初四易位,五坎中,故有孚。失正当变,坤为终,故不终。萃,聚也,坤为乱为聚,故乃乱乃萃。失位不变则相聚为乱,故《象》曰:"其志乱也。"

先生言:

失正当变☷,☷为终乱,相聚为乱。

初往四来☶,☷为志,☶为不终。

　　虞注:巽为号,艮为手,初称一,故一握。初动成震,震为笑。四动成坎,坎为恤,故若号,一握为笑,勿恤。初之四得正,故往无咎矣。

先生言：

☷☳。☷☳为手，☶☳为号。

☲☵。☷☳为笑，☶☵为恤。

一握为掌握总原则，孚谓信任九五。坎为孚，因坎水流有一定的时间，所谓"早知潮有信，嫁于弄潮儿"。乾为始，坤为终，上不孚则下终，上孚则下不终。

问：萃变屯，屯初爻利建候，是否有关治乱。

先生言：

可以有关，可以无关。三百八十四爻皆有关联，最后归于太极。

先生言：

开始观象玩辞，后研究观象系辞。

史公书，句中有图，言下见象。

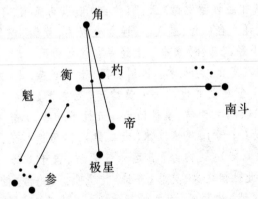

《史记·天官书》：

　杓携龙角，衡殷南斗，魁枕参首。

图为朱文鑫绘。

见《史记天官书恒星图考》，商务印书馆发行，12页。

为李约瑟《中国科学技术史》第四卷《天学》所取，146－148页。

二十八宿。

宿为小屋，应当是日月五星的临时休息站，主要为度量月球运动。月球望—望或朔—朔的相周（朔望月）需时 29.53 日，而回到恒星间同一位置（恒星月）需 27.33 日，两个周期无法调和，28 为平均数。156－157 页。

四月三日

《廖季平年谱》，廖幼平编，巴蜀书社 1985 年版，共 194 页。廖平生于一八五二年，卒于一九三二年，八十一岁。

115－121－128 页：

> 平自序《四变记》曰："壬寅后于梵宗有感悟，终知《书》尽人学，《诗》《易》则遨游六合外。因据以改《诗》《易》旧稿，盖至此上天下地无不通，即道、释之学亦为经学博士之大宗也。"其《孔经哲学发微》云："《内经》旧以为医书，不知其中有天学，详六合以外，有人学，详六合以内，故《病能篇》末有曰上经下经，《易纬》文也。上经者言气之通天，为天学；下经者，言病之变化，为人学。区别界限，不容溷杂，此《内经》所以为天人合发之书也。"……黄熔述《五变记》引《齐诗翼氏传》云："《诗》之为学，情性而已。五性不相害，六情更兴废。观性以历（十干），观情以律（十二律），律历迭相治，与天地稽（天干地支）。《内经》五运六气之说，盈千累万，言之甚悉，即解此性情之义，莫非《齐诗》传说也。《论语》性不可得闻，即谓《诗》学深邃，性非性理之谓。《诗纬》以邶、鄘、卫、王、郑五国处州之中为五音，《民劳》五篇为五民五极。《邶》四风，谷风东，终风西，凯风南，北风北。……五变以《易》为形游，《诗》为神游之书。神游之境，即《诗·周南》'辗转反侧'之义，大人占梦之说也，与《易》之'周流六虚'，《楚辞·远游》之'周流六漠'，《列子》之'御风而行'，《庄子》之'游于无何有之乡'，《中庸》引《诗》之'鸢飞戾天'，其旨正同。谓《诗》本灵魂之学，人以性情以进修，则卷之在身心，放之弥

天地,自西而东,自南而北,无思不服矣。六变以《诗》《易》二经为大同之后,民物雍熙,相与合力精进,研究上达之学术。一据班氏《艺文志》言,《诗故训传》取《春秋》,采杂记,咸非其本义,而独以鲁为近。《鲁诗》传自申公,后鲜述者。惟《齐诗》四始五际(四始即《诗》篇名,正月、四月、七月、十月,《诗纬汎历枢》'《大明》在亥,水始也。《鹿鸣》为《小雅》始,《文王》为《大雅》始,《清庙》为《颂》始'之说),屏去人事,专主纬侯之说。性情律历,发明于翼氏者,博大精深,浅见寡闻者所畏避。盖《诗》天学,翼氏斯为得之,犹《书》主大统,惟邹子为能言之也。《诗》非述往,乃百世以下之书,《楚辞》是其师说,《中庸》为之大传,盖先人后天,由小推大,《齐诗》多主谶纬者此也。暮岁于术数方技之言,无不明晓。堪舆家言成书五种,医家言成书二十余种,驳《难经》文乱古法,创新诊(斥寸关尺之谬,主复古诊法),自谓志在医医,不在医病。……读王冰《素问》八篇,以此为孔门《诗》《易》师说。……皆能贯通融合,专以五运六气明性与天道。此廖氏说经第六变也。"

壬寅(1902),廖五十一岁,始悟天人之学。此年康有为《大同书》成。

有《易经经释》、《诗经经释》,七十九岁成。

同学杜之韦赴美。

同学陈敬容探望先生(领悟气功)。

先生言其两眉间宽了一些。

先生言:你没有领悟内在,你领悟的是外在。某一句句子执牢了,要放放松。外在也要,但更重要的是内在出来。

先生对陈言:你积十年,保险两样。一二年后就会有东西。

先生言:你看到的那个打结的东西似 DNA 键,但里面还有不自然的东西在,所以要松掉。丹要自然而然结,结成后,放在体内也可,放在体外亦可。

先生言：传道不入六耳，你听和他听完全两样，此之谓泄露天机。

陈言：现在做事不如过去急。

先生言：是。炼此没有降低效率，工作学习一切如常。

先生言：骨髓更新。

先生对陈言：懂气功要有作用显出来，你的作用还没有显出来。我显出来就是写这些东西。

先生言：超声波、红外线等，过去说听天乐，我的多维空间实受此启发。好比万花筒，不可追求。

先生言：王船山晚年懂气功，有《愚鼓词》。环境极为困苦，懂气功给了他力量。

四月六日

先生言：

后代人注的《易经》，都是《系辞》的关系。在《系辞》中强调其中某句，即成一家。

先生言：

宋易开象数、义理二派，数看一、二、三、四、五的数，象看一分为二、二分为四的象。河图洛书是数，太极二仪是象。

先生言：

我见杨先生，杨开口第一句就是王弼、程传一样的，起初我不相信，后来才知道这是对的。他把两个时代会通了，读《易》必须知此，方识抽象。

朱熹《本义》四十八岁写成，七十一岁死，为未定之书。特别一点是不放弃《易》为卜筮之书，因先儒说道理太多。《启蒙》极好极好。但朱熹认为《说卦》的广象未合《易》，其实全部合，朱的智慧未及此。用吕祖谦本分别经传，三古灿然大明。十九个卦卦变有特色，但科举限制住了发展。

项安世《周易玩辞》略晚，全准程传义理，但卦变全在文字中。

先生言：

电，自然界早有。社会结构越复杂，离开自然越远。从复杂里看出简单,思想进步了,但不是扔掉复杂。所以原始文化有魅力——象数没有更好。

因思:城市结构是五线谱,高高低低。

四月十三日

先生言:

文化的灭亡是自然而然的,但只要有一个人喜欢,就还在,这就是人的作用。如埃及、巴比伦,没有了也就没有了。地球也要毁坏,但与我们搭不着。

先生言:

我对气功神秘的事总不喜欢多谈,此与《易》与卜筮、算命一样。(按:先生曾言及《易》为卜筮之书,但仅知卜筮不为读《易》。一、于卜筮深入可见数理,数学模式;二、经学用《易》早已超出卜筮,对卜筮的掌握在人。)

问:读《桃花源记》,感有深意,为传道书。文中所用词语,皆句中有眼,为一指示寻求者的路线图(见《渔人之路和问津者之路》):

> 晋太元中,武陵人捕鱼为业。缘溪行,忘路之远近。忽逢桃花林,芳草鲜美,落英缤纷,渔人甚异之。复前行,欲穷其林。林尽水源,便得一山,山有小口,仿佛若有光。便舍船,从口入。初极狭,才通人。复行数十步,豁然开朗。……问今是何世,乃不知有汉,无论魏晋。……此中人语云:"不足为外人道也!"既出,得其船,便扶向路,处处志之。及郡下,诣太守说如此。太守即遣人随其往,寻向所志,遂迷不复得路。南阳刘子骥,高尚士也,闻之,欣然规往,未果,寻病终。后遂无问津者。

先生言:

"桃花源记"仍反映客观历史,陶渊明"不为五斗米折腰",反对后汉刘渊改革,"不知有汉,无论魏晋",何况魏晋以下。当时庐山有三种

力量,陆修静(帮助刘渊)、陶渊明、慧远(庐山结莲社),陶最后归宗于
"自谓羲皇上人","无怀氏之民与,葛天氏之民与"。

问:《彖》:"云行雨施。"

先生言:

阳于阴为施,阴于阳为受。(☵上坎为云,下坎为雨。)

☶咸,初四一调,脚跟立定,脚是动力。辗转反侧,成既济,为恋爱
成功。圣人扩大至一个国家。

先生言:

中国用卜筮,但解释卜筮是一套大道理。后来的卜筮是控制百姓
的方法,是愚民政策。中国汉朝的书对日食月食早就讲清楚,但仍利
用其于政治。

先生言:

朴学研究汉易慎重有余,发展不足。虞翻一个字,要用来直接文
王孔子,不如陈抟从卦象入,直接文王孔子,爽快。朴学在残缺的资料
中要自圆其说,真是费尽心思。

先生言:

每天都有既济的象,既济的象随时在变。

先生日来曾言及咒语事(因陈敬容问)。当年杨先生同先生弄了
十几稿,杨想为《易经》完成一个体系,最后归结为一组诀,如照诀而
行,最后也会有特殊感应。但先生觉得不对,全部推翻重来,最后又上
去了几层。把搞出来的东西给杨看,杨最后也首肯。

先生言:

我读惠栋、曹元弼,一度百读不厌,不是读他们,而是读自己的思
想变化。

四月十八日

☶→☱(蒙→革)。发蒙,一定革正。

四爻是所谓"乾道乃革"。

革《彖》:"天地革而四时成。"

因思:

发蒙的刑，是刑于寡妻的刑，是仪式，每个时代不同。典礼，是规律。

四月十九日

先生言：

过去种种为的，今日受的是；将来种种受的，今日种种为的是。这些事旁人不能帮忙，帮忙反而不好，只能自己来。（问："圣人不仁，以百姓为刍狗"是否亦此意，先生似可之。）又如气功，如鱼饮水，冷暖自知，父不能传于子，臣不能进于君，只能自己来。

先生言：

马王堆《老子》"常无欲也，以观其妙，常有欲也，以观其噭"，在有欲无欲处点断，王弼点断于有无，化为哲学问题。这是黄老尚实和王弼尚虚的区别。妙与噭同出，有欲才炼得好气功。欲是生气，于欲可观过知仁。所有的噭都是妙，要了解噭与妙同在什么地方。

（按：王弼本仍点断于有欲无欲，此处先生误忆。）

先生言：

杨先生曾在晚间出来和某人约好碰头，第二天两人会面互述所见。同时代这点距离的感应不算稀奇，要在禹与颜渊易地皆然之理。

先生言：

杨先生言：地球南北有个道理，即两极。东西有个道理，就是中国和美国，两头隔太平洋紧紧挽住。上古白令海峡是通的，中断后，中国这块地域大发展，美国是空的。近代美国大发展，成世界中心，中国有渐空之势。但中美仍有关联，中国的发展，从深圳、广州来似不行，从苏联来则落后，主要还是看美国。中国古代确为世界中心，澳大利亚人种与中国有关。现在这块地域摆在那里，台湾地区、日本、朝鲜虽发展，终不行，最后仍在中国大陆。知道点历史的人，决不敢轻视中国。人类发现澳洲、美洲，不过几百年的历史，故全球观念的意识有时间性。

先生言：

美国开始从欧洲来，今世界仍用格林威治时间。中国称洛阳为天下之中,可用时区解释。欧洲不能统一,是拼音文字问题。拼音文字如隔开一个地域,声音一定两样。中国如不用方块字,也不能统一。方块字是符号。

先生言:

《春秋》是现在世界上的一切事实,现在的人都是读《春秋》,无人能上升到《易》。托夫勒《第三次浪潮》,有一点《易》的味道了。

先生言:

第一次世界大战后,出来一个苏联。第二次世界大战后,出来一个中国。

问:今后如果欧洲统一,形势进一步再变化,在联合国范围内,会不会出现五霸的局面。

先生言:

这些是后来的发展,你和我都是搭不着的。

先生言:

此还只是地理形势。人类出月亮,出太阳系后全部要调换。

先生言:

对将来如何发展,仍要取鉴过去,这是《易》的彰往察来。

为先生提供世界可耕地面积资料等,因问及此事。

先生言:

我对可耕地面积等不大重视,今时代之要不在面积多少,而在产量多少,科学一来就够了。薛先生讲,化学解决了穿,现在要解决吃。如果真的这样,可耕地面积无关紧要。气功的"辟谷",从生物学上解决这一问题。

问:×××、曹建等,虽好,但总感缺一点常人的什么,而熊先生、唐先生、廖平等皆有德者之容,是否对。

先生言:

炼气功不可后面有东西控制。

先生言:

陈敬容炼的是小周天,把紧的东西松掉,重新来,会有完全不同的景象。

先生言：

以色列有二次大战后新兴国家之象，犹太人历来受迫害。

先生言：

马克思全部针对资本主义，但不知道资本主义还有自我调节、改善的功能。我赞成马克思的认识达尔文，生物学在达尔文后的进步马克思没有见到。

参观法国摄影大师布勒松摄影作品展览（世界十大摄影家之三），作品有萨特、庞德像等。论艺云：

> 摄影只是我自我解放的方式，而不是用来表现和确认自己独创性的。

四月二十日

先生言：

易有六位。六位"之正"，应的关系初四、二五、三上，有六种次序，是"时"：

初四、二五、三上

初四、三上、二五

二五、初四、三上

二五、三上、初四

三上、初四、二五

三上、二五、初四

仅此六种，可示意如下：

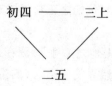

除应外，还有比，初二、三四、五上、二三、四五、上初，又各有六种：

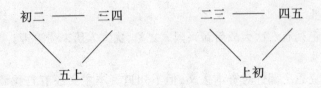

将应、比关系合成,有 6×6=36 种变化:

先生言:

此即"六位时成,时乘六龙以御天"。六龙是变化,天为自然规律,即"乾元用九,乃见天则"。

先生言:

船山合汉宋,汉孔安国"河图则八卦也,洛书则九畴也",此虚言船山实之。

四月二十一日

先生言:

"圣人之大宝曰位",对位的之正自己要有主张。

先生言:

䷗复《象》:"复其见天地之心乎",藏在最深处的东西显现出来。人心和天地自然之心,自然界的生灭,人的生死,是《易》的原始思想。反映自然规律和哲学规律,恢复到阴阳只有两个。

《易》的可贵在周期,自然的周期,生物的周期,推理社会气象。

先生言：

《文言》把卦爻辞变成儒家理论。《系辞》中好多解释卦爻辞都属《文言》，《乾凿度》有几爻也极好。

文王时已有观象系辞，今已得"××无咎"四字。卦爻辞有原始的资料来源，极早，但可贵吗，不可贵。古史辨派的大病，在仅仅查卦爻辞中的历史资料。历史事过已无关系，把历史弄出哲学来，就是象。把这个象拍到卦象上去，叫观象系辞。有象，就有这种思想，卦象的根本就是数。

先生言：

二千年前有马王堆帛书易，三千年前有数字卦，把传统易学全部打破。文王时仅知观象系辞，孔子时编成卦爻辞，且孔子所读和今本不一定完全一样。

殷周数字卦对《周易》是大事情(阴阳五行合一)，用六十周期。

完成《系辞》的时间极长，从编成卦爻辞到西汉末(大意)。卦爻辞与最早的十翼相差时间极短，当时编成卦爻辞者，自己再解释，成为《系辞》的一部分。故《系辞》极早，内容有极深的，也有浅的。

读《易》当从"古者庖牺氏之王天下也"一段读起，此思想大大超过孔子。八卦应该包括天文、地理、近身、远物种种内容，从尧舜推到伏羲，当时的时代认识飞速发展，且已包括中华土地上各地域各民族不同的文化思想。

三圣三古，实际上三个大时代。

先生言：

一人的文集是一人的思想，《诗》包括数百人、数百年的思想。从卦象到十翼完成，至少有几万年，所以《易》的思想极为丰富。

二十八宿三四千年前已有，传说黄帝时代(产生上层建筑)大桡造甲子，完全可能，因为知道阴阳五行十进制的内容。

破《左传》的卜筮，史一二年不可差，哲的时间数量级就长。

先生言：

卦象非伏羲作。

二篇非文王作。

十翼非孔子作。

四月二十二日

先生言：

卦是肯定这个象，爻是这个象的变化。

先生言：

《易》有四百五十节。一百九十二阳爻，一百九十二阴爻，要在用九用六。

先生言：

不要说《易》处处行，《易》与牛顿理论就是不合。《易》讲相对的东西，与绝对的东西有矛盾。

先生言：

卦名是义理，爻名是象数。

先生言(论阴阳位置)：

太阳在上午、中午、下午完全不同。

先生言：

读中国传统的思想，要知道它往往文辞极后，但不能否定它的思想极早。

先生言：

卜筮预知未来，是根据当时的信息判断，这信息是真的，所用为统计规律。一年之后，还要看几则准，几则不准。

先生言：

读《易》，当先知卦辞和爻辞的严格分别。卦辞要在"元亨利贞"，爻辞要在"吉凶悔吝"。卦辞立坐标，爻辞是在这坐标内的变化。

清人戴棠《周易爻辰补》，十二爻用十二宫的信息。

《易》有全息照相的作用，把某一卦可推广到全部。

"伏羲氏王天下"六大类，是卦爻辞编者这样看的，把它托到伏羲身上。

先生言：

卦爻辞作者当然是一人。

吉凶悔吝之间都是厉的，《易》要在无咎，仅夬初为咎，往不胜为咎。但必须重视确乎不拔。

四月二十四日

先生言：

王阳明龙场一悟后，著有《玩易窝记》（戊辰，1508），只此一篇，可许其懂《易》。

某炼功人问观，是观内心还是观外物。

先生翻出《易经·观卦》：

要大观，"大观在上，顺而巽中正，以观天下。观天之神道而四时不忒，圣人以神道设教而天下服矣"。大观观得好啊，所有一切包括自己都在观，观时内心没有东西了，外界还有声音，所谓树欲静而风不止，不可能没有东西观。顺而巽极要，观客观世界自然而然的变化，最重要的是观见不可见的时间。

某人问炼功如何处理人际关系。

先生言：

根据来人的一股气（信息）决定。孔子曰："可与言而不与之言，失人；不可与言而与之言，失言。"

先生言：（阐发王船山《远游》）

真铅在外头。还丹，丹还到你自己身上。

动几，气母。

问：杭辛斋未成，杨先生未成，到先生成了。

先生笑：

我亦未成。

问：何时。

先生言：

等。

先生言：

你问过骊姬，骊姬时整个民族合起来了。

四月二十六日

先生言：

脑容量大，脑细胞增多，这不是我们一生的事情，气功对此也无能为力。气功在于沟通，重在相交，将二个不同的概念，贯通在一起看。不单脑细胞，全身细胞都在交流。气功重整个的人，决不单讲心脏、肺。

一切进化，大脑也在进化。我们不是要增加脑容量，但已经有的要保持。

先生言：

经络解剖，气功体会身上的交流。人生有气，死了没有气，如何能解剖。

先生言：

人的一生由盛而衰，∧，对此仍无办法。气功年轻时开发智能，年纪大了维持住，⌒。

先生言：

我当年做几何题，日思而夜梦，梦中做出来了。某一问题一交流，作用就有了，气功开发智力，就是交。

文化好的人，自然而然懂一点气功。

先生言：

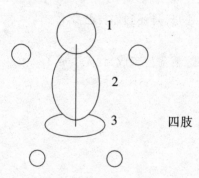

四肢

先生言：

世界（主观时空）＝宇宙（客观时空）

主观可合于客观。

先生言:

五十营,增加五十倍。

36×28(1008 分,人的生物钟)。

天行一周,太阳走一圈。

人长(空间)八尺。五十营,锻炼呼吸的时间,分比现在的分要长,二分多一点。

内气的流转很慢。

好像梦,也不是梦。

气功态中接受外界的东西多得不得了(所谓"偏差"出于此),有遗传的,有出生后与外界接触的。这里要有德,人生观。

一个呼吸三寸,思维也有了依靠。

排列组合,自由组合。

五十次后,不一样了。活子时。

时间放大,缩小。

气功合乎实验室原理,实验到什么地方,就到什么地方。

先生言:

头(性)——冷静头脑(心理)——→胸腹(命)。

没有我自己,再产生我,化为大我。《老子》"吾之大患,在吾有身",性没办法,命给束缚了。

我做的气功,并不是我一个人做的,而是你、我、他、古人一起做的。

得着以后,共同语言来了。

交流当然不止两个人之间。

炼气功的人,具体方法都是命为主。

先生言:

心相应舌

肝　　目

脾　　嘴

肺　　鼻

肾　　耳

性为食色。性：食——维持空间。

色——维持时间。

先生言：

自己的呼吸要一点一点慢下来。

照《内经》标准要五分二十秒（深呼吸静到一分不容易），一分钟为气功态程度。

二百七十息，当时最高标准，五分二十秒。

身体没有了，完全客观自然界的信息，最可贵。

先生言：

气走两圈一小时，阴阳相对又不同。

呼吸慢五十倍。

自己没有了，根本不知道自己在呼吸。

五十与一，不知是天，不知是人。

旧的越老，新的一定要接受，再新的再接受。

结合新的东西，反映出更新的东西。

$24 \times 4 = 96$。100 刻，1 刻 = 14 分 24 秒。

十六丈二尺，气走多少路。

自强不息，永远在转化。

从六个周期。跷脉，过去忽略。

有二种方法，1、睁目；2、闭目。

气功走通了，信息就多了。

先生言：

人体内分泌不止肾水，五五二十五，共二十五种液体。

气功中的音乐，到了一定程度方知。

先生言：

每日联系气功的时间，及正常进入气功态的时间，合于今日的时间间隔一周于身，当 28 分 48 秒。故每日必须练习约半小时，约经过五十天，基本可进入气功态。

气之不得无行也，如水之流，如日月之行不休。故阴脉

荣其脏,阳脉荣其腹,如环之无端,莫知其纪,终而复始。其流溢之气,内溉脏腑,外濡腠理。(《灵枢·脉度篇》)

四月二十八日

周家盛言:

炼太极拳全身分量在脚上。

周言:

炼太极拳外面在动,里面极静,如一碗水始终平衡。等炼完了,外面静了,里面动起来,等于气功。

周言:

我和我的老师有分歧,他认为太极拳高一层的境界是技击,我认为是开智慧。(因思:技击因有假想敌,可将精神凝聚到一点上,然后化掉。)

周言:

我打太极拳极慢,杨氏一套四十五分钟,实际上是把一个一个站桩慢慢连起来。

五月三日

问:孟子。

先生言:

孟子好。

好的地方,他懂《春秋》;不好的地方,言必称尧舜。他的问题是社会科学谈得太多了,实际上他是懂自然科学的。气功极好,养成浩然之气。但孟子、告子的争论,我对孟子的观点有疑问。孔子的东西,由子贡到齐开稷下派,成书为《周礼》,在鲁成思孟学派,以五行配五德。以荀子作标准,可写出孟子。

问:庄子。

先生言:庄子了不得。

良久又言:庄子懂《易经》。

问:屈原。

先生言：

屈原为楚，不是为君，他舍弃不了郢都数百年的高度文化积累。现在不能了解屈原心情，因为不知道楚当时高度的文化成就，今出土有编钟等，已可理解。（因感受白起等战争有极大破坏性。）

中国数千年辛苦积累成的文化，今面临楚郢类似的处境。

问：用九群龙无首吉，用六利永贞之义，何以统率全部卦爻辞。

先生言：

提醒得好，文章应该补上去。（指《论编辑成〈周易〉者的思想结构》）

"群龙无首吉"和"利永贞"即元亨利贞，由坤利贞推乾元亨。

群龙无首为乾元亨，龙为阳气变化，群龙是春天，阳气一齐发出来。决计不是限于某一条龙，有满园春色之象。

利永贞，永贞一摆，带出乾元亨。利贞为秋冬，由坤到乾，总有一个体要放着。利贞为种子，这粒种子永远要发的。无首之中有一个东西在，现在讲就是遗传密码，永远有一个上出的东西在。

先生言：

卦爻辞《周易》作者与孔子思想不同，变总是好的，就让它变好了，一点也不要拉住它。

先生言：

爻名作者比卦爻辞作者要晚几十年。

先生言：

卦爻辞作者是极聪明之人，超出卜筮又不废卜筮，于卜筮出入无疾。卜筮今云统计规律。

先生言：

所谓文王易、二篇全在此文，我写完《周易终始》后又积了二十年，要知道此文和传统的不同处。

先生言：

你现在已初步接触了初级，可进入接触中级。《易》后面还远远有东西，但不到程度不能说，此非为隐瞒。

问：讲过以后，此文两样了。文章必须有文章之外的信息。

又问：是否可以再显明些。

先生言：

你不知道写得再好还是这样，语言文字永远是糟粕。我过去不大愿多写，但还是不得不有语言文字。

问：结论处为何删去"非有非无，非虚非实，即有即无，即虚即实"，思可保留前八字，因和文章的节奏通贯。

先生言：

必须删，这里有禅宗等的思想，编成卦爻辞者的思想不是如此。

五月四日

袁进言：（《张恨水评传》作者）

张恨水有存在主义思想，曾自述人生在世，有对死亡的恐惧。人为了躲避这种恐惧，必须做点事，他本人选择写小说。

昨问先生：个人以己意玩辞皆可，但无意思，当以时代（写作者时代）玩辞。先生许之。

昨晚记先生谈话时，更深人静，瞥见《笑傲江湖》现量。

[法]于·列那尔《日记》（徐知免译）：

人到年事稍长，厌于完美，这时才会喜欢莎士比亚。

一九五〇年，十二月四日。

五月六日

先生言：

白起破郢后，楚民逃至阜阳建都，今沿途发掘出大量文物。江陵出土几千只龟（－347？），阜阳出土《易》（－105），为楚易。

先生言：

徐昂—王驾吾（与先生认识）—宋祚胤，在现代没有根不会去弄《易经》。

先生言：

古代人读得好《易》，因为他们相信"三圣一心"，三个圣人是一个思想。古史辨出来后，《易》的面貌显一显，但显出来以后，仍然要完成一个新的整体。

先生言：

象是伏羲的，辞是文王的，你会观象玩辞，你自己就是孔子，故三圣一心。

先生言：

《序卦》思想是先谈夫妇，后谈君臣，所以过去有人不满意。王船山就扔掉《序卦》，抽出《大象》，成十翼。

先生言：

"精气为物，游魂为变"，精气抓得住是物质，人在天地之间上下无常，进退无恒为游魂，飘飘落落。

先生言：

䷑蛊，风吹不过去了，挡住了，悲回风，所以生病了。地球的最后一次地质运动造成喜马拉雅山，挡住一股气，造成中国的局面。

先生言：

1＋1＝2 是基础，没有变过，电子计算机是发展。三圣一心，到现在仍然是一心。

先生言：

"神以知来，知以藏往"，积累了无数经验，得着一个"神"。这个神可知来，要善藏。

京氏八宫世魂图

（归魂）
（游魂）
五世
四世
三世
二世
一世

兑　离　巽　坤　艮　坎　震　乾

先生言：

宫是空间，世是时间，八宫分好，看其时间变化。时间中，一个可逆，一个不可逆，这和十二辟卦消息不同。

把此图发展下去，共有六张，京房(–77——–37)仅画出一张，当时人发明不容易，但后人没发展下去。

1＋1＝2是基本法则，电子计算机是发展。

京氏八宫，用科学来讲，是四维八胞腔。

上爻宗庙不变，再变就成为对立物了，自己的痕迹就没有了。

上面有了阻力，回下来，故倒转走。

"观象玩辞，观变玩占"。变是象的变化，六十四卦整个变化为观变，整个变化中某一部分的变化为玩占。

掌握时空为观变，什么情况来就反映什么叫玩占(什么人来给他讲什么就叫玩占)，任何提出的部分就是玩占。

因思：占有二义，一、占据义，即整个时空中某一部分时空；二、卜筮义，分析时空。(《说文》：从卜口。)

先生言：

先要学会观象玩辞，然后才学会观变玩占。

《周易》卦爻辞结构：

六十四节　　　　　　　三百八十四节

卦辞 ——— 爻辞

二用
二节

五月七日

先生言：

气功每天要花半小时，在这半小时里，脑子在休息，但不是睡觉。

先生言：

气功炼到深处，血要扔掉，血仅一百年，二百年。气不可扔掉，到死的时候都不能散掉，所以活着的时候要炼通它。

我心脏不好，之所以无碍，是因为气畅，心脏是血。

先生言：

全世界只有中国讲气循环，这是中国文化的特色。

气功完全和中医合在一起。

先生言：

气功也可以走（行），我当年上午从来不出门，下午走到王家沙约半小时，这个东西来了，然后一口气走到外滩。我走在路上，眼睛全部看到有关信息。

行、住（站桩）、坐、卧皆可。

先生言：

孔子喜欢听人家唱一遍，然后跟着唱（"必使反之，然后和之"）。

先生言：

这个东西完全要自己体会，二十八脉还是假的，这是《黄帝内经》在骗你，我喜欢拆穿讲。

完全不能请人教，要自己来。完全要等你里面自己告诉你，里面告诉你什么,什么时候告诉你,是不一样的。

脉走到那儿,那儿就有东西出来,这里有许多景,全部要看到。

要得到脉里的信息。

先生言:

炼气功基本两条路线,一条是左右左,一条是右左右,一条过来到任督,一条过来到跷脉。跷脉应该是开的,任督应该是闭的,开的也可闭,闭的也可开。

从脚跟到眼睛有两条脉。

气功基本有两种方法,一种是闭眼,一种是开眼。

走路跨出去,先用左脚还是先用右脚,都有关系。

先生言:

有二种方法可得着外界信息。跷脉通,可从眼睛得着外界信息;任督通(所谓"开顶"),可从头顶得着外界信息。

先生言:

陈敬容仅通了二根脉,已经蛮适意了。

先生言:

每夜做的梦能连续下去,基本就可体味气功。

五月八日

康德言:

　　形而上学的全部不幸在于"可以说任何谎话,而不用被揭穿"。形而上学没有科学所拥有的一切检验手段,因此形而上学迄今没有成为科学。但是它有优点,可以有终端,可以不变,因为不可能有其他科学所必然有的新发现,因为这里的认识源泉不是外部世界的现象,而是理性自身,而在理性充分阐明了自己能力的诸基本规律后,再没有什么好认识了。

古留加《康德传》175页:

他彻底研究了自己身体构造，自己这架机器，自己的体质，并且观测着它，就像化学家观察着某种化学反应那样，时而加上点这种因素，时而加上点那种因素。

这种保养学艺术是以纯粹理性为基础的，他用理性和意志的力量制止了在他身上已经初露苗头的许多病态。

正如传记作者所断言的，他甚至能够制止感冒和伤风。

有一篇文章"论仅靠意愿的力量战胜疾病的精神能力"。

一封信中写"每个人都有使自己成为健康人的方法，只要这种方法没有给自己带来危害就不应该违背它"，从现代医学角度看，这些做法经不起批判。

不锻炼器官和使器官过度紧张，都是有害的。

问：逆地球而行的道理。

先生言：

从日本向东经太平洋往美国，时间提早一小时，顺。日本，所谓日之本。往西经大西洋，延迟一小时，逆。时差也有关系。

问：天地革而四时成。

先生言：

因天地运行中有误差，故过一段时间就要革。所谓闰月，革正以定时间。三百六十五天是大纲，今知实际一年在三百六十五至三百六十六天之间。现在用革字没有具体标准，不知道革什么。

现在的革是人类上月球和用铯周期原子钟。

问：马克思论生产力的标准，是生产工具，但马克思的生产工具没有标准，仍然是空的。今知生产力应包括科学，生产工具应包括时间标准。铯周期原子钟是生产工具的最高标准，如到广泛应用的程度，人的生产力和思维可达如何程度。

先生言：

是。且已在运用，如航海，时间差一秒，航线要相差极大。

问：《步天歌》。

先生言：

晋人作,好。

问:《方壶外史》。

先生言:陆西星作,传说是《封神演义》作者。

问:新发现的释迦牟尼舍利子是否真实。

先生言:所谓真实,就是有传下来的记载,具体如何则难以肯定。

问:《周易》卦辞是根本,卦名从卦辞中提炼而出,爻辞是根据卦辞写的,分辨某一空间的具体情况。

又问:编成《周易》者的思想是否用一爻变。

先生言:是。

先生言:杨先生有时对来人随口瞎讲,和对我谈的全部两样,当时很奇怪。但来人也得着东西,这就是《易》。

五月十二日

先生近日重编《论语新编》,分六类。协助先生剪贴成书。

继程朱,编今日之《论语》,有破体的作用。

陈敬容述先生言:

行、住、坐、卧,怎么舒服怎么来,或半小时,或半小时多。

先生言:

剪纸静心半小时,也相当于做气功。

先生言:

走路,一直走,一直走,也会来气功。

先生言:

中国言五星是对的,这是一张后天图,天王星,海王星,冥王星是另外一回事。中国言五星极早,马王堆有《五星占》。

$$)$$

太阳　)水星　)金星　)地球　)火星　)木星　)土星

$$)$$

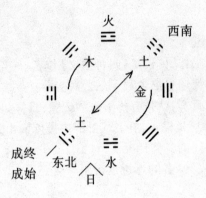

木生火，火生土，土生金，金生水，水借土的力量再生木。

是否如此，我都不敢相信，但卦象是这样排的。

中国重实测。

五月十四日

先生言：

编《论语》，要它马上起作用。不是熟读后意味深长，它本来就意味深长。

先生言：

编《论语》，绝对不立一个偶像，此即历史唯物主义，此即《易》无体，因其本来如此。

先生言：

《论语》编成者只录伯鱼，不录子思，此见编成者所属的学派已不同意子思的思想。

先生言：

孔子传《书》于子张，由十世可知进至百世可知。曾子等讥其不仁，其实非，不仁，即老子"天地不仁，以万物为刍狗"之不仁。故时间数量级长。

先生言：

"吾与点也"一段特长，为子游一派所加，以曾点进至曾子。子游，南方学者，懂音乐。

先生言：

《论语》不是孔子一个人的思想，而是孔子及其身后一百年的思想。

先生言：

写《论语新编》序言，本拟按章写。写至第二章，又从十九章五个学生的分别开始写。

先生言：

子贡为《周礼》的根，子贡开纵横家。

先生言：

范蠡思想和子贡同。

问：吴起似偏重外王。

先生言：

战国诸子皆偏重此，孟子亦不例外，内圣好的仅庄子一人。

先生言：

刘先生（衍文）说你研究重于创作，此语对，但研究也可发展。气功与此无关，完全根据各人的自身条件。

先生言：

能知活的东西，再古也是现在，否则昨天已成过去。"法先王"与"法后王"之争是不通的。

先生言：

陈敬容说，做气功时想也不要紧。此语泄露天机，这是他听《悟真篇》之所得。

先生言：

陈敬容气往上冲的时候，其力量大得不得了，因内部的东西成熟得还不够，只好开眼放掉一点。

先生言：

如果可以到高的程度，为什么还去用低的方法呢。

先生言：

不开顶，性功里没有东西。

先生言：

气功是连续做梦，但不是在睡着的时候，而是在醒着的时候。而且要它做什么梦，就做什么梦。

问：不管最高的东西是什么，只弄懂眼前的东西。

先生言：

眼前谈的东西就是最高的。

五月十五日

先生言：

专心致志就是气功态。

先生言：

孔子喜欢直，至七十犹云从心所欲不逾矩——不言规。

先生言：

子夏还弄不清楚君子儒与小人儒之别，故孔子为之言："女为君子儒，勿为小人儒。"

先生言：

《里仁》很重要，为曾子和子游合作搞出来。中有曾子一语，末有子游一语，为传道之言。

问：二个人有二个人的气氛，三个人有三个人的气氛。有时二个人的气氛，不对就是不对。

先生言：

孔子和左丘明，皆不为"匿怨而友其人"。

先生言：

气功中跳一级，境界两样了。

问：学问是能量。

先生言：

薛先生的能量是经济条件好，完全不操心，声色场中人，当时天天在跳舞场中。

杨先生条件艰苦，妻子死后，决意不再娶。但儿子成右派，对其打击太大，其能量全从气功中得着。

先生言：

有中人以上之智者，常仍有中人以下之习气，佛教所谓无始以来所积，故非加增上缘不可。

先生言：

文革以后，我的明显感受是：先生没有了。文革前我写《读易提要》不困难，两天一篇，因为先生在上边看着，下面可自由发挥。好为人师是一病。

先生言：

我认识任继愈的一个学生，他修密宗，静功极好，和我也谈得拢，他真的看见许多奇怪的东西。

先生言：

我相信阿姆斯特朗，阿波罗飞船上月球之前，已有人到过月宫。道教"卧斗法"好，他想象斗柄弯过来，变成一张床，人去睡在那里。

先生言：

一部书的传与不传，有许多妙不可言的触机。有时一部书失传了，只留下几句话，后人据此信息而恢复这部书的内容，反而比读这部书还好。

先生言：

"文化大革命"把我的书全部拿去了，我的学问也就此而新。如果这些书还在，我翻翻也能得出东西，说不定和今天走另一条路了。

问：立德、立功、立言是否有生物学的意义。

先生似许之。

问：建议写完先秦西汉易学后将重点转入科学，先秦以后的易学就直接出版《提要》。

先生许之。

问：把写的东西烧掉了，其信息是否依然存在。

先生言：

存在，这是出太阳系的事情，等离子态。密宗、道教都把写得极好的东西烧掉。

先生言：

我早年读《论语》，挑出一语作为全部《论语》的关键，即"志于道，据于德,依于仁,游于艺",我有一部《易经》就是以此为标准写的。现在我喜欢的是另一段话。(问:是否"礼云礼云,玉帛云乎哉"和"天何言哉"?)这是好的,但我说的是"人能弘道,非道弘人"。

先生言:

我开始读书时时尚有读书人习气,杨先生反复吟味孔子称许管仲之言"如其仁,如其仁",后来阅历渐长,才体会到话里的意味。

先生言:

"伯夷叔齐求仁得仁,又何怨"一段,子贡避讳地问,孔子避讳地答,师生心照。

孔子早年重视原宪,晚年特别看出一个子贡。

问:《论语》有一个特色,即孔子与隐者打交道,每每让子路出面,有隐含提调之意。然孔子与隐者借子路为媒介而互通大量信息,子路往往没有感觉。子路保卫孔子是第二义,此是第一义。

先生言:

子路结缨而死,孔子有责任。庄子批评孔子,好好的子路被孔子教成什么样子。

问:我感觉现代中国有两个学问可发展。一是象数之学,可大大发展;一是禅宗,抛开语言文字,简单直捷,因现代人生活节奏快,没有时间纠缠于繁琐事物。

先生言:

禅宗是用老庄的理论解释佛教。

五月十六日

先生言:

从电视中看见日本的世界博览会,很有感触,博览会上展出的许多先进的科学技术,不要说不可能普及。第一届博览会上出现的无线电,当时极为稀罕,今已不稀奇,六十年代博览会上出现的冰箱,今已普及世界。今天的博览会有两大特异之处,一是食物可由水中合成,今中国强调可耕地等等已落后于形势,一是脑功能研究的大力发展。

先生言：

天地不仁,以万物为刍狗。圣人不仁,以百姓为刍狗。如落后于形势,将被淘汰。

刘先生(衍文)言：

荷兰某人,一日从高处摔下,脑子震坏,忽获得特异功能,如他心通。人的大脑,都给世俗的东西污染了,清除污染,可获神通。

先生言：

人从小到大多少污染,这些要逐步忘掉。

先生言：

杭州马一浮宅有一副对联,当时每次去都看到,对联为"痴人前莫说梦,白昼下莫掌灯"。

先生言：

不可看轻中国。薛先生解放初期已到了香港,然后回来。他还是对这里有兴趣,弟弟在美国搞得极好,不去。

五月十七日

因思：

炼气功可注意子、午、卯、酉的时间。

以后注意活子时。

思之思之,鬼神通之。

因思：

站桩,行走,静坐似皆无碍。

因思：

陈抟先天图把气聚起来,可总结禅宗,各方面的信息能聚进去。

先生言：

尚秉和的学问重卜筮,得力于一部《易林》。解放前出过二书,一部《焦氏易诂》,另一部收集几百例卜筮,研究其象。

我没见过尚,因其一九五零年病故,我一九四九年去过北京,但当时尚未接上关系。见过其徒卢松安、黄寿祺,黄是"文革"后第一个带《易经》研究生的,卢收集《易经》一千五六百种,为国内《易经》的最大收藏家。

卢松安的女婿是北京市副市长刘仁,"文革"时被迫害致死("文革"直接从这里发动)。审判江青时,其妻(卢女)上台作证。

卢为收集《易经》,曾和江南的几个易家联系(杨践形等)。我到北京去,和他谈了一个多月。

他的书后来藏于济南市图书馆,在大明湖旁边。卢希望我去一二年,帮他整理好,但我在上海走不开。"文革"后,风气转为保守资料,看书不方便。

尚秉和的《尚氏学》不好,《易林》是西汉的思想,怎么可以当春秋战国的思想。但有一点他懂了,象是通的。

先生言:

章太炎弟子王佩璋(音)同时做了二部书,一部是《盐铁论校释》,一部是《易林校释》。二书同时交中华书局,《盐铁论》出了,《易林》不知下落。这件事我很有感慨,后书的价值远高于前书,但出版社不识。

《易林校释》的手稿,我在王家看过。但现在打听了几次,打听不到了。王的学问功夫虽好,但没有读到《易林》,读到《易林》的是尚秉和。《易林》作者的思想没有几个人懂,但尚秉和懂了。

下死功夫的书,加个大纲,内容就出来了。

先生言:

西汉有《太玄》,有《易林》,与东汉程度相差得大了。《太玄》、《易林》都是直接研究卦爻辞,然后当仁不让地继承下去,东汉则只知道注经。

《太玄》合三圣,《易林》发展 64 为 4096。《易林》之后仅黄道周,黄后至今无人。

先生言:

《水浒》一百零八将有一百零八种不同的性格,也是先排好天罡地煞的数,才能描写一百零八种性格。没有此预定的象,小说如何写。

读书要推本到作者的意图,先要有轮廓。

先生言:

微积分微分到后面一定要查一张积分表,《易林》是两汉之际的积分表。

先生言：

古今象是可相通的，洞穴中壁画打猎的象，描写的是当时的情况，今天仍可感受应用。

《红楼梦》讲故事大家觉得好，但抽象到太虚幻境的却没有。

先生言：

读《易》不把《四库》的经部和子部合起来，根本不懂《易》。这两部分原是一个东西，黄道周《易象正》在经部，《三易洞玑》在子部。

先生言：

"贲于丘园"，隐蔽到山林里去。

五月十九日

先生言：

岁差

尧舜在	虚
汉在	牛
今在	危

认为中国学问是不变的说法不正确，中国的学问是变的，要在岁差。王船山在《黄书》里也谈到岁差，他懂了。

懂岁差的人懂中国学问。

先生言：

朴学家要搞出中国不变的东西，如孙星衍《周礼》注极好，但他以汉代为标准否定岁差，汉后的书不读。他也注重实测，从十来岁看到七十几岁，天象仍是如此。因岁差要七十八年八月差一度，这么微小的变化，仪器不精密看不出来。这点变化人的一生也看不出来，故不能我执太重。孙星衍坏在天文懂一点，但懂一点不好，一知半解比什么都坏。

有很多事是一生的经验得不到的，故要看古书。

汉后人相信司马迁的记载是对的，再继续观测，发现岁差，这是魏晋的大进步。

汉后的人谈天文，司马迁、扬雄、邵康节、司马光、朱熹、王船山都是懂的,胡居仁《易象抄》也懂。不懂岁差的是假学问。

竺可桢把四千年历代资料聚集起来,考察气象变化。

现在的气象变化很大,但是不是转折性的大变化,要看历史资料。

先生言:

Scientific American 1974 年第一期,有一爻变的资料。

先生言:

卦象排好了,再看意思。

国外发展到后头,还有不了解的东西。

中国如未知数一样,全部排好代进去。国外来了解中国,就是想了解整体。

先生言:

推想文王所系之辞,未免有感而言。编辑者复杂的思想隐于《易》,隐蔽得不得了,所谓忧患作《易》。

先生言:

扬雄有南方思想,故不读《诗》、《书》,读《离骚》。

扬雄一面观象系辞,一面观象玩辞。

《太玄》五行取象与《内经》不同:

肾水	肝金	肺火	心土	脾木	《太玄》
肾水	肝木	肺金	心火	脾土	《内经》

《太玄》比较合于解剖。

瑞士,德·索绪尔《普通语言学教程》157 页:

语言是组织在声音物质中的思想。

从心理方面看,思想离开了词的表达,只是一团没有定形的,模糊不清的浑然之物。哲学家和语言学家一致承认,没有符号的帮助,我们就没法清楚地坚实地区分两个观念。

波兰,沙夫《语义学引论》117 页:

错误从来没有像当它扎根在语言中那样地难以消除（边沁）。

212 页：

到今天还存在着席勒在他的讽刺诗中描绘得很妙的那种对话：

"我虽然听到一个人接着另一个人说话，

可是没有一个人

在同别人说话；谁能把两个独白叫做对话？"

五月二十四日

先生言：

"元亨利贞"（卦辞）"吉凶悔吝厉咎"（爻辞），此十余字必为数字卦下本用之字，《周易》编辑者逐步安排相应于卦爻象。

先生言：

秦焚书，主要烧《诗》、《书》，把诸侯各国的历史烧掉了，只准讲秦朝的历史，所谓功高三皇，德败五帝。卜筮、医药、种树之书不烧，《易》仍流传。

先生言：

淮南王不喜欢打猎，喜欢鼓琴，故《乐经》未失传。于十二律吕取五声制，15、52、26、63、3i，其间的音最和。

今无史料说明九师易与淮南八公是否重合。

《易》的思想，是将天文的和音乐的（律历）合起来，有具体的东西，不是空说义理。

先生言：（大意）

《易》的概率就是过揲数。

在 144—216 之间，有 49 种不同的情况（7×7）。

过揲数	36—9	4	45	4
	32—8	种	44	5
	28—7	循	43	6
	24—6	环	42	7
			41	8

$36 \times 9 = 216$　　当用九

$24 \times 6 = 144$　　当用六

$36 \times 192 + 24 \times 192 =$ 二篇之策万有一千五百二十（11520）

大衍筮法，可能成于战国末西汉初。

49 种类型，每卦的概率都不同，有些卦一生也难得遇上一次。（比如算盘珠，一粒一粒加，一生一世也加不到最后一位。）

小数目是统计的，大数目是肯定的，此即大量恒静律，卜筮之理在此。

确实有决不定的东西才卜，不疑何卜。

卜不卜你的方针一样，不会因卜筮而改，可卜。

比如打猎去，这已决定，不会改变目标。具体往东去，往西去，你确实决不定，可卜。

人确实有许多未知的东西，故卜筮未可废。

先生言：

班固讲"《易》为六经之原"，看见这套道理。

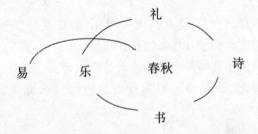

此将阴阳五行合于《易》，这套东西不懂象数，执牢了就不行。

《礼》、《乐》是春夏，全部发出来。《诗》、《书》是秋冬，执牢文字，写诗的诗人都是执牢的。《书》是把历史总结到知识中去，故以"智"

当之。这些都要合于《春秋》的客观事实。《春秋》以圣人的决断为标准,而《春秋》隐于《易》,故《易》为六经之原。

先生言:

《史记·司马相如传赞》云"《易》由隐以之显,《春秋》推见至隐",看出《春秋》和《易》的关系。《春秋》242年客观事实,有一个原因造成,根本隐在里面,"春王正月"将思想隐了起来。同时董仲舒重《公羊春秋》,以圣人决断做标准,把春秋时代的是非,断汉武帝时代的狱,必须经过由隐到显,又由显到隐的阶段,否则不可能。也因此《易》可以万古如新(隐了,再见出,隐了,再见出)。

人的根本要看人的性,不是孔子的性。

先生言:

汉武帝通西域有大作用,司马相如有帮助之意,其劝百讽一,不仅是逢君之恶。司马相如思想解放,跟蜀易有关。

先生言:

《史记》把六经放在《滑稽列传》中讲,是有意的。

问:"《易》不可见,则乾坤或几乎息焉。"

先生言:

极深。今云一元论就是二元论,二元论就是一元论,相对就是绝对,绝对就是相对。《易》不可见,可见了就是乾坤,而乾坤是一个东西,收到里面即成《易》,这三个东西是不息的。今云0、1、2三个数字的变化。

五月二十六日

先生言:

《论语》包括孔子死后一百年的思想,关键在第十九章五弟子传五经。其时大弟子颜渊、子路已死,所剩为五弟子,子张、子夏、子游、曾子、子贡,伯鱼亦先死。

子张传《书》(鲁?),子夏传《诗》(魏),子游传《乐》(吴越),曾子传《礼》(鲁),子贡传《春秋》(入齐,开稷下派,为《周礼》之根)。

子张传《书》,故孔子告以百世可知之道。曾子、子游批评其不仁,实为"天地不仁,以万物为刍狗。圣人不仁,以百姓为刍狗"。

《论语》不是孔子的，是孔子学生记的，几个大弟子最后收集资料，最后完成于曾子一派。《论语》为曾子传，故子思的改变儒家，《论语》已不记载。

《春秋》子贡传出，由鲁至齐，由齐至秦。孔子不治《易》，故无人传《易》。

先生言：

中午公园气好，早晨炼功人发出的气尚有遗留，在早晨公园里病人多。剧场里的气好。

问：炼功时是否有东西发出来。

先生言：

人人都在呼吸。

周家盛言：（炼太极拳）

乘汽车常感到不舒服，因乘车人有种种不同思想，扩而大之可感觉到别人心情的不平静。炼功深处得他心通，当与此有关。

因问：是否可安闲不受影响。

先生言：

可。乘车可照样舒服。

先生言：

炼功有十分能力，教学生时只可教到五分，还有五分在学生发生偏差时，加上去可纠正。

先生言：

《悟真篇》最后讲禅宗，好。

先生言：

日常听声音数量级为十六次至二万次，气功态时不止此，声音小而刺激大，故雷响时不敢坐。

先生言：

成熟时，"法财侣地"缺一不可。正式来的时候，一动也不能动一动。蚊子也不可有，故要人保护。

某人言：

炼功时，房子没有了，头顶上是满天星斗。

先生言：

炼气功要抓住时代。孔子言："逝者如斯夫，不舍昼夜。"此境界好。

五月三十日

先生言：

中国学问最高到岁差，岁差之上还有学问，但中国未谈。故薛先生用岁差，邵康节《皇极经世》亦以岁差立论。

1924 年岁差入危（倒行，恒星东移），此一生不会看见其变化。不看见岁差的人，我执太重，非要在我这一生看见结果，这怎么可能。我年轻时本来想，我这一生总可以把《易经》弄好了，故读了这么许多书。但薛先生说，还是留点给后人谈谈吧。今天我也有此感慨。

这种想法是好的，是青年人的生气，故孔子云"后生可畏，四十五十不足闻，斯亦不足畏也已"。因四十五十岁这股气衰了，但二三十岁这股气可以永远保持下去。

友人陈思和言：

读《水浒》有残酷的东西，绝不比《现代启示录》差，但电视剧中这些东西省略了。

闹江州时，《水浒》把某官用蜡烛涂满，当蜡烛点。

这是一个意象，鲜明。

问：魏晋南北朝酝酿隋唐文化，有大发展，当时人不知陆续传来的佛教的底蕴究竟是什么，故一方面拼命翻译，一方面又根据中土原来的思想加以猜想，这样就发展出中国佛教（格义）。猜想得最成功的一例，即"一阐提亦能成佛"（生公说法，顽石点头）。不断有人想探索佛教的根本是什么，故不断有人取经，以求印证，如此水涨船高，发展出中国佛教的面貌。最后老师拿不出东西来了，戒贤在印度等玄奘取经后，那兰陀寺乃至全城已无一人可与之对话。而与印度不同的中国佛教面貌在隋唐成形，以后中印皆发展密宗。

先生言：

印度此后发展的婆罗门教、印度教和中国的道教相似。

鸠摩罗什的大弟子是僧肇，但僧肇的《肇论》已结合老庄，极好，与鸠摩罗什不合。鸠往南，不依僧肇，去庐山，与慧远有通信。

陆修静驻庐山，所创道教全抄道安、慧远的仪轨。

陆修静助刘宋，已破陶渊明不为五斗米折腰之执。但他过高估计刘裕，他以为此时的形势已是李唐时统一全国的形势，但刘裕无此能力，时代未到。

五月三十一日

问：法执。

先生言：

自然规律就是法执。牛顿三定律也是法执，故被爱因斯坦破去，爱的四维时空连续区也是法执。《金刚经》云："无我相，无人相，无众生相，无寿者相。"又云："无法相，亦无非法相。"

先生言：

知我者稀，显出我为贵。

王医生（佑民）言：

建议先生少疲劳，脑力劳动大量消耗 CMP，减少百分之一，出现白血病，又容易得癌。先生肾亏，阴不足，据脉象和舌有锯齿形判断。

王言：刘先生（衍文）为木形人，故爽直。

先生言：

《论语》称赞孔子的话，以颜渊（瞻之在前，忽焉在后）、子贡（宗庙之美，百官之富）两段最好。

某人问：

过去有人用牙牌数卜筮，极准。

先生言：

再巧也没有用，这是过去禅宗讲的"第二楼头"，都在别人做好的范围内。第一楼头是看出他如何排成这样，自己也可以排。

杨先生曾经研究过牙牌数，这里有一套宇宙的大道理。

六月一日

先生言：

十翼中任何一个翼，都有一种特别的思想在。

《大象》用易，和二篇思想不同，已根本不是卜筮。

每种卦象代表一种思想，一种环境，讲大点为一个时代。

《大象》的思想和整部《吕氏春秋》相合，极可能为吕的门客所作，属三晋地区的思想。吕不韦为洛阳人，《大象》当由周王孙—丁宽—三家易传出。

《大象》的取象方法是贞悔卦象，六十四贞加六十四悔，共一百二十八象。

先生言：

先王是过去，后是未来，复是现在。《系辞》"颜氏之子其殆庶几乎"，以颜回当复象。颜回只有理论，又早死，什么东西都没有，完全是反诸身的道理。

復的时候要和客观环境断一断。

冬至一阳生。

先生言：

"君子以思不出其位"，不要去想其他十一卦做的事。

先生言：

艮"上下敌应"，咸"上下皆应"。艮山敌应，我是山，我就是这样，就是不应。

硕果不食，食了就灭种，如恐龙。

先生言：

古书里就是《周易》这部书最自强不息，永远跟着时代走。

先生言：

统计规律：

1	8	皆应
3	24	二应一敌应
3	24	二敌应一应
1	8	敌应

此即"唯上智与下愚不移",社会上走得通和走不通的人都是少数,大部分人只能做个君子。

问:是否可变。

先生言:

观象熟了,自然而然可变。

先生言:

☱☰泽上于天,夬。君子以施禄及下,居德则忌。

上积聚这点阴,没有意思,下面要决掉你,所以恩泽要施下来。

☶☰天在山中,大畜。君子以多识前言往行以畜其德。

天是时间,是流动的东西,用山聚住,是历史。

小畜是文学,大畜是史学。从文学到史学,最后到后的"天地交泰"。

☵☴节犹水库,制数度,议德行。在不舍昼夜中,还有一个止的东西。

☲☵未济,慎辨物居方。辩证唯物,各得其所。

☰☲同人,类族辨物。元素周期表有作用。

☰☵讼,作事谋始。开始的时候就要小心,免去讼。

☲☱睽,君子以同而异。就是分析,有科学之象,卦辞:"小事吉。"越分析越精细,同到后来,异出来了。异到后来,同出来了。

☲☴木上有火,鼎,君子以正位凝命。凝在九三,六爻唯此位正。

☱☲革,治历明时(弄清时代)。革在九四,《杂卦》:"革去故也,鼎取新也。"

☵☰需,养生的道理。等下雨,需得越远越好,需于酒食(九五)最好。《大象》总结六爻爻象写出。

因思:师卦兼有教师义,容民畜众为大教育,比蒙深。

☱☳随,注意休息。否则夜气不足以存。

☳☴雷风相应,恒。跑到动里去,方能恒。永远跟着变化,叫恒。

☳☱归妹,君子以永终知敝。写时间。一样东西决不能不毁坏,人摆在时间里面,故不能不死。天地不仁,自然无情。

☳☱归妹中,☳为春,☲为夏,☱为秋,☵为冬,此即后天图。我不知道《大象》与后天图谁先谁后。

先生言:

乾为志于道,坤为据于德。自己没有德去体味,道就不显出来。

先生言:

《序卦》上经讲宇宙规律,所谓法相。下经从个人出发讲社会(个人—家庭—国家),所谓我相。上经乾、坤后为屯、蒙,下经咸、恒后为遯、大壮。我读《易》时这给我一个启发,本来欢喜遯象的,现在自然而然喜欢大壮。遯远小人,且不恶而严,遯得好。但大壮为非礼弗履,礼不是周礼,而是自然而然有个规矩在。遯朝后看,大壮朝前看(明夷为避讳)。客观情况是,有遯必有大壮,各人性情不同,改变的情况也不同。下经损、益开个局面,与上经泰、否同。

问:颜渊已内圣外王合一,故禹与颜渊,易地皆然,不是没有外王。

先生言:

最早的先王是生命起源。

先生言:

《彖》一卦,《大象》两体,《小象》六爻。

先生言:(大意)

印度教是印度贯穿始终的民族宗教,佛教为其中一段。中国相称是道教,原始社会至今未断。

先生言:

透视是多维空间问题。

六月二日

先生言:

时间完全是絜矩之道。

一种东西,
八种可能发展。
64 句大象就是从
一贞八悔而来。

过去到现在,现在到未来,要
有个蓝图(计划)。

研究史就是看此。四维时空连续区就是这两个东西的变化。

佛教是三世如来。

大乘佛教是在中国发展的，比印度思想要进步得多。

先生言：

弄丸，三维球。方寸之间，心。

以八卦立体，据阴阳光线，但最重要光线是变的，故《易》有阴阳变化。

时间有时一万年动一动，有时候忽之间已变，故卦象刹那变化。

一贞八悔，现在到未来有八种可能性。

先生言：

文艺复兴用二维表现三维，现代派以二维表现四维，总是把二个思想结合起来，或古今或中西，或童年经验和现在结合等等，关键在时间。故现代派的图画再怪诞，不可能看不懂。

弄一个结构，一定要弄到本身的过程上。故《易》无体。

先生言：

时间就是能量（？大意）。

牛顿，质量不变。爱因斯坦，能量不变。

先生言：

爱因斯坦思想从西方看已经落后了。

爱死前一年表示：他考虑再三，维数不能再加了，除了时间可作第四维外，决无第五维可加。

纯数学讲，维数无穷，与自然数是一件事。但用什么东西讲，是概念问题，也就是哲学问题。

先生言：

成功一个直角叫一维，点是零维，三维是三个直角相交，四维是四个直角相交。

人出生后只看见三维，第四维是什么，我花了很长时间才真正想通。

可垂直于三维的第四维时间，其数学由闵可夫斯基作出。

读书要看见时间，此上友古人之象。

因思:先生看见,故常言《易经》到现在,阴阳家到现在等等。

爱因斯坦学生卡鲁查,早就立五维,但他不敢冲破,故只讲数学,不讲哲学意义。

弄一个结构,一定要超出本身的过程之上,包括过程的结构,至少要超出过程一维。

种种不同的四维时空连续区的事件,要统一起来观察,非要立五维的坐标不可。

苏联的福克认为四维时空的边界是什么,爱因斯坦不清楚。

爱因斯坦观测红外移,认为此问题人没有办法解决。犹如中国的岁差,积累了多少文献才搞清楚。

过去文人诗词感慨时间,文人灵感及此,科学表示不清楚,立四维把时空合起来。

立五维,把四维的边界看清楚。

这个永远上去,好了更好,好了更好。

无穷相加,量子论上讲无穷维,几维几维没有意思,到无穷维解决。

数学计算客观存在的东西,故一些人反对立第五维,第五维是什么,一谈就错了。

高维空间的维数的边界用人做标准,这一维当什么,生物的进化(此句是我的理解)。

《易经》的维数是什么,《易经》具体为六维。六维今天的数学已能及,但哲学概念摆上去深得不得了。

《周易》六根直线完全垂直,《易》具体如此,再上去也是无穷维的问题。

《易》的坐标为天地人三才的坐标,把人的坐标加到天地的坐标之中。

人超过四维时空,就由物理学转到了生物学。

爱因斯坦以空时思想死,玻尔、薛定谔与其不同。玻尔欣赏太极图,薛定谔欣赏《奥义书》。1953年由薛定谔学生沃森、克里克成功分子生物学。

生物学只能统计论,不能决定论。

《易》六维垂直(爱),卜筮是统计,是概率(玻、薛)。(我的理解)

人可以无穷维，也可以不无穷维（佛性、阐提）。（我的理解）

人可以从两条路研究，一条生物学，一条社会学。

读《易》不是钻到死的书里去，而是时时注意客观事实的变化，科技的发展等等。

先生言：

坤卦六爻为：

履霜；

直方；

含章；

括囊；

黄裳；

玄黄。

基础思想在此，其余爻辞是对此思想的变化。

"履霜"为表面积霜，坚冰即体，且有时间。直方大，线面体。不习无不利，听其自然。《文言》积善积不善为发挥，卦爻辞无此思想。含章、括囊为人，含章有万物皆备于我的思想，括囊是保持住这个体。黄裳，乾衣坤裳。玄黄，天地之杂，时空相合。

坤卦思想是：地积起来一个体，人保持这个体，与乾相交。

乾坤一交以后，六十四卦都出来了。

先生言：

宗教家讲神创造世界，这是有神论。有神论可以不同意，但有生命起源前的唯物主义和生命起源后的唯物主义不同，这是事实。

先生言：

庄子通《易经》，此可以讲，还有和现代拓扑学的关系，"易以道阴阳"是他说出来的。（按：杭辛斋言："易以道阴阳"是三代以上旧说，故史公、庄子皆道之。）

六月三日

先生言：

上天台山国清寺，看到"隋代古刹"四字，马上觉得信息多得不得了。

丁治宏（其人炼功约八年,能放外气）言:

在里面炼功蛮适宜的。

先生言:

住在里面的和尚往往可惜了。

丁言:

炼功到半小时后,有腾起来的感觉。

先生言:

思想已腾起来了。

先生言:

能到微观空间看,时间就长了。

你里面动的东西和一千年前人动的东西是一样的。

先生言:

现在人懂气功,认为就是这样,实际上不是这样。现在认为懂周天就是气功,根本不是。到后来北方河车不能转,一转就不好,这样才可有结丹等东西出来。

宿世的东西都出来了。

先生言:

《胎息经》是《参同契》的总结。

《入药镜》是《黄庭经》的总结。这是唐代文化的总结。

先生言:

《抱朴子》曾著录《胎息经》,今本《胎息经》非此本,但能体味当时人的思想。

《入药镜》是给你尝着药的味道,镜是让你看看里面的景象,如此进入气功态。此二书听名字就有信息。

因思:贾岛《山中访隐者不遇》:

> 松下问童子,言师采药去。
> 只在此山中,云深不知处。

先生言:

北方河车是不转的，如地轴不动。实际上也是动的，如岁差。

先生言：

讲具体功法，一做功就是这套东西，而且只来这套东西，其他功法怎么还能看清楚。故不讲功法。

《楞严经》七处征心，其实是中国思想。

先生言：

这个东西出来后，自信得来，就是它，不会错的。

先生讲《黄庭经》，每次一章。

先生言：

第一章十三句，是根本的东西，佛教讲就是缘起。道教分三清，上清、太清、玉清，《黄庭经》是上清。

分内外经，极好。历代争论内外经先后好坏，无意义。内外经功夫两样，真正的要合起来。

《内景经》三十六章，较长。

"上清紫霞虚皇前"，紫霞紫外线，是微观空间的形象。红紫为儒道，一个波长越弄越大，一个波长越弄越小。

"太上大道玉辰君"，这些都是假的，但虚构得好像是真的。唐明皇注，玉辰君为老子之号。

"闲居蕊珠作七言"，闲居极好，不是一本正经急煞的，炼功当注意此。蕊珠是坎象。三光散出来，随口念出这本经。

"散化五形变万神"，五个东西变化无穷。

"是谓黄庭曰内篇"。

"琴心三叠舞胎仙"，天地人三个丹田气在回旋，仿佛在弹一只曲。三叠，三个反复成九。

"九气映明出霄间"，$3 \times 3 = 9$，是张洛书。

"神盖童子生紫烟"，这个童子指肺，肺里出的气，就不是呼吸的气。

"是谓玉书可精研，咏之万过升三天"，读一万遍，包你气来。

"千灾以消百病痊，不惮虎狼之凶残"，虎狼是微观空间中的细菌和病毒，这从来没有人说过。道高一尺，魔高一丈，越是上去越是来，

如毒蛇,一个僵掉,它就上来。但越是这样越是不怕,看谁战胜谁。(大意)

但身体还是不关,气功再好也没有办法。但也就是这样,自己也在大化中化掉。

先生言:

虚皇	零	玉辰	一	三叠	三
五形	五	七言	七	九气	九
百病		千灾		万过	

以琴心三叠升上九天,咏之万过,扔掉百病千灾。

这里用奇数,不是用偶数,此即蓍之德圆而神,而不是卦之德方以智。(西方人智慧用得多。)

易卦以方以智示圆而神,故二仪、四象、八卦的偶数,偶数要表达奇数。

圆而神不是限定的,碰巧这样一来,那样一来,就来了。

先生言:

胎仙,就是《胎息经》,使胎仙舞动起来发出音乐,就是时间。

周家盛(六月七日将赴日)言:

云游天下,采各式各样的气。

丁治宏言:

星星的气也可采。

先生言:

气不敏感,是智慧用得多。

六月八日

问:《论语·阳货》,阳货归孔子豚章,阳货所云:"怀其宝而迷其邦,可谓仁乎?"曰:"不可。""好从事而亟失时,可谓知乎?"曰:"不可。""日月逝矣,岁不我与。"孔子曰:"诺。吾将仕矣。"阳货语似对,孔子似无可驳之。

先生言:

阳货讲的是表面的一套大道理,处于其权势下,孔子不得不与之周旋,不久阳货即败。如此状况以后屡屡重现,如汪伪、四人帮,当时说的都是大道理(大东亚共荣圈等)。又任何时代一反过来,也是这种状况。

问:陶渊明最高境界在《形影神》:"纵浪大化中,不喜亦不惧,应尽便须尽,无复更多虑。"不敢相信他对,岂非佛教所谓"断见",体味下来,又觉得有些意思,是对还是错。

先生言:

他还是"道法自然"的意思。

又言:

注意,研究学问不能说此对此错,只能说这个过程的结构这样,那个过程的结构那样。说对错,你还是有个体。

夜访先生,因识神凝气充之象。

六月九日

先生言:

人进入气功态后和进入气功态前判然划一界限,完全两样。进入气功态后,才可与语气功,丧我之后出来的我,人人都是一样的。但刚入气功态的人,其程度才＿＿＿,其后＿＿＿,其后有＿＿＿(原为手势),未入气功态者,都在此线以下。

执著功法者,也能得到一点气功,但得了以后功法扔不掉了,故只能得到这点气功,难以进步。

先生言:

冬天我走路,走着走着,手脚发热了。手脚发热是最自然的现象,有何奇怪,就在此。观这股热从哪里来,又到哪里去,气功就自然而然来了。

不执著功法,来了以后,无穷变化。

先生言:

你们年轻人要注意炼精化气,炼气化神,这是医学的道理。

处处可使气回上去,气一回上去,思想完全两样。

先生言:

思伤肾,我也有一点肾水不足,靠肺里气来补。

这和知识是另外一路,博士、教授,不懂就是不懂,一字不识,照样可以炼得很好。

先生言:

气功总是抽象的,太具体没有气功。

陆西星《方壶外史·玉皇心印妙经测疏》:

> 丹之为字,象日象月,是乃日月交光而成真体。

先生言:

炼气功,德最重要,不要以为一个人的行为没有人知道,有些气功师缺此。

先生言:

我今天讲的,不亚于讲一次《黄庭经》,足够你们回去体味一星期的了。

先生言:

《论语》有"危言危行,危行言逊"之言,不懂避讳也就不懂气功。

先生言:

孟子曰:"君子有三乐,王天下不与焉。"

先生言:

避讳是入世法,不要轻看入世法,入世法也就是出世法。

先生言:

对你们讲气功只能讲到这里,进入气功态后说的话就两样了。

六月十二日

先生言:

左光斗识史可法是气功。

史可法赴考,倦极而于风雪夜卧于破庙。史可法为赴考的考生,精诚所至,在睡梦中进入气功态,此象为左光斗所见,故识拔之。

先生言:(大意)

就熵理论而言，人是一个开放性的巨体系。管出入的是一个麦克斯韦妖，真是个妖怪，此即《黄庭内景经》和《黄庭外景经》之合。出去进来，一个汗毛孔都可出去，故可发外气不稀奇。但在有出无入之际，没有进来，会完的；有出有入，不会完的。

先生言：（大意）

要开放系统，杨先生死时，我得着不少东西，薛先生死时，我又得着不少东西。原先还不大清楚的东西一下懂了，而且六维空间的象也一下全部出来。当然自己性功里也要有东西，否则不会得此。

问：今感苏秦、张仪已无大作用，当追其根，来自鬼谷子。试从《史记》一句话中得其象，鬼谷子有生气。

先生言：

纵横家为今国际外交的一切事情，纵横家在当时有作用，时间一过，已无价值。

生气可观这张新开出来的叶子，和旧叶子颜色是不一样，叶子是新开出来的好。

先生言：

植物的根在下，人的根在上，故要开顶。人的头是这样的（手势），开顶后成这样的。可观新生小孩的头顶，扑扑在跳。

先生言：（大意）

头顶有几个细胞极为重要，全身的营养都供应这几个细胞。

问：生气是看得出的，小孩的生气最足。又一群人聚集，观人群视线之所止，可识生气之所在。如先生讲课，大家视先生，有新人来，众人视新人。

先生言：

还要掌握自己。

问：读过一本《堪舆辞典》，言其原理：一、起源于樗里子和《系辞》；二、葬者，乘生气也；三、水为气之聚，风为气之散。

先生言：

读堪舆学掌握原理即可，又当知现在的地理学观点。

先生言：

　　父母遗传孩子的影响极巨大,二十几岁生的孩子,和近四十岁左右生的孩子,作风完全两样。(按:此有极深刻的思想,记录不能显出。)后者往往气血稳定,当然也可能相反。一部《春秋》,皆为兄弟相争的事实。

　　我父亲二十几岁由地主阶级转成资产阶级,可能有些不大好的思想。晚年完全乐善行施,一直处于中等阶级偏上的地位,生我时已近四十岁。

　　先生言:

　　6、7、8、9 的概率如下图:

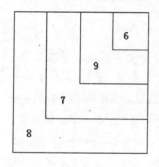

　　阴变阳最难,故仅 1/16;＼$\dfrac{8}{16}$

　　阴不变最易,故 7/16;／

　　阳变阴稍易,故 3/16,其概率大于阴变阳;＼$\dfrac{8}{16}$

　　阳不变难于阴不变,故 5/16　　／

　　问:卜筮观象,剥之坤,符合我喜欢简单彻底的个性,又常思考复象。因遭遇一类事极感烦心,于卦求启示。

　　先生言:

　　从卦象看(六月十一日,剥之坤,☷☶→☷☷),你快变了,但还没有变。变了成颜回,复象出来。不过你似乎急于求变,这不必。

　　问题是"硕果不食"的硕果,是否真正吃到心里。

　　易为君子谋,不为小人谋。

六月十三日

与先生言及张亦煦(时在加拿大)。

先生言：

中国人的思想，当以四海为家。在新的所在地安定下来，以后还会发展。

六月十五日

先生言：

庄子时，《易》已通行。

《齐物论》有段话极好：

> 夫道未始有封，言未始有常，为是而有畛也。请言其畛：有左有右，有伦有义，有分有辩，有竞有争，此之谓八德。六合之外，圣人存而不论；六合之内，圣人论而不议；《春秋》经世先王之志，圣人议而不辩。故分也者，有不分也；辩也者，有不辩也。曰："何也？""圣人怀之，众人辩之以相示也。故曰：辩也者，有不见也。"夫大道不称，大辩不言，大仁不仁，大廉不谦，大勇不忮。道昭而不道，言辩而不及，仁常而不成，廉清而不信，勇忮而不成。五者圆而几向方矣！故知止其所不知，至矣。孰知不言之辩，不道之道？若有能知，此之谓天府。注焉而不满，酌焉而不竭，而不知其所由来，此之谓葆光。

先生言：

"天府"、"葆光"之义极要。

六合之外，存而不论。有出世入世之别。

六合之内，圣人论而不议。因为再解释也解释不清楚，解释总要比被解释高一维。

《春秋》经世，先王议而不辩。《春秋》存六合之内，如此可存，可论，可议，如一层层下来，把《春秋》看小了。

到《春秋》的最后也可以辩，但用不着辩，相视而笑，莫逆于心。

《春秋》是对时代的反映,又属于特殊人物的反映,故有特殊的观点。

分与不分,辩与不辩,当《易》之消息。

经消息转化成了对立物,乾变成坤。只以乾坤建立对立物,不懂《易经》,因尚有其他种种转化法。

象是几何,数是代数。

五者圆而几象方。五行是圆,由五行到八卦,圆而几象方。

孔子重方,故从心所欲不逾矩,说庄子得着儒家的人有道理。

相对于方而几象圆,八卦到五行。

知止于其所不知,至矣。达到顶的地方,故可知不言之辩,不道之道。

懂自然科学才明不可知论,最后可知是另外一个问题。

自然科学是第二层次。

要知道现在自然科学远有未知的东西。

气功用现在的数学语言,用《周易》卦象全部解释清楚。天府,葆光,今云多维空间。

辩、不辩,分、不分,转化成对立物,卦象,生生死死。

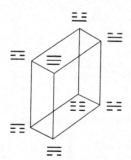

卦象代表抽象,图示转化为对立物的阶段。

旁通与反复,立场完全合起来。

先生言：

抓住立方体相对的两点转，其他六个卦就是这个次序。

《直观几何》309 页。

克莱因瓶，即天府、葆光，注焉不满，酌焉不竭。

△成三角矩阵，这张东西叫天府、葆光。

旁通反复看在一起。

六十四卦中有十四旋卦。

刚体的标杆，上去一百公里不可能直，总之一定要相交，转化成对立物。（康德照平行线不相交的原理，发展其理论。）

上升到无穷远，回下来。下面搭着上面。有三种搭法。

先生言：

错综是最根本的道理，两千五百年的历史，不知转过多少弯。

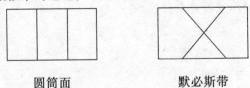

搭成管子。

圆筒面剪开，一分为二，此太简单，正式的事实不是一分为二。

连环可解，到四维可解，搭的道理懂了，可解。

只有一点搭不起来，因超过三维空间。术语称 2.5 维。

错、综、旋合在一起看，此象数复杂，种种不同的反复，又混合成一个圈子。

孔子注意一半，逝者如斯夫。

庄子看到海，注焉而不满，酌焉而不竭。水到海里后去了哪里？

自然现象是表面现象，表面现象背后是天府。

现在水的大循环至今未研究出，人工要海水变淡多么不容易，但自然界就是在做。

克莱因瓶注焉不满，因为进去的东西，它倒到外头去。

不会停的，吸收好还给客观。

《易》有两个体系，一为卦的体系 2^x，方；

一为 1、3、5、7、9，圆。

读《易》，自己本身有些知识，得到信息就多。

错，综，旋！

不如此，齐物齐不起来。

你用不着去管它，到这个知识，自然而然可知道这些东西。

这个方法用到养生，也可以注焉不满，酌焉不竭。

初步通任督脉，跟脊椎有关，动物自文昌鱼开始有脊椎。

气功炼到自觉，知道后不要响，看他里面自身。

《齐物论》：

> 天地与我并生，而万物与我为一。既已为一矣，且得有言乎，既已谓之一矣，且得无言乎？一与言为二，二与一为三。自此以往，巧历不能得，而况其凡乎。故自无适有，以至于三，而况自有适有乎。无适焉，因是已。

先生言：

天地并生，万物为一，得一。此一表达，表达与被表达成二，此二加上本身的一，已变成三。自己主观不加上去，是最好的，已变成三，故自此以往，巧历不能得。

一、二、三是维,八德是八卦。

表达最好的是数学语言,如何表达的数学也是发展的,这是人类认识自然界的进化。

西方的数学模型,给欧氏几何束缚二千年。十八世纪末出现非欧几何,当时无人懂,近代开始,知平行线相交。打破束缚后,日新月异的变化。

中国的数学模式,想象的是多维空间的形象。

中国与西方有相似有不似,从上古到今如此,不能简单讲统一。不是附会,是不即不离的关系。

唐以后唯识可以不要,因为先秦有一套更高深的东西(易学)。

西方几何为柏拉图,逻辑为亚里士多德,哲学至黑格尔《小逻辑》,今发展为数理逻辑。

变,辩证;不变,逻辑。辩证是大前提。

玄奘立宗,因大前提是自己立的,故无人可破。

解放后,发展辩证法,把三段论扔掉了。

读《易》,在认识不变的东西。

社会进步,体现在抓住了一个不变的东西。这个不变的东西发展到后来不够了,更上出抓住了一个不变的东西,社会就进了一步。

读《易》不是看它变,它自然而然都在变,只不过变化的时间有长有短。

《易》不能执一,就是想从变中找出不变。

陈抟的伟大在于易图,认识阴阳变化的根本,找出不变的东西,如三段论。

| 凡人皆死 | 大前提,辩证则辩证此。 |

凡人是人 ╲

　　　　　　　　这不能辩证,否则混乱。

凡人将死 ╱

此思想在中国产生问题,中国有"仙人不死"的问题,辩证此大前提,可另来一套三段论,同样可以通。

仙人不死

仙人是仙人；

仙人不死。

《易》研究大前提。《易》的认识论，就是明确所有大前提。

六月十九日

先生言：

《易》研究大前提。

《系辞》上(一)：

天尊地卑，乾坤定矣。卑高以陈，贵贱位矣。动静有常，刚柔断矣。方以类聚，物以群分，吉凶生矣。是故刚柔相摩，八卦相荡。鼓之以雷霆，润之以风雨，日月运行，一寒一暑。乾道成男，坤道成女。乾知大始，坤作成物。乾以易知，坤以简能。易则易知，简则易从。易知则有亲，易从则有功。有亲则可久，有功则可大。可久则贤人之德，可大则贤人之业。易简而天下矣之理矣，天下之理得，而成位乎其中矣。

此云易简。

由天地人推理到贤人之德(时)、贤人之业(空)是一系列推理。德业包含多少大前提。

易简，成位乎中 $\begin{cases} 有不变的推理 \\ 有变化的大前提 \end{cases}$

三段论也有六十四种变化——有三十余式不通。

《系辞》上(七)：

子曰：易其至矣乎。夫易，圣人所以崇德而广业也。知崇礼卑，崇效天，卑法地。天地设位，而易行乎其中矣。成性存存，道义之门。

此云易(变)。

三爻失位,在德业之间变化。

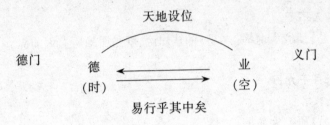

大前提是因时代变化而发现的新问题。

认识的智慧从小到大会变的,被认识的东西也会变的。

《系辞》上(十二):

> 乾坤,其易之蕴邪。乾坤成列,而易立乎其中矣。乾坤
> 毁,则无以见易。易不可见,则乾坤或几乎息矣。

此云不易(不变)。

乾坤《易》之蕴,有行于是有立,看好两个,去立在当中,所谓顶天立地。

立好,两边要看一看,看有没有乾坤。

太极就是阴阳,阴阳就是太极,可贵。

乾坤毁,太极就没有了。《易》没有了,乾坤也没有了。极深极深。

严复《天演论》引此,《易》与此相合。今《天演论》已过去,《易》还是《易》。此即《易》随时代发展,永远自强不息。此即《易》的认识论。

一立

天　　　　人　　　　地　　　　乾坤成列

生物的作用

一变三,故参天。

西方物理学研究纯客观世界,不够。

大前提,中国认识天地人坐标。

人参天地之间。

卦爻辞,能指出卦象的一点信息。

卦爻辞里的信息,远远不及卦象给你的信息。

要在文辞之外,直接从卦象得到信息。

易简而天下之理得矣。

先生言(谈《读易提要》):

虞翻这张图,可合于错综旋卦图。

可以有几何解释。

里面有种种大前提可以辨证。

两端是时空。

时	乾	位	既济
	坤		未济

海森堡,宏观 10^{24},微观 10^{-36},为最大无比的时空。

从纯粹到交错,种种成为对立物的相对情况。

"人生不满百,常怀千岁忧",古今未来,都要合到这一百年中去。

变,有个不变的原理在里面。

客观事实不止乾坤,有三十二种不同的情况在转化成对立物。

$$\boxed{乾} \longleftrightarrow \boxed{坤}$$

两个过程
完全不同

姤 ←→ 复

姤、复产生师、同人,乾坤不可能产生。

此图有圈者为虞注上有形式的。

一个卦的消息有六次,每一卦当一爻。六十四卦变了三百八十四卦。

先生言:

天地无人
↓
天地有人　　有人之后,人能弘道,非道弘人。

认识与人相应,不是同狗猫相应。狗的嗅觉特别灵。

受想行→识。有了行动,人的知识成功。这种知识有了以后要破掉。

主客观合一在人的思维中,好极了。

知识无象是得不到的。

《系辞》都是根据卦象讲的。

有了卦象的信息后,读卦爻辞容易了解。

基本三张图,六维空间的东西,卦、爻、蓍。

虞氏

错杂旋卦图

没有这个东西,一变化就迷失方向。没有不变的东西。

积德。积德到后来要立业,立业到后来也要积德。

《秋水》惠子和庄子。惠子知道庄子不会知道,何必问他。既已问他,则已知他知,但尚在辩。

《易》注焉而不满,酌焉而不竭外,还有东西。

米为子午周的四千万分之一。(大意)

经学易,《文言》好,《彖》《象》为时空结构。

六月二十八日

先生言:

微观空间,要修法修到一定时候才显出来。

先生言:

莲花生大师入藏,是将三个东西合起来。

密宗和道教的东西一样。

外国人认为,西藏现在有整个人类文化最高明的东西。

红教和黄教的区别:红教莲花生,黄教宗喀巴;红教纯粹学术,黄教和政治有关。

黑教也厉害,会作法。

地球最近的一次大变化,是喜马拉雅山耸起,造成喜马拉雅山北面和南面的思想完全两样。北面和南面不同的思想在莲花生合起来,这是现在一套最高明的东西。

先生言：

中国传统有所谓医卜星相，医已抽象出来成科学，卜星相尚未抽象出来。后三者中的人思想狭窄，无论如何不肯将里面的东西讲出来。现在的形势是医卜星相再合起来。

里面就是天干地支、五行生克，后面的东西都是加上去的，越加上去越不准。

禅宗全部是庄子。

先生言：

算命不是要算个人的命，而是要算时代的命。不但有命，还有运。

乾隆时代的有种甲子现在是没有的。你现在命算得再多也算不着这个时辰。

什么时代，这样一批人一来，就是这么个时代。那样一批人一来，就是那么个时代。

$60 \times 12 + 60 \times 12$，这样一个统计数。

刘先生(衍文)言：

大运十年一转，运重地支，流年重天干。

某人言：电视《世界知识》，有人带电，二百支光的灯，手里一捏就亮，自己能控制。

先生言：

转识成智，到智不得了，这些东西都显出来。

六月二十九日

先生言：

微积分到现代，电子计算机变整数，仅用 01 阴阳二个符号代表一切，琐碎的东西没有了。

今数学有"点集论"。

观六维图，可知乾曲曲折折到任何一点的路线。

超时空，数学讲无穷维，这同自然数一样道理。提出概念来，就要超，故维数可上升无穷。

感到有了束缚，一定要发展出去，此思想可贵。

二点定直线。三点有直线，有曲线。三维有直率，有曲率。

四维从看不见处一曲曲出去，到光速又变了。

一维，无穷的点积起来。

二维，用一维的框架包住。无此框架，不可能围成二维。

三维，用二维框架围成，可大到无穷。

四维，要用三维的框架围起来。

此一曲是历史。

汉是三维，宋是三维，清是三维。

但易学史这根东西，汉无，宋无，清无。

先定好，否则写不出。

《易》不但是四维，而是六维。六维不是讲客观世界就是六维，这样讲是错的，而是讲在传统范围内只能排到六维，这样已极复杂。

六维的纲在此（观图）。

乾　　　既济

未济　　　坤

原则：消息，旁通，发挥。

《易》卦爻辞中"三"极多（"王用三驱"、"三岁不觌"等等），今知任何一卦只要变化三次，就可达到既济。三之变化无穷，又易简。古代人未必知，但他们凭经验知道变化三次可得出一个结果。黑格尔正反合亦此义。

乾坤交到既济未济，只要三次变化，经过三次达到主客观合一。

以既济为标准，变，这里变化；不变，坚持不变。这个变不变，简易得不得了。

我二五，初四，三上，经过路线两样，殊途同归，百虑一致，到外滩可以有不同路线。

我读《易》是先宋易，后汉易，后清易，否则可能为焦理堂束缚。

焦为六种变化，虞翻我看下来是 $6 \times 6 = 36$ 种变化。

比，初二亦可变，（不用应）也是三次。一应一定相称于二个比，方才成功变化规律。用排列组合的数学原理。

比	应	比
四	三	初
五	上	二
初	二	三
上	五	四
二	初	五
三	四	上

此三十六种变化，我称为"六龙图"。

在数学上排列虽简单，但合入相应的内容就复杂了，好比频道一调，节目全两样。

此图三纵三横都可，应比的变化就是这六种变化。焦循的《易图略》仅为此六分之一，虞翻得此全，合数学原理。

《易》为何三个变化，此变，彼变，一齐变。三驱三锡，他们知道经过三个变化，这个东西就来了。

如何变，要根据自己的情况，还要知道相对的象如何。

理在象中，象中有抽象的变化。

数如电视机的结构，象是具体的东西。（大意）

六维图如舞台，先画出这个变化，翻进去，再翻出来，成社会上的语言。

要放大，慢点给他个拘束。

此开关一来，这一群象出来。彼开关一来，那一群象出来。

主要有三部书，《周易终始》，汉易，有文字的。

《周易发蒙》，相对于《启蒙》。二书有既济象在。

《周易撝谦》，文革抄走，今在脑子里。不是之正，不到既济。

看象的自然变化,不要有目的。也有一系列图。

《易》为寡过之书,程颢言,读《论语》前这样,读过《论语》后仍这样,便是不曾读。为何,读过几句反身后,象变化了。读《易》亦如此。

《大象》为用易。

出太阳系后,三态消失,全为等离子态,但象仍在。全为阴阳电子。

我读大学时,已知人有能力可上月球,但不知道这辈子我能看到人上月球,这估计保守了。一九六九年人上月亮,此事给我刺激很大。

理论和实践差得大了,人今认识水平已达光速,每秒三十万公里,但实践每秒仅七公里,故人体科学可能突破。

三张图,六维卦爻著(三张),爻名结构图,虞翻,乾坤消息旁通图可合,皆为根。

六月三十日

先生言(谈认识论、方法论):

二十多年前,我写了一部《易经》(《周易终始》,1958 年),当时觉得能够解释《易经》了。完成此书后,我全部在想象数这一套道理,又完成了几部书,并从此开始注意史。此书能总结一点点,但历史总要发展。

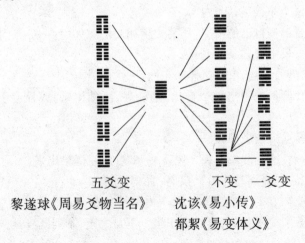

五爻变　　　　　　　不变　一爻变

黎遂球《周易爻物当名》　　沈该《易小传》

都絜《易变体义》

至少有一二百种《易经》照此方法解释。

一爻变的根从邵康节通到蔡墨。

变成圈圈，六十四卦全在，它是封闭性的，但里面是开放性的。

邵雍本人未画出此图，但脑筋中有。可上推京房八宫，直接同马王堆卦序有联系。

逻辑，在几何里面！

一爻变合乎六维空间，京房图为六分之一。

现代的认识论是无穷维，《周易》的理还是超过象数。画出六维，不是说看见客观世界只有六维，这点注意。但《周易》象数只排出六维，在六维空间中，一切都平稳了。是否六维，要客观科学证明。

中国看轻三维物质，因三维是变化的，人肯定超过三维。

任何一点，只有六根线，有六十四个顶点。

到三卦是空间，还有三卦不在空间中，但思想可及。

只画时间还是四维，还要把人的思想画进去，就不止四维。

一到思维，维数无穷。

洗心二义：一、洗心革面；

二、先心。客观存在，不要人类智慧。对此退藏于密，不到时间，不能谈。

三维矢量，以上张量。

二维圆，三维球——六维球，六维球无穷滚，滚到某一卦某一爻。

经学不够，《周易》还不够，但《周易》已相当高深。

《周易》，《说卦》是大哲学家编成，看见秦统一天下，他统一哲学。

乾之复，我看出我对的，其余五爻听他变，我掌握阳不变。变有其本身不变，黎遂球发展邵康节。

解释卦爻辞方法很多，最重要的是体例。

象数是不变的，里面内容是变化的，任何时候不要执著。

穷理尽性，尽自己的努力。东北大火，没有办法。你只要穷理尽性，而成就到如何，这有条件。这是命，不是迷信。

太极就是种种不同的相反的东西合在一起。

无穷维，我的思维也可达到。

七月三日

先生言：

命功，西医认为无所谓的东西，道教最宝贵，使其精化气，气化神，发挥出作用来。

性功何，即《中庸》"夫妇之愚，可以与知焉，及其至也，虽圣人亦有所不知焉"。道教张伯端等，就是要知"圣人亦有所不知"的东西。

先生言：

有神论我不同意，但不可以无神论为先入之见，否则学问不会提高。无神论之弊与有神论同。

先生言：

执禅宗者，把不要执的东西执住了。

先生言：

如同电视频道，思想不提高，有些象你永远不会看见的。

先生言：

张良的辟谷是破社会，不吃人工食物，而只吃天地自生的自然食物，不是绝对不吃东西。

周在韩境之内，故韩非有《解老》《喻老》，又张良可与黄石公相应。

先生言：

君子有三乐，王天下不与存焉。不但王天下，其他呢，还是有没有办法的地方，人应当尽自己的努力。

先生言：

司马光，曾文正公"无事不可对人言"，这是中国人的道德品质。

七月十二日

黄福康因研究艺术中造象问题，问及结手印，向先生借阅《印图》。此《印图：胎藏界不动十四根本》，属东密。

先生言：

手印厉害，有种手印一结，五分钟就来，心里翻出来。但就是这样平下来,逐步到一小时,这样气功可提高。

十指连心,有其道理。

事实十二经络都通于手指。(或十二经络并不是都通于手指,未能听清。)

先生言:

佛教气功传下来的第一本书是《安般守意经》,其时《参同契》已独立完成。《安般守意经》由僧康会传到江南,后来结合《参同》、《黄庭》等才出现天台宗。天台宗的止观法门等同《安般》,味道完全两样,为什么,因为已结合《参同契》、《黄庭经》等在内。

先生言:

现在的人读《参同契》还可以,读《悟真篇》一个人也没有。因《悟真篇》懂从达摩到六祖的一切的一切。

先生言:

甘地孙子的看法:印度本身是印度教,其中出现一段佛教。

佛教的衰落在玄奘取经以后,那兰陀寺崩溃,因当时已没有人又是懂性宗,又是懂相宗。

先生言:

苯教是道教的根,在五斗米道后面。

先生言:

最上一层,一般人是碰不着的。不是地上有阶级社会,才说天上有阶级社会,而是事实上存在许许多多等级。

地上要看到一个首长,也要有许许多多的缘。

先生言:

中国是什么宗教都摆在一起,宗教不关,另外有个东西。我就是欣赏这个。国外两个宗教决不能坐在一起开会,就是同一宗教的两个教派也互不相容。

先生言:

禅宗的讳有道理。

《印图》：
金刚起
本尊普礼

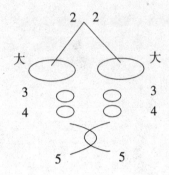

先生言：

谈科学也是方便法门，非究竟。

先生言：

《坛经》版本的变化，是禅宗的发展。过去和刘公纯讨论过此问题，刘问"慧能无伎俩"一偈是不是慧能本人的思想。此其实不关，五叶都发展得如此好，一花为什么不可以开得更丰满一些呢。

先生言：

回顾过去，与幼年时代比较，这不用顾及。我是一直朝前看，永远向前看。

先生言：

《系辞》"五尽"与庄子合，与王弼不同。卦辞"尽情伪"，爻辞"尽利"，二用"尽神"。因立象"尽意"，故系辞已"尽言"，即卦爻辞已把古今中外所有之言都说完了，故不愿解释卦爻辞。

先生言：

生死为二，丹体则一。

七月二十四日

先生言：

我气功只讲五本书，《参同契》，到《胎息经》为总结；《黄庭经》，到《入药镜》为总结；此后《悟真篇》集大成划时代。《悟真篇》后无总体超越者。今天可以超越《悟真篇》的是把科学摆进去，《悟真篇》里有密宗。

先生以牙牌演《易》。

问:通三关难。

先生言:

这也是走到哪里是哪里,我当初读《易》是这样,一本一本地读,读到今天,自己感觉与当初味道不一样了。

问:卢胜彦灵仙宗。

先生言:

他就是宋以后三教合一的东西,但自居教主不好。

先生言:

过去的史,《尚书》等其中有道,现在的史没有道,故把过去的史也看成无道。

从唐武宗毁佛到五代,禅宗大发展,最后,一切禅宗都被陈抟化到卦象中去了。阴阳变化成先天图,怎么可能逃得出此图。

王弼是最早的禅宗,只是不及禅宗。禅宗有具体的东西,但竹林七贤空讲。

周天绝对不在人的身上,闭外窍。

薛先生写《第三八卦》,认为有孔子八卦,是原子时代的原子,对此我有保留。排列极多,任你选择。

$1,1\times2,1\times2\times3=6(3)\ 1\times2\times3\cdots\cdots\times7\times8=720$ 种

《说卦》讲过的排列方法就有近十种。

$1\times2\times\cdots\cdots62\times63\times64=!$ 极大的天文数字。

《象》出名有十二时卦,遯、大过、颐、豫、随、坎、睽、蹇、解、旅、姤、大壮(损、益本身是时)。

天地万物之情,咸、恒、萃、大壮。

薛先生讲,易九图如果没有朱熹,早就失传了。一千年前,全世界未达此水平,朱熹价值就在此。

朱熹十九个卦变,极其深刻。卦至少是一个时代,卦变是一个时代如何变化,你起什么作用是爻变。朱熹体味此十九卦,其他掌握不了。

《易》三才的坐标,里面取哪根曲线,是你的学问。

䷈跟随天地人。天一调,噬嗑。

　　　　　　　地一调,困。

　　　　　　　人一调,既济。　　　　　朱熹这种思想,有谁懂。

　　后天次序,研究遁甲的人都是背出的。

　　京氏易,八宫乾震坎艮(四阳)、坤巽离兑(四阴),先天图震巽(都属木)特变,即成此。

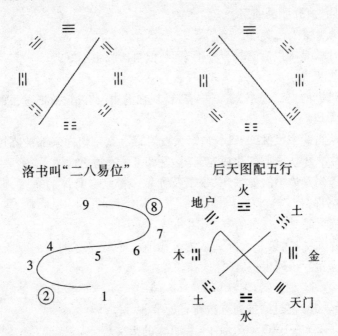

　　洛书叫"二八易位"　　　　　　　　后天图配五行

　　京氏易,上爻宗庙不变,这股气就朝下走。京氏有十六变,八变是对的,八变是多余的。上来下去共四次。

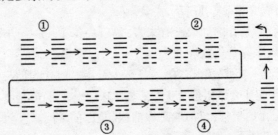

$16 \times 8 = 128$ 卦,除去重复一半,是六十四卦,减少八个,无非描写上天入地。

八个叫归魂,八个叫游魂。

↑神　　　↓鬼(归),即鬼神之情状。

有物质世界,一定有反物质世界。未知生,焉知死,未能事人,焉能事鬼。孔子并没有忘掉。

八宫一起看,是描写时代。

先生言:

第七识的相分,就是阿赖耶识的见分。

意识的见分,就是末那识的相分。阿赖耶识的见分,末那识的相分,同为乾象!

末那识以阿赖耶识的见分(☰)为相分(☷),以阿赖耶识的相分(☷)为见分(☰)。

见分属内,当内卦,相分属外,当外卦。七识、八识就是泰、否(䷊、䷋)之变。

积善积恶,积在意根。

七月二十八日

先生日前写成《道教史纲领》,一万五千字,与《易学史简介》相对,分十点。

一、写史的方法。

二、道教的起源。

三、道教的教主。

四、明确宗教的概念。

五、道家和道教的关系。

六、黄老与尧舜孔子。

七、道教与易学的结合。

八、总结整体道教的内容。

九、决定道教史的分期。

十、道教史的目的。

概要

一、写道教史时，明辨由今至古和由古至今的顺逆向量，为最重要纲领，否则是在写道教而非道教史。因道教本身兼有顺逆的向量。

二、"道"的概念，"教"的概念，在东周已有极深刻的认识，东汉顺帝时起源于张道陵（124—144 在位）的观点当否定。因起于宋真宗咸平元年（998）封孔子四十五世孙，大中祥符八年（1015）封龙虎山张真人（张正随）时起，一儒一道，代代相传至今。"道教"内容，实汇合各种论"道"的教派，先秦早已出现。

三、道的哲理，产生于孔子前，故孔子有"朝闻道，夕死可矣"，"志于道"，"鲁一变至于道"等。研究道德的有名古书，莫早于传说中李耳所著的《道德经》。唐代已确认孔、老、释为三教之主。

四、科学可扩大对事物的认识，这就是进化。未认识前，可有宗教有神的思想，既认识后，对认识部分即有理性可言，然对未认识部分，仍可有宗教有神的思想。此西方自然科学家从牛顿起直至近代所以尚多信宗教者，因不认为宗教与科学有绝对的矛盾。当然亦可认为宗教与科学，确指有神无神而有绝对矛盾的两个概念。道确在研究生命起源等问题，更能包括出入世，犹兼及科学和宗教两种相反的观点。

五、唐代编成第一部《道藏》起，早已有道家兼及先秦各家学说，成为道教的理论基础。故以学术论，可专论道家，与道教毫无关系。而以道教论，早已见及道家的精微处，方能进一步继承发展成为道教。道教加深道家哲理，犹后世佛教大德加深释迦的大乘教义。《四库提要》必以《道藏》收录先秦诸子为非，故道教内容自然贫乏，宜数百年来日在衰微中。

六、以战国中后期及汉初学者视孔、老，尚不是说明中国思想文化的根源。儒当基于《论语》而及六艺，道当基于《道德经》而上推黄帝的理论。黄老之旨决非限于《道德经》五千文，《汉书·艺文志》除《六艺略》外，基本可与黄帝有关。

七、元始天尊，"大哉乾元，万物资始"，"天尊地卑，乾坤定矣"。

八、重视《史记·封禅书》，中国的宗教，道教与儒教的基本信仰，皆出于封禅而可见其同异,直至山顶洞人。

九、三期,①古始至西汉末包括新莽;②东汉起(25)至唐末包括五代;③北宋(960)至今,今尚存正———全真。宋代开始第三期的情况,第三期当起于陈抟创立三教合一的道教,并有《悟真篇》划时代的作品。

十、发掘道教史实,以史实显示道教存在于今日的作用,方为写道教史的目的。

七月二十九日

日来翻阅笔记,整理出先生一九八五年两篇讲稿,《易与唯识》(6—7月讲,11页)、《易与华严》(8—9月讲,26页)。而先生谈话有若干要点,仍拟录之。

施莱尔马赫的释经神学与新约

赫尔默(Christine Helmer)　　著

黄瑞成　　译

　　与施莱尔马赫大部头的神学和哲学著作相比,他对释经神学(exe-getical theology)的贡献较少受到学者们关注。原因之一或许在于,他的神学著作,如《基督教信仰》(*Christian Faith*)和《概论》(*Brief Outline*),还有哲学文本,如《辩证法》(*Dialectic*)和《解释学》(*Hermeneutics*),这些著作的卓越地位使得他本人关于新约特定篇目和章节的详尽解释变得渺小。另一个原因或许是,他发表的释经著作遭到冷落。施莱尔马赫辞世后不久,便出现了批评声音,说他将教条式的范畴强加给自己的解释行动。或许还有一个原因是,拉梅尔(Reimer)出版的《文集》(*Sämtliche Werke*)或流行的《考订版全集》(*Kritische Gesamtausgabe*)只选择出版了少量释经著作。[①]尽管从1804到1834年间,施莱尔马赫几乎

---

　　① 拉梅尔(Reimer)版 SW,I.2 如今可见 KGA,I.5 和 I.8。KGA,I.5 收入施莱尔马赫的《〈提摩太前书〉注疏》(*Über den sogenannten ersten Brief des Paulos an den Timotheos. Ein kritisches Sendschreiben an J. C. Gaß* [1807],153 – 242)。KGA,I.8 收入《〈路加福音〉注疏》(*Über die Schriften des Lukas:ein kritischer Versuch,Erster Theil*[1817],1 – 180);还收入了此前未出版的《〈使徒行传〉引论》(*Einleitung in den geplanten zweiten Teil über die Schriften des*

每个学期都讲授新约,①但出版的释经著作只是其中一小部分。

施莱尔马赫的释经著作身后虽遭忽视,但他仍被认为处于当时新约研究的最前沿。在与十九世纪早期初起的对观福音(Synoptics)研究的对话中,施莱尔马赫提出了对观福音依赖于有关耶稣口传故事的理论,而这些故事要早于新约作者的编写。就《提摩太前书》(*I Timothy*),施莱尔马赫表明使徒保罗不是它的作者,从而为认定有一个次于保罗的(deuteropauline)著作者埋下了伏笔。同样,施莱尔马赫对《歌罗西书1:15—20》的平行结构的研究,从根本上为二十世纪晚期研究这一文本设定了文学标准。此外,他是第一位就耶稣生平作公开讲演的神学家,很可惜这些讲演出版于1864年,第二年,大卫·施特劳斯(D. F. Strauss)就发表了具有摧毁性的著作。②最后,但并非不重要的一点是,就英语世界而言,《〈路加福音〉注疏》是首部译为英语的施莱尔马赫著作。③

尽管施莱尔马赫个人的释经著作本身成就卓著,但我想在他的神学和哲学思想的系统处境中来考察他的这些释经著作。我将联系施莱尔马赫的释经神学和教义神学理解,对其释经成就予以处境化,这些成就也是由解释学和辩证法规则所决定的释经方法论结果。在第

(接上页)*Lukas* [*Über die Apostelgeschichte*, 1817], 181 – 193),《〈歌罗西书1:15 – 20〉注疏》(*Über Kolosser I*, 15 – 20 [1832], 195 – 226),《帕皮亚残片注疏》(*Über die Zeugnisse des Papias von unern beiden ersten Evangelien* [1832], 227 – 254)。关于施莱尔马赫释经学作品的介绍,参见 Patsch and Schmid,《引论》(*Einleitung*, in KGA, I. 8, vii – lvii)。SW, I. 8 收入施莱尔马赫的《新约引论》(*Einleitung ins neue Testament*, 1845)。计划在未来出版的 KGA [=SW, I. 6, 1864]中有《耶稣生平》(*Das Leben Jesus*)。目前有《耶稣生平》英译本(*The Life of Jesus*, 1975)。下文引述此著略为 LJ,页码照旧。

① 施莱尔马赫发表的新约讲稿,参见 Arndt and Virmond, 1992,页 300 – 332。

② 参见 Verheyden,《引论》, LJ, xi;施特劳斯 1825 年的批评被译成了英语,见 Strauss 1977。

③ 1817 年的英译本见于 1825 年英文本,但未标明译者 Connop Thirlwall。参见 Patsch and Schmid,《引论》, xxxii。Thirlwall 的译文可参见《〈路加福音〉校勘研究》(*Luke: A Critical Study*, 1993)。参 Ellis 1980, 417 – 452。

一部分中,我将仔细考察,在新教关于正典(canon)的正统立场背景下,他如何建构基督—经文(Christ-Scripture)的关系,以此来讨论他的释经神学进路。在圣经的教会运用与新约正典的科学研究之间,施莱尔马赫建立了不可比(non-competitive)的关系,由此确立了基督之于经文的优先地位。第二部分,我要详细解释,施莱尔马赫的释经神学任务在于正典研究。对施莱尔马赫而言,新约正典文本将对基督的理解集中于对原始资料的原初的历史的亲近;对正典精神的研究,牵涉到对观福音问题的解决,以抵制莱马鲁斯(Reimarus)对新约"骗局"(New Testament"hoax")的指控。第三部分阐述施莱尔马赫的释经方法论在新约文本解释中的应用。同时说明施莱尔马赫用辩证法来补充解释学,以达成释经知识主张的方式。第四部分,我将描述施莱尔马赫思想中释经神学和教义神学间富有争议的关系,并打算着眼于观念与经验理性(conceptual and empirical reason)的关系,以便恰当地解读施莱尔马赫。尽管研究施莱尔马赫的释经神学时,应该提及他的实践神学,特别是他对经文研究作为教牧生活和神学生活的建构性要素,以及布道要专注于圣经文本的承诺,但这样的详细探讨超出了本文范围。

一、释经神学与施莱尔马赫的神学体系

在十八世纪晚期和十九世纪早期,释经神学的状况迅速转变。由于启蒙运动日益要求像阅读其他任何书籍一般阅读圣经,这门学科重构了应用于所探讨的主题内容和对象的方法论,从而发生转变。与十七和十八世纪新教正统派的教义手册确定的经文理论一样,这一发展领域以其关于经文的理论作为起点。[1] 在这些教义手册中,关于经文的理论以神示理论保证教义神学真理确实可靠的认识论来源;符合事实的、口头的和私人化的启示类型,证明了旧约、新约和某些次经的合法性。从将圣经作为关于神迹的理论知识来源阅读,到作为历史上依

---

[1]　关于新教正统圣经学说,参见 Schimid,1961,38-91(§§ 6-12),亦参 Heppe 1978,2-3章。

赖圣经的宗教记录来阅读,这个转变的中介正是虔敬派(pietist)传统。通过强调对经文的个人领会(engagement)和研究,虔敬派将宗教改革的sola Scriptura[惟有圣经]的原则个体化,从而铺平了圣经现代批评的研究道路(参见 Wallmann 1994,页30—56)。这种发展的结果是,由新教正统派用证明神学理论的 dicta probantia[举证论证]方法,解除了教义学与释经学之间融构的密切关联。圣经文本被视为实证宗教的资料,不再作语义学上的打磨以适应教义神学主张的规定。米歇尔(Johann David Michaelis,1717—1791)关于古代近东宗教的历史研究,塞姆勒(Johann Salomo Semler,1725—1791)论述正典形成的著作,伽伯勒(Johann Philipp Gabler,1753—1826)关于圣经神学新领域的提出,赫尔德(Johann Gottfried Herder,1744—1803)关于希伯来诗歌的文学研究,都为圣经研究的后—新教正统派(post‐Protestant orthodox)科学进路做出了重大贡献。

　　为了保持圣经解释的教义学兴趣,就要在科学背景下,重构圣经研究的对象。施莱尔马赫严肃对待自然科学和历史科学对神学的挑战。如果这些科学揭示出六日创世是无事实根据的夸张(non‐literal flourish),或证明圣经文本只是历史性地表达了人性作者的意图,那么,依赖释经来保证其真理性的理论,就特别容易受到侵蚀。在其著名的《致吕科的第二封信》(Second Letter to Friedrich Lücke)中,施莱尔马赫写道,正统基督论的超自然主义和圣灵论意义上(pneumatologically)默示的圣经,不再能够得到圣经历史研究的支持(KGA,I.10,345‐359)。为了抵抗不可避免的侵蚀,施莱尔马赫倡导理论与科学发展不相互竞争,他在书信中将神学的合法性重新定位于宗教的"内在力量"(inner power,KGA,I.10,354)。基督教的内在力量不可与形而上学或道德画等号,而要在前反思的(pre‐reflective)直接自我意识(self‐consiousness,CF,§ 14.1)之中,确实地定位信仰。以神学的这一新的经验根据为基础,施莱尔马赫扭转了基督—经文的相互关系,却既没有伤害对圣经的科学研究,也没有伤害基督教信仰的完整性。经文以基督而非其他任何事物为根据(CF,§ 128)。用文字将对基督的经验感知和理解(Auffasungen)固定下来,是与基督相遇的结果,而非假设的结果。

　　在将神学定位于其"文本之后"的对象的过程中,施莱尔马赫的神学既体现出科学精神,也体现了教会精神。它由教会精神与科学精神的异质混合建构而成,教会精神以在当代教会中推进灵性健康为目的,而科学精神则通过与广大学术团体对话,以研究主题内容为旨归(BO,§§ 9 – 13)。两个目的在"教会之君主"(BO,§ 9)的观念中获得了完美平衡。按照释经神学的特定要求,区分教会与科学的精神方向(mind – sets)意义重大。一方面,这一区分解除了科学的经文研究所承载的、用文本证实教义的责任。这样,文本可以作为历史序列中的"第一个部分"(CF,§ 129)加以批评研究,却不会伤害个体信仰,也不会伤害经文之于教义和道德的规范地位。另一方面,两个精神方向的统一,保证了经文之于科学研究的意向性(intentionality)。教会精神的目的使科学目光定位于基督教的本质之历史面相。在其原初位置上,基督教的本质体现在拿撒勒的耶稣的人格之中。以教会指定的主题内容为指导,科学精神方向的释经神学对象,是通过反思对这个人格的记述来研究的文本。文本是兰德梅瑟(Landmesser)所谓"基督论优先之标准"(参见 Landmesser 1999,页 459—479)的产物。

教会目的服务于将包括释经神学在内的神学次属学科组织为一体的"神学整体"(BO,§ 8)。与谢林和费希特不同,施莱尔马赫认为神学是一门实证科学,因为与法学和医学一样,神学的组织原则是一项实践任务。神学本身作为"历史原则之科学",(science of the principles of history,BO,§ 29)必定是伦理学,它被组织为一项任务,它的次属任务是为当代教会管理服务(BO,§ 5)。神学次属学科的任务由神学的实践定向决定(BO,§§ 24 – 31)。作为三个次属学科之首的哲学神学(philosophical theology),被赋予思辨的任务,以便最低限度地为随后的具体决定确立基督教的本质概念。第二个次属学科是历史神学(historical theology),它的经验任务,是确定迄今为止的教会历史中的基督教的本质表现。也正是在历史神学中,释经神学成为三个次属学科之一。释经神学的任务,是探究记录着基督教本质之历史表现的原初材料。最初,基督教的本质可以在基督的"行动和对其门徒的影响",

"及其门徒建立基督教"的时期中得到理解(BO, § 105)。① 尽管无法完全将这一时期与后来的教会历史分开,但施莱尔马赫将教义的发展确立为两个历史阶段之间的尝试性界限(BO, § 87)。在基督及其门徒的原初表现时期之后,是教会历史的第二个次属阶段。历史神学的第三个领域,即教会统计学(church statistics),它的主题是关于基督教的现状的知识,分别指教会教义及其社会处境。施莱尔马赫本人在《概论》第一版中运用身体隐喻指出,哲学神学是神学研究的根(root),而历史神学是神学研究的"躯干"(corpus)(BO, 1st edn. , I, § 26, and I, § 36)。神学的第三也是最后一个次属学科是实践神学,它从哲学神学和历史神学中搜集基督教知识,以便发展出教会施行的法则。② 在这个意义上,实践神学是神学的"皇冠"(BO, 1st edn. , § 31)。作为一个整体,神学这一有机体的功能,是增进教会健康,并清除教会弊病。

二、释经神学及其任务

如果神学整体的任务是确定基督教本质的历史表现,以便改善教会的现状,那么,在这一格局中,释经神学就被赋予一个次属任务。对于施莱尔马赫而言,释经神学的特殊任务就是确定正典。在 BO, § 104 中,施莱尔马赫写道,"如此一来,正确理解正典就成了释经神学独一无二的根本任务。"在施莱尔马赫的神学科学体系中,正典是将基督教本质的一个纬度特殊化的关键概念。作为哲学—神学概念,正典表示透过不同的历史形态及其"理念成果的表达",得以保留自我同一的本质(self - identical essence)(BO, § 47)。从形式上确定正典之后,施莱尔马赫又在历史材料的释经学意义上,确定了正典的实质内容。这个正

---

① 施莱尔马赫的《概论》(*Kurze Darstellung*),英译见《神学研究概论》(*Brief Outline of Theology as a Field of Study*, trans. Tice)。

② 施莱尔马赫认为实践神学是为了实践的理论而非关于实践的理论。实践神学的应用在康德意义上关涉个人天赋,而并非另一个规则之下的内容。参见 BO, § 265,以及 Schleiermacher,《解释学与批评及其他作品 II》(*Hermeneutics and Criticism and Other Writings*, II)。

典表现为新约文本之汇集。① 然而，正典又不可与基督教圣经的文学形式混为一谈。对于施莱尔马赫而言，圣经是一个具有教会实践意义的术语。它表示自最早传统以来，教会使用的旧约与新约的统一体（BO，§ 115）。与此相对，正典则由将基督教本质的原初表现以文字确定下来的新约文本构成。这样一来，正典就包括"福音书和使徒书信"（evangellion and apostolos，BO，§ 105），这些资料在历史上最接近拿撒勒的耶稣影响能及的范围。作为基督的人格及其召唤门徒建立教会的行动之表达，正典（canon）严格局限于新约。

施莱尔马赫区分了作为本质概念的正典与正典在文本中的历史表达，之后，释经—神学就成了一项任务，无穷地探寻更为真实的本质的表达。对于施莱尔马赫而言，正典作为文本代表"最纯粹的"②基督教原初本质之表现。但因为新约文本既包含对本质的准确理解，也包含对它的错误理解，所以仍容易遭到批评（BO，§ 103）。在口头来源与新约文本确定了的对基督的理解之间，若要保持平衡，则虚假因素难免会掺入其中。在确定正典时，释经神学必须辨认并剔除虚假因素，反过来，又必须辨认出正典外的（extra-canonical）文本之中有何真实因素，以便将其纳入经过批评而重构的正典之中（BO，§§ 108 - 114）。探求确切的（critical）正典，要从弥合基督的原初形象与后来新约记载的理解之间的裂隙开始。

强调基督与正典距离问题的人正是莱马鲁斯（Hermann Samuel Reimarus，1694 - 1768）。也正是这一问题和莱马鲁斯激发的解决方案，推动了两个世纪以来的圣经学者研究对观福音问题（Kloppenborg，2000，页275）。在由莱辛（Gotthold Ephraim Lessing，1729 - 1781）匿名发表的论著片断中，莱马鲁斯抨击了——从塔提安（Tatian）的《四福音合参》（Diates-

---

① 在《概论》第一版（1811 年版第一版 §§ 99.2）中，施莱尔马赫运用了"正典之理念"（idea of the canon）这个术语。这个理念在康德意义上指无限接近的对象（《概论》，第一版，§ 10）。在《概论》第二版中，施莱尔马赫以正典指"包含基督教的规范性表现的作品之汇集"（BO，§ 104）。

② BO，§ 83。施莱尔马赫认为起源相对"纯粹"或摆脱了外来影响，而影响一旦进入宗教的历史轨道，便会扩展到后世和其他文化。

seron)到十六世纪——协调四福音的企图,认为福音书之间的矛盾,是使徒歪曲耶稣原意的明证。① 莱马鲁斯指责使徒们歪曲并以超自然因素败坏了耶稣的道德意图,他的批评揭露教会真正的圣经基础,进而还有教义基础,并没有建立在磐石上,而是建立在了沉陷的沙土上。作为回应,学者们假定福音背后还有已丢失的材料,以此解释福音书的共性并说明其差异,企图弥合耶稣与新约之间的差距,其中最著名的有莱辛、艾希霍恩(Johann Gottfried Eichhorn,1752 - 1872)和赫尔德(Johann Gottfried Herder,1744 - 1803)。莱辛主张,阿拉姆语原始福音(Aramaic Urgospel)有多个文本,这些文本后来被翻译成了希腊语对观福音。艾希霍恩以莱辛的原始福音理论为基础,假定有四部相关文献解释内在于对观福音的错综复杂关系。赫尔德认为原始福音和荷马史诗一样是口传。这些回应逐步以文本形式确定下来,都围绕一个"由三个'神圣的标志',即受洗(baptism)、变容(transfiguration)和复活(resurrection)所构成的图式"安排耶稣的言行(Kloppenborg,2000,279)。

与前辈一样,施莱尔马赫的释经目标也受到莱马鲁斯的激发。在其《耶稣生平》(Life of Jesus)和《基督教信仰》中,施莱尔马赫间接提到莱马鲁斯,批评他的论证不真实,并着重提出释经的必备之物,以填补基督与正典之间的裂隙(LJ,23 - 4,445,474;CF, § 99.2)。对施莱尔马赫而言,福音成书的历史,将不仅从释经学角度证明教会建立在真理之上,而且将从历史角度为教义学保证基督与教会之间的联系。为了保持其救赎论的稳定性,施莱尔马赫的基督论本身需要这样一个支撑点,以保持耶稣的人格与对耶稣救赎行动的无误理解之间,保持连贯。施莱尔马赫本人的工作清楚地体现在他与艾希霍恩、保卢斯(Heinrich Eberhard Gottlob Paulus,1761 - 1851)、戈里斯巴赫(Johann Jakob Griesbach,1745 - 1812)和胡戈(Johann Leonhard Hug,1765 - 1846)的对话中,他还利用了维特(Wilheim Martin Leberecht de Wette)和吕克(Friedrich Lücke)的福

① 莱辛于 1774 - 1778 年间出版了《沃芬比特的匿名者辑语》(*Fragmente des Wolfenbüttelschen Ungenannten*)。此辑语英译见 Talbert 1985。关于 Reimarus 立场的详细总结和随后关于对观福音问题的讨论,参见 Kloppenborg 2000,页 275 - 328。

音纲要(参见 de Wette and Lücke,1818)。施莱尔马赫就对观福音相互依赖的关系问题,在其《〈路加福音〉注疏》(1817)和《〈帕皮亚辑语〉注疏》(Commentary on the Papias - Fragment,1832)中,提出了自己独创的解决办法。与艾希霍恩的原始福音假设和胡戈关于《马太福音》是最早的福音来源的理论形成对照的是,施莱尔马赫认为,在《马太福音》背后是耶稣言词的汇集,还有一个叙事源泉,即"时间上在先的马可"(proto - Mark)。① 施莱尔马赫以《帕皮亚辑语》为基础,确定马太和马可生活在见证耶稣形迹的时代,从而作出了自己的历史论证(KGA,I.8,230ff.,同上,页 295)。他认为,对观福音正典是后来对这些原始资料的汇编,作者并"没有改变"(KGA,I.8,180)或将神学观点强加于日益增长的耶稣原始传言和故事中(KGA,I.8,16 - 19)。最终,施莱尔马赫的结论是,《马太福音》是第一部福音,来源是阿拉姆语耶稣语录(logia)的汇集和时间上在先的马可,而《马可福音》是最后一部福音,其来源是《马太福音》和《路加福音》。关于福音正典,施莱尔马赫与戈里斯巴赫意见一致,后者也认为《马太福音》最早而《马可福音》最晚(同上,页 279—283 讨论了戈里斯巴赫的假设)。但施莱尔马赫诉诸传言和教父证言,因此与戈里斯巴赫不同,尽管后者更广为人们所接受。到了 1853 年,《马太福音》的在先地位遭到拉赫曼(Karl Lachmann,1793 - 1851)的挑战,他辩称《马可福音》是最原初的福音(同上,页 279 - 287)。

尽管施莱尔马赫企图弥合基督与对观福音之间的裂隙,却不幸开启了旧约与新约的断裂。施莱尔马赫关于旧约与新约正典地位的观点颇成问题,但他却以此为基督教教义的命题提供理由,自他的《概论》有了第一篇评论以来,他就因此而备受批评。② 一方面,他在实际运用中仍保留旧约为基督教的圣经,但另一方面,他却以新约专指基督教的正典(KGA,§§130 - 135)。关键理由在于,施莱尔马赫鼓吹犹

---

① 参见 Kleppenborg,2000,页 296,图表 23a。Kloppenborg 写道,Herbet Marsh 的提议早于施莱尔马赫的耶稣语录汇集理论。

② Schwarz,1812,页 526 - 527。参见下列对施莱尔马赫的旧约观点的批评:Kraeling 1955,页 59 - 67;Kraus,1988,页 170 - 173(§ 45);Steiger,1994,页 305 - 327;Smend,1991,页 128 - 144;Trillhass,1991,页 279 - 289。

太教与基督教之间在观念上的不连续。新约的"基督论优先标准"代表基督教的核心观点,在施莱尔马赫看来,这一观点与犹太教不具有观念上的连续。① 不连续是由基督的出现所致,施莱尔马赫认为这消除了将基督教信仰和神学建立在旧约之上的必要(CF,§ 27.3,132.3)。看来在《基督教信仰》(*Christian Faith*)的论证中(§ 2),是观念分歧而非历史连续再次起了作用,施莱尔马赫在此辩称,就其需要救赎和通过基督与上帝和解而言,犹太教和希腊精神(Hellenism)距离基督一样远。然而,在《基督教信仰》中(§ 10)他又论证了观念的相似性,他把犹太教和基督教都视为一神教的目的论类型的宗教,而伊斯兰教则不同,它代表了审美—神论(aesthetic monotheism)。在施莱尔马赫看来,犹太教与基督教的历史关系(historical relationship)是成问题的,按照他的观点,我们不可以通过损害两个宗教核心观点的完整性的方式,来理解这种关系。

但施莱尔马赫似乎又承认两个宗教之间的连续性,以便回答"新如何出于旧"的问题。尽管在《论宗教》(*Speeches*)中,施莱尔马赫刻薄地提及犹太教与基督教的历史连续,②但在《基督教信仰》中(§ 10),他又描述了两者之间的"特殊历史联系"。这种联系被用来支持旧约是释经神学的必要帮助。旧约可以在"旧"范式的语言和概念之内,为理解基督教新的理念成果传递解释学、语文学和历史学的信息。施莱尔马赫将旧约、七十子译本和次经理解为帮助解释新约的辅助性文本,可以通过新约独具特性(individual novelty)这种解释学观点,对它们加以理解,这种特性无法由拥有它的宗教得到解释,不过,它却处于这种宗教之中。

三、释经神学:解释学与辩证法

尽管后宗教改革运动(post-Reformation)努力建构十六世纪中叶发

---

① 参见 OR,第六篇演讲,Crouter,页 113 – 123。

② 施莱尔马赫指出,"我厌恶那样一种对宗教的历史指涉",OR,页 114。

端于弗拉西乌斯(Flacius)的本文解释法(rules of texual interpretation),但施莱尔马赫却将普通的解释学法则系统化为一个有内在关联的整体,并将解释学确立为科学体系中的一门技术性学科。施莱尔马赫巩固了伍尔夫(Friedrich A. Wolf)、阿斯特(Friedrich Ast)和厄内斯蒂(Johann August Ernesti,1707－1781)最初的努力,以此建构适用于解释任何文本的法则,给予解释学以圣经批评研究不可或缺的科学方法论地位。在施莱尔马赫看来,解释学作为释经神学的侍女,其重要性(BO,§§ 132－139)无可置疑。[①] 倘若释经神学的目的在于"正确"研究早期基督教文献(BO,§ 88),那么,就不可完全抛弃神学年迈的女仆哲学。倘若解释学以正确理解作者言辞为其任务,那么,对言辞的知识诉求就属于辩证法领域。解释学与辩证法互为先决条件(《解释学》,页7－8)。在这一部分,我将探讨施莱尔马赫的解释学和辩证法主张,以显明如何达成关于释经神学主题的知识诉求。首先,着眼于新约中确定的对基督的特殊理解,以讨论施莱尔马赫的解释学。其次,表明释经神学如何以认识论为条件,以及如何采取了辩证方法。

作为历史(和释经)神学的特殊内容,历史主题是历史事件。但施莱尔马赫并不以历史事件意指自然事实(physical entity)意义上的实证性。历史被规定为关于伦理学而非物理学原则的科学。对于施莱尔马赫而言,历史由主体间的关系构成,在这种关系中,人以非推论或推论(non－discursive and discursive)的表达形式,相互表达(externalize)关于事件的个体理解(CF,§ 6.2)。多重视角构成了事件,也同时受到事件的影响,事件是许多主体参与其中的整体。通过造成历史事件的人类交往,新的意义添加到旧意义之上。人是历史的承担者(bearers),也是其意义的制造者。

---

① 1805－1833 年间,施莱尔马赫提出了他的解释学理论,作为译作出版为《解释学与批评》(Hermeneutics and Criticism,载 SW,I.7)。BO,§ 137 谈到"特殊解释学"是普通解释学在新约中的运用。

作为"尤其是正确理解他人书面论述的艺术",①解释学是历史研究的辅助性学科。解释学研究的历史对象是双重的。解释学的第一项任务是重构造成历史事件的主体间关系。通过语法分析探究语言的客观特征和这一时代的历史,探究个体作者对语言的特殊运用,便可以接近这种关系。通过技术性解释,作品被置于其传记背景(biographical context)之中。第二项解释学任务是重构作者言辞背后的统一。在施莱尔马赫看来,作者的意图就是理解事件整体的个体参与者。前推论的(pre-discursive)"头脑中的事实"(同上,页23),会表达于言辞,即关于事件整体的独特理解之中,而事件整体处于明确的表述之下,并建构出整体的趋向(Tendenz)。"比作者更好地"②理解作者之言的路子,从方法论上由原初的统一产生的言说重构出了这种原初统一。解释学是一门无限接近的"艺术",通过语法分析从旧中把握新,是一门研究作者文体和先见(style and divination)(施莱尔马赫总是对两者加以比较)的技术性解释"艺术"。历史可以经由解释学而接近。

就新约而言,文本背后的事件是拿撒勒的耶稣在历史上的出现(appearance)。施莱尔马赫认为,这一事件是作为释经神学对象的新约文本文字成果的构成要素(constitutive)。为此,施莱尔马赫将基督的出现与他的影响画上等号。基督的人格与他周围的人对其人格的理解(Auffasung)密切相关。基督的出现被视为对其人格的"全部印象"(CF,§14,postscript;§99,postscript),它呼唤当下自我意识的幡然转变。准确地说,这个转变是基督教意识的组成要素,它将解决救赎的必需归于耶稣。耶稣人格引发了有判断力的和直接的自我意识的重新定向(CF,§11.2-4),这一重新定向表现为对基督人格的独特理解。当初的见证人对耶稣人格的评价,是他的救赎性存在影响的结果。尽管后来在编写阶段,原初的故事融入了那些未亲身接触过耶稣

---

①　同上,页3。施莱尔马赫主张解释学专注于对他人言辞的"正确"理解(die Kunst die Rede eines andern richtig zu verstehen,SW,I.7,7-8),对施莱尔马赫解释学的解释往往忽略这一重要观点。

②　同上,页23。浪漫派学者F.施勒格尔和诺瓦利斯先于施莱尔马赫提出这种说法。参施莱尔马赫,《解释学与批评》(Hermeneutik und Kritik,ed. Frank),页55。

的人写下的大量作品,但耶稣的精神存在和在团契中的行迹,在以后世代中仍有力量激发同样的影响(CF,§ 14.1)。

施莱尔马赫认为,新约文本的解释学对象是作者个体对基督的理解。作者的文本整体的潜在趋向,完全来自关于基督人格的个体经验。在自己的作品中,施莱尔马赫将文学上的一致性作为度量与基督的历史距离的标准。约翰被认为是一个"亲身见证人"(LJ,171),约翰按照有精确趋向的清晰观点,写出了文学上统一的作品:在耶稣生命的悲惨结局与其行动的本质之间存在张力(LJ,159)。① 作为后来的编订者,对观福音的作者并未在其作品中表现出清楚的趋向,这些作品更多地汇集了截然不同的叙述,而非内在一致的文学统一体(LJ,158 - 159)。

施莱尔马赫的解释学将语法作为优先的路径,以推论来接近历史,在其对两卷新约文本小心翼翼的语文学和语法分析中,这点表现得十分明显。如他在《歌罗西书 1:15 - 20》注疏中所言,文本的意义可由分析"[形式要素]出现的句子之间的逻辑和语法关系"而点滴求得;② 解释学分析必须独立于教义旨趣而展开,以便发掘出作者言辞的原初意图(同上,页 51)。正是对基督论赞美诗的研究,引导施莱尔马赫发掘了第 15 - 16 节和 18 - 19 节经文之间在文学上的平行关系,从而为 200 年来关于此段文本的研究打下了基础。施莱尔马赫认为,不可按照根据两个形而上的本质来割裂圣子(Son)的方式,来解释文学上的平行关系:在先的圣子(pre - existent Son),万物受造于其中(vv. 15 - 16),拿撒勒的耶稣是教会的首领(vv. 18 - 19)(同上)。相反,就指示同一事物而言,两段经文在语义学上意义相当。作为教会首领,耶稣就是万物受造于其中的那一位。通过对希腊原文作仔细的语文学研究之所得,此意义与施莱尔马赫归于保罗的趋向一致,保罗的趋向是,将基督的作为放在上帝的普世救赎行动背景下来看(同上,页 69,73—74)。

---

① 施莱尔马赫与 Karl Bretschneider 一致认为《约翰福音》的历史在先。1820 年 Bretschneider 出版了《可能性》(*Probabilia*)一书,为《约翰福音》安排了一个较晚的成书时间。就此参见 Verheyden,《引论》,LJ,xxxi。

② 施莱尔马赫,《论〈歌罗西书〉》(*On Colossians*,trans. Reed and Braley),页 51。施莱尔马赫认为保罗写了《歌罗西书》还有《歌罗西书 1:15 - 20》中的基督论赞美诗。

在另一个文本《〈提摩太前书〉注疏》(*Commentary on 1 Timothy*, 1807) 中，施莱尔马赫也同时运用了语文学分析和对书面表述以及书信风格的语言—文学研究，结果对此卷圣经的使徒性(apostolicity)提出质疑。通过比较这封书信与保罗在《使徒行传》(*Acts*) 中的言辞，以及被归于保罗的其他两封书信《提多书》(*Titus*) 和《提摩太后书》(*2 Timothy*)，施莱尔马赫的结论是，《提摩太前书》的作者不可能是保罗，这卷书是《提多书:1-3》和《提摩太后书》第四章以下内容的汇编，汇编时间一直持续到一世纪末(KGA, 1.5, 153-242)。通过否定作者的使徒身份，施莱尔马赫树立了另一个释经范例，树立了这种次保罗书信研究(deuteropauline scholarship)的范例。①

作者以文学方式在言辞之中确定意图，解释学规则由此出发，规整对作者意图的研究。但通过释经—神学的知识诉求建立文本意义的途径，却不受解释学的约束，而受辩证法的约束。弗兰克(Manfred Frank)近来提出了施莱尔马赫的解释学与辩证法之间的相互关系问题。弗兰克指出，解释学在语言学上的相对主义观点强调个体性，而辩证法强调知识的不可改变性和普遍性，施莱尔马赫的居间立场似乎存在明显的矛盾。② 但两门学科之间的关系并不像看上去那样相互矛盾。两者与施莱尔马赫关于思想完成于语言之中的基本洞见不可分割地联系在一起(《解释学》，同前，页7)。解释学重构由言辞到作者意图的道路，而辩证法则重建原初思想的论说成果，并控制着由思到知的过程。此外，两者都是施莱尔马赫科学体系中的技术性或"指定规则的"学科，因为两门学科决定着把由批评性知识获得的规则应用于特定的人类活动领域(即情况)，从而塑造这个特定的领域。③ 因此，两者都是"艺术学说"，这意味着应用于事态的规则不能受其他规则的支配。但两者仍有其独特的应用领域。辩证法提供知识的"共同符号表

---

① 关于此著作的两种历史介绍，参见 Patsch,《引论》，KGA, I.5, lxxxviii-cxxiii, 以及 Patsch, 1991, 页 451-477。

② 施莱尔马赫,《辩证法》(*Dialektik*, ed. Frank, vol. I)，页 34-40。

③ Birkner, 1964, 页 35。其他技术性学科有教育学、政治学和实践神学。

现"(identical symbolization,同上,页41)的规则,作为主体之间的论说目标,而解释学探究参与者从某一角度出发对事件的理解。如果说解释学是剖析作者的独特意图,那么,辩证法就是描述研究参与者共同的知识主张如何达成。施莱尔马赫认为,辩证法为知识制定了两条规则:(1)思维与存在一致;(2)建构知识整体(《辩证法》,同前,页63 - 65)。如果按这两条规则来看待解释学,那么就堵住了对语言相对论(linguistic relativism)的任何怀疑。思维的意向性,连同思维意向性与其他科学领域的主张的关系,都是保证知识——即便是由推论建构的知识——进步可以达成的条件。

尽管施莱尔马赫自己的辩证法最初考虑的是其实际内容,但他自己的辩证法却是关于知识的条件和法则,也可以运用于已确定为释经神学对象的伦理现实。如果释经神学的目标是区分正典与非正典,那么,可以由指向知识的辩证法程序规整文本增削的过程。施莱尔马赫认为,在认识论上,辩证法程序由判断中的某一概念的陈述关系决定。思维有两种形式,概念与判断,而一个判断来自两个(或多个)概念的结合(Dial O,187ff.)。陈述本身通过感官功能由感觉—经验而一点一滴地获得。从感官—极出发,个体性(individuality)被引入思维,而同一性(uniformity)为理智一极所控制。但在对话处境中,陈述的差异成为争执的来源。为了至少在倒数第二步(penultimately)解决争论,必须事先假定可以就对象达成一致(Dial O,22 [1833 Introduction])。判断通过检验关于对象的可能陈述,通过消除由虚假的图式化(schematization)引起的陈述而达成。根据施莱尔马赫的意向逻辑学,真正可能的陈述包含在"不真实的判断"(inauthentic judgments)这样的概念中,而真正现实的陈述则留下来成为"真实判断"(authentic judgments)的主题(Dial O,206ff.)。就新约而言,有争议的陈述由关于耶稣行迹的个体图式化而起。这些陈述是释经学—神学检验的对象,即通过解释学和批评过程,通过伸展到基督教意识的真相,来决定这些陈述是否在本质上属于基督的原初行迹。施莱尔马赫认为,《约翰福音》的结构性叙事优先于对观福音,这个看法反映的正是这种释经学成果。基督教的本质,这个概念的独特表现由某些陈述决定,这些陈述构成了基督教后来的所有形式中基督教本质的连续性。对这一概念的进一步陈述,是教会史和教义学的任务。然而,在其历史原点上,释经神学决定了那些本质上属于基督教意识的原初真相的陈述。

陈述如何进入概念的建构过程,由图像(Bild)与概念(Begriff)之间的辩证法的最小/最大统一体(minimum/maximum continuum)来解释。对施莱尔马赫而言,图像出于感官的功能,而概念通过区分印象(impressions)而将印象系统化(Dial O,172ff.)。这两种功能的认识论统一体,至少从理论上保证了感觉材料能够准确地进入与其相应的概念。施莱尔马赫讨论耶稣的行迹时,诉诸图像一极以强调宗教经验的特质(CF,§§ 88.2,105.1)。对基督的"总体印象"是一种宗教经验,因为由感官一极获知的图像与当前自我意识的调整直接相关。施莱尔马赫的图像理解,并未排除基督在教会布道中的流传这一要点(CF,§ 14.1)。通过图像的传播,整体印象散漫地确定下来,正如新约著述的情形。于是图像就转变成了概念。

作为知识的关键条件,思维与存在之间的一致,也在释经神学中起着重要作用。施莱尔马赫辩证法的现实主义进入其神学之后,为将思维与存在的一致理论应用于新约的意向性奠定了基础。文本意向性正是施莱尔马赫需要与莱马鲁斯论战的现实支撑点。这一支撑点不仅保证了与基督相遇的非虚构状态,而且为从事福音史建构提供了基础。尽管只靠辩证法,施莱尔马赫的现实主义就可以用纯粹的自然词汇解释耶稣的影响,但作为神学家,他对耶稣影响的解释是救赎论的。对基督的理解与基督的救赎性存在的现实之间,文本作为其中的一致性,对新约成书具有建构的意义。感知与上帝意识之间的正确结合,是基督的无罪完善和有影响力的上帝意识转变的后果(CF,§§ 97 - 98),由他的人格的总体印象来承载。甚至在新约最原初的层面上,基督的转变行动也强迫作出某些理解。释经神学的任务,是确定基督生命中哪些历史事件对于引发对基督人格的救赎论内涵具有建构意义。施莱尔马赫在其作品中认为,复活、升天和最后的审判是基督教意识原初真相的非本质内容(CF,§ 99)。释经神学之所以是释经(exegetical),是因为它提出了作为基督生平内容的原初事件,之所以是神学

(theological),是因为它认定,这些事件对于教会史中的基督教意识具有救赎论上的建构意义。

在这一部分中,我讨论了解释学和辩证法如何进入施莱尔马赫释经神学任务的构想。一方面,辩证法的前提,是理解新约作者看待基督的独特方式这一解释学任务。另一方面,解释学的前提是辩证法的现实主义和认识论决定的文本意向性。此外,解释学陈述本身,必须坚持辩证法规则,以便成就其知识诉求。释经神学由此相互关系保持其科学旨趣,同时又坚持首推文本成果的经验纬度。

四、释经神学与教义神学

最后一个主题讨论施莱尔马赫如何看待教义神学与释经神学的关系。这个问题,他未能逃过严厉的批评,尽管他的评论者大多在他死后方才表达他们的怀疑。甚至连他的朋友和同事吕克(Friedrich Lücke)也难免评论说,施莱尔马赫将他自己个体性读进了新约,因此"把使徒[保罗]变成了他的肖像"。① 大卫·施特劳斯也指出了施莱尔马赫的《耶稣生平》中存在的问题,即施莱尔马赫"表明自己的立场更多是教义的而非历史的"(Strauss,1977,页36)。然而,这本书的读者会发现,它的传记式重构与《基督教信仰》的基督论部分完全吻合。

对施莱尔马赫的一般看法,皆出于喜好历史公正的客观性而反对教义要求的主观性。但如果考察施莱尔马赫本人的神学科学体系,则会浮现出一个认识论统一体图景,它会加强其神学方法,而且绝对是非二元论的。对于施莱尔马赫而言,释经神学与教义神学是历史神学的两个次属学科。尽管将教义神学归入历史神学的做法有争议(Fischer 2001,页74),施莱尔马赫却有意以此为要点。通过把教义学定义为"新教教会中当前流行的教义知识"(BO,§195),施莱尔马赫强调了所有教义的历史位置,由此反思他自己的神学信念的条件特征。关

---

① Lücke,1834,页771,Patsch 和 Schmid 的《引论》(KGA,I.8,xlvii)引用了此书。两人还在《引论》中收录了关于施莱尔马赫这一著作的其他评论。

于当代教会状况的认识，在历史—神学计划对从古到今的教会史的经验观察中达到了顶点。宗教信仰的对象并非由理性而来，就像以唯心主义的上帝观念反对施莱尔马赫《基督教信仰》中的信仰对象（§ 4.4）那样，而是由观察基督教的自我意识的历史表达而来。通过经验理性优先而达成历史—神学的主张，施莱尔马赫将他的辩证法应用于神学方法，以便从历史进程中获得对有生命力的宗教的陈述。不过，经验理性被认为与思辨理性具有统一性；后者的任务是从观念上确定自我同一的本质，而前者以历史内容充实观念。经验理性与思辨理性的交互关系，从认识论上决定了施莱尔马赫游走于观念、哲学神学，与经验、历史神学之间的方法。结果，施莱尔马赫的《耶稣生平》不可避免地提出了关于基督人格的救赎论主张，他错误地将《约翰福音》提高到历史上的原初福音地位，不过，其中包含有神学真理的种子——基督救赎性地影响自我意识的一致性。

　　施莱尔马赫运用其系统神学，以与新教正统派的 dicta probantia［举证论证］不同的方法，建构释经神学与教义神学的关系。正统派的策略，是以精神实在（realities）的自我一致性（self‑sameness）为前提，假定推论性表述不会把历史分歧引入这些实在。其方法论后果是从语义学上对圣经文本的指示物加以变通，以使其符合教义主张。然而，施莱尔马赫认为伦理实在形而上地根植于自我一致的本质之中，这种本质是思辨性的，根本无法从经验上给出定义。经验研究的对象是本质的推论性表达，它因时而变，因语言表述而不同，并处于特殊的文化—历史所决定的处境之中。对施莱尔马赫而言，这种立场的后果，教义神学必须加以检验（bewährt），却永远无法为圣经所证实（BO，§ 210）。这意味着，历史和语言分歧，不必化约为适合所有文化的同一术语，并由此消失于永恒真理之中。相反，在基督教历史中，分歧作为对同一种情感的特殊观点，应该受到尊重。时间中建构的同一性是"每个人自己直接的宗教自我意识的确定性"（BO，§ 209）。这种跨越文化的同一种情感，而非宗教对象或神学言辞的同一性，为教义命题提供了内容，这些教义命题要受正典规定的参照系的检验。需再次重申的是，基督高于经文，这是"个体确信"的关键（BO，§ 196），而"个体确信"又受到新约作者意图的检验,以便确定,事实上已经建立的基督经验,从基督教的源头上讲是不是可能的经验。这一检验过程是一个无限接近的过程,因为它通过与正典释经学的无穷探索对话而展开。

施莱尔马赫预设的释经神学与教义神学之间的关系,尚未得到详尽研究,尽管如此,其方法运用仍有可挑剔之处。他的历史—批评结果是不是为其神学负担所遮蔽?问题不在于,从实证主义的历史研究观点出发,会完全不信赖施莱尔马赫的理论及其有问题的运用,但吕克的以下说法还是适当的:

> 甚至在他超出自己独特的精神力量而犯了错误的地方,比其他无数因缺乏精神和人格独特性甚至不敢犯一次错误的人,[施莱尔马赫]也更能够激发科学生活和理智奋求。①

结 论

尽管施莱尔马赫的思想并非没有可争议之处,但他对十九世纪早期的学术发展和释经神学的贡献,仍然是神学中的里程碑。尽管受到质疑,施莱尔马赫的新约正典研究,的确是其神学科学系统的释经神学理解所指定的任务。正典观念贯穿于他百科全书式的体系关联之中,并游走于思辨理性和经验理性之间,因此而在认识论上达到了正典观念。科学精神与教会精神的结合,不仅是释经神学家的理论需要,也体现在贯穿他的职业生涯的圣经授课实践和一生的布道行动中。然而,还是施莱尔马赫的"文本背后"对象优先的主张,传达出对系统复杂性的清晰洞见,这一对象的个体性存在,首先激发了新约文本的研究,它的影响还创造出了基督教自我意识保持至今的连续性。

---

① Lücke,1834,页771,Patsch 和 Schmid 的《引论》(KGA,I.8,xlvii)引用了此书。译文是我的翻译。

旧文新刊

释《论语》"狂简"义

牟润孙

《论语·公冶长篇》云：

子在陈，曰："归与！归与！吾党之小子狂简，斐然成章，不知所以裁之。"

《集注》云：

此孔子周流四方，道不行而思归之叹也。吾党小子，指门人之在鲁者。狂简，志大而略于事也。斐，文貌。成章，言其文理成就，有可观者。裁，割正也。夫子初心，欲行其道于天下，至是而知其终不用也。于是始欲成就后学，以传道于来世，又不得中行之士，而思其次。以为狂士志意高远，犹或可与进于道也，但恐其过中失正，而或陷于异端耳，故欲归而裁之也。

朱子解"狂简"为"志大而略于事"，盖以《尔雅·释言》、《论语集解》与《孟子赵注》均云："简，大也。"而《孟子》以"嘐嘐然"解狂者，《赵注》云："嘐嘐，志大言大者也。"复以《论语·子路篇》云：

子曰："不得中行而与之，必也狂狷乎！狂者进取，狷者有所不为也。"

《孟子·尽心篇》云：

> 万章问曰："孔子在陈，曰：'盍归乎来！吾党之士狂简，进取，不忘其初。'孔子在陈，何思鲁之狂士？"孟子曰："孔子'不得中道而与之，必也狂獧乎？狂者进取，獧者有所不为也'。孔子岂不欲中道哉？不可必得，故思其次也。""敢问何如斯可谓狂矣？"曰："如琴张、曾晳、牧皮者、孔子之所谓狂矣。""何以谓之狂也？"曰："其志嘐嘐然，曰'古之人古之人'，夷考其行而不掩焉者也。狂者又不可得，欲得不屑不洁之士而与之，是獧也，是又其次也。"

自来注《论语》者，多合万章之问与《论语》"公冶长""子路"两篇所记为一事，朱子亦同此意，故于注中申明之曰，"又不得中行之士，而思其次"云云。然如此解说，有不可通者两端：

（一）狂简指人之行为言，何以能斐然成章？

（二）简与獧古韵固同部（狷即獧，古今字也），然实不同义。《公冶长篇》为"狂简"，《子路篇》为"狂狷"，万章所问者亦为"狂简"，孟子答万章之问则为"狂獧"。简纵有大义，而仅能用以解志大言大之狂，不能解有所不为之獧。

《朱子语类》卷二十九云：

> 蜚卿问："孔子在陈，何故只思狂士，不说狷者？"曰："狷底已自不济事，狂底却有个躯壳可以鞭策。斐只是自有文采。诗云：'有斐君子，萋兮斐兮。'成章是自有个次第，自成个模样。"

又云：

　　问："先生解云，斐，文貌。成章，言其文理成就有可观
者。不知所谓文是文辞耶？亦指事理言之邪？"曰："非谓文
辞也，言其所为皆有文理可观也。"又问："狂简既是志大而略
于事，又却如何得所为成章？"曰："随他所见所习，有伦有序
有首有尾也。便是异端，虽与圣人之道不同，然做得成就底，
亦皆随他所为，有伦序有首尾可观也。"

　　朱子门人对其师之解释已不能无疑。朱子既云"狷底已自不济
事"，是其亦知"狂简"不同于"狂狷"，而于《集注》犹云"不得中行之
士，而思其次"，何也？至于解"斐然成章"比附异端之有伦序有首尾，
殊失诸支离。门人问既志大而略于事，何得成章？恐未可以此答之
也。

　　皇侃《论语义疏》卷三云：

　　　孔曰：简，大也。孔子在陈思归欲去。故曰，吾党之小子
　　狂（《集解》"狂"下有"简"字）者，进趋（《集解》作"取"）于
　　大道，妄（《集解》"妄"下有"作"字）穿凿，以成文章，不知所
　　以裁制；我当归以裁之耳。遂归。

　　《论语》孔安国注，清人多以为伪托之作。沈涛有《论语孔注辨
伪》，丁晏有《论语孔注证伪》，沈以为出于何晏，丁以为王肃所作。孔
注果出何人？非此所当论，可姑置之。润孙则以为作者纵有问题，其
说解要不能无所依据，学者当分别观之。《论语孔注辨伪》云：

　　　《释文》云："郑读至小子绝句"，是孔以狂简绝句者误也。
　　《史记·孔子世家》："哀公三年，孔子在陈，鲁召冉求。孔子
　　曰，归乎！归乎！吾党之小子，狂简斐然成章，吾不知所以裁
　　之。"是此节为冉求为发。"吾党之小子"，盖指冉求也。"归
　　与归与"，亦谓冉求将归。今曰孔子在陈思归，误矣。不知所
　　以裁之，盖谓已不能裁制，求之狂简也，故《史记》上有吾字。

今日我当归而裁制之,更误矣。史迁亲从安国问故,不应说之歧异,其伪灼然。《礼记·表记正义》引《论语》,"子在陈曰,归与！归与！吾党之小子。"是与郑读相合。《礼记·大学注》,"斐,有文章貌也。"《尔雅·释训注》,"斐,文貌。"《太玄》、"斐如邠如"注:"斐邠者,文盛貌也。"斐字从文,古训无不以为文貌者,今云妄作穿凿,谬矣。皇氏此疏云,"斐然,文章貌也。"盖亦知孔说之不可从。

《史记·孔子世家》云:

> 孔子居陈三岁,会晋楚争强,更伐陈。及吴侵陈,陈常被寇。孔子曰:"归与！归与！吾党之小子,狂简进取,不忘其初。"于是孔子去陈……孔子遂行,复如陈……(鲁)使使召冉求,冉求将行。孔子曰,鲁人召求,非小用之,将大用之也。是日,孔子曰:"归乎！归乎！吾党之小子狂简,斐然成章,吾不知所以裁之。"子赣知孔子思归,送冉求,因诫曰:"即用,以孔子为招云。"

《史记》两载孔子归与之叹,均为在陈时事,一从《孟子》,一从《论语》,前人多疑其为重出,而无谓其非孔子思归者。即以沈氏所征引者言之,《史记》明云子贡知孔子思归,何能谓"归与归与"为指冉求将归？刘宝楠《论语正义》已辨其非。若以此证孔注之伪,真为冤词矣。郑读固至小子绝句,而亦未可即谓其指冉求也。沈氏疑斐然成章,不可以"妄作穿凿"解之则诚是;盖狂简之确义既已迷失,诂经者遂不能无此疑也。

焦循《论语补疏》云:

> 按"妄作穿凿"四字申解斐然二字,盖读斐为匪,匪犹非也,非犹不也。下"盖有不知而作之者"注引包曰,"时人有穿凿妄作篇籍","穿凿妄作"解"不知而作"。妄即不知,不知

即非然矣。皇、邢两疏以斐为文章貌，未得注义。

焦氏所疑亦同于沈，特读"斐"为"匪"，因解为"非"，更推为"不知"为"妄"，辗转附会以求其通，如此训说，诚穿凿矣，其蔽亦由昧于狂简之解耳。

狂，说文作狴，云："狴犬也，从犬㞷声。忹，古文，从心。"段玉裁云："按此字当从古文作忹，小篆变为从犬，非也。"朱骏声云："按移以言人，乃制忹字也。"二氏之说虽略有出入，而狴忹之别在于人犬，则无异解。《说文》："㞷，草木妄生也。"是㞷之义为妄，故人妄为忹，犬妄为狂。后虽废忹用狂，其义之为妄，固未变也。《论语·阳货篇》，"好刚不好学，其蔽也狂，"孔注，"狂，妄抵触人"，益可证。

《说文》："简，牒也"，"牒，札也"，"札，牒也"。段玉裁云："按，简竹为之，牍本为之，牒札其通语也。"《尔雅·释器》云："简谓之毕。"《礼记·学记》："呻其占毕"，注，"但吟诵其所视简之文。"《论衡·量知篇》云："截竹为简，破以为牒，加笔墨之迹，乃成文字，大者为经，小者为传记。"然则，所谓简者，即后世之书卷。狂简者，盖妄以己意著之简牒也。《说文》："篇，书也。"段玉裁云："书，著也。著于简牍者也。"《汉书·晁错传》云："著之于篇"，注，"篇，谓竹简也。"以绳编串竹简，于是成书为篇。荀勗《穆天子传·序》云："汲县民不准盗发古冢所得书也，皆竹简青丝编。"劳干《居延汉简考释》云："居延简，广地南部候兵物册共七十七简，以麻绳二道编之，如竹帘状，可以卷舒。"（今人于古代简策之制考证颇详，兹不多及）古时编简为书，故称之曰篇，亦谓之曰书，析言之则曰简。狂简者，妄著简牍也。

何晏《论语集解》引孔注："简，大也。"而邢昺《论语疏》未有以释之，以致有所误解皆由此引起。《义疏》云：

> 狂者，直进无避者也。简，大也。大谓大道也。斐然，文章貌也。孔子言我所以欲归者，为我乡党中有诸末学小子，狂而无避，进取正经大道，辄妄穿凿，斐然以成文章。

又云：

> 趋，取也。大道，正经也。既狂，故取正典穿凿之也。

邢疏省"大谓大道"一语。于"进取正经大道也"句，省"正经"二字。其下复略去"大道，正经也。既狂，故取正典穿凿之也"数语。皇疏解简为大道为正经，盖尚存汉魏经师相传之旧说，《说苑·修文篇》云，"大者文也，"是大有文之训，故孔注以大释简，而皇疏以大道正经解之也。邢疏如此删省，其义与皇疏乃大相径庭。《义疏》孔注云，"吾党之小子狂者"，《集解》孔注作"吾党小子之狂简者"，衍一"简"字，于是用以称大道称正经之"简"，转移为称人之"简"。后人沿之，不悟"简"乃以称书，非以称人，更受《子路篇》及孟子之影响，迷途不返者几千年矣。

孔注解"狂"为"狂者"，其下复云"进趋于大道，妄穿凿"云云。如此说解，则狂既为称人，又须解为妄，狂简为穿凿之意始能明。古人文字虽尚简，亦断无晦奥至于如是者，即以此注推之，恐不能无所脱误增改也。狂之为妄，已释于前，妄穿凿之义，即出于此，决非用以称人。孔注盖杂采先儒旧训而成，故得失互见，为说不纯，须整理爬梳之耳。惜邢疏荒诞，不仅无所发明，且多删省，苟非皇疏复出，何从窥见古义哉？

张栻《论语解》卷三云：

> 圣人道不行于当时，故退而明诸书，以私淑诸人。方圣人历聘之时，诗书礼乐之文，固已付门人次序之矣。及圣人归于鲁，而后有所裁定，所谓删《诗》、定《书》、系《周易》、作《春秋》也。狂简之士虽行有不掩，而其志大，盖能斐然以成章矣。至于义理之安，是非之平，详略之宜，则必待圣人裁之，而后为得也。

《论语正义》卷六云：

《孔子世家》言，阳虎乱政时，孔子不仕，退而修诗书礼乐；弟子弥众，至自远方，莫不受业。是孔子年五十内，已修诗礼乐，非至晚年归鲁，始为之也。弟子受业，即受孔子所修之业。当时洙泗之间，必有讲肄之所，不皆从夫子出游，故此在陈得思之也。

张氏能自"斐然成章"推知门人次序六艺，殊为卓识，顾仍迷于狂简之解焉。刘氏引《史记》以证其义，谓夫子出游，人不必皆从，洙泗之间，必有讲肄之所，为说益明。《论语·述而篇》云：

> 子曰：述而不作，信而好古。

又云：

> 子曰：盖有不知而作之者，我无是也。

《义疏》卷四云：

> 包氏曰：时人多有穿凿妄作篇籍者，故云然也。

夫子述而不作，故于时人之妄作颇不取之。包注之"穿凿妄作"似与孔注之"妄穿凿"同义，若然，"狂简"当是"作"而非"述"，苟非是，何来"斐然成章"之叹？然亦是门人讲习六艺，妄穿凿以为论。孔注云："进趋于大道，妄穿凿以成文章。"皇疏云："取正典穿凿之，"盖均指门人之狂简，而非臆说。张氏"义理之安，是非之平，详略之宜，必待圣人裁之"数语，良是也。

《子路篇》所言者为狂狷，与此为二事，可置无论。《孟子·尽心篇》万章之问，《史记·孔子世家》亦采之，人多辨其为一事误传为二（见崔述《洙泗考信录》及钱穆《先秦诸子系年》诸书），其说殆成定论。万章述孔子之辞曰："吾党之士狂简进取，不忘其初。"赵注："简，大也。狂者进取大道，而不得其正者也。不忘其初，孔子思故旧也。"则所谓大者同为指大道，与《论语》孔注合，且亦云狂者进取，而非狂简进取，足证简非指人，为汉时经师古训；惜后人未参之《论语义疏》，多昧其解耳。焦循《孟子正义》引《仪礼》及《楚辞》之注，证初有故义，其说是矣；赵氏释不忘其初为孔子思故旧，则似可商。夫所谓"不忘其初"，似是吾党之士虽妄穿凿以成文章，犹不忘昔日从孔子所受之业，初指昔日之业也。万章问孔子何为思狂士者，其人既狂简进取，自可称为狂士，然如以此证狂简之"狂"为称人者，则仍不可通也。

孟子答万章问，舍妄穿凿以成文章狂简之事，而告以狂狷之人，盖专就孔子思狂士而言，其说与《论语·子路篇》之言合，而与《公冶长篇》及万章所称述者皆不合。后世以孟子所答者为人，《集解》孔注又误衍一简字，狷简古韵复又同部，简为称人之解，说经者遂皆视为当然无可疑矣。

《史通》卷四《断限篇》云：

> 夫书之立约，其来尚矣。如尼父之定虞书也，以舜为始，而云曰若稽古帝尧；丘明之传鲁史也，以隐为先，而云惠公元妃孟子。此皆正其疆里，开其首端，因有沿革，遂相交互耳。事势当然，非为滥轶也。过此已往，可谓狂简不知所裁者焉。

又卷八《书事篇》云：

> 大抵近代史笔叙事为烦，榷而论之，其尤甚者有四……凡祥瑞之出非关理乱，盖主上所惑，臣下相欺……史官征其谬说，录彼邪言；真伪莫分，是非无别。其烦一也……夫臣谒其君，子觐其父，抑惟恒理，非复异闻，载之简策，一何辞费？其烦二也……近世自三公以下，一命已上，苟沾厚录，莫不备书……其之史牒，夫何足观？其烦三也……声不著于一乡，行无闻于十室，乃叙其名位，一一无遗。此实家牒，非关国史。其烦四也。于是考兹四事，以观今古。足验积习忘返，

流宕不归。乖作者之规模，违哲人之准的也。"孔子曰，吾党
之小子狂简，斐然成章，不知所以裁之。"其斯之谓矣。

刘氏犹知汉魏经师之旧义，论史书体制，两引狂简以喻著史者之
滥载失裁。得此佐证，足坚润孙自信。子玄初非经师，而其说乃可以
解经，惜乎注《论语》诸家皆不之顾也。

（原载《新亚学报》第二卷第二期）

北魏的汉化教育制度

杨吉仁

北魏太祖道武帝(拓跋珪)于天兴元年(西元三九八年)秋七月,定都平城,开始经营宫室,建宗庙,立社稷,十有一月,诏尚书吏部郎中邓渊典官制,立爵品,定律吕,协音乐。天兴二年(西元三九九年)三月甲子,初令五经群书,各置博士,增国子太学生员三千人。此则可谓正式实施汉化教育制度之始,使其民由野蛮而渐趋于文明,其后历经明元、太武、文成、献文诸帝之赓续推行,以迄孝文帝全力推行汉化教育,卒使入侵中原之胡人,沾染华风,驯致胡汉不分,民族融和。

关于北魏实施之汉化教育情形,分学校教育与选士制度两方面,本文仅就学校制度、师资、课程等项论列;至于选士制度,另文讨论。

第一节 北魏中央学校——国学

一、国学类别与立学之经过

北魏建国之始,即倾心汉化,重视经术,由于大量征引汉族士子之结果,致一切典章多仿汉魏,其学校制度亦然,北魏朝之国学,计正规者有四类:

(一)太学——中央有太学,仿自汉魏,州郡亦有太学,实系别创。

(二)国子学——西晋武帝咸宁四年(西元二七八年),创立国子学。[1] 北魏仿之,太宗明元帝改国子学为中书学,太和中,复改中书学为国子学。[2]

(三)四门小学——仿三代郊外小学之制而建立,隋、唐因之。[3]

(四)皇宗学——皇族子孙就学之所。系北魏别创。

此外有旁系二种:

(一)律学——魏晋已创置,北魏因之。[4]

(二)算学——魏晋以来,多在史官,不列于国学,[5]北魏因之。

至于北魏建学之经过,可分二个阶段,予以说明:

(一)奠都平城时期——自太祖道武帝于天兴元年(西元三九八年)定都平城起,历太宗明元帝、世祖太武帝、高宗文成帝、显祖献文帝以迄高祖孝文帝太和十九年止(西元四九五年),计约九十七年。关于置学过程,简述如后:

---

① 见《宋书》卷三十九《百官志上》。

② 见《北史》卷八十一《儒林传序》暨《资治通鉴》卷一百三十六《齐纪二》。

③ 见《魏书》卷五十五《刘芳传》暨《大唐六典·国子监》卷第二十一。

④ 据《三国志·魏志·卫觊传》略云:"请置律博士,而转相教授,事遂施行。"又《大唐六典·国子监》卷二十一引《百官志》略云:"晋《百官志》:延尉官属有律博士员……东晋、宋、齐并同。……后魏初,律博士第六品,太和二十二年为第九品。"

⑤ 见《大唐六典·国子监》卷第二十一。

1. 太学与国子学之设置：

（1）北魏定鼎平城，太祖即置五经博士，增国子太学生员，据：

a.《魏书》卷八十四《儒林传序》云：

> 太祖道武帝拓跋珪，初定中原，虽日不暇给，始建都邑，
> 便以经术为先。立太学，置五经博士，生员千有余人。①

b.《魏书》卷二《太祖纪》云：

> 太祖天兴二年三月甲子，初令五经群书，各置博士，增国
> 子太学生员三千人。②

由此可见，太祖已深谙为国之道，须文武兼用矣！

（2）太宗明元帝，改国子（学）为中书学，立教授博士。③

（3）世祖太武帝于始光三年（西元四二六年）别立太学于城东；④
惟世祖为使公卿子弟入太学，并取缔平民子弟入学，曾于太平真君五
年（西元四四四年）诏曰：

> 自顷以来，军国多事，未宣文教，非所以整齐风俗，示轨
> 于天下也。今制：自王公以下至于卿士，其子息皆诣太学。
> 其百工伎巧驺卒子息，当习父兄所业，不听，私立学校，违者
> 身死，主人门诛。⑤

这一诏示，似受当时盛行门阀制度之影响，亦属窒碍难行之不合
理限制。

---

① 《北史》卷八十一《儒林传序》同。
② 按《魏书》卷一百一十三《官氏志》记载为三十人。
③ 见《魏书》卷八十四《儒林传序》暨《北史》卷八十一《儒林传序》。
④ 见《魏书》卷八十四《儒林传序》。
⑤ 见《魏书》卷四下《世祖纪下》。

（4）高祖孝文帝于太和中改中书学为国子学。①

2. 皇宗学之设置：《北史·儒林传序》云："太和中，又开皇宗之学。"又据《魏书》卷七下《高祖纪下》云："高祖于太和十六年幸皇宗学，亲问博士经义。"此外太和九年曾令别置学馆，训诲皇子皇孙，其令曰：

> 自非生知，皆由学诲，皇子皇孙，训教不立，温故求新，盖有阙矣！可于闲静之所，别置学馆，选忠信博闻之士，以匠成之。②

由此可见，北魏定都平城时期，已立皇宗之学而无疑。

（二）徙都洛阳时期——自孝文帝太和十九年（西元四九五年）九月庚午，正式迁都洛阳起，迄出帝（孝武帝）奔关中止，约计三十九年，其间以孝文、宣武两朝教育最为发达。肃宗孝昌以后，海内淆乱，四方学校，所存无几！其递变之迹，分述如下：

1. 国子学，太学及四门小学之并立：

（1）太和十九年迁都洛邑后，即诏立国子、太学及四门小学。③

（2）世宗正始元年（西元五○四年），诏依汉魏旧章缮营国学。④

（3）世宗正始四年六月己丑，诏勅有司，准访前式，置国子，立太学，树小学于四门。

其时，国子祭酒及经学家刘芳对于国子学与太学之设置，建议应循古制，国子学居宫门之左，至于太学基所炳在，仍旧营构。芳表曰：

> 夫为国家者，罔不崇儒尊道，学校为先。……唐虞已往，典籍无据。隆周以降，任居虎门。《周礼·大司乐》云："师氏掌以媺诏王，居虎门之左，司王朝，掌国中之事，以教国子弟。"蔡氏《劝学篇》云："周之师氏，居虎门左，敷陈六艺，以

---

① 见《北史》卷八十一《儒林传序》。
② 见《魏书》卷二十一上《咸阳王禧传》。
③ 见《北史》卷八十一《儒林传序》。
④ 见《魏书》卷八《世宗纪》。

教国子"，今之祭酒，即周师氏。洛阳记国子学宫与天子宫对，太学在开阳门之外，案《学记》云："古之王者建国，亲民教学为先。"郑氏注云："内则设师保以教，使国子学焉！外则有太学庠序之官。"由斯而言，国学在内，太学在外明矣！案如洛阳记，犹有仿像。臣愚意谓今既徙悬崧瀍，皇居伊洛宫阙，府寺金复故址；至于国学，岂可阙替？校量旧事，应在宫门之左；至如太学，基所炳在，仍旧营构。①

至于四门置小学，后赵石勒即曾置"宣文、宣教，崇儒，崇训"十余小学于襄国四门，简将佐豪右子弟百余人以教之，且备击柝之卫。②

然北魏四门置小学，据大儒刘芳奏称系源于《周礼》，且以为检督方便计，四门小学可与太学同处一地。芳表曰：

　　臣案自周以上，学惟有二：或尚西，或尚东；或贵在国，或贵在郊。爰暨周室，学盖有六：师氏居内，太学在国，四小在郊。《礼记》云："周人养庶老于虞庠，虞庠在国之西郊。"《礼》又云："天子设四学，当入学而太子齿。"注云："四学，周四郊之虞庠也。"……汉魏以降，无复四郊，谨守先旨，宜在四门。案王肃注云："天子四郊有学，去王都五十里。"考之郑氏，不云远近。今太学故坊，基址宽旷，四郊别置，相去辽阔，检督难周，计太学坊，并作四门，尤为太广，以臣愚量，同处无妨。③

刘芳这一建议，被蒙采纳，因此北魏国子学似应位于宫门之左，太学在城东开阳门外东汉旧址，四门小学邻近太学。惟据清永瑢等撰《历代职官表》，根据杨衒之《洛阳伽蓝记》推断，则认为："北魏三学分建，虽有其文而未行，其生徒讲肄者，实止国子一学也。至四门为小

---

① 见《魏书》卷五十五《刘芳传》。
② 见《晋书》卷一○四《石勒载记》。
③ 见《魏书》卷五十五《刘芳传》。

学,盖仿三代郊外小学,以教国人之法,创于魏,而隋唐以后皆因之。"①此一推断,尚有参考价值。

自世宗正始元年,诏缮营国学,正始四年又勅有司置国子、太学、四门小学,其间进展甚缓,故国子祭酒郑道昭曾屡屡疏陈兴学之要旨,并请颁定学令,使选授有依,生徒可准。以及请依旧权置国子生学生,渐开训业,使播教有章,儒风不坠。②

(4)世宗延昌元年(西元五一二年)诏令速成国学、太学、四门学。诏曰:

> 迁京嵩县,年将二纪,虎闱阙唱演之音,四门绝讲诵之业,博士端然,虚禄岁纪,贵游之胄,叹同子衿,靖言念之,有兼愧慨。可严勅有司,国子学孟冬使成,太学、四门学,明年暮春令就。③

(5)肃宗神龟中(西元五一八至五一九年),将立国学,诏以三品以上及五品清官之子,以充生选;但未及简置而作罢。④

(6)肃宗正光元年(西元五二○年),诏有司豫缮国学,图饰圣贤。⑤ 又正光三年,始置国子生三十六人。⑥

(7)肃宗孝昌以后,海内淆乱,教育受损。废帝普泰元年(西元五三一年),散骑常侍卫将军羊深鉴于胶序废替,名教陵迟,乃疏请修国学,并请诏天下郡国兴立儒教考课之程,咸依旧典,废帝虽以为善,但未闻采行。⑦

---

① 见永瑢等撰《历代职官表》卷三十四。
② 见《魏书》卷五十六《郑义传》附《道昭传》。
③ 见《魏书》卷八《世宗纪》。
④ 见《魏书》卷八十四《儒林传序》暨《北史》卷八十一《儒林传序》。
⑤ 见《魏书》卷九《肃宗纪》。
⑥ 按《魏书》卷八十四《儒林传序》,《北史》卷八十一《儒林传序》均作国子生三十六人,而清永瑢《历代职官表》卷三十四作四十六人;又按《古今图书集成·选举典》第九卷学校汇考三暨《历代职官表》卷三十四,均作正光二年,始置国子生。
⑦ 见《魏书》卷七十七《羊深传》。

（8）孝武帝（出帝）永熙三年（西元五三四年），置国学生七十二人。①

总观上述，孝文、宣武二朝，国学、太学、四门小学并立，而肃宗以后，只云立国子一学，其衰落情形，可以想见。

2.皇宗学之恢复：迁洛之后，任城王澄奏请修复皇宗之学及开四门之教。澄表曰：

> 臣参训先朝，藉规有日，前言旧规，颇亦闻之。又昔在恒代，亲习皇宗熟秘，序庭无阙日，臣每于侍坐，先帝未尝不以书典在怀，礼经为事。周旋之则，不辍于时。自凤举中京，方隆礼教，宗室之范，每蒙委及，四门之选，负荷铨量。自先遄升退，未遑修述学官，虚荷四门之名，宗人有阙四时之业，青衿之绪，于兹将废。……愚谓可勅有司，修复皇宗之学，开四门之教，使将落之族，日就月将。

诏曰："胄子崇业，自古盛典，国均之训，无应久废，尚书更可量宜修之。"②是皇宗之学迁洛之后，其事渐废，故澄请复之，惟设置办法未得而闻焉！

此外关于律学与算学，北魏均置有博士；惟史书记载欠详，可得而知者，如：

1.《魏书》卷八十二《常景传》云："常景及长有才思，雅好文章，廷尉公孙良举为博士。"

2.《魏书》卷二十《安丰王猛传》云："河间人信都芳工算术，引之在馆，其撰《古今乐事》九章十二图，又集《器准》九篇，芳别为之注，皆行于世。"

3.《魏书》卷九十一《艺术列传》云："殷绍，世祖时为算生博士。"有关之记述，仅此而已！

---

① 见《魏书》卷十一《出帝本纪》暨《北史》卷八十一《儒林传序》。
② 见《魏书》卷十九中《任城王云传》附《澄传》。

二、国学学官及生徒

（一）学官设置沿革——汉魏以来，国学均有学官，称之曰博士，其职掌除以五经教子弟，国有疑事，掌丞问对。[①] 惟博士一词之起源甚早，据《宋书》卷三十九《百官志上》称："六国时往往有博士。"如鲁博士公仪休、[②]宋博士卫平、[③]以及魏国博士弟子贾祛[④]是也，而班固于《前汉书·百官公卿表七上》所云：

"博士、秦官也、掌通古今，秩比六百名，多至数千人。"此则似指博士为秦代所设置之学术专官，汉因袭秦制，太学亦置博士。如：

应劭《汉官仪》卷上云："汉置博士祭酒（注：韦昭辨释名曰，凡谦飨必尊长老，以酒祭先，故曰祭酒）一人，秩六百石。"

《宋书》卷三十九《百官志上》云：

> 汉武建元五年（西元前一三六年），初置五经博士，宣、成之世，五经家法稍增，经置博士一人。至东京凡十四人。《易》：施、孟、梁丘、京氏；《尚书》：欧阳、大小夏侯；《诗》：齐、鲁、韩；《礼》：大小戴；《春秋》：严、颜，各一博士，而聪敏有威重者一人为祭酒。

魏晋承袭汉制，亦置博士，据《宋书》卷三十九《百官志上》云：

> 魏及晋西朝，置博士十九人，江左初减为九人，皆不知掌何经。元帝末，增仪礼、春秋、公羊博士各一人，合为十一人，后又增为十六人，不复分掌五经，而谓之太学博士也，秩六百石。

---

① 见《通典》卷二十七《职官九》。
② 见《史记》卷一百一十九《循吏列传·公仪休传》。
③ 见《史记》卷一百三十八《龟策列传》。
④ 见《前汉书》卷五十一《贾山传》。

　　三国两晋之际,属于中央国学学官,计有:太学博士祭酒、太学博士、国子祭酒、国子博士、国子助教五种,此外不列为国学学官者,尚有太常博士、律博士、书学博士、算学博士等种。(详情参阅拙著:《三国两晋学校教育与选士制度》第一章第二节。正中书局五十七年出版。)

　　至于汉魏以来,太学生徒之名称,亦有不同,汉武帝元朔五年(西元前一二四年),首置博士弟子员(按:元帝初元五年称博士弟子,元帝永光三年,又复称博士弟子员),东汉时,简称"太学生"或"诸生"。

　　魏黄初五年,规定初入太学者,称"门人",入学满二年,试通一经者,方曰"弟子"。① 降至两晋,太学与国学并立,生徒则径称太学生与国子生矣!②

　　(二)北魏之学官与生徒——北魏承袭汉魏旧章,学官亦曰博士。计列入国学学官者有:国子祭酒、国子博士、国子助教、五经博士、太学祭酒、太学博士、太学助教、中书博士、中书教学博士、四门小学博士、皇宗博士等类,此外不列入国学学官,而有祭酒或博士与助教之称号者,有:律博士③、算生博士④、太常博士⑤、太医博士及太医助教⑥、太史博士、太乐博士、礼官博士、太卜博士等。⑦

　　以上各项官称,除算生博士见于《魏书·艺术列传》、太庙博士见于《魏书·律历志》及《礼志》外,余均见于《魏书·官氏志》中。

　　至于国学生徒,则有国子生、太学生、中书学生、中书写书生,以及算生等之别;至于学生入学资格,按《魏书》所载,中书学或太学,多以

---

① 见郑樵《通志》卷五十九《选举志》。

② 见《宋书》卷十四《礼志一》。

③ 按《晋书》卷二十四《职官志》称:"廷尉属官有律博士员。"

④ 按《大唐六典·国子监》卷第二十一云:"算学博士,魏晋以来,多在史官,不列于国学。"又按《魏书》卷九十一《艺术列传》云:"殷绍,世祖时算生博士。"

⑤ 按《晋书》卷二十四《职官志》云:"太常博士,魏官也,魏文帝初置,掌引导乘舆,王公以下应追谥者,则博士议定之。"

⑥ 据永瑢《历代职官表》卷三十六云:"太医博士、助教,隶属太医令,而太医令复隶太常。"

⑦ 按《晋书》卷二十四《职官志》云:"太常有博士协律校尉员,又统太学诸博士、祭酒及太史、太庙、太乐、鼓吹陵等令史。"

功臣子弟充选。例如：

1. 张蒲子昭，有志操，天兴中，以功臣子为太学生。①

2. 谷浑子孙十五以上，悉补中书学生。②

又如：

1.《魏书》卷四下《世祖纪下》载云："太平真君五年，诏制自王公已下，至于卿士，其子息皆诣太学。"

2.《北史》卷八十一《儒林传序》有云："神龟中，将立国学，诏以三品以上及五品清官之子，以充生选。未及简置，仍复停寝。"由此可见，太学与国学之入学权利，在北魏朝，已全为贵族子弟所有矣！

关于国学学官之员额品秩，史载欠详，考订甚难，兹就《魏书·官氏志》可得而知者，表列于后：

① 见《魏书》卷三十三《张蒲传》。
② 见《魏书》卷三十三《谷浑传》。

附表一：国学学官品秩一览表——资料来源 { (1)《魏书·官氏志》暨各纪传
(2)《北史》卷八十一《儒林传序》

校别	学官类别	品秩		备注
		第一次职品令	第二次职品令	
国子学	国子祭酒	正四品上	从三品	《魏书》卷十四《儒林传序》云："正光三年,置国子生三十六人,永熙中复置七十二人,及迁都于邺,国子置生三十六人。"
	国子博士	从五品上	正五品上	
	国子学生	正七品中		
	国子助教	从七品		
太学	五经博士	未详	未详	①《魏书》卷八十四《儒林传序》云："太祖初定中原……便以经术为先,立太学,置五经博士,生员千有余人,天兴二年春,增国子太学生员至三千。"②《南北史补志》未刊稿："后魏永平元年(西元五〇八年)十二月,立博士三十人。"
	太学祭酒	从五品上		
	太学博士	正六品中		
	太学助教	正八品中	从七品	
中书学	中书博士			①《北史》卷八十一《儒林传序》云："明元时,改国子学为中书学立教授博士……太和中,改中书学为国子学。"②《资治通鉴》卷一百三十六《齐纪二》："永明四年(西元四八六年),是岁魏改中书学曰国子学。"胡三省注云："魏先置中书博士及中书学生,今改曰国子学,从晋制也。"
	中书教学博士			

续表

校别	学官类别	品秩 第一次职品令	品秩 第二次职品令	备注
四门小学	四门小学博士	正五品下	正九品上	《北史》卷八十一《儒林传序》云："宣武时复诏营国学,树小学于四门,大选儒生,以为小学博士员四十人。"
皇宗学	皇宗博士	正五品下		《魏书》卷八十四《儒林列传·孙惠蔚传》:"时中书监高闾同宿闻惠蔚,称其英辩,因相谈,荐为中书博士转皇宗博士。"
其他(不列国学学官)	律博士	正六品中	正九品上	按《魏书·官氏志》第一次职品令载有"尚书等生"一职,为正九品中。诸等生,正九品下。
	算生博士			

附注:(1)第一次职品令:据《魏书·高祖本纪》推断,当为太和十五年所拟,十七年颁行。

(2)第二次职品令则为太和二十三年颁行,以为永制。

(3)其他不列国学学官之太常博士、太史博士、礼官博士、太乐博士、太医博士、太卜博士、太史助教等之品秩,均见《魏书·官氏志》,此处从略。

（三）汉族士人任职学官情形——北魏自世祖神䴥四年广为引用汉族士人以还，汉人任国学学官者，人数至伙。彼等或博涉经史，或精通文义，或擅尺牍文章，固儒家者流。其任职也，或授帝王经典，或参议朝仪，或奏定学令，或表兴国学，其于汉化教育之推进暨胡族之被同化，厥功至伟。兹将任职学官较著称者，表列如后。

附表二：汉族士人任职学官表（依据《魏书》暨《北史》各列传编制）

姓名	字号	籍贯	职位	学术造诣及成就	资料来源
李先	容仁	中山卢奴人。	太祖时迁博士。	少习经史，年虽废忘，十犹通六。曾建议搜集天下经籍，太祖从之。	《魏书》卷三十三本传。
崔浩	伯渊	清河人也。	太宗初，拜博士祭酒。	(1)工书，太宗常置左右。(2)常授太宗经书。	《魏书》卷三十五本传。
李顺	德正	赵郡平棘人。	太宗神瑞中，任中书博士。	博涉经史，有才策，知名于世。	《魏书》卷三十六本传。
李同轨（李顺之族孙）		同上	领国子助教转著作郎迁国子博士。	(1)学综诸经，兼读释史，又好医术。(2)典仪注，修国史。	《魏书》卷三十六《李顺传》附《轨传》。又《魏书》卷八十四《儒林列传》。
李彦（李宝之孙）	次仲	陇西狄道人。	高祖初，举司州秀才，除中书博士。	(1)颇有学业。(2)时朝议典章，咸末周备，彦留心考定，号为称职。	《魏书》卷三十九《李宝传》附《彦传》。

续表

姓名	字号	籍贯	职位	学术造诣及成就	资料来源
房景先	光胄	清河绎幕人。	太和中，解褐太学博士。	幼孤贫，无资从师，其母自授《毛诗》、《曲礼》。其建树：（1）修国史。（2）撰《世宗起居注》。（3）作《五经疑问》百余篇。	《魏书》卷四十三《房法寿传》附《景先传》。
李訢	元盛，小名真奴	范阳人。	世祖朝，初为中书学生，后除中书助教博士。	（1）人授高宗经。（2）疏立学校。	《魏书》卷四十六本传。
卢玄	子真	范阳涿人。	神䴥四年，首授中书博士。	以儒雅称。崔浩每叹言：对子真，使我怀古之情更深。	《魏书》卷四十七本传。
高允	伯恭	渤海人。	神䴥四年，征为中书博士。	性好文学，博通经史，天文术数，尤好春秋公羊。其贡献：（1）以经授恭宗。（2）奏请郡国立学。（3）议定律令。	《魏书》卷四十八本传。

续表

姓名	字号	籍贯	职位	学术造诣及成就	资料来源
李郁	永穆	赵郡人。	国子博士。	博通经史,朝夕于国子学教授,永熙三年于显阳殿执经讲礼,解说不劳。	《魏书》卷五十三《李孝伯传》附《郁传》。
刘芳	伯文	彭城人。	历任中书博士、国子祭酒。	特精经义,别号刘石经。兼览苍雅,尤长音训。其贡献: (1)人授世宗。 (2)表请崇儒尊道,学校为先。 (3)议定律令。 (4)撰述《周官义证》《仪礼义证》五卷等书十三种。	《魏书》卷五十五本传。
郑道昭	僖伯	荥阳开封人。	初为中书学生,后迁国子祭酒。	少而好学,博览群言。其贡献: (1)表兴国学。 (2)参定学令。	《魏书》卷五十六《郑羲传》附《道昭传》。
崔辩		博陵安平人。	显祖征拜中书博士。	学涉经史,政事之余,专以劝学为务。	《魏书》卷五十六本传。
崔逸		博陵安平人。	历任中书博士、国子博士。	好古博涉,经明行修。与著作郎韩兴宗参定朝仪。	《魏书》卷五十六《崔辩传》附《逸传》。

续表

姓名	字号	籍贯	职位	学术造诣及成就	资料来源
崔挺	双根	博陵安平人。	中书博士。	少敦学业，多所览究，又工书法，曾参议律令。	《魏书》卷五十七本传。
高祐	子集，小名次奴	渤海人。	高宗初，拜中书学生转博士。	博涉书史，好文字杂说，材性通放，曾奏请任职唯才，不简年劳；又奏请县立讲学，党立教学，村立小学。	《魏书》卷五十七本传。
李彪	道固	顿丘卫国人。	高祖初，任中书教学博士。	少孤贫，有大志，笃学不倦，其建树： (1) 区分国书体例。 (2) 述春秋三传十卷。 (3) 著诗颂赋诔章奏杂事百余篇。	《魏书》卷六十二本传。
郭祚	季祐	太原晋阳人。	高祖初，拜中书博士。	涉历经史，习崔浩之书，尺牍文章，见称于世。	《魏书》卷六十四本传。
邢虬（邢峦叔祖祐之从子）	神虎	河间郑人也。	高祖时，任国子博士。	少为三礼郑氏学，明经问朝觐宴飨之礼，均以礼对，其建树： (1) 高祖崩，尚书令多用新仪，虬往往折以五经正礼。 (2) 作碑颂杂笔三十余篇。	《魏书》卷六十五《邢峦传》附传。

续表

姓名	字号	籍贯	职位	学术造诣及成就	资料来源
崔亮	敬儒	清河东武城人。	初李冲荐为中书博士。后领青州大中正，迁定州刺史、吏部尚书。	曾参与铨选事，垂将十年，廉慎明决。	《魏书》卷六十六本传。
崔光	本名孝伯，字长仁。	东清河鄃人。	太和六年，拜中书博士；世宗永平四年领国子祭酒。	家贫好学书耕夜诵。其建树：(1)与秘书丞李彪撰国书。(2)参赞正都之谋。(3)熙平元年，授肃宗经。(4)神龟元年表请修缮石经。	《魏书》卷六十七本传。
阳尼	景文	北平无终人。	太和中举为国子祭酒。	少好学术，博通群籍。高祖尝亲在苑堂讲诸经典，诏尼侍听。尼有书数千卷，造《字释》数十篇，未就而卒。其从孙承庆撰《字统》二十卷，行于世。	《魏书》卷七十本传。
曹世表	景升	东魏郡魏人。	任城王澄奏任国子助教。	举止有礼度，性雅度，工尺牍，涉猎群书。	《魏书》卷七十二本传。
董绍	兴远	新蔡鮦阳人。	起家四门博士，后任国子助教。	少好学，颇有文义。	《魏书》卷七十九本传。

续表

姓名	字号	籍贯	职位	学术造诣及成就	资料来源
祖莹	元珍	范阳遒人。	历任太学博士、国子博士、国子祭酒。	孝庄末，典造金石雅乐，三载乃就。	《魏书》卷八十二本传。
常景（常爽之孙）	永昌	河内人。	廷尉公孙良举为律博士，后为太常博士。	少聪敏，初读《论语》、《毛诗》，一受便览，及长有才思。耽好经史，爱玩文词，艺业该通，文史渊洽。其贡献： （1）太常刘芳与景等撰朝令未及班行，别典仪注，多所草创，未成芳卒，景纂成其事。 （2）又敕撰太和之后朝仪，已施行者凡五十余卷。	《魏书》卷八十二本传。
孙惠蔚	叔炳	武邑武遂人。	太和初为中书博士、皇宗博士。	年十五粗通《诗》、《书》及《孝经》、《论语》，十八师董道季讲《易》，十九师程玄读《礼经》及《春秋三传》。其建树： （1）参定雅乐。 （2）疏请充实东观典籍。	《魏书》卷八十四《儒林列传·孙惠蔚传》。

续表

姓名	字号	籍贯	职位	学术造诣及成就	资料来源
卢景裕	仲儒，小字白头	范阳涿人。	前废帝初除国子博士。	少聪敏，专经为学，其建树： （1）参议正声。 （2）注《周易》、《尚书》、《孝经》、《论语》、《礼记》、《老子》。其《毛诗》、《春秋左氏》未讫。	《魏书》卷八十四《儒林列传·卢景裕传》。
裴佗	元化	河东闻喜人。		少治《春秋》、《杜氏》、《毛诗》、《周易》，并举其宗。	《魏书》卷八十八本传。
殷绍		长乐人。	世祖时为算生博士。		《魏书》卷九十一《艺术列传·殷绍传》。

附注：表中所举列者，系属教育代表性者，北魏一朝，汉族士人出任学官者，固不止此也。

三、国学之课程与教材

（一）北魏国学课程之渊源——两汉、魏晋之太学与晋代国子学之课程，均以经学为重。汉武帝建元五年（西元前一三六年）初置五经博士，至后汉分立十四博士：《易》立施（雠）、孟（喜）、梁邱（贺）、京（房）四博士；《书》立欧阳（高）、大小夏侯（胜、建）三博士；《诗》立鲁（申培公）、齐（辕固生）、韩（婴）三博士，《礼》立大小戴（德、圣）二博士；《春秋》立严（彭祖）、颜（安乐）二博士。两汉经学虽盛，但有今文、古文经学之争。而后汉所立十四博士则为今文经学之研究。及后汉末，经学大师郑玄（康成）出，博采今古，自成一家之言，以古学为宗，兼采今学以附其义；于是两汉家法已不可考：故经学至郑玄，乃告一变。

魏承汉制，立博士十九人，经学科目，包括诸经，然考其实际，魏学官所立诸经，乃与后汉绝异。盖王肃善贾（逵）、马（融）之学而不好郑氏，采会同异，为《尚书》、《诗》、《论语》、《三礼左氏解》及撰定父朗所治《易传》，皆列学官。①

又《魏高贵乡公纪》载其幸太学之问，所问之《易》，则郑玄注也；所讲之《书》，则马融、郑玄、王肃之注也；所讲之《礼》，则《小戴记》，亦郑玄王肃注也。是故魏时学官所立诸经，已非汉代之今文学，而为贾、马、郑、王之古文学。据近人王国维氏考证云："其时博士可考者，亦多古文家，且或为郑氏弟子也。"②

西晋初年，因袭魏制，立博士十九人，其经学课程之分配与魏同。迨西晋末年，遭逢永嘉之乱，经学遭受摧残。盖《易》亡梁丘、施氏、高氏，《书》亡欧阳、大小夏侯；齐诗在魏已亡，鲁诗不过江东，韩诗虽存，无传之者；孟、京、费易亦无传人；公、穀虽在若亡。③

东晋元帝继立江左，修立学校，省置博士九人，其课程为：1.《周

---

① 见《三国志·魏志》卷十三《王朗传》附《肃传》。
② 参阅王国维著《观堂集林》卷四《汉魏博士考》暨二十卷《石经考三》。
③ 见皮锡瑞著《经学历史》第五章一四二面。

易》王氏,2.《尚书》郑氏,3.《古文尚书》孔氏,4.《毛诗》郑氏,5.《周官》郑氏,6.《礼记》郑氏,7.《论语》、《孝经》郑氏,8.《左传》杜氏,9.《左传》服氏。① 太常荀崧上疏请增置郑《易》、《仪礼》及《春秋》、《公羊》、《穀梁》博士各一人,时以穀梁肤浅不足立学官,后以王敦之乱,余亦未果行。② 是以晋所立博士,无一为汉十四博士所传者,而今文之师法遂绝。

至于西晋国子学之课程方面:晋武帝咸宁四年初置国子学,未尝规定科目,及东晋孝武帝太元十年(西元三八五年),裁减国子助教为十人,规定:

《周易》、《尚书》、《毛诗》、《礼记》、《周官》、《仪礼》、《春秋左氏传》、《公羊》、《穀梁》各为一经,《论语》、《孝经》为一经,合计十经,由助教分掌。③

(二)北魏太学与国子学之课程——北魏太祖道武帝初定中原,虽日不暇给,便以经术为先。立太学,置五经博士,员千有余人。天兴二年(西元三九九年)春,置国子太学生员至三千人。④ 可见经学仍为其学校课程之重心。而其历代帝王,对于经学之倡导,亦颇热衷。如:

1. 天兴四年(西元四〇一年)十二月,丁亥,太祖道武帝集博士儒生,比众经文字,义类相从,凡四万余字,号曰众文经。⑤

2. 泰常八年(西元四二三年)夏四月,太宗明元帝至洛阳观石经。又帝礼爱儒生,好览史传,以刘向所撰《新序》、《说苑》,于经典正义多有所阙,乃撰《新集》三十篇,采诸经史,该洽古义,兼资文武。⑥

3. 太和十六年(西元四九二)四月,高祖孝文帝幸皇宗学,亲问博士经义。又太和十七年九月,幸太学,观石经。⑦

---

① 见《宋书》卷十四《礼志一》。
② 见《晋书》卷七十五《荀崧传》。
③ 见《宋书》卷三十九《百官志上》。
④ 见《魏书》卷八十四《儒林传序》暨《北史》卷八十一《儒林传序》。
⑤ 见《魏书》卷二《太祖纪》。
⑥ 见《魏书》卷三《太宗纪》。
⑦ 见《魏书》卷七下《高祖纪下》。

4. 正始三年（西元五〇六年），世宗宣武帝为京兆王愉、清河王怿、广平王怀、汝南王悦，讲《孝经》于式乾殿。①

5. 熙平元年（西元五一六年）二月，太师高阳王雍奏举崔光授肃宗经。②

6. 永熙中（西元五三二至五三四年），孝武帝于显阳殿诏祭酒刘廞讲《孝经》，黄门李郁说《礼记》，中书舍人卢景宣讲《大戴礼·夏小正篇》。③

由上述事例，可见经学在北魏之受重视情况；惟南北朝时期诸经传授亦因地域之别而有南北经学之分。据《北史》卷八十一《儒林传序》云：

> 大抵南北所为章句，好尚互有不同。江左：《周易》则王辅嗣，《尚书》则孔安国，《左传》则杜元凯。河洛：《左传》则服子慎，《尚书》、《周易》则郑康成，《诗》则并主于毛公，《礼》则同遵于郑氏。南人约简，得其英华；北学深芜，穷其枝叶。

又云：

> 汉世郑玄并为众经注解，服虔（子慎）、何休各有所说。玄：《易》、《诗》、《书》、《礼》、《论语》、《孝经》；虔：《左氏春秋》；休：《公羊传》大行于河北，王肃易亦间行焉！晋世杜预注《左氏》，预玄孙坦，坦弟骥于宋朝，并为青州刺史，传其家业，故齐地多习之。

可见北魏经学偏尚两汉经学，兼涉魏晋经学。

至于北魏传经之儒，北史所载，多于南朝，其间号为大儒，能立宗

---

① 见《魏书》卷八《世宗纪》。
② 见《魏书》卷六十七《崔光传》。
③ 见《魏书》卷八十四《儒林传序》。

开派者,当推徐遵明、刘献之二人,五经遵明传其四(《易》、《书》、《礼》、《春秋》),献之传其一(《毛诗》),其时《诗》、《礼》、《春秋》,尤为当时所尚,诸生多兼通之。① （详见本章第三节）

北魏经学虽盛于南朝,但太学或国子博士,员无定额,而职掌何经亦无规定,四门小学博士虽有定额,然人数多达四十人,其专究何经,史亦阙如。皇宗学更无论矣!

(三)北魏太学之石经教材——太学石经起源于汉灵帝熹平四年(西元一七五年)诏诸儒正定五经,刊于石碑。古文、篆、隶三体书法,树之学门,使天下取则。② 此堪称为吾国最早国定标准教材。据《后汉书》卷九十下《蔡邕传》云:

> 碑始立时,观视及摹写者,车乘日千余两。可见所受当时士人重视之一斑。惟现存汉熹平石经残字,都是一体(隶书),而非三体石经。如赵明诚《金石录》卷十六有云:邕所书乃八分书,而三体石经乃魏(曹魏)时所建也。

魏(曹魏)时代刊刻石经之由,据近人王国维氏云:"魏时学官所立者既为古学,而太学旧立石经,犹是汉代今文之学,故刊古文经传以补之。"③
又据清人侯康所撰《补三国艺文志》书中,指出魏代石经,应有三种:

1. 魏文帝黄初元年,令邯郸淳补修今字石经《毛诗》三卷,今字石经郑氏《尚书》八卷。

2. 魏正始中所立之三字石经《尚书》十三卷、三字石经《春秋》十二卷。

3. 魏明帝太和四年之一字石经《典论》一卷。

以上三种石经,除正始石经残字后世有发现证明确为三体石经外,余已无存。①

汉魏石经系立于洛阳城南开阳门外太学讲堂前,经西晋末年永嘉之乱,洛阳残破,而旧三字石经,宛然犹在。盖北魏太宗曾于泰常八年(西元四二三年)至洛阳观石经。②而孝文帝亦于太和十七年九月壬申,观洛桥,幸太学,观石经③,可见石经之受重于北魏。斯时有汉族著名学人刘芳,号曰刘石经,时人对于太学三字石经文字多已不正,疑者皆向刘芳询访,④可证石经之学,尚未绝响也。据《洛阳伽蓝记》云:

> 开阳门有汉国子学堂,堂前有三种石经,二十五碑,表里刻之。写《春秋》、《尚书》二部,作篆、科斗、隶三种字。汉右中郎将蔡邕笔之遗迹也。犹有十八碑,余皆残毁,复有石碑四十八枚,亦表里隶书,写《周礼》、《尚书》、《公羊》、《礼记》四部,又读书碑一所,并在堂前,魏文帝作《典论》云。魏至太和十七年,犹有四口,高祖题为劝学里。⑤

是亦石经犹存于孝文帝时之证也。迨北魏冯熙与常伯夫相继为洛州刺史,废毁分用,大至颓落。⑥

及北魏世宗朝,国子祭酒郑道昭曾上《树石经表》云:

> 臣窃以为崇治之道,必也须才,养才之要,莫先于学,今国子学堂房粗置,弦诵阙尔,城南太学,汉魏石经,丘墟残毁,藜藿芜秽,游儿牧竖,为之叹息,有情之辈,实亦悼心;况臣亲

---

① 参阅北京大学《国学季刊》一卷三期暨拙著《三国两晋学校教育与选士制度》第二章第一节第三〇面。

② 见《魏书》卷三《太宗纪》。

③ 见《魏书》卷七下《高祖纪下》。

④ 见《魏书》卷五十五《刘芳传》。

⑤ 见后魏杨衒之《洛阳伽蓝记》卷三。

⑥ 见《魏书》卷八十三上《冯熙传》。

司而不言露？伏愿天慈，回神纡盼，赐垂鉴察，若臣微意，万
一合允，求重勅尚书门下，考论营制之模，则五雍可翘立而
兴，毁铭不日可就，树旧经于帝京，播茂范于不朽，斯有天下
者之美业也。①

惜此一建议，未蒙采纳。

肃宗朝，国子祭酒崔光鉴于石经之残破，乃表请修缮石经曰：

>　……寻石经之作，起自炎刘，继以曹氏《典论》，初乃三百
余载，计末向二十纪矣！昔来虽屡经戎乱，犹未大崩侵如闻，
往者刺史临州，多构图寺，道俗诸用，稍有发掘，基蹠泥灰，或
出于此。皇都始迁，尚可补救，军国务殷，遂不可检，官私显
隐，渐加剥撤，播麦纳菽，秋春相因，口生蒿杞，时致火燎；由
是经石弥减，文字增缺，职忝胄教，参掌经训，不能缮修颓坠，
兴复生业，倍感惭耻。今求遣国子博士一人，堪任干事者，专
主周视，驱禁田牧，制其践秽，料阅碑牒，所失次第，量阙补
缀。②

这一疏表，一则可以证明石经之毁，确为前洛州刺史冯熙与常伯
夫所为，再则间接说明石经关乎太学教育，必须予以修复。故蒙诏曰：
"此乃学者之根源，不朽之永格，垂范将来，宪章之本，便可一依公
表。"③

于是崔光乃令国子博士李郁与助教韩神固、刘燮等勘校石经，其
残缺者，计料石功，并字多少，欲补治之。惜乎灵太后废，其事乃寝。④

北魏朝继承汉魏之石经，虽已残破，但仍受帝王之重视。如东魏

---

①　见《魏书》卷五十六《郑义传》附《道昭传》。
②　见《魏书》卷六十七《崔光传》。
③　见《魏书》卷六十七《崔光传》。
④　见《魏书》卷六十七《崔光传》。

孝静帝于武定四年(西元五四五年),移洛阳汉魏石经于邺(今河南临漳县),①盖其时东魏都于邺也。至北齐天保元年(西元五五〇年),诏将蔡邕石经五十二枚移置学馆,依次修立。②

北周大象元年(西元五七九年)二月辛卯,诏徙邺城石经于洛阳。③ 隋开皇六年(西元五八六年),又自邺载入长安,置于秘书内省,欲补缉立于国学,寻属隋乱遂寝,营造之司,因用柱础。贞观初秘书监臣魏征始聚之,什不存一。④

观上述石经沧桑历史,足证其受历代重视之情况,而受重视之理由何在? 近人王国维氏曾云:

"汉魏石经,皆刊当时立于学官之经。"⑤

北朝经学偏尚汉学,兼采魏晋,其重视石经自为当然。惜乎至唐贞观初,已什不存一,清人全祖望氏曾慨叹云:"石经亡,而汉儒之学与俱亡。"⑥

四、国学学礼

《五礼通考》云:"古《礼经》有《学礼》一篇,见于《大戴记》、贾谊《新书》所引,惜其文不传。"⑦可见学礼自古有之。北魏朝虽系胡族所建,由于倾心汉化,其学礼亦仿我国古制行事。其礼仪大别有三:

(一)释菜之礼。

(二)释奠之礼。

(三)幸学与养老之礼。

---

① 见《魏书》卷十二《孝静帝纪》。
② 见《北齐书》卷四《文宣帝纪》。
③ 见《周书》卷七《宣帝纪》。
④ 见顾炎武撰《石经考》。
⑤ 见《观堂集林》卷二十《魏石经考四》。
⑥ 见全祖望撰《鲒埼亭集外编》卷一。
⑦ 见秦蕙田著《五礼通考》卷一百六十九。

　　至于乡饮酒礼、世子齿胄之礼,北魏未尝于太学或国子学举行;①
惟魏孝文帝鉴于乡饮礼废,曾于太和十一年(西元四八七年)诏诸州党
里于民闲岁隙,导以德义,推贤而长者,教其里人。② 兹将释菜、释奠与
幸学养老之礼,分析述之如后:

　　(一)释菜之礼——若据《礼记·学记》、《文王世子》、《月令》诸篇
所言,释菜为大学始业重要礼节,且在习舞之前,行释菜之礼,如:

　　《礼记》卷六《学记篇》有云:"大学始教,皮弁祭菜,示敬道也。"③

　　《礼记》卷四《文王世子篇》亦云:"始立学者,既兴器用币,然后释
菜,不舞,不授器。"④

　　《礼记》卷三《月令篇》又云:"仲春之月,命乐正习舞释菜,天子乃
率三公九卿诸侯亲往视之。"⑤

　　是知大学立学之始,习舞与释菜并行之也,而乐与舞复为上古教
育之课程,二者不可分者。故《周礼》卷六《春官宗伯》下有曰:"大司
乐掌'成均'(古之大学也)之法,以治建国之学政,而合国之子弟
焉!",又以乐德、乐语、乐舞教国子,故大合乐必于太学举行,天子且往
观视,其隆重可想而知。

　　但释菜之礼,古虽有之,魏晋无闻。而北魏道武帝却于天兴四年
(西元四〇一年)二月丁亥,命乐师入学,习舞,释菜于先圣先师。⑥

　　可见其建国之始,即向往中国之教育典制也。

　　(二)释奠之礼——亦古礼之一。据《礼记》卷四《文王世子篇》
曰:"凡始立学者,必先释奠于先圣先师,及行事,必以币。"⑦

　　《文王世子篇》又曰:"凡学,春官(陈澔注曰:掌教诗书礼乐之官)

---

　　① 　按《晋书》卷二十一《礼志》载晋武帝及晋惠帝于太学行乡饮酒礼。
　　② 　见《魏书》卷七下《高祖纪下》。
　　③ 　按陈澔注《礼记集说》云:"学者入学之始,有司衣皮弁之服,祭先师以苹藻之菜,
示之以尊敬道艺也。"
　　④ 　按陈澔注《礼记集说》云:"立学之初,未有礼乐之器,及其制作之成,即用币于先
圣先师,以告此器之成,继又释菜,以告此器之将用。"
　　⑤ 　按陈澔注《礼记集说》云:"将教习舞者先以释采之礼告先师也。"
　　⑥ 　见《魏书》卷二《太祖纪》。
　　⑦ 　按陈澔注《礼记集说》云:"始立学而行释奠之礼则用币。四时常奠,不必币也。"

释奠于先师,秋冬亦如之。"

汉世虽立学,斯礼无闻。①

魏晋以还,颇隆释奠之礼,四时以三牲祀孔子,并封孔子之后,以承其祀。②

北魏继起,亦于国学行释奠之礼。其事例有:

1. 太宗泰常三年(西元四一八年)二月,祀孔子于国学,以颜渊配。③

2. 始光三年(西元四二六年),起太学于城东,祀孔子,以颜渊配。④

3. 正光二年(西元五二一年)三月庚午,肃宗幸国子学,祠孔子,以颜渊配。⑤

4. 永熙三年(西元五三四年)二月丙子,出帝(孝武帝)亲释奠,礼先师。⑥

(三)幸学与养老之礼——按古者天子春秋视学,修释奠之仪,奉养老之典⑦,承师问道,合语乞言⑧,以身先为之向导;故学子莫不丕变,相与勉为贤者。

魏晋时代,帝王幸学,或为讲经,或为释奠,或行养老之礼。北魏朝仿行故事,而以孝文帝为最。举例言之:

1. 太和十五年(西元四九二年)八月,壬辰,议养老。⑨

2. 太和十六年四月,甲寅,幸皇宗学,亲问博士经义。八月以尉元为三老,游明根为五更,又养国老庶老,行大射之礼。⑩ 又据《资治通

---

① 见《晋书》卷十九《礼志上》。
② 同前注。
③ 见《魏书》卷一百八之一至《礼志四》之一。
④ 见《魏书》卷四上《世祖纪上》。
⑤ 见《魏书》卷九《肃宗纪》。
⑥ 见《魏书》卷十一《出帝纪》。
⑦ 见《礼记》卷三《王制篇》。
⑧ 见《礼记》卷四《文王世子篇》。
⑨ 见《魏书》卷七下《高祖纪下》。
⑩ 见《魏书》卷七下《高祖纪下》。

鉴》今注卷一百三十七《齐纪三》云：

> 永明十年八月，魏主亲养三老五更于明堂，己酉，诏以尉
> 元为三老，游明根为五更，帝再拜三老，亲袒割牲，执爵而馈。
> 肃拜五更，且乞言焉！元、明根劝以孝友化民。又养老于阶
> 下，礼毕，各赐元、明根以步挽车及衣服，录三老以上公，五更
> 以元卿。

是为养老乞言之例证。

3. 太和十七年九月，壬申，幸太学，观石经。[①]

4. 太和二十年二月，丙午，诏畿内七十以上，幕春赴京师将行养老
之礼。[②]

余如肃宗于正光二年（西元五二一年）二月，癸亥，幸国子学，讲
《孝经》。三月，庚午，幸国子学，祠孔子。[③]

综观上述北魏于国学所行释菜、释奠与幸学养老之礼，乃继魏晋
而遵行周礼也。若非汉化，又曷克臻此！？

第二节　北魏之地方学校——州郡县学

北魏地方行政制度，颇为复杂，除承袭魏晋之州、郡、县与都督制
外，尚有其特有之行台制度、军镇制度、护军制度、领民酋长制度；惟州
郡县制逐渐遍行于全国；故本节亦以州郡县地方教育为讨论重心。

北魏建国之初，州、郡、县尚未普置，以太武帝拓土之广，州仍不满
二十，郡亦仅有八十。[④] 其后逐渐增置，至魏孝文帝太和十八年，已有
州五十七，郡二百。[⑤] 据近人劳干（贞一）氏所辑《北魏州郡志略》统

---

① 见《魏书》卷七下《高祖纪下》。
② 见《魏书》卷七下《高祖纪下》。
③ 见《魏书》卷九《肃宗纪》。
④ 见徐文范撰《东晋南北朝舆地表》年表卷五。
⑤ 见前书年表卷六。

计,计:州有四十四,领郡二百三十四,县八百八十八。另附西北各镇十三,幅员甚广,北至阴山南北沙漠,东至辽东,西至甘肃西境,南与南朝接壤,大致以淮河为界。北魏立国既锐意汉化,其地方教育之制度,自亦摹拟汉制。其发展情形,有如下述:

一、州郡立学之经过

汉代郡国立学,始自蜀郡太守文翁。[①] 至汉平帝元始三年(西元三年)王莽秉政,乃令制天下郡国普设学官。[②] 魏承汉末丧乱,州郡县学,多遭破坏,西晋承三国弊乱之余,继有八王之乱以及五胡入侵,因而州郡学校,亦多受损,虽有王沉、虞溥诸人之兴办,亦仅人存政举,人亡政息而已!

追胡族入据中原,有意华化,故亦有郡国立学之举,如:石勒曾命郡国立学官,每郡置博士祭酒二人,弟子百五十人,三考修成,显升台府。[③] 又如:石虎(季龙)曾命诸郡国立五经博士。初置大、小博士,至是复置国子博士、助教。[④]

北魏初期,起自朔漠,征骑是尚,未遑郡国立学,至显祖朝,始立郡国学制,其发展之迹,约可分三期:

(一)显祖献文帝天安初(西元四六六年),李䜣任相州刺史,疏请欲仰依先典于州郡治所,各立学官。其疏曰:

> 臣闻至治之隆,非文德无以经纶王道;太平之美,非良才无以光赞皇化。是以昔之明主,建庠序于京畿,立学官于郡邑,教国子弟,习其道艺:然后选其俊异,以为造士。今圣治钦明,道隆三五,九服之民,咸仰德化,而所在州土,学校未

---

① 见《前汉书》卷八十九《循吏列传》。
② 见《前汉书》卷十二《平帝纪》。
③ 见《晋书》卷一○五《载记》第五。
④ 见《晋书》卷一○六《载记》第六。

立,臣虽不敏,诚愿备之,使后生闻雅颂之音,童幼睹经教之
本。……臣今重荷荣遇,显任方岳,思阐帝猷,光宣以外,自
到以来,访诸文学,旧德已老,后生未进,岁首所贡,虽依制
遣,对问之日,惧不克堪。臣愚欲仰先典,于州郡治所,各立
学官,使士望之流,冠冕之胄,就而采业,庶必有成,其经艺通
明者,贡之王府,则郁郁之文,于是不坠。

书奏,显祖从之。①

观此疏文,可知李䜣兴学之目的,在于使士望之流,冠冕之胄,就
而受业,进而培养经艺通明者,贡之王府。此种用意,自为拓跋王朝所
赞同;盖其时为减弱中原汉族士人之反抗以及加速吸取汉族文化,亟
须中原士望之流,冠冕之胄合作也。

天安初年之学制,据《魏书》卷六《显祖纪》所载:

> 显祖天安元年(西元四六六年)秋九月,己酉,初立乡学,
> 置博士二人,助教二人,学生六十人。②

此殆为北魏州郡立学之始也。

(二)显祖献文帝诏高允议定郡国学制。诏曰:

> 自顷以来,庠序不建,为日久矣!道肆陵迟,学业遂废,
> 子矜之叹,复见于今,朕既纂统大业,八表宴宁,稽之旧典,欲
> 置学官于郡国,使进修之业,有所津寄。③

据此可知到时北魏天下已宁,欲全国各地普置学官矣! 于是高允
上表议建学制云:

---

① 见《魏书》卷四十六《李䜣传》。
② 按《北史·儒林列传序》及《魏书·儒林列传序》,均未载明立学之年、月、日。
③ 见《魏书》卷四十八《高允传》。

……自永嘉以来，旧章殄灭，乡间芜没雅颂之声，京邑杜绝释奠之礼，道业陵夷百五十载。仰惟先朝，每欲宪章昔典，经阐素风，方事尚殷，弗遑克复。……伏思明诏，玄同古义，宜如圣旨，崇建学校，以历风俗，使先王之道，先演于明时，郁郁之音，流闻于四海。请制大郡立博士二人，助教四人，学生一百人。次郡立博士二人，助教二人，学生八十人。中郡立博士一人，助教二人，学生六十人。下郡立博士一人，助教一人，学生四十人。①

显祖从之。此殆为北魏朝全国各郡设学之始。而博士与助教及学生之资格，高允亦在表文中议定。

1. 博士之资格有二：

① 博关经典，世履忠清，堪为人师者。

② 年限四十以上。

2. 助教之资格亦有二：

① 同博士第①款资格。

② 年限三十以上。

至若道业夙成，才任教授，则不拘年齿。

3. 学生入学资格——取郡中清望，人行修谨，堪循名教者。先尽高门，次及中第。

此种规定，实较李䜣于相州所行学制为完备。

（三）孝文帝太和二十三年（西元四九九年）次职令。世宗初班行之，以为永制。斯时州除司州外，有上、中、下三等，郡除河南外，有上中下三等，县除洛阳外，亦有上、中、下三等。② 如是可知地方行政制度已由四级制改变为三级制。然则州郡学制又如何改变？据陈道生教授撰"北魏郡国学综考"一文中（载《大陆杂志》三十一卷第十期）指出

① 见《魏书》卷四十八《高允传》。
② 见《魏书》卷一百一十三《官氏志》。

太和二十三年后州郡学制三级制:

　　大郡——博士二人,助教二(或四)人,学生八十人。

　　中郡——博士一人,助教二人,学生六十人。

　　小郡——博士一人,助教一人,学生四十人。

这一推证,验之史书,亦颇合理。

上述州郡之学,据《魏书》卷六《显祖纪》暨《魏书》卷八十四《儒林传序》,称此种郡学为乡学;然而北魏朝郡国亦有立"太学"者。此则当为郡学之别称。例如:

1.《魏书》卷五十七《崔挺传》附游传云:"河东太学旧在城内,太守崔游移置城南闲敞之处。"

2.《魏书》卷五十七《高祐传》云:"西兖州诸郡国有太学。"

3.《魏书》卷七十二《朱元旭传》云:"起家清河王国常侍,太学博士。"

北魏设郡二百三十四,若按高允所奏学制言,则北魏郡学之发达,可想而知,然事亦有未尽然者,据《魏书》卷九下《南安王桢传》附子英传曰:

　　英奏:"谨案学令,诸州郡学生,三年一校所通经数,因正使列之,然后遣使就郡练考。伏惟圣朝崇道,显成均之风蕴,义光胶序之美,是以太学之馆,久置于下国,四门之教,方构于京邅,计习训淹年,听受累纪。然俊造之流,应向于魏阙,不革之辈,宜返于齐民。使就郡练考,核其最殿。顷以皇都迁构,江扬未一;故乡校之训,弗遑正试,致使薰莸之质,均诲学庭,兰萧之体,等教文肆。今外宰京官,铨考问讫,求遣四门博士明通五经者,道别校练,依令黜陟。"诏曰:"学业堕废,为日已久,非一使能劝,此当别勒。"

观此奏文,可知迁洛之后,乡校学生素质不齐,薰莸未别,故吁请中央遣派四门博士明通五经者,道别校练,依令黜陟。

二、县党之学

北魏州郡以下之县党,亦有立学之纪录,如:

(一)《北齐书》卷三十六《邢邵传》云:"仰惟高祖孝文皇帝禀圣自天,道镜今古。列校序于乡党,敦诗书于郡国。"是乡党设校之始于孝文也。

(二)《魏书》卷五十七《高祐传》云:"祐出为西兖州刺史,以郡国虽有太学,县党宜有黉序,乃县立讲学,党立教学,村立小学。"按高祐卒于太和二十三年,则县、党、村学之实施,应在太和中也。此外据严耕望氏引《北齐阿鹿交村千七十人等造石室佛像记》(清河二年)为证谓:"一村人口多至千人以上,此种大村,宜其有村学矣!"①

三、州郡首长兴学实例

北魏除献文、孝文二帝倡导地方教育外,亦有甚多地方州郡首长热心教育事业,如:

(一)循吏张恂,太祖时出为广平太守,后迁常山太守,开建学校,优显儒士,吏民歌咏之。②

(二)薛辩子谨,世祖时为秦州刺史,时兵荒之后,儒雅道息,谨命立庠,教以诗书,三农之暇,悉令受业,躬巡邑里,亲加考试。于是河汾之地儒道兴焉!③

(三)裴延俊为幽州刺史,命主簿郦恽修起学校,礼教大行,民歌谣之。④

(四)韦彧为东豫州刺史,以蛮俗荒梗,不识礼仪,乃表立太学,选

---

①　参阅严耕望氏著《中国地方行政制度史》上篇卷中,下册第九章六七三面。
②　见《魏书》卷八十八《张恂传》。
③　见《魏书》卷四十二《薛辩传》附《谨传》。
④　见《魏书》卷六十九《裴延俊传》。

诸部生徒于州总教，又于城北置崇武馆以习武焉！境内清肃。①

（五）崔辩，显祖时任武邑太守，政事之余，专以劝学为务。②

（六）河东太守崔游移太学于城南闲敞之处，亲自说经，当时学者莫不劝慕，号为良守。③

（七）刘道斌，世宗时出为恒农太守。道斌在恒农，修立学馆，建孔子庙堂，画形像，去郡之后，民故追思之，乃复画道斌形于孔子像之西而拜谒焉！④

（八）李平，世宗时任相州刺史，于相州劝课农桑，修饰太学，简试通儒，以充博士，选五郡聪敏者以教之，图孔子及七十二子于堂，亲为立赞。⑤

（九）郦道元，世宗时试守鲁阳郡，表立黉序，崇劝学校，诏曰："鲁阳本以蛮人，不立太学，今可听之，以成良守文翁之化。"⑥

（十）崔孝昕，孝庄初，除赵郡太守，郡经葛荣离乱之后，民户丧亡，后流民大至，兴立学校，亲加劝笃，百姓赖之。⑦

（十一）卢道将（卢玄曾孙），出为燕郡太守，道将下车，表乐毅、霍原之墓而为之立祠，优礼儒生，励勤学业，敦课农桑。⑧

综观上述事例，可知汉族士人，未忘汉族本位文化，彼等于从政之余，倡导地方教育，并于异族统治下，保持汉族文化于不坠，其功厥伟矣！

① 见《魏书》卷四十五《韦阆传》附《韦彧传》。
② 见《魏书》卷五十六《崔辩传》。
③ 见《魏书》卷五十七《崔挺传》附《崔游传》。
④ 见《魏书》卷七十九《刘道斌传》。
⑤ 见《魏书》卷六十五《李平传》。
⑥ 见《北史》卷二十七《郦范传》附《子道元传》。
⑦ 见《魏书》卷五十七《崔挺传》、《崔孝昕传》。
⑧ 见《魏书》卷四十七《卢玄传》附《卢道将传》。

第三节　北魏之私学

一、私学发展之背景

我国古代教育，原系以礼让、德化为中心之政教合一制度。及至春秋战国，列国并峙，处士横议，官学式微，私学始渐兴起。孔子以六艺授生徒，且有教无类，堪称私学之首倡者。孔子卒后，其弟子亦继孔子之后，从事于私学之传授。如《史记》卷一百二十一《儒林列传序》曰：

> 自孔子卒后，七十子之徒，散游诸侯。大者为师传卿相，小者友教士大夫，或隐而不见；故子路居卫，子张居陈，澹台子羽居楚，子夏居西河，子贡终于齐，如田子方、段干木、吴起、禽滑釐之属，皆受业于子夏之伦，为王者师。

由此可为明证。

孔子之后著名之儒家大师如孟轲与荀卿，亦均从事传授生徒。孟子弟子有万章、公孙丑等，荀子弟子有李斯、韩非，均著名于当时。

迨秦始皇兼并六国，一统天下，欲以法术统驭全国人民，始皇曾纳丞相李斯之议，禁止私学及诗书百家语，并以吏为师，李斯这一愚民政策之建议，虽曾实行；但由于秦祚短暂，未显严重之恶果。

汉代继承秦代统一思想运动，武帝采董仲舒之建议，罢黜百家，独尊儒术，形成汉代经学特盛之局。当时政府所办之官学虽告发达，而私人讲学之风，亦极盛行。考其原因，约有两端：

（一）官学较涉专门，科目系由政府制定，而私人教学则自蒙学以迄各级专门程度之科目，皆可自由设立，便于生徒肄业；且国立太学，远在京师，远道生徒，不能尽往就学；又太学名额有限，亦不能广纳天下士人，而私人教学，则无此顾虑，故名师大儒帐下，学生少者数百人，多者至千数，若马融、李膺、郑玄等俱系从事私人教学之最著名学者。

（二）后汉桓、灵之际，党锢祸起，太学首遭其难，所诛党人，十、九皆太学生，官学之徒，一时几尽。而高名善士或死狱中，或坐徙废，或隐居乡里，闭门授徒。从献帝初平元年（西元一九〇年）至建安末年（西元二一九年），天下分崩，人怀苟且，纲纪既哀，儒道尤甚；于是学乃不在朝而在野，教乃不在官而在师矣！

曹魏承汉末余绪，私学亦甚发达。其最著者如避难辽东之国渊、邴原、管宁、王烈诸人，在当时似可称之曰"辽东讲学集团"。彼等清才令望，震耳聩聋，殊可赞佩。又如号称"当代儒宗"之董遇、贾洪、邯郸淳、薛夏、隗禧、苏林、乐详等七人，于任官之余，传授生徒，开启文化，厥功甚伟。[1]

西晋时代，私人讲学，虽不若两汉之盛，然为数亦甚众，于西晋官学时兴时废之际，对于社会实有启迪民智之功，其著有名望者，如：王褒、范平、范蔚、杜夷、刘兆、李密、徐苗、氾毓、束皙、续咸、范隆诸氏；彼等非仅传授学术，而志行高洁，道履清贞，堪称乱世浊流中之砥柱。[2]

二、私学之实况与贡献

南北朝时期，由于局势动荡，官学亦时兴时废，然私学并不稍哀。私人讲学知名之士，南方有雷次宗、顾欢、藏荣绪、徐璠之、关康之、沈麟士、刘瓛、庾承先、朱异、何胤、伏挺、贺琛、贺玚等人；北方有李彪、冯元兴、张伟、梁祚、常爽、刘献之、张吾贵、刘兰、徐遵明、董征、李孝伯、刘昞、杜台卿、刁冲、李铉、张买奴、鲍季详、鲍长暄、马敬德、张雕武（《北齐书》作张雕）、冯伟、熊安生等人。其中隶属北魏朝之学者有：冯元兴、张伟、梁祚、常爽、刘献之、张吾贵、刘兰、徐遵明、董征、李曾、刘昞、刁冲、高允、李谧等人，均系博通经史之儒，其能立宗开派者，当推徐遵明与刘献之二人。遵明手撰《春秋义章》三十卷，讲学于外二十余年，海内莫不宗仰，虽其撰述仅《春秋》一种，而诸经之传，多自遵明

---

[1]　详参阅拙著《三国两晋学校教育与选士制度》第二章第三节。
[2]　详参阅前书第三章第三节。

开之。刘献之善《春秋》、《毛诗》,亦通《三礼》,时海内诸生,经有疑滞,亦咸就之取决。

据《北史》卷八十一《儒林传》所载,五经遵明传其四:《易》、《尚书》、《三礼》、《春秋》是也;献之传其一:《毛诗》是也。其传授师承之迹,有如下述:

1.《易经》——徐遵明讲郑玄所注《周易》,以传卢景裕及清河崔瑾,景裕传权会、郭茂,权会早入邺都,郭茂恒在门下教授,其后能言《易》者,多出郭茂之门。

2.《尚书》——徐遵明受业于屯留王聪,传授浮阳李周仁及渤海张文敬、李铉,河间权会,并郑康成所注,非古文也。

3.《三礼》——徐遵明传业于李铉、祖俊、田元凤、冯伟、纪显敬、吕黄龙、夏怀敬。李铉又传刁柔、张买奴、鲍季详、邢峙、刘昼、熊安生。安生又传孙灵晖、郭仲坚、丁恃德。其后生能通礼经者,多是安生门人。诸生尽通《小戴礼》,于《周》、《仪礼》兼通者,十二三焉!

4.《春秋》——徐遵明传张买奴、马敬德、邢峙、张思伯、张奉礼、张雕武、刘昼、鲍长暄、王元则,并得服氏(子慎)之精微。

5.《毛诗》——刘献之曾受业于程玄,其《毛诗》之学传李周仁,周仁传董令度、程归则,归则传刘敬和、张思伯、刘轨思。其后能言诗者,多出二刘之门。

除徐刘二派以外,以经学著者,如:

1. 高允之治《左氏》、《公羊》、《毛诗》。①

2. 刘昞之注《周易》。②

3. 李彪之述《春秋三传》。③

4. 刘兰之习《春秋》、《诗》、《礼》。④

5. 梁祚之善《公羊》、《春秋》、《郑氏易》。⑤

---

① 见《魏书》卷四十八《高允传》。
② 见《魏书》卷五十二《刘昞传》。
③ 见《魏书》卷六十二《李彪传》。
④ 见《魏书》卷八十四《儒林列传·刘兰传》。
⑤ 同前注书同卷《儒林列传·梁祚传》。

6. 刁冲之学通诸经。①

7. 李谧之鸠集诸经,广校同异,比三传事例,名"春秋丛林",则治春秋之别派也。②

此外,于北魏朝未闻开私馆授徒但于经学有成就者,有左列诸人:

1. 游肇——治《周易》、《毛诗》、《三礼》。③

2. 邢虬——为《三礼》郑氏说。④

3. 索敞——撰《丧服要记》,为治礼之别派。⑤

4. 刘芳——特精经义,尤长音训。⑥

5. 张普惠——就程玄讲习,精于《三礼》,善春秋百家之说。⑦

6. 陈奇——注《孝经》、《论语》。⑧

7. 裴佗——少治《春秋》杜氏、《毛诗》、《周易》、并举其宗。⑨

综合言之,北朝经学,实较南朝为盛,治经学者亦多专门名家。其所以然者,约有三因:

1. 自东汉末郑玄以经学教授门下,著录者万人,汉风所被,士皆以通经绩学为业;故虽经刘、石诸朝之乱,而士习相沿,至北朝未尽变坏。⑩

2. 私学所作之贡献。

3. 北朝帝王仍以经术为尚。

有此三种因素,致使儒家经学之研究,于焉不辍,中华文化道流,遂得绵延。其有助于中华民族之融和与生存发展,厥功岂云浅哉! 兹将私学名儒著称者,表列于后,借见一斑:

---

① 同前书同卷《儒林列传·刁冲传》。

② 见《魏书》卷九十《逸士列传·李谧传》。

③ 见《魏书》卷五十九《游明根传》附《游肇传》。

④ 见《魏书》卷六十五《邢峦传》附《邢虬传》。

⑤ 见《魏书》卷五十二《索敞传》。

⑥ 见《魏书》卷五十五《刘芳传》。

⑦ 见《魏书》卷七十八《张普惠传》。

⑧ 见《魏书》卷八十四《儒林列传·陈奇传》。

⑨ 见《魏书》卷八十八《裴佗传》。

⑩ 参阅赵翼著《二十二史劄记》卷十五北朝经学条。

附表三：北魏私学一览表（依据《魏书》暨《北史·儒林传》等材料编制）

姓名	字号	籍贯	曾任官职	学养、讲授与撰述	资料来源	备注
张伟	仲业	太原中都人。	世祖时与高允等俱被征辟命拜中书博士转侍郎，本国大中正营州刺史等职。	学通诸经，讲授乡里，受业者常数百人。儒道逊纳，勤于教训，虽有顽固不晓，同至数十，传告喻殷勤，曾无愠色。常依附经典，教以孝悌，门人感其仁化，事之如父。	《魏书》卷八十四《儒林传》。（《北史》卷八十一《儒林传》同）	
梁祚		北地泥阳人。	秘书中散、秘书令、中书博士等职。	祚笃志好学，历治诸经，尤善《公羊》、《春秋》、《郑氏易》。常以教授有儒者风而无当世之才。虽羁旅贫窘而著书不倦。其著作：1.《国统》，2.《代都赋》，颇行于世。	同上。	
常爽	仕明	河内温人。	世祖赐爽为六品，拜宣威将军。	爽笃志好学，博闻强识，明习纬侯，五经百家，多所研综。爽置馆温水之右，教授门徒七百余人，京师学业，翕然复兴。爽立训甚有劝罚之科，弟子事之，若严君焉！教授之暇，述《六经略注》，以训门徒。讲肆经典二十余年，时人号为《儒林先生》。	《魏书》卷八十四《儒林传》。	

续表

姓名	字号	籍贯	曾任官职	学养、讲授与撰述	资料来源	备注
刘献之		博陵饶阳人。	本郡举孝廉。高祖诏征典内校书。固以疾辞。	少而孤贫，雅好诗传。曾受业于渤海程玄。后遂博览众籍。著录弟子数百人，曾受《春秋》、《毛诗》。其撰述有：1.《三礼大义》四卷；2.《三传略例》三卷；3.注《毛诗序义》一卷，行于世。并《章句疏》，注《涅槃经》未就而卒。	《魏书》卷八十四《儒林传》。（《北史》卷八十一《儒林传》同）	按：《北史》八十一卷《儒林传》云"章句疏"二卷而非三卷。
张吾贵	吴子	中山人也。	本郡举为太学博士，后竟不仕而终。	吾贵先未多学，乃从郦诠受《易》。曾在夏学聚徒于数而讲不天祐受《礼》，牛天祐。后兼读杜、服《左氏传》，义例无穷，皆多新异。异同，集诸生讲之。	《魏书》卷八十四《儒林传》。（《北史》卷八十一《儒林传》同）	
刘兰		武邑人。	永平中，为国子助教。	三十余岁始入小学，后从师受《春秋》、《诗》、《礼》于中山王保安。家贫无以自资，且耕且学，三年之后其业无成为立黉舍，聚徒二百。兰读左氏，五日一遍，兼通五经。又明阴阳，博物多识，为儒者所宗。瀛州刺史裴植征兰讲书于州城南馆，植为学主，故生徒甚盛。前后生数千，成业者众。	同上。	

续表

姓名	字号	籍贯	曾任官职	学养、讲授与撰述	资料来源	备注
徐遵明	子判	华阴人。	广平王怀闻而征焉，至而寻退，不好京辇。	初至上党，师屯留王聪，受《毛诗》《尚书》、《礼记》。一年便辞，诣燕赵师事张吾贵，数月后转就孙买德受业一年。后诣平原唐迁，居于蚕舍，读《孝经》、《论语》、《毛诗》、《尚书》、《三礼》，不出院门，凡经六年。又知阴平馆陶赵世业家有服氏《春秋》，是晋世永嘉旧本，遵明乃往读之，复经数载，因手撰《春秋义章》三十卷。是后教授门徒盖寡，久之乃盛。遵明每临讲坐，必持经执疏，然后敷陈，其学徒至今，浸以成俗。遵明讲学于外，二十余年海内莫不宗仰。		
董征	文发	顿丘卫国人。	大和末为四门小学博士，后除员外散骑侍郎及任沛郡太守安州刺史等职。	征好古学，尚雅素，年十七师清河监伯阳受《论语》、《毛诗》、《春秋》、《周易》。又就河内高望崇受周官，之遍受诸经。数年之中，大义精练，讲授诸生徒。	《魏书》卷八十四《儒林传》。（《北史》卷八十一《儒林传》同）	

续表

姓名	字号	籍贯	曾任官职	学养、讲授与撰述	资料来源	备注
刁冲	文朗	渤海饶安人。	太守卢尚之，刺史裴植并征为功曹主簿。京兆王继辟为记室参军。	冲学通诸经，偏修郑说。阴图图纬算数天文风气之书，莫不关综。当世服其精博。平日以讲学为心，四方学徒，就其受业者，岁有数百。	《魏书》卷八十四《儒林传·刁冲传》。	
李曾（李孝伯之父也）		赵郡人。	初州辟主簿，太祖征拜为博士，后任赵郡太守等职。	少治《郑氏礼》、《左氏春秋》，以教授为业。	《魏书》卷五十三本传。	
刘昞	延明	敦煌人。	沮渠牧犍尊为国师。及凉州平，拜乐平王从事中郎。	昞年十四事博士郭瑀。后隐居酒泉，不应州郡之命，弟子受业者五百余人。著述有：1.《略记》百三十篇八十四卷；2.《凉书》十卷；3.《敦煌实录》二十卷；4.《方言》三卷；5.《靖恭堂铭》一卷；6.注《周易》、《韩子》、《人物志》、《黄石公三略》。		

续表

姓名	字号	籍贯	曾任官职	学养、讲授与撰述	资料来源	备注
高允	伯恭	勃海人。	从事中郎，中书博士，著作郎中书令，太常卿中书监加散骑常侍等职。	性好文学，博通经史，天文、术数，尤好《春秋》《公羊》。神䴥三年，允为从事中郎，与中郎吕熙等分诣诸州，共评狱事。熙等以贪秽得罪，唯允以清平获赏，所制诗赋，诔，颂，箴，论，表，赞，《左氏公羊》，《拾毛诗拾遗》，《论杂解议》，《何郑膏肓事》凡百余篇，别有经行于世。允明算法，为算术三卷。	《魏书》卷四十八本传。	允从事私人教授工作甚短，仅于神䴥三年为之。
冯元兴	元盛	东魏郡肥乡人。	检校御史，奉朝请，三使高丽，及尚书中郎，中书殿中郎，侍读尚书舍人，书令等职。	少有操尚，曾就中山张吾贵，常山房虬学通礼传，颇有文才，年二十三，还乡教授，常数百人领袭。贾思伯授萧宗《杜氏春秋》于式乾殿，元兴常为摘句，儒者荣之。著有文集百余篇。	《魏书》卷七十九本传。	
李谧	永和	涿郡人。	公府二辟并不就。	少好学，博通诸经，周览百氏。初师事小学博士孔璠。数年后，璠就谧请业，同门生每为之语曰："青成蓝，蓝谢青，师何常青。"著有《明堂制度论》及《神士赋》。	《魏书》卷九十本传。	

续表

姓名	字号	籍贯	曾任官职	学养、讲授与撰述	资料来源	备注
李彪	道固	顿丘卫国人。	高祖初,为中书教学博士,迁秘书丞参著作事。	少孤贫,有大志笃学不倦,初受业于长乐监伯阳,伯阳称美之。平原王叡,周彪名而诣之,修师友之礼,称之于郡,遂举孝廉,至京师馆而受业焉!著述有:1.《春秋三传》十卷;2.诗、颂、赋、章、奏、杂笔百余篇。	《魏书》卷六十二本传。	

论柏拉图的写作动机[*]

赫尔曼(K. F. Hermann) 著
黄瑞成 译

为了更准确地理解柏拉图的笔法和智慧，我们必然要提出最重要的问题，即柏拉图丰富多样的著述活动追求怎样的目标。乍看上去，就一个著作家的写作动机提问，不但毫无必要，甚至有些愚蠢，按照我们的理解，科学研究的公益知识成果应该传播，因此，著作家的动机完全显而易见，至少在不怀疑有不正当企图的任何地方，其作品的实际表现都包含了这种显而易见的动机；然而在古代，至少在古代早期，即在学术与生活尚未分离，一个特有的学者阶层形成之前，要描述这种

---

* 1839 年发表于在曼海姆举行的"德国语文学家与教育家会议"（Versammlung deutscher Philologen und Schulmänner zu Mannheim），此后在会议论文集页 21 以下对草稿作了进一步修订。［译按］此文原题为 Ueber Plato's schriftstellerische Motive。原文脚注中的柏拉图对话引文均为希腊文，其中《斐德若》（Phaedros）引文中译采用刘小枫先生未刊译稿，《王制》引文采用郭斌和、张竹明《理想国》译文。部分脚注中的冗繁引述从略，只保留出处。

关系却没那么容易，①即便在苏格拉底时代，智术（Sophisitik）开启这一分离进程之际，仍然存在这样的问题：苏格拉底的高徒和智术师（Sopisten）有何相通之处。然而，一方面，柏拉图的作品本身采取的形式（Form），与通常处理科学、特别是哲学对象的方式形成鲜明对照，另一方面，在处理内容（Inhalt）时，他本人又拒绝以书面详论的常用方式，有时候这会使人怀疑其作品的严肃性；正如他在《斐德若》中直截了当地指出，所有作品都不适合于科学传授和科学教导，②那么，我们阅读时就肯定有理由去问：他那些保存下来的作品，对他的学说和他的时代

----

① 《斐德若》表明，柏拉图的同时代人认为著述活动与政治家身份之间还是无法协调一致，见《斐德若》257D：

> 我想，你自己其实也清楚，各城邦中那些最有能耐、最有名气的人物都耻于写文章，耻于留下撰述给自己的后人，担心后人会如何看他们，深怕自己被后人叫做智术师。

② 《斐德若》275：

> 所以，以为可以在文字中留下一门技艺，以及反过来，接受了它便以为从文字那里会得到清清楚楚或牢牢靠靠的东西，头脑恐怕都过于简单啰，他们实在没有明白阿蒙的预言，因为他们以为，知道这些东西的人们把它们写成文字，不仅仅是作为记忆写下的东西的工具。

紧接着：

> 而且，好可怕哟，斐德若，那笔画所有的那副样子，真的很像绘画：绘画的子女立在那里，仿佛是活生生的，但倘若你问他们什么，他们却威严地一言不发。写下的言辞也如此：你会以为，他们在说话，仿佛有某种所想的东西，一旦你问他们说的某种东西，想把它搞懂，他们却总是翻来覆去讲同一套话。再说，一旦写成，每篇东西就以相同的方式到处传，传到懂它的人那里，也同样传到根本不适合懂它的人那里，文章并不知道自己的话该对谁说、不该对谁说。要是遭到非难或不公正的辱骂，总得需要自己的父亲来帮忙；因为，它自己既维护不了自己，也帮不了自己（比较 van Heusde，《柏拉图哲学的开端》[*Initia philos. platon*] II.1，页 121 以下）。

采取了怎样的立场。经验告诉我们,到目前为止,这个问题已经反复提出,得到的答案却千差万别,特别是当把那些作品视为柏拉图哲学充分有效的(vollgültige)来源,或为其附加上预先确定的目的,试图克服作品中的错失,使人们(Gemüther)能够接近真正的智慧时;这样一类答案越缺少根据,则越难进一步对作品作出判断;因此,任何以客观事实为根据的尝试,都应当联系柏拉图的独特原则,为此类答案提供理由,使自己获得合法性。

　如果新的研究部分着眼于极为不同的条件,着眼于决定单篇对话成书时间的最为不同的条件,也部分着眼于对话本身具本质性的、排除了本来用于课堂讲授目的的艺术特征,那么,如今没有谁会轻易断言,在现有的柏拉图作品中,包含一个几乎封闭的体系,就像现存大部分亚里士多德作品所表明的那样。许多过去分属于不同科学领域的尝试,①均以矛盾而告终;如果不想让类似的尝试妨碍所有这些考虑,那么,我们就不可对重要条件掉以轻心;依据柏拉图书信的确切表述和亚里士多德本人的权威性,柏拉图学说的核心并没有写进他的作品。②就书信而言,尽管我们可以假定,它们并非出自柏拉图本人之手;但对于我们而言,同样确定的是,至少《第七封书信》是他后来的某

---

①　出自古代的有 Diogen. ,《名哲言行录》(L.) III. 49 和 Albinus,《柏拉图引论》(*Isagoge*) c. 5 ;近代值得一提的有 Serranus 的合冲说(Syzygien)和 Franz Patritius 的《世界哲学新编》(*Nova de universo philosophia*, Venet. 1593 -)所依据的关于对话次序的"科学"划分,然后是 Sydenbam 的《柏拉图哲学概论》(*Synopsis or general view of Plato*, London, 1759. 4),Grimm,《论柏拉图对话的次序与关系》(*De ordine et nexu dialogorum Platonicorum*, Annaberg, 1750. 4),等等。

②　Brandis,《亚里士多德论相与论善佚文》(*de perditis Aristotelis libris de ideis et de bono*, Bonn 1823),卷八,页 2 :qui autem contendunt integram Platonis doctrinam in ejus dialogis contentam esse, non meminerunt plura Aristotelem ex magistri doctrina et in libris qui exstant et in deperditis tetigisse, quorum ne vestigial quidem in dialogis Platonicis reperiuntur[然而那些强调柏拉图的全部学说都内在于其对话之中的人,未能进一步认识到亚里士多德由现存的著作中,也由已佚失的著作中接触到了老师的学说,而在柏拉图对话中无法找到已佚失著作的线索];比较 Weisse,《亚里士多德的〈物理学〉》(*Aristoteles Physik*),页 271 - 276, 437 - 444,以及《亚里士多德的〈论灵魂〉》(*von der Seele*),页 123 - 143 。

个学生所作,或完全依照他的精神而创作;①如果这意味着,柏拉图从未也不会以某种书面方式使其哲学原则为人所知(《第七封书信》341C),那么,柏拉图在《苏格拉底的申辩》中,或通过苏格拉底形象,就其老师的生平事迹和思想态度所说的无论什么内容,都可以作为文献证据。还有《第二封书信》,如果它同样是后世的粗劣作品(Machwerk),没有丝毫权利作为证据,那么它至少也证明,在柏拉图智慧的独特教诲与他通过苏格拉底之口讲述的对话内容之间,当时就已有人作了区分,《第二封书信》直接说,所有以柏拉图的名义见诸文字的东西,全都属于装扮一新的苏格拉底(《第二封书信》314C),因此《第二封书信》认为,真正属于柏拉图的教诲,必定仍是完全不同的东西,而非我们如今在柏拉图名下作品中读到的内容。亚里士多德最后证明,除了柏拉图的苏格拉底对话,他还知道柏拉图的"未成文学说"(ungeschriebene Meinungen);②在反复玩味这些实际上涉及苏格拉底名字的"未成文学说"之后,③亚里士多德找到了最重要的观察角度,并从这个观察角度首先抓住了柏拉图体系的核心,即相论(Ideenlehre),④但是,任何一篇对话都没有这样讲过,也无法仅仅从对话中推断出这些内容,相反,必定是他从流传下来的鲜活思想中得出,柏拉图有意使这些思想不见诸文字。如果有时候,这些思想也被视为柏拉图的遗作

---

① K. F. Hermann,《柏拉图哲学的历史与体系》(*Gesch. d. platon. Philos.*),卷一,页423 以下。

② Ἄγραφα δόγματα[未成文学说]或 ἄγραφοι περὶ τοῦ ἀγαθοῦ συνουσία [未成文的关于美好的聚谈];参 Wyttenbach,《柏拉图的〈斐多〉》(*Plat. Phaedon.*),页138,值得一提诸解释家的《物理学》,卷四,2 章;Philoponus,《〈论灵魂〉注疏》(*ad de Anima*),卷一,章 2,和Suidas,《辞典》,卷一,页 17,以及上文注释提到的 Brandis 的说法,和 Trendelenburg,《柏拉图的相论与数论》(*Platonis doctrina de ideis et numeris*, Lips. 1826. 8)。

③ 参同上页 9 注释 20。

④ 除了拙著《柏拉图哲学的历史与体系》,卷一,页 710 以下引述的作品外,就此特别参见 Zeller,《柏拉图研究》(*platon. Studien*, Tübingen, 1839. 8),页 216 以下。还有 Lefranc,《亚里士多德对柏拉图相论的批评》(*De la critique des idées Platoniciennes par Aristote*, Paris, 1843. 8),尽管在此哲学问题后面的文本史问题退到了次要地位。

（schriftlichen Nachlass），①那么，这些思想的真实性莫过于其内容或许离开了柏拉图的认识和意图，而只从他的口头讲述中得到解释和流传；②然而，我们越是因此而只强调这些思想原初的口传特征，就越不会怀疑，我们可以完全信赖这些书信的高贵地位，认定柏拉图鉴于自己的最高原则，对著作活动的口头否定（Läugnung）确有历史根据，就像他的作品带有的苏格拉底印记，这可以从其外在形式得到证实。然而，毫无疑问的是，这些作品大部分或基本上的确都出自柏拉图之手；尽管如此，他最亲密的同时代人和追随者，并没有在作品中而是在别处已经找到了他哲学意图的核心，因此，他的写作活动本身的目的，并不是有机地建立起或发展出一个哲学体系，相反，他的写作动机（Motive）如果不失其根本意图，那么首先需要考虑的，就是找到与其表达相适合的形式和方式（Form und Weg）。

但是，这种形式难道不直接属于柏拉图哲学最深刻的本质吗？因为柏拉图哲学绝没有以为，智慧是一个完成了的、完全客观地摆脱了有意识的个人的间接体系，相反，他视其为一个人的生活方式和精神涵养，所以，柏拉图哲学也只能采取艺术对话的方式表达智慧，而不放弃其科学目的。③ 这种观点尤其从施莱尔马赫开始获得了地位，他

---

① 这一 contradictio in adjecto[自相矛盾的说法]最早出现在 Krug,《古代哲学史》（Gesch. d. Philos. alter Zeit），页 210："因此存在 ἄγραφα δόγματα[未成文学说]……这是确定属于他的熟人、朋友和学生私用的作品，他在其中更加明确清楚和相互关联地表述了其哲学"；这个矛盾说法亦见于 Tiedemann,《思辨哲学的精神》（Geist d. specul. Philos.），卷二，页 73，Tiedemann,《柏拉图哲学的体系》（System d. plat. Phil.），卷一，页 141，以及氏著《哲学史》（Gesch. d. Philos.），卷二，页 220，等等。

② 比如 Hermodor 在柏拉图生前就已涉及柏拉图的演讲，参拙著《柏拉图哲学的历史与体系》，页 559；后来柏拉图的学生 Speusippos、Xenokrates、Heraklides 和 Hestiäos 都涉及过这一内容，参 Simplius,《亚里士多德〈物理学〉注疏》（ad Aristot. Physic.），32B 和 104B。

③ Zeller,《希腊哲学史》（Philos. d. Griechen），卷二，页 144 的大部分内容仅仅以 petitio principii[预期前提]为根据，认为柏拉图的学说完成于其著作之中了。我本人认为，如果辩证法本身构成了个人知识活动的最高部分，那么《王制》卷七 532 以下就指明了通向一个目标的道路，οἵ ἀφικομένῳ ὥσπερ ὁδοῦ ἀνάπαυλα ἃ εἴ καὶ τέλος τῆς πορείας[因为这些问题的答案看来或可把我们带到休息地，达到旅程的终点]，而真理本身，αὐτό τό ἀληθές[真理本身]，仍与此道路迥然有异；其实我们也足以由此看出，柏拉图恰恰反对最具客观独立性认识的人，事实上确定了那条道路就好比被道路所决定。

相信柏拉图作品运用关联法(zusammenhängende Methodik)取代了体系显而易见的缺陷,这种方法用苏格拉底式的、渐次发明的精神助产术(Mäeutik),引导读者逐步上升,最终达到哲学说服的目的,施莱尔马赫发现,作品的对话形式与此目的如此适合,甚至他就所有写作方式对柏拉图作出的上述解释,仅仅局限于对话形式与相互关联的体系化形式之间的对立:① 对话式表达是柏拉图智慧的固有外衣,但其内容与亚里士多德引证之间的分歧,还没有大到可以设想柏拉图的智慧根本就不在作品之中的程度。② 我们姑且不论,在一篇作品中实行上文提到的关联方法有何内在困难,这里它已涉及一个完全表面的说法:对于柏拉图而言,对话形式绝非一种自由的选择,而是由历史决定,但它并非苏格拉底学派的首创,芝诺或据说由阿历克萨美诺斯(Alexamenos von Teos)早已为了哲学的目的,而提出了这种方法,之所以提到苏格拉底的名字,就像伊索的动物寓言那样,只是为了强调(a potiori);然而毫无疑问,柏拉图为这种写作方式赢得了意义,并为其打上了科学目的性的印记,而那个事迹不详的阿历克萨美诺斯,对此却一无所知,不过,这仍然没有提出更多的证明,说明柏拉图为何选择对话的形式,就像阿里斯托芬一样,他虽然以更高的政治和伦理关联,使阿提卡(Attischen)喜剧发明的搞笑术(Lustigmacherei)显得高贵,但是,并没有因为这个缘故,政治和伦理关联就和戏剧联系在一起,后者才是他这个行当的固有目的。《斐德若》的内容是这种观点的主要支撑,然而,它的内容毋宁证明了相反的东西:《斐德若》书写确凿,有生动的思想表达

---

① 参施莱尔马赫译《柏拉图文集》,卷一,页 8 以下,页 19 以下,与此相对的看法可参拙著《柏拉图哲学的历史与体系》,卷一,页 347 以下。

② Ritter,《哲学史》(Gesch. d. Philos.),卷二,页 170:

柏拉图的确在口头讲授中为他的学生详尽阐述了某些观点,这些观点在其对话作品中几乎未曾涉及;就此可以确定的还有,亚里士多德至少不知道柏拉图的秘传教诲,而只是从他的对话作品而非秘密讲授中汲取了他的少许真实教诲;如果连这位从学柏拉图门下多年的弟子,除了柏拉图著作的内容外,也未曾求得老师的其他哲学,我们的确也应为柏拉图著作中的哲学感到满足了。

场景,①按照众所周知的柏拉图式基本原则,②《斐德若》恰恰表现出非哲学的特征,与鲜活的言辞形成对照,就此特征而言,以文字确定下来的作品,并没有在对话和连续论说(Rede)之间作出实质性区分。③ 柏拉图打比方说,书写艺术形式就像绘画,尽管很容易遭到错误的模仿,但它却沉默不语,问而不答,这个比喻适合于其他著述,也非常适合于对话,因为对话无法穷尽所有可设想的问与答,而对话呈现直接交谈的外在相似性,却无法保证,如果每一个读者与作者当面交谈,就会以同样的方式进行问答;离题更远一点说,施莱尔马赫想揭示柏拉图全部写作活动的诀窍,但施莱尔马赫这样做也只会使人惊诧,这位思想家如此坚决地剥夺了书面作品的哲学特征,却会将如此珍贵的智慧宝藏写进书面作品。尤其是施莱尔马赫强调,柏拉图的对话式或关联式表达有与众不同的重要性,这也毫无根据可言;比起有时离开原有框架长达数页而不间断的、以教训口吻进行的连续讨论,对话形式也只多了一点点而已,这正是柏拉图的思辨性研究的最重要标志;④施莱尔马赫将柏拉图作品的苏格拉底对话形式作为唯一柏拉图式的形式,他主张,柏拉图本人也在其口头讲授时,应用了精神助产术式的进程,这一假设与出自古代已被证实的见证人的明确陈

---

① 《斐德若》276A:"你说的是明白人的言辞,既是活生生的、又有灵魂,那由此写成文的东西正确地该说成一种映像。"

② 《泰阿泰德》(*Theat.*)150C。《智术师》(*Soph.*)266B。《会饮》(*Symp.*)212A。参《斐多》66C,《治国者》(*Polit.*)306D,《王制》(*Rep.*)卷二 532 以下,卷九 586 以下,卷十 599 以下。

③ Zeller 先生在其《柏拉图研究》页 143 就此论及《普罗塔戈拉》(*Protag.*)329A,在此柏拉图就那些只知长篇大论的人说: ὥσπερ βιβλία οὐδὲν ἔχουσιν οὔτε ἀπο κρίνεσθαι οὔτε αὐτοὶ ἐρέσθαι[他们不像书本那样既不回答,自己也不问];且不论必须在 ὥσπερ 前插入一个 οὐχ(参 Schneidewin,Philologus,B. III,S. 105),这一段话同样针对所有书籍来作比较,就口传而言,柏拉图使对话优先于连贯的演讲,对话的这种优势不因书面表述而终止,在书面表达中作者以对话形式通过所有角色来说话。但 Zeller 先生在页 140 进而使书面对话本身超过了口头对话,因为他"通过将一切置于科学目的之下而排除了私下两人对话(Zwiegespräche)不可避免的对话之偶然性";但我看不出他的看法能与《斐德若》的清晰言辞相一致。

④ Ritter,前揭书,页 168:"关于艺术表达的内容主要表现在,柏拉图对话越具有说教性,则越会失去生动的思想交流之特征";参 Zeller 前揭书,页 141。

述相左，①根据这些陈述，我们必须考虑到，据亚里士多德介绍，那些口头讲授其实是宣讲式的（akroamatisch），依此，柏拉图的口头讲授与书面作品在形式上具有本质的不同。

如果有人这样从柏拉图对话的目的中排除掉科学教导，如果他认为，除了苏格拉底辩证法那表演戏剧式的想象所具有的魅惑力之外，柏拉图对话剩下的影响，只是在形式上对大众有所激发或纠正、规劝或辩驳，那么，他就只会再次过分地倒向另外一面，认为全部柏拉图作品都是玩笑话和花园小景（Ziergärtlein），②这就误解了显白和隐微的智慧对立——从《斐德若》的表述出发的观点。滕内曼（Tennemann）说，③

① Aristoxenos 的《论和声》（*Harmon.* II）页 30 和 Simplicius 的《亚里士多德〈物理学〉注疏》（*ad Aristot. Physic.*）32B 提到 Τὴν περὶ τοῦ ἀγαϑοῦ ἀκρόασις［为了美好而听从］；像这两个人一样，Themistios 的《演说集》（Orat. XXI）245D 进一步作了描述。这些证据，Meiner 的《科学史》（*Gesch. d. Wissenschaften*），卷二，页 701 还未注意到，可能 Schleiermacher 当时也不知道，因为他剥夺了任何人就柏拉图说一个字的权利，他相信柏拉图在其口头讲授中使用了长篇大论；新近 C. V. Tchorzewski 在其《论柏拉图最伟大的〈王制〉、〈蒂迈欧〉、〈克里提阿〉三部曲》（*de Politia Timaeo Critia ultimo Platonico ternione*, Kazani 1847. 8.），页 11 指出：quae scripto illustraverit, ea disputationi etiam subjicere eum non raro esse solitum［这个三部曲的内容表明，柏拉图常常喜欢将这些对话作品付诸讨论］，这种说法的根据是对 Diogenes 的《名哲言行录》III. 37 记录的轶事的完全不可思议的误解；对起身离去的听众表示赞许，却将唯一留下来的亚里士多德理解成了准备好战斗的对手。

② 《斐德若》276C：

　　那么他就不会严肃地把那些东西写在水里——墨色的水里，靠苇笔用言辞来播种，因为，笔墨既没能力在言辞上帮自己，又没能力完美地传授真相……当然不会。在自己的文字园子里，似乎他也不过只为了乐趣才撒点儿种子和写点什么，如果非要写，也只是为了采集记忆的收藏，为自己有一天"到了忘心大的老年"［派上用场］，也为任何一个后来人跟随同样的足印。

参 Ast，《柏拉图的生平与著述》（*Über Plato's Leben und Schriften*），页 80，及 Nitzsch，《柏拉图〈斐德若〉集注》（*De Platonis Phaedro*, Kiel 1833. 4.），页 10 以下。

③ Tiedemann，《柏拉图哲学的体系》，卷一，页 141；特别参见卷一，页 128 以下；卷三，页 127，还有氏著《哲学史》，卷二，页 205 以下，以及 Ast，《论柏拉图〈斐德若〉》，页 446。

　　极有可能的是，柏拉图为他的全部作品所设定的目标，首先是使他的同时代人认识真理，他的作品根本关涉人的确定性，从而将其理解专注于普遍而必要的认识，以揭示到那时为止司空见惯的想象方式和生活准则的特质，阐述正确概念和坚定信念的必要，习惯于理解问题，不信赖权威，研究问题刨根究底。

没有人会否认，这段论述充满了真知灼见；如果滕内曼如此解释柏拉图的动机，那么，尽管柏拉图感到有责任，也有本分对其同时代人实施启蒙，但同时，他也看到了与此俱来的危险，所以，他决定选择对话形式，对大思想家的人格而言，这样做有失体面，也与其作品的特质不相符合，然而事实上，他的作品所考虑的，是努力争取哲学真理的可行方法，同时隐藏真理。这样一来，柏拉图不就完全退回到某个普罗塔戈拉（Protagoras）和其他智术师的立场上来了吗？因为柏拉图说，这些人私下告诉他们的学生以真相，对大众则秘而不宣（《泰阿泰德》152C）。事实完全不是这样，不管人们认为口头讲授作为柏拉图学说的核心与其书面作品之间的关系怎样，事实上，他的书面作品还是展示出丰富的真正智慧，所以我们就有理由去问，就同样的主题，柏拉图能为他较低层次的学生（Schülern Tieferes）提供什么？[1] 即便是抛开作品内容，而只在课堂上讲授"未成文学说"，人们也绝不可认为，这些作品就是公开的说辞，不可以认为，这些作品为了艺术形式或辩证形式的缘故——更不要说出于庸俗的动机，会否定或抛弃了关于对象的科学见解。人们最

---

[1]　Ackermann，《柏拉图中的基督教成分》（*Das Christliche im Plato*），页207：

　　若人们如今按照这些看法将通俗哲学与他本人在学园内讲授的哲学分开，认为柏拉图拥有并且讲授过不同于其作品内容的教诲，这种区分既与柏拉图哲学的内容无关，也与其形式无关，实际上有意识地反对隐微的智慧并无不妥，因为柏拉图根本没有什么未写在著述中、或至少没有充分表现出来的口头教诲……

惯常的委婉表达方式,是以神话进行证明的 Mythen,①可是,甚至连神话也与随意选取讽喻的古老神仙故事(Göttersage)一样,虽然很少作为抽象真理的间接中介,却成了柏拉图哲学整体方向的必然结果,至少就精神世界与感官世界之间的关系而言,根据柏拉图哲学的所有前提,这种结果不可能采取其他表达方式:②这是一种学说,认为有一个相(Idee)的王国,作为相似物与感官世界对应物,这避免了 $α\check{ι}σϑησις$[感知]与 $φϱόνησις$[意向]③的古老混淆——甚至恩培多克勒(Empedokles)那里也明显混淆,因为这种学说将相的王国理解为内在目光的精神视象(Schauen),④从而能够为了两个领域的联系而不排除感性表达(Ausdruck);正如概念进入(Eintritt)物质,似乎使它失去了科学的纯粹性,要描述这种进入及进入的后果,纯粹科学的表达不再可能,因此神话式的表达不过是层面纱,但是,柏拉图恰恰认为它最符合研究对象,并将其运用于研究对象,这意味着,神话作为由彼岸(Jenseits)进入现实的中介,必须以颠倒的方式进行表达。

经过上述考察,一旦人们区分了原理与原理的应用,柏拉图丰富的著述行动与他否定著述之间的矛盾、柏拉图哲学的写作形式与其哲学内容之间的矛盾,以及由此而来关于他的写作动机的观点争执,便都迎刃而解,柏拉图相信,原理作为哲学固有的纯粹真理,必然反对作品的感性表达中介,却又必定需要这一中介。口头讲授运用这些原理

---

① 参 Eberhard,《论哲学的目的与柏拉图神话》(*Über den Zweck der Philosophie und über die Mythen des Plato, in s. neuen vermischten Schriften.* Halle,1788),页 357 以下,以及拙著《柏拉图哲学的历史与体系》,页 557 所引述的内容;亦参《科学评论年鉴》(*Jahrbb. f. wissensch. Kritik*),1839,卷二,页 878;1841,卷一,页 499。

② 就此我完全同意 Albert Jahn 的《论柏拉图兼论神话的起源与本质》(*diss. Platonica de causis et natura mythorum*,Bern,1839.8.),页 33;其他方面,Jahn 在 Schwanitz 的《论柏拉图的〈会饮〉》(*Obss. in Platonis Conivium*,Eisenach,1842.4.)中找到了真正的对手。

③ Aristot. ,《论灵魂》(*de Anima*),卷三,3;比较《形而上学》(*Metaph.*),卷三,5,进一步参阅 Philippson,《论人的身体》($ \check{Y}λη \ \mathring{α}νϑϱωπίνη $,Berlin,1831.8.),页 180。

④ $Καϑοϱᾶν \ αὐτὸ \ τὸ \ καλόν$[看见美本身],见《会饮》211;参 219:$ ἡ \ τῆς \ διανοίας \ ὄψις $[精神之眼];《王制》卷七,533:$ τὸ \ τῆς \ ψυχῆς \ ὄμμα $[灵魂之眼]等等;以及 Clem. Alex. Stromatt. ,卷五,611D。

处理超感性的相论,根据这些原则,对书面传达的解释作出的实际证明越少,就越能获得确凿的关系,所以,在他的作品中,柏拉图曾提到了最高原理本身,而不是隐约或顺便提及最高原理,这是为了另外应对现象世界(erscheinenden Welt)的问题和情势;但为了这种应用,而且因为书面表达方式有更实际、似乎更形象的特征,所以这种方式就显得十分必要,只有穿上感性或假象之外衣,超越的真理才能发生作用;因此,要把相互关联的两种传达方式与柏拉图的全部哲学观点完美地结合起来,一俟人们不再设定两者为平行关系,而实际上视宣讲式的教诲为书面式教诲的继续和完成,宣讲式教诲才会在原则性观点上达到完全的清晰性,即便没有针对同一个主题,进一步的讨论也必然涉及这个主题,以传授某些根本不同的东西。① 这完全是帕默尼德类似表现的重复,在其教育诗(Lehrgedichte)中,帕默尼德同样区分了作为原则的真理与作为非真理的现象,后者作为非存在者(Nichtseyende),不仅无力解释所有科学研究,也无力解释全部可思—可表达性(Denk - und Ausdrückbarkeit),②但是,帕默尼德还是用其作品的一个章节来研究现象,并尝试将现象事态回复到自然法则;③不同之处只在于,柏拉图虽然也认为,现象的处理方式不适合于原理或固有的哲学真理,因为后者事实上需要采用生动的言辞,从而将书写归于现象,但是,柏拉图并没有像帕默尼德那样,将现象与真理完全对立,而是视其为真理的类似反照,正如上文所论,书写源于口头论说,因此就再也看不到无法相

---

① 因为表达的多样性或表面看法根本上是一回事,亚里士多德本人在《物理学》,卷四,章2的主要段落中就《蒂迈欧》对此作了论述;参见 Themistios,《演说集》,37B。评注家对《论天》(de Caelo)489Br. 的注疏更能说明这种不同之理由,让我们比较 Simplicius 的详尽注疏,会发现古代柏拉图学者根本不以书面与口头教诲之对立为要务,而只专注于阐释,创造史(Schöpfungsgeschichte)无法由世界在时间上的产生来理解;因此,如 Plutarch 根据 Theophrast 在《柏拉图资料》(Qu. Platon)VIII. 1 中所说的那样,真正的区别最多可能出自柏拉图后期的思想变化。

② 《智术师》238;比较 Simplicius,《亚里士多德〈物理学〉注疏》25 或 Proklus,《柏拉图的〈蒂迈欧〉注疏》(ad Plat. Tim.)105;以及 Simplicius,前揭书,31。

③ Aristoteles,《形而上学》,I. 5;比较 Simplicius,前揭书,7,以及 Karsten,《希腊哲学残篇》(Philos. gr. reliqu.)T. I,P. 2,页 144 以下。

容的对立,而只看到最高原理的应用(《蒂迈欧》29A)。正因为柏拉图这里的确要比埃利亚学派(den Eleaten)高明,所以,最终,后者的抽象化只会陷入智术师最个别的真实性所激起的对立极端(拙著,前揭书,卷一,页 179 以下),而根据高尔吉亚的著名论证,真理要么根本不存在,要么假设它存在却无法认识,要么假设它存在也可以被认识,却无法用言词表达(亚里士多德,《论高尔吉亚》[de Gorgia] c. 1);柏拉图恢复精神世界与感官世界之间的联系,而这种联系容许具有超感性特征的相论辩证法(Dialektik der Ideenlehre),①正是通过这种方法,他才确立了言辞与观念(Wort und Begriff)之间的正确关系:言辞是观念的肖像(ähnliches Bild),这种关系也适用于其他感性现象,②如果由于书面言辞不能自主地表达最高的观念真理,那也无妨,因为这种自主表达同样可以将表现出来的真实性本身当作观念真理的指南。

只有当书写扯断了将言辞与母亲——鲜活的思想生产——结合起来的脐带,使自身变成了无生气的艺术作品,书写才成了传达精神真理的障碍,就像所有脱离了相的感性现象都缺乏真理性;但也正如书写可以通过辩证过程与相建立这种关系,至少可以赋予自己相对的真理性,③这对于书写而言也所获不菲了;因此,如果一方面将与书面教诲相关的柏拉图的口头教诲,即未成文学说的内容,与帕默尼德作为真理来传授的关于存在者的学说对比,那么,对帕默尼德而言,书面教诲还不能算作哲学,因为书面教诲还未涉及非存在者本身,只不过书写使真理的原则在非存在者中重新找到自身,并保持其应用。因

---

① 《王制》卷六,511;卷七,531-534,《斐德若》263-66,《帕默尼德》135,比较 Hofmann,《柏拉图的辩证法》(Die Dialektik Platon's,München,1832,8),Brüggemann,《论辩证法技艺》(de artis dialecticae qua Plato sibi viam ad scientiam veri munivit,forma et ratione,Berl. 1838.8),但特别参看 Kühn,《论柏拉图的辩证法》(de dialectica Platonis,Berl. 1843.8)。

② 《克拉底鲁》(Cratyl.)430 以下,比较 Dittrich,《柏拉图的〈克拉底鲁〉引论》(proglegg. ad Cratylum Platonis,Lips. 1841.8),页 57 以下。

③ 即πίστις[信念],就此参见《蒂迈欧》29C;比较《王制》,卷六,511E;卷七,534A;卷十,601E,因为它至少与真理相似,故πειθοῦς δημιουργός[有说服力的创造者],如《高尔吉亚》453A 中的修辞术,可以以为真理服务。

为根据柏拉图在《帕默尼德》这篇对话中形成的观点,全部真理的原则,即大一(das Eins),只有从自身中凸现出来并进入多样性,才能获得其现实性,而大一之相则超越了这种现实性(拙著,前揭书,卷一,503以下);因此,在涉及表现出来的现实性时,柏拉图无须拒绝书面阐述的作用(Organ),在他看来,这种作用完全不适合于相本身:不符合原理本质的东西,在现象回复到本质的情况下,只会意味着非哲学性(unphil-osophisch)更少,而根据他本人的学说,原理在现象中会更加确定,言辞的感性外衣之于耳朵可听,犹如相之于眼睛可察。根据我们的观点,人们最多能够认为这是非哲学的:原理在柏拉图对话中的应用,证明并没有就原理预先达成一致,因为柏拉图的每一个读者都想得起来,苏格拉底常暂且认为某一个概念或原理为已知,从而使有针对性的讨论得以继续,所以,在涉及的地方,原理通常都表现为预期(Anticipa-tionen)或公理,对于这些原理,有时至多会尝试作出普及或归纳(populären und inductiven)论证;——然而正是由此表明,这些原理因为它们完全的纯粹性,鲜活地浮现在柏拉图眼前,而对于只有通过书面方式才能产生影响的大众,他只是暂且略微提及诸原理的感性表现;因此,他的写作动机就类似于神的动机:为人类创造出较高的感性(Si-nnlichkeit)。[①]相中包含的真理在所有事物之先就已存在;由于它仍不为感性的人类所知,所以,《斐德若》教导说,美作为相之可见可听的摹本,被规定为表现于多样性中的同一性,从而首先为其赢得灵魂(Seele),并使灵魂专注于美,直到精神之眼变得足够敏锐而不再需要

[①]　参《蒂迈欧》47B,进而参见 Trautmann,《柏拉图哲学的来源与目的或论其关系》(de fonte ac fine Platonis philosophiae sive de necessitudine qua amoris enthusiasmus cum dialecticis usu apud Platonem continetur, Vratislav. 1835. 8)。

感性中介为止;①因为正是《斐德若》,如前所论,内含柏拉图关于书写方式(Schriftstellerei)的阐述,所以,用这一类比来达到关于书写方式的正确理解,当然完全合理。

那么,让我们对到目前为止的研究再作一次简短总结,我们的研究根本表明:抽象直白地浮现于哲学著作家精神之前的原理,他们很少能以感性的方式记下,正如神很少能以感性方式存放绝对纯粹的相,对于哲学著作家而言,这种感性方式就是书面作品,然而,正因为如此,现实(Wirklichkeit)首先必须通过指向原理而变得高贵,通过科学研究激发对原理的某种想象(Ahnung),使精神接近原理直至不再需要艺术中介的高度;因此,柏拉图必然拒绝书面表达这个最后阶段,在这一最后阶段,精神将毫无遮掩地看到真理,而书面表述只适宜最初的阶段。然而,所有认识都可以通过《斐德若》的第二部分而获得,只要我们不使这部分脱离上下文的内容,尤其是能首先关注语境(Stelle):在这个语境里,柏拉图本人使美好的雄辩术(Redekunst)得以在一种ψυχαγοία[灵魂接引]或灵魂引导(Seelenleitung)的角度下,进行观察;②这篇对话的两个部分之间,存在着比只从表面看上去要远为深刻的联系,

---

① 《斐德若》250D:

　　因为,对于我们来说,身体的所有感官唯视见最敏锐,而明智靠视觉却是看不见的;倘若睿智可以提供这样一些自己的清澈形象让我们的眼睛看得见,那它会在我们身上激发起对它何等厉害的情爱哟,其他让人爱的东西同样如此。说来说去,唯有美才有这样一种命[份]:最为明目显眼,而且最让人去爱。

② 《斐德若》261A:

　　一般说来,修辞术是某种靠言谈来引导灵魂的技艺,不仅仅在法庭和其他政治集会场合,在私人范围也如此,无论涉及的是小事还是大事,是这样吗? 说到用场,修辞术用于严肃话题,并不会比用于琐碎小事更显得体面。对? 你听说过的是不是这样?

比较271C,亦参 Ast,《论柏拉图〈斐德若〉》,页113以下,以及 Nitzsch,《柏拉图〈斐德若〉集注》,页45以下。

如果这一点没有疑问的话,那就不容许轻而易举对这篇对话作出说明,比如,人们将书面表达方式与对第一部分着力探讨的爱美(Liebe zur Schöneheit)置于平行关系之中,事实上,第二部分整体上对书面表达方式的探讨,至少与对言辞真正意义上的雄辩的探讨一样深入,所以,尽管这种强加于对话的做法对两个部分都有所责备,但与此相对的正确做法至少达到了这种程度:这两个部分并没有直接涉及真理本身,却为感性的人类呈现出通往真理的桥梁(参拙著《柏拉图哲学的历史与体系》,页51)。当然,哲学著作家也很少以真理的形式写作,正如世界体系(Weltgebäude)的和谐很少描述相的王国本身;但是,通过正确运用原理,他至少是将人们引向真理的灵魂向导,尽管他越是如此,就越要以其著述的形式和外衣,从外部模仿原理内在的统一性;柏拉图对话的这种艺术化表述和苏格拉底式外衣,及其辩证法在心理学上的精巧程度,它们的基础都在于,柏拉图根据其师的精神所追求并实现了的成果。柏拉图的全部哲学几乎都采取了艺术化特征,以这种方式,并且根据上述原则,通过统一性来解释多样性,并证明统一性中的多样性,从而尝试扩展世界和人类整体生命之上的美与和谐的原理;只有在具有统一性的原理运用于现实性的地方,哲学的艺术化特征才因此得以表现,苏格拉底晚年仅仅致力于这种现实性,在思辨超越了或多或少具有实践倾向的范围,而进入了统一性概念和相本身的形而上学领域时,苏格拉底就消失不见了;柏拉图的写作特质越艺术化,他的分寸感(Tact)就越能够正确引导他,因这个领域([译按]指形而上学领域)而放弃所有书面表达方式。因此,只在其作品的少数地方才有致力于原理的非艺术化表述,在对话的这些地方,苏格拉底本人躲到了帕默尼德或匿名的埃利亚陌生人背后;正因为如此,这些对话必定属于较早时期,这个时期,柏拉图尚未清晰理解相论,这是从《斐德若》到所有对话的背景。

　　所以很清楚,上述内容,一部分直接出自《斐德若》,一部分至少是与《斐德若》中占支配地位的世界观平行的内容,后者只适用于柏拉图的著述活动(Schriftstellerei),这一著述活动始于《斐德若》或晚于《斐德若》;因为我不得不进一步针对习传的观点指出,《斐德若》根本不是柏拉图著述活动的起点,而只与他的教学活动在学园中的影响密切相关,①所以,我必须感到满意的是,发展变化的动机(entwickelten Motive)并不整齐划一地适用于他的所有作品;上文提到的对其智慧形诸文字的顾虑,越是从根本上只适用于最后时期,则动机越少发挥整体作用。就早期作品而言,苏格拉底尚在世时或完全按照苏格拉底的观点写成的作品,本来就不需要进一步激发,这尤其是苏格拉底学派的全部著述活动的基础,②就此至少埃斯基涅斯(Aeschines)和安提斯蒂尼(Antisthenes)的对话——据古代的见证人说——与柏拉图对话必定具有极大的相似性;③如果我们承认,在此期间,柏拉图已然证明了科学的深度与力量,使他超过了所有同窗,从而使苏格拉底的伦理学和辩证法原理不同凡响地获得了思辨基础,那么;在其最初时期的作品中占统治地位的规劝和辩驳特征就不会有其他目的,就像模仿其师在自由的艺术创造中使用的方法,从而使其他不同学派也能感受到苏格拉底学派的精神优势。首先,正如我在其他地方就此问题阐明的那样(拙著,前揭书,卷一,页45以下;页490以下),在这些不同潮流中,柏拉图至少部分地把握住了更重要的实质性问题,而苏格拉底的辩证法当时则回避而非解决了这个问题,要对抗这些不同潮流,就必须采取某种变通形式,如上文所述,其外在表现就是完全放弃苏格拉底的人格特性;这是围绕最高原理本身的一场坚决斗争,就柏拉图著述活动的这个中间阶

---

①　就《斐德若》属于柏拉图晚年成熟时期的作品已反复提出过的理由(参同上页2,注释6),还有一个不为人注意却无偏见的研究者值得推荐。Galen 坚定地将《斐德若》270C 这一段与 Hippokrates 的《论人性》(de natura hominis)联系了起来。参 Kühn,《论柏拉图的辩证法》,T. X,页14;T. XV,页12,这本书说生活于前440年左右的 Melissos 已经是个老哲人了,还为《论人性》是 Hippokrates 晚年才写的书指出了其他标志,有些标志想将这本书归于 Hippokrates 的女婿 Polybos,参见《希波克拉底文集》(Littré Oeuvres de Hippocrate),T. I,页296;350。还有 Peterson 在《汉堡课目》(Hamburger Lectionskatalge,1839)页36 提出的问题:柏拉图怎么可能在前400年以前注意到《论人性》这本书呢?

②　参 Brandis 在《尼布尔的莱茵博物馆》(Niebuhr's Rh. Museum),卷一,页120 的论述,以及 Bake,《苏格拉底对话之由来》,见氏著《诠注》(Schol. hypomnem),T. II,页1 以下。

③　Longinus,《论创造》(De invent. bei Walz T. IX),页559;参 Photios,《书摘》(Bibl.),61条,158条;Demetrius,《论雄辩术》(De elocut.),297。

段,我毫不犹豫地认为,他的动机是科学教导和皈依科学,正如计划中的《智术师》、《治国者》和"《哲人》"三部曲,①意图只在于他的基本观点的系统表述。然而,众所周知,这个三部曲并没有完成;我自己怀疑,柏拉图构思中作为系统表述环节的《治国者》,是否就是他那个时代状况本身的写照;而"《哲人》"的可能内容,我们只能从《斐多》、《会饮》和《王制》各卷书的分散描述中钩沉出来——为什么?因为根据全部的可能性,这部著作或许会讨论作为真正的哲学事务之主题的最高原理,而且,柏拉图对此主题的探讨越深入,就必定越发确信这些原理不适合于,或根本不适合于有意的书面表达。"要发现万物的创造者和父亲很困难,即使发现了,也不可能将其告知所有人"②——我们当然可以按照柏拉图的意思,将《蒂迈欧》中的这一表述扩展到其哲学体系的所有其他原理;如果他的写作依然没有停顿,而且,从此时起,首次使其著述活动朝着最丰富和最卓越的方向发展,那么,他的著述活动首先只关涉这一领域:此领域作为永恒真理的摹本,著作者不要求其具有科学的确定性,而仅仅是对科学确定性的接近和准备。

就这种灵魂教育(psychagogischen)的著述而言,正如上文谈到他著述生涯最后一个成果卓然的时期的写作动机时,我指出的那样,还包含促使其发生的外在情势,在我看来,由这个情势出发,不仅可以首先从根本上理解灵魂教育著述之真相,而且可以理解经过更新的著述的艺术化方向。如今,人们愿意或不愿和施达尔鲍姆(Stallbaum)一样认为,《斐德若》是柏拉图学园讲学活动的最初规划书,但不管怎样,这一讲学活动不仅可信,而且非常确定的是,讲学活动的方式是全新的,至少在那个时候之前,雅典只有修辞学校(Rhetorenschulen)讲授类似内容;从表面上看,柏拉图首先与这些学校构成竞争;如《高尔吉亚》表明的那

---

① 《智术师》217A;参拙著,前揭,页499。Zeller 的《柏拉图研究》页194 与 Stallbaum 的《〈政治学〉引论》页33 猜想,《帕默尼德》替代了《哲人》的位置,但缺乏外在根据来支持内在的证据不足;参《慕尼黑学者报》(*Münchener*,1840),220 期,页721 以下。

② 《蒂迈欧》28C;参 Krische,《古代哲学研究》(*Forschungen auf dem Gebiete der alten Philosophie*),卷一,页184。

样,这种对立越是深刻地由其全部哲学的精神所引起,就越不会显得无关紧要。惟有伊索克拉底(Isokrates)的演说家学校(Rednerschule)①对苏格拉底哲学表示赞赏,也有权利期待得到苏格拉底哲学的肯定,所以,《斐德若》在那个著名的段落中介绍了伊索克拉底,②西塞罗已从中成功地辨认出了那个预言(西塞罗,《论演说家》[*Orator.*], c. 13;亦参拙著,前揭书,页 567),但对西塞罗来说,这个预言只能是雾里看花(nur als ein kühner Griff in's Blaue erscheinen kann),他将这篇对话归结为两位著

---

① 伊索克拉底是苏格拉底的崇拜者,这一点从 Westermann 的《伊索克拉底生平》(Lebensbeschreibung)页 252,和 Olympiodor 纪录在《柏拉图〈高尔吉亚〉注疏》(*ad Plat. Gorg. ed. Jahn in Klotz Archiv d. Philol. B. XIV*)页 392 中的轶事可以得见,更不用说他反对 Polykrates 的言论(见 Busiris,章 5)也说明了这一点,他还与柏拉图过从甚密,Diogenes 的《名哲言行录》,L. III. 8 有详尽记录,但 Sauppe(Zeitschr. f. d. Alterth. 1835, S. 407)和 Bake(前揭书,T. III,页 27 以下)都未能说服我接受相反的观点。人们为此经常提到《欧蒂德谟》中的段落,我相信(拙著,前揭,页 629)很有可能指涉伊索克拉底的对手 Polykrates, Bake 认为柏拉图针对伊索克拉底的其他影射,均以年代错误为根据;Orelli(《论财产交换》[*zur Rede vom Vermögenstausche*]页 269 和 308)有权认为,这类修辞家因《高尔吉亚》中哲人的艺术处理必然感到受了伤害,所以如果如我所见他比高尔吉亚年轻,那么《斐德若》中论涉他的段落就更是和解标志,《斐德若》尤其十分确定地对《高尔吉亚》中对修辞学的粗暴谴责说作了变通。然而,不管怎样,柏拉图和伊索克拉底在修辞派和哲学派智术师中有许多共同的敌人,也正如两人不会不顾许多个性分歧而站在一起,但伊索克拉底对柏拉图唯一有据可查的确切攻击发生很晚,因此,在写作《斐德若》前三十多年不可能对柏拉图产生影响。

② 《斐德若》279A:

> 我觉得,就天性方面而论,他要比吕西阿斯圈子出来的文章要优秀多了,而且掺和着更为高贵的品质。所以,待他年龄大了,倘若他如今刚刚才碰的那种文章高过那些写赋已有时日的人就像大人高过小孩,我不会惊奇;而且,倘若他不以此为满足,某些更为神性的冲动就会把他引向更伟大的事情。天生地,哥儿们哟,就有某种热爱智慧的东西在这人的心灵中。

Bake(前揭书,页 46;Welcker 的《莱茵博物馆》[*Rhein. Museum*],卷六,页 11)无疑在此发现了一个隐含的指责,其中柏拉图对演说家才华的赞赏胜过其应用;可演说家至多符合年轻人对才华的追求,柏拉图可以让他的苏格拉底只顾及这一点,柏拉图个人则通过苏格拉底之口说出的预言,对伊索克拉底就此观点做出的巨大进步表示赞赏。

作家年轻时期的作品；但因此，我们也在这篇对话中更加清楚地看到，伊索克拉底与其他修辞学校、首先是与吕西阿斯（Lysias）对立，如果吕西阿斯当时还远不是什么学校首脑，不过是以写作为生的人，那么他已经是苏格拉底时代演说家学校建立的先例（西塞罗，《布鲁图斯》[Brutus]，c.12）；如果柏拉图以正确的心理教育雄辩术反对他与之作斗争的错误理论，那么，我们就有根据在他的作品中清楚地看到这种心理教育雄辩术。因为真理真正的学生肯定不止一次地需要这种雄辩术；同时也应当将大众引向有真理伴随的道路，那些目前为止差不多只符合修辞学要求的、由修辞学塑造而缺乏教养的人，也应当使他们对哲学发生兴趣，因此，哲学必须关注类似将论辩式演讲的外在吸引力与纯粹的逻辑和灵魂学背景结合起来的外衣（Gewand），而柏拉图本人越少认为最高原理本身具备更大的扩展潜力，则越接近于以不怎么具有科学性的方式，将最高原理引向实际应用并逐步得到肯定。早先完全站在苏格拉底立场上的时候，柏拉图完全拒斥修辞学，因为科学及其观念有能力也值得直接占有任何事物；所以，当对他而言，科学达到最高思辨程度时，有一段时间他觉得大众非常不适于探究所有哲学问题，对他而言，哲人从事世俗事务就是堕落（《泰阿泰德》173E）；然而，如我在他处推测的那样（拙著，前揭书，页59以下），与毕达哥拉斯学派（Pythagoreern）的交道，加上生活历练，使他变得温和，同时激起了他在更大范围内产生影响的勇气，又可以不放弃已达到的高度，从而使其思辨成果有可能成为共同财富，正如他在《王制》卷七中对哲人的期待那样（《王制》卷七，519以下），所以，他在作品中从永恒真理的苍穹下降到人间洞穴，至少尽力使洞穴变得自由，使其目光转向光明的源泉。因此，他的著述之于他的口头演说，正如成文法之于《王制》中贤者的人格统治：① 在此用不着书写作中介，仅靠活生生的言辞就能实现正义

① 《王制》，卷四，页425；参《法义》卷九，875；尤其是《治国者》294以下，我们可以将这一段与《斐德若》中的段落结合起来，如275D这一段认为书面论说是*ὑπομνῆσαι*[记忆]的一种表达方式，《治国者》295C以此表达方式指医生或立法者的书面处方。这种灵魂教育著述恰恰用关于著述本身的回忆理论解释了自身，犹如可将针对更广大读者群体的著述

（Rechte），因为鲜活的言辞从来都是最好的；但医生不可能永远伴于病人左右，所以，他必将写下繁琐的处方；因此正如他献给科学的《斐德若》——不同于《高尔吉亚》——的全部优点，不是拒斥任何修辞学，只是拒斥错误的修辞学，所以，尽管《斐德若》颂扬口头讲授，却仍是一系列作品的起点，通过这些作品，柏拉图超出个人影响力的狭窄范围，极力反对错误和肤浅的精神教养产生的后果。因此，人们不应当期待，能在这些作品中轻而易举地找到柏拉图的最高原理；只有在他的口头讲授中，才可以做到对最高原理的启发；但这些最高原理仍然十分清晰地内在于著述之中，所以，有眼力的人几乎不可能忽视本质性的内容，以重建柏拉图世界观的整体结构，就此而言，这些著述不仅可以作为柏拉图方法的真实源泉，也可以作为其哲学体系本身的真实源泉。

（接上页）比作 ὑπόμνησις［提醒］。人在出生前有机会亲眼见到真理；通过关注真理在其意识中的足迹和表现，使其回忆起真理本身，这是走向真理的第一步。

评 论

柏拉图在日本

——过去、现在和未来

纳富信留 著

王前 译

由于日本学者参与了国际柏拉图协会(IPS)的活动,或藉某些其他途径,国际学术界已较为了解日本的柏拉图研究现状。但另一方面,外界还是对其真实状况所知寥寥。外国人或会好奇:我们日本学者为何研读柏拉图?如何研究柏拉图?下文将会说明,因语言与文化之故,外国学界不太熟悉日本学界。本文将首先介绍日本柏拉图研究的一些重要特点。不过,我的介绍并非简单的事实罗列。我还将反省我们的现状和历史背景,并对未来的研究提出建议:我们日本学者能在国际柏拉图研究方面做出什么贡献?什么样的国际交流将促进我们理解柏拉图哲学?

柏拉图研究现状:著名的和不著名的研究

即使时间已至 1980 年代,但当西方学者闻听,在大学从事古希腊哲学教学和研究的日本学者,竟超过百人时,他们依然甚感惊讶。托学术国际化之福,每年有许多日本学者赴海外(主要是英国、美国和德国)研究,并在国际研讨会上提交论文。如今,他们有更多机会进行直接的学术交流。1989 年,国际柏拉图协会成立,它在向国际学术界介绍日本的柏拉图研究方面发挥了重要作用。

首都大学东京（Tokyo Metropolitan University）名誉教授加藤信朗，向来汲汲于国际柏拉图协会的工作，1989 年至 1995 年间，他担任国际柏拉图协会委员会委员。在日本，他以研究柏拉图的早期对话而著称。1988 年，加藤教授的《柏拉图早期对话》于东京出版。其中一章经改写后以英文发表于《古典季刊》（Classical Quarterly，NS41，1991，页 356 - 364），论文题为《〈苏格拉底的申辩〉：柏拉图本人哲学的开端》（The Apology：the Beginning of Plato's own Philosophy）。论文认为，柏拉图的早期对话已初显他本人思想精髓的起源，而并非简单描述历史上的苏格拉底，《苏格拉底的申辩》正是柏拉图思想的真正起源。在国际柏拉图协会的柏拉图研究里，加藤教授的主要贡献在于讨论柏拉图后期对话。他的另一篇论文《范例在〈治国者〉中的作用》（The Role of Paradeigma in the Statesman）发表于《阅读〈治国者〉：第三届柏拉图协会研讨会论文集》（Reading the Statesman：Proceedings of the III Symposium Platonicum，C. J. Rowe 编，Saint Augustin，1995，页 162 - 172）。他最近的一篇论文《〈欧蒂德谟〉中的克力同—苏格拉底场景》（The Criton - Socrates Scene in the Euthydemus：a Point of View for Reading the Euthydemus）发表于《第五届柏拉图协会研讨会论文集》（Proceedings of the V Symposium Platonicum，T. M. Robinson 与 L. Brisson 编，Saint Augustin，2000，页 123 - 132）。尤值一提的是，许多年轻日本学者因加藤教授的提携，能够参加柏拉图研讨会，并在讨论中作出自己的贡献，我亦有幸忝列其中。加藤教授之后，又有不少日本学者参加了柏拉图研讨会，并与会交流。青山学院大学教授三岛辉夫的主要学术兴趣在伦理学，他的论文《〈治国者〉中的勇气和节制》（Courage and Moderation in the Statesman，收于 Reading the Statesman，前揭，页 306 - 312）考察了《治国者》的最后部分。在上一届研讨会上，我提交了论文《克里底亚和柏拉图政治哲学的起源》（Critias and the origin of Plato's Political Philosophy，收于 Proceedings of the V Symposium Platonicum，前揭，页 237 - 250），从历史、人物描写和政治观点的角度讨论《卡尔米德》。

在国际柏拉图协会成立之前，一些重要的英语学术期刊上已有日

本学者的身影。1974 年,日本重要的西方古典哲学专家藤泽令夫
(1925 - 2004,已故京都大学教授)发表了《柏拉图相论中的已有、分有和
术语范例》(*Echein*,*Metechein and Idioms of Paradeigmatism in Plato's Theory of
Forms*,收入 *Phronesis* 19 中,1974,页 30 - 58)。他详细分析了柏拉图使用的
术语,对围绕第三个人的争论(Third Man Argument)和《蒂迈欧》在柏
拉图著作中的地位等富有争议的问题,提出了新颖的见解。在 *Phrone-*
sis 32 上,茨城大学教授渡边邦夫发表了论文《〈泰阿泰德〉论文字与知
识》(*The Theaetetus on Letters and Knowledge*,1987,页 143 - 165)。名古屋大学
教授金山弥平则在《牛津古典哲学研究》(*Oxford Studies in Ancient Philosophy*
5,1987,页 29 - 81)上发表了《感知、思考和达到存在(〈泰阿泰德〉184 -
186)》(*Perceiving*, *Considering*, *and Attaining Being* [*Theaetetus* 184 -
186]〉。1980 - 1981 年,在日本东京和其他地方举行的讨论会上,Myles
Burnyeat 给日本学者留下深刻印象,所以,在 1980 年代,《泰阿泰德》
成为日本学者最感兴趣的柏拉图对话。遗憾的是,虽然这些论文很有
价值,但外界极少关注,或许,这是因为,论文作者与西方读者之间缺
乏直接的交流渠道。

　　日本学者在其他杂志或论文集中发表的成果,我还可以继续罗
列,但是,看看已出版的论文和著作名称(包括我自己的《〈智术师〉的统
一:智术师和哲人之间》[*The Unity of Plato's Sophist*:*Between the Sophist and the*
Philosopher,Cambridge,1999]),我们也许会得到一个印象,以为日本研究
西方古典哲学的学者们的只对柏拉图饶有兴趣。我必须强调,事实并
非如此。

　　首先,日本出版了许多研究柏拉图和其他古希腊思想家的专著和
论文,其数量远多于我的提及。根据西洋古典学会(The Classical Soci-
ety of Japan)2000 年 3 月发表的年度出版统计结果,1998 至 1999 年
间,日本出版了二十五本著作(含翻译)和一百五十篇论文,其中五本专
著和四十五篇论文关于柏拉图(只有少数以英语写就)。西洋古典学会
成立于 1950 年,有 570 名会员,百分之四十专事哲学。京都大学的古
典哲学学会(The Society of Ancient Philosophy)有 150 名成员,东京大
学的古希腊哲学论坛有 90 名高级会员。此外,我们还有一些地区性

的研究机构。这些组织和机构为学者们提供了研讨和发表论文的机会。东京大学和京都大学这两所日本最重要的学术中心，还有其他一些重点大学，都在培养古希腊哲学的专家。同时，许多日本大学也提供这一领域的普及教育，或进行更深入的研究。柏拉图是重点的研究对象，但研究亚里士多德者，亦代不乏人。另外，前苏格拉底的思想家也吸引了许多学者，同时，年轻学者对希腊化时代哲学的兴趣渐浓。

要正确评估日本的西洋古典哲学研究，无论从研究的数量和范围的角度出发，还是从质量的角度出发，若仅凭其中的英文著作，我们就难以达到目的。前文曾提及，加藤教授对早期柏拉图进行了先驱性的研究，此外，九州大学名誉教授松永雄二也出版了卓越的《斐多》日译本和疏解。他最著名的业绩是犀利而深刻地研究了柏拉图相论，尤其是《斐多》和《王制》中的相论。松永教授在其《知与不知：柏拉图哲学研究序说》(1993，东京。本书主要汇集了他从上世纪六十年代至八十年代的日文论文)中，专门考察了相与可感事物(sensibles)的"分离"(separation)，而非"分有"(participation)，并分析二者关联，借此，他探讨了柏拉图思考的核心。他不把柏拉图的相论作为固定学说来考察，而是强调，在事物自身的动态过程中，其脱离混乱的现象世界的显著特征应得到我们的承认。他把柏拉图对形式的探索看作是对苏格拉底鼓励呵护灵魂的终极反应。遗憾的是，他的作品尚未被国外学者提及。年轻的后学正追随这些出色的、富有创造性的学者，用新的方法展开柏拉图研究。

西方读者或会惊讶，为什么有那么多的日文著作不为国际学界所知。我以为，有两个重要的文化因素。第一，以西语讨论或写作，其困难远超我们的想象。哲学讨论绝非直截了当：你使用的语言带有特殊的逻辑和修辞，事实上，还有一种特殊的思考问题的方式。我们的思维传统跟一神教(比如基督教)、形式逻辑、现代科学、民主和个人主义等西方思想很不一样。另外，我们的学术团体已够庞大，足以满足本身的各种需求，结果，大多数学者并不觉得，努力以外语发表自己的观点有何必要。尽管很多学生和年轻学者最近到国外去接受学术训练(主要在英国和美国)，但毕竟是少数。没有共同的历史背景、兴趣和教育,日本学者要参加国际讨论、在专业杂志上发表论文就会很困难。也许,所有这些原因都拘囿了日本学者在国际学术界的活动。

回顾历史:直面西方文明

为了理解日本研究柏拉图的现状,我们还需要把它放置于较大的历史背景。

十九世纪中叶,日本向世界大开国门,这才开始引进西方哲学。其时,明治政府热衷于引进西方的技术和实用知识,比如法学、医学和自然科学,却忽视更为基础的理论研究。当时,一些赴洋研习科学的日本人发现,如果不知道古希腊、罗马文明,就很难完整理解西方的文明,应邀到日本传授西学的西方学者也指出了这点。Raphael Koeber 博士(德国学者,1893 - 1914 东京帝国大学哲学教授)强调研究西方古典的重要性,他还着力培养年轻学生,让他们成为这一学术领域的先锋和带头人。此后,对西方哲学的研究,尤其是作为其基础的古希腊哲学的研究,一直被视为日本高等教育中不可或缺的重要部分,在日本的大学中发挥了重要作用。令人惊喜的是,依据对古希腊哲学的理解和对中国哲学及佛教哲学的研究,卓越的日本哲学家西田几多郎(1870 - 1945)建立了自己独创的哲学体系。

二战前,柏拉图的作品就已译成日文(起初译自现代欧洲语言,后来则直接译自古希腊文),不过,对柏拉图的研究主要还是在战后才展开。田中美知太郎(1902 - 1985,原京都大学教授)领导了该领域的研究,他也翻译了许多柏拉图的重要对话。田中促进了西方古典的研究,尤其是对柏拉图哲学的研究,其目的在于理解西方文明的精髓,比如人文主义等。他确信,由于日本忽视了这个西方文明的精髓,导致了日本战前的孤立和法西斯主义,导致战后快速但浅薄地进口美式民主主义。柏拉图同时被当做西方文明的创始者和浅薄西化的对立面。田中和他的学生们(前面提到的藤泽令夫和其他学者)翻译了所有的柏拉图作品,其研究之集大成者为岩波书店版柏拉图全集(1974 - 1978),共 15卷,包括确定的柏拉图作品和托名柏拉图的作品,备有完整的索引,已成为日本的标准版柏拉图全集。

日本学者的一个长处是语言的精确。我们具有很长的吸收和消化外来先进文明(中国文明和印度文明)的历史。日本中世纪的佛学家和儒学家创造了一种方法,可以把古汉语文本直接当做日文本来阅读。这种传统融合了由田中美知太郎和其他学者引进的西方文献学,形成了我们阅读西方古典的现代方法。这也就可以解释,为何西方古典哲学的研究在日本发展迅速,而且颇有建树。尽管想学古希腊语的日本学生,一般从大学时代才开始学习,但那些以古希腊哲学为专业的人,都必须阅读用现代欧洲语言注疏的原文。尽管日文翻译大体准确可靠,但学者们的首要任务还是直接阅读古希腊语原文。

从另一个方面来看,与我们的前辈相比,如今日本从事西方古典哲学研究的学者具有相同的不利因素:由于我们很难或不可能首先阅读到手稿,这就迫使我们集中注意于阅读已出版的古典版本。因此之故,许多学者不愿把自己的研究范围扩大到柏拉图和亚里士多德两位大哲之外。总体而言,由于这个局限,我们日本学者的精力集中于古典文本的解释。

柏拉图研究的未来:日本特色的研究方法

尽管二战后的柏拉图研究进步惊人,但我认为,无论日本还是国外的柏拉图研究者,现在都需要认真思考这一领域的未来。

在 1990 年代,与我们的期待有异,日本的柏拉图研究并未取得太多原创性的成果,多数学者把主要精力耗费于跟踪欧美的新趋势。在某种意义上,我们已经参加了一些重要的讨论,比如如“第三个人争论”、晚期柏拉图哲学尤其是《蒂迈欧》中的相论、苏格拉底式辩驳(Socratic elenchus),以及对《泰阿泰德》的解释。但是,首先提出这些问题并加以讨论的,都是 G. Vlastos, H. Cherniss, G. E. L. Owen 等西方学者。尽管日本学者对上述问题作出很富有洞察力的回应,但我们很少看到,在发现新问题方面,日本学者也发挥出同样的作用。此外,影响依旧是单向的:影响来自主要的西方国家,而我们的回应对那些国家的学者却鲜有影响。

缺乏双向交流,部分是由于前文提到的日本学界的封闭性和语言障碍。尽管无一例外,所有的日本学者都可以阅读和研究以西文出版的著作(主要是英文、德文、法文,有时还有意大利文),但到目前为止,日本学者以日文写就的研究柏拉图和其他古希腊哲学家的著作,却没有一个西方学者曾经——哪怕是尝试——阅读过。我们的日文著作、论文以及书评,日本以外的学界,从未认真地关注和回应过。所以,我们对这样的学术讨论也就兴致匮乏。现实地看,我们必须认识到,对那些母语不是日语的学者来说,语言障碍很难跨越,而我们继续学习和运用英语等欧洲语言,不仅必要,而且紧迫。不过,合作不仅对日本学术界是必须的、有益的,西方学界同样如此。为了推动学术交流,我们日本学者必须尽最大努力,在柏拉图研究上做出原创性的工作,这才能引起西方学者的关注。

我曾在剑桥大学学习和研究柏拉图,这份经历让我确信两点:其一,柏拉图的阅读提供了一个共同的背景,世界上的所有人可以由此而讨论一系列的哲学问题;第二,在柏拉图解释方面,日本学者的努力可能向西方学界提出重要的挑战。

我先前说过,日本学者最初阅读柏拉图的动机在于了解西方文明,不过,我们的兴趣不止于此。柏拉图之所以令我们心向往之,不仅仅由于他是一个距我们时代遥远、影响巨大的思想家,还因为他作为一位严肃的思想家,可以直接启示我们。毋庸置疑,柏拉图的思想反映了他自己的时代和文化,不过即便如此,他就何为美好人生、灵魂、价值和政治等提出的问题,仍旧促使我们思考自己的人生。此外,我们日本学者可以从不同角度、更超然的立场研究柏拉图,有别于那些一直生活在柏拉图传统里的学者。举例来说,松永教授就柏拉图对灵魂永生的讨论提出了他的独特解释,他的阅读提醒我们注意一个本质性的哲学问题:我们的灵魂作为一个真实的自我究竟是什么?《斐多》的最后一个讨论,就试图回答这个根本性的问题,柏拉图的讨论绝非已经过时的教条或是形而上学的理论。"如何活得好?"(to eu zen)依旧是一个重要的问题,我们必须像苏格拉底和柏拉图一样,去面对这个问题。所以,阅读柏拉图,就是带领我们从超越时空的视角进行哲学思考。

　　日本学者的角度还可以让我们重新思考何为"哲学"。据说,"哲学"(philosophia)起源于古希腊,柏拉图是其创始人之一。我们必须承认哲学是一种特殊的西方式、希腊式思维方式,所以,生活在这种传统之外的日本学者,应该利用我们对柏拉图的解读去追问"哲学"的真正含义(参见拙著《〈智术师〉的统一:智术师和哲人之间》前言,前揭)。只有厘清柏拉图传统里的"哲学"的潜在意义和局限,我们才能正确理解"哲学"——一种超越其希腊及西方根源的、具有普遍性的人类探索。

　　拙著探讨了《智术师》,其目的是要在更广阔、更根本的背景上,弄清柏拉图在这篇对话提出的问题。我在书中指出,柏拉图的首要目的是搞清楚一个根本性问题:何为智术师? 通过回答这个问题,搞清哲学的可能性,揭示她的含义。西方学者很少提及这个围绕智术师的问题,这大概是因为,他们理所当然地接受了柏拉图的"哲学"概念,专注于讨论许多其他艰深的"哲学"问题,而在漫长的西方学术传统里,人们一直激烈争论这些问题。不过,我认为柏拉图依旧像一位同时代哲学家,因为他从未停止追问关于哲学的本质和可能性的根本问题,并且他也邀请我们一起思考同样的问题。

　　不消说,柏拉图是西方人伟大的文化祖先,阅读古希腊哲学也许理所当然。但是,生活在欧美以外世界的人们,比如日本人、韩国人、中国人、印度人、阿拉伯人以及非洲人,始终要碰到一个严肃而根本的问题:我们为什么要阅读柏拉图? 不过,必须追问的这个问题以及从不同角度研究柏拉图,可以给我们阅读柏拉图和研究哲学提供新的维度。为了拓宽我们的视角、提出新的问题,柏拉图研究需要我们进行多元化的合作。为此,类似于泛太平洋柏拉图研讨会那样的国际会议(参加者来自日本、韩国、中国、澳大利亚、美国西海岸、墨西哥和南美国家)将是受人欢迎的新发展,在会议上不同观点和方法将得到交流。我希望,柏拉图能成为平台和动力,来自不同国度的学者,可以借此进行共同的哲学探讨和真正对话。

增补(2008 年)

上文写于 2001 年,此后的日本柏拉图研究状况虽未有本质变化,变化幅度也不大,但仍有持续进展,所以,我补充一下这些年里了解到的若干重要情况。

首先要介绍的是出现了一些新译本,计有以下几种:《拉克斯》,三岛辉夫译,讲谈社,1997;《苏格拉底的申辩和克力同》,三岛辉夫、田中享英译,讲谈社,1998;《斐多》,岩田靖夫译,岩波书店,1998;《泰阿泰德》,渡边邦夫译,筑摩书房,2004;《斐勒布》,山田道夫译,京都大学学术出版会,2005。这些翻译取代了岩波书店上世纪七十年代的标准版柏拉图全集译本,虽然它们依旧不断重印。对日本读者来说,应该有更多翻译让他们选择,更不要说译文质量不断改进,重视焦点也有所不同。

在上述新翻译中,《泰阿泰德》的译文质量有非常显著的改进。前文提及,旧译本是田中美知太郎 1938 年所译,后略经修改,于 1974 年收入岩波标准版柏拉图全集。田中为这个难懂的对话提供了一个可读的日文译本,不过,由于年代关系,该译本自然不可能反映近年来一些相关哲学讨论的成果。我们知道,John McDowell 关于《泰阿泰德》的疏解发表于 1973 年(Oxford),而在 1990 年 Hackett 版《泰阿泰德》的导言中,Myles Burnyeat 提出了两种可能的读法。日本读者迫切需要一个新译本,而渡边有大量译注的新译本吸引了许多读者,大大超出了西方古典哲学的范围。

我们希望出现更多的新译本,可以为柏拉图对话的研究增添新砖。也许,我们无须一个新版柏拉图全集,而是参照最新学术讨论的成果,一个对话接着一个对话去做。

我要谈的第二点是,西方古典哲学,包括柏拉图在内,如今正在更广阔的视野中进行研究。很幸运,由于有日本教育部支持的几项研究项目,研究柏拉图的学者可以和其他领域的学者共享很多题目。1998 - 2002 年间,日本有一个在全国范围讨论一般古典的项目,不仅包括希腊、罗马等西方古典,也包括犹太古典、阿拉伯古典、印度古典、中国古典和日本古典。阅读这些古典的课题和方法有很多共同之处,所以,我们期待将来能取得丰硕的跨学科合作成果。

在西方古典研究领域,哲学家、历史学家和文学评论家之间的交流和合作也越来越多,日本西方古典学会也提供了讨论的论坛。其中的一个成果,就是东京大学西方古代史教授樱井万里子和我共同写作的论文。我们一起重新考证了《王制》的戏剧日期,主要依据对 IG I3 136(年代为公元前413/412)的解释,证明该对话写于公元前412,即四百寡头革命前一年。

从 2006 年开始,一些主要对哲学研究感兴趣的古典学者通力合作,创办了一份名为 *Philologica* 的杂志(我是编委之一)。该群体鼓励学者们讨论研究古典文本时使用的技术和碰到的问题,包括对手稿的研究(缩微胶卷)。我自己在创刊号上发表了一篇对 S. Slings 所编 OCT 新版《王制》(Oxford,2003)的书评。我的书评考察了 1900 年前后的早期文本和 Slings 校订的文本,并指出,Slings 的《王制》卷一文本的变化在于,它避开了十九世纪的学术猜想,回到了对手稿本身的读解。

最后,我要说的是,2010 年 8 月,庆应大学将举办第九届国际柏拉图协会柏拉图研讨会。我们日本研究西方古典哲学的学者已经开始和韩国的同行进行交流(由韩国首尔国立大学和庆应大学发起)。我希望通过这些国际交流,日本将不再孤立于国际学界之外,并为柏拉图研究开拓新的可能。

参考书目:

藤泽令夫, *Echein*, *Metechein*, and Idioms of "Paradeigmatism" in Plato's Theory of Forms, Phronesis 19, 1974, 页 30 – 58。

金山弥平, Perceiving, Considering, and Attaining Being (*Theatetus* 184 – 186), Oxford Studies in Ancient Philosophy 5, 1987, 页 29 – 81。

加藤信朗,《柏拉图的早期哲学》(日文), 1988, 东京。

加藤信朗, The *Apology*: the Beginning of Plato's own Philosophy,

Classical Quarterly NS 41,1991,页 356 – 64。

加藤信朗,The Role of *Paradeigma* in the *Statesman*,in C. J. Rowe, ed. ,Reading the *Statesman*:Proceedings of the Ⅲ Symposium Platonicum, Saint Augustin,1995,页 166 – 72。

加藤信朗,The Crito – Socrates Scenes in the *Euthydemus*:a Point of View for Reading the *Euthydemus*,in Proceedings of the Ⅴ Symposium Platonicum,ed. T. M. Robinson and L. Brisson,Saint Augustin,2000,页 123 – 32。

松永雄二,《知与不知:柏拉图哲学研究序说》(日文),1993,东京。

三岛辉夫,Courage and Moderation in the *Statesman*,in Reading the *Statesman*:Proceedings of the Ⅲ Symposium Platonicum,ed. ,C. J. Rowe, Saint Augustin,1995,页 306 – 12。

纳福信留,The Unity of Plato's *Sophist*:between the Sophist and the Philosopher,Cambridge University Press,1999。

纳福信留,Critas and the origin of Plato's Political Philosophy,in Proceedings of the Ⅴ Symposium Platonicum,ed. ,T. M. Robinson and L. Brisson,Saint Augustin,2000,页 237 – 50。

渡边邦夫,The *Theaetetus* on Letters and Knowledge,Phronesis32, 1987,页 143 – 65。

增补参考书目:

纳富信留,Images of Socrates in Japan:A Reflection on the Socratic Tradition,*Greek Philosophy in the New Millenium*,*Papers in Honour of Professor Thomas M. Robinson*,ed. L. Rossetti,Saint Augustin,2004,页 175 – 186。 日文版收入纳富信留著《一个哲学家的诞生:苏格拉底周围的人们》(筑摩书房,2005)。

樱井万里子. 纳富信留,《关于柏拉图〈王制〉的写作年代的考证》 (日文本),收入逸身喜一郎编《如何根据古希腊罗马史研究新动向重写古希腊罗马文学、哲学史》中(东京大学大学院发行,2006,页 11 – 71)。

纳富信留,《评 S. Slings 编 OCT 新版柏拉图〈王制〉》(日文), *Philologica* 1,2006,页 99 – 119。

纳富信留, Plato's metaphysics and Dialectic, in *A Companion to Ancient Philosophy*, ed. M. L. Gill and P. Pellegrin, Blackwell, 2006, 页 192 – 211。

图书在版编目(CIP)数据

施莱尔马赫的柏拉图/刘小枫,陈少明主编 . −北京:华夏出版
社,2009.1
(西方传统:经典与解释)
ISBN 978 − 7 − 5080 − 5020 − 1

Ⅰ.施… Ⅱ.①刘… ②陈… Ⅲ.柏拉图(前427~前347)−
哲学思想−研究 Ⅳ.B502.232

中国版本图书馆 CIP 数据核字(2008)第 170684 号

施莱尔马赫的柏拉图

刘小枫 陈少明 主编

出版发行:华夏出版社
　　　　　　(北京市东直门外香河园北里 4 号　邮编:100028)
经　　销:新华书店
印　　刷:北京圣瑞伦印刷厂
装　　订:天津武清区高村装订厂
版　　次:2009 年 1 月北京第 1 版
　　　　　　2009 年 1 月北京第 1 次印刷
开　　本:880×1230　1/32 开
印　　张:10.125
字　　数:288 千字
定　　价:33.00 元

本版图书凡印刷、装订错误,可及时向我社发行部调换